财政局长

Minister of Finance

宁新路　著

作家出版社

一种理想主义的坚守

——宁新路长篇小说《财政局长》再版序

王世尧

网络与新媒体的迅猛崛起，不仅仅彻底颠覆了人们的阅读习惯，也重新解构了固有的文化形态，纯文学的阅读群体渐行分化，现实主义文学从厚重几乎变得沉重，人们每天为生存疲于奔命，一旦闲暇，有多少人还会捧起三十万字的长篇小说？反之，手机与平板电脑却变得轻奢时尚，IP经典乃至各种娱乐文化的范本纷涌而至。可想而知，《财政局长》的作者，将具备何等胆魄面对怎样一种挑战？

长篇小说《财政局长》是意识形态的主流小说，凸显浓重的职场专业色彩。财政部是国家财政的血库、大动脉，而一位基层的财政局长，他的位置、权力和实用性不言而喻。作者就职财政部，从职场角色定义，是名符其实的财政人。他不仅深谙财政的专业知识，还站在一个共产党人的高度，一个现实主义文学的高度，去写一个财政局长不同凡响的廉政与人格，这个人物的塑造和他的故事还必须获得读者的认可，足见成就这部著作绝非易事。

就时下的文化市场现状而言，多元的文体形式、多元的文学艺术平台、多元的文化娱乐选择，足以令当代人眼花缭乱：帝王将相，才子佳人，奢华都市，星光璀璨，商贾名流，红男绿女；社会财富的极度鼎盛，分化了人的阶层，移位和暗变着人的价值观，也异化着作家的视觉与生命哲学。当我们掩卷长篇小说《财政局长》，蓦然发现作者是多么任性的理想主义者，至少他不曾辜负自身的信念，不曾忘却一个财政人的良知。从文学理念解释，他是拓荒者，过去不曾有这样一个作家用如此浩瀚的文字，凝重的笔墨，细致入微的思考，平凡而传奇的叙事，去塑造一个具有理想主义色彩的财政局长。这个财政局长手握基层财政重权，关乎多少企业和个人的生存与幸福指数，然而在作者笔下，他的信仰高洁质朴，灵魂有足够的温度，行使局长职权时国家利益永远高于一切。这当然不代表他没有七情六欲，不懂人情世故，反之，作者让自身的理想主义与其塑造的主人公完美合璧，于是这个财政局长变得有血有肉、真实可信，最大限度地还原了典型环境中的典型性格。

《财政局长》无疑是充满阳光的现实主义之作，在异彩纷呈、题材各异的当代文坛，至少独树了一道风景。作者在驾驭文体形式上表现出超强的从容冷静，力求人物客观真实，充满正义与人性的温馨，而具象的情节与核心寓意在此不加以赘述了。我们至少应该这样理解，意识形态小说也是这个时代的所需，换而言之，是不可或缺的。我们的民族要崛起，我们的国家要繁荣发展，我们的党必定要反腐倡廉。在物欲横流、纸醉金迷的现实世界，一个共产党干部不仅要活得光明磊落、心如止水，还要活出有情有义，为人师表的风骨。这是人民的期待，读者的心愿。严酷的现实频频揭示，多少贪欲横生的人，一旦为了一己私利滥用人民给予的权力，便可悲地走向毁灭！

可以说《财政局长》是主旋律的力作，在作家出版社完成二版三印，委实令人欣慰，令人振奋，这是现实主义文学的结晶。同时也表明有相当一部分读者，他们和作者一样，有对未来的美好憧憬，有对理想主义的不懈坚守，更有民族大义和家国情怀的永恒信念。

王世尧，当代作家、诗人，新韵古诗词倡导者。

1

山川县财政局老局长赵承德提前离岗了，与老赵关系不错的财政局副局长刘梅花也在她本人要求下调到了其他部门。这平时关系甚好的男女老同事，双双离开财政局，不知啥原因。

赵局长为啥提前离职，连苦等多年、眼看到手的副县级也不要了？他是有经济问题，还是有男女关系问题？老赵啥也不说，上面也没有解释。人们就有了猜疑，老赵不干局长，刘梅花为啥调走？老赵的前任财政局长因八万块钱的受贿失去了人身自由，为此老赵印证了"莫伸手，伸手必被捉"的警句是千真万确的，因而不敢贪也不敢拿，经济上是"干净"的。老赵不贪不拿，不知有啥事？有人就疑是犯了男女作风问题。

老赵离职，是在医院离的职。半月前他头晕目眩，开会时忽然晕倒，好在送医院抢救及时，救治后无大碍。他是脑梗塞急性发作，已是第二次抢救了。老赵上次发作，是半年前，晕倒在财政局走廊上，治疗一半就要出院，医生不同意，他就跑回来上班了。之后又反复出现头晕，也没去治疗，这次发作，便向组织打了提前退休报告。县领导无法拒绝老赵坚决提前离岗的请求，拖了一段时间，他仍坚持要提前离岗，县里就批准了。批文下来，老赵还在住院，出院就办了离职手续。

老赵不老，五十三岁。五十出头年龄的正科级干部，还有两年转到非领导职务岗位。这个年龄没有被提拔的人，在县里就算老干部了。转非前，老赵能不能提为县人大副主任或政协副主席，有人说可能性很大，有人说他没戏。而更多的人为他离职惋惜，说老赵人多好啊，财政经济业务驾轻就熟，如要等一年半载的，也许能提起来；他的机会是明摆着的，这么早离岗，有点不值得。

财政局的人大多不愿让老赵离职，说明老赵是个好财政局长。

老赵提前离职，对县里财政经济发展来说，实在是一份损失。

年轻时的老赵进步是很快，从参加工作进了财政局，几年一职，当副股长、股长、副局长，数年后又升调到税务局、审计局当局长，后又调回财政局当局长。老赵在这些核心经济部门，转来转去干了三十年，在局长这个岗位上，也就是正科级岗位上干了十五年之多。他"陪"走了好几任县委书记、县长，也"陪"走了十多位副县长、副书记、人大主任和副主任、政协主席和副主席等。这些县领导，大多是县里部门提起来的，且大多正科级比他的时间短，有的还是他部下。面临多次提拔副县级机会的老赵，却总是"原地踏步"。

有那么多人被提拔，又有许多次提拔机会，为啥老赵一直没有被提起来？老赵没犯过错误，财政业务又精湛，理应有机会提拔。为何这么多年过去，没被提拔？说是财政局长岗位离不开他。

财政局真是离不开他吗？财政局虽离不开专业能力强的人，但往往不懂财政的人也干财政局长。说是财政局长岗位离不开他，这真是个简单而又复杂的话题。

简单，是因为老赵算账算得细，算得准，也算得狠，把财政局长当得很称职，完全可以提拔副县长、人大副主任，或者任政协副主席兼财政局长，可老赵却被一次又一次放下了。

复杂，是因为人大主任和政协副主席位置要么座满，要么上面总是安排其他人，多次没有了机会。这几年提拔政协副主席和人大副主任，也有过机会，有几次据说板上已钉钉了，而宣布任命却没有他。他在提拔中形成的复杂因素，除需提升的人多位子少，不讲关系不行，不送钱不行外，也与老赵不找人说情、不送礼、不送钱有关；与他不溜须、不拍马、不说假话、不说谎话、不说好听的话和把与领导关系简单化有关。

比如，老赵去领导家，都是两肩扛个脑袋空着两只手；领导家办红白喜事，从不送红包和礼品，只送一幅字。老赵喜爱书法，尽管是县里二流书法家，而他却习惯以字作礼品。需要送礼之人和事，他就送字。往往是他前脚送领导，后脚出门字就被人家扔到垃圾筐。对此，他也不在乎他的字是被扔了还是留着，也不在乎别人冷言热语，遇到该送礼的事时，下次还送字。可笑的是，他总认真地给送字的人说，他的字一平尺值五千块钱。虽说一平尺五千块钱，但谁也没见过有人买过他的字。有人就对老赵说，你的字这么值钱，干脆你就别送我字，送我钱算了。对此老赵会说，这字有收藏价值，将来非常值钱。别人就嘲笑他。

他送礼送字，是想把自己与别人关系简单化，可别人对他的这简单很烦，说他的字连擦屁股都嫌脏，往往在别人眼里一钱不值。在别人看来，这涂上黑鸦的一张破纸，竟然充当礼品，是你老赵把领导看小了，也是你老赵把与领导的关系拉远了。

老赵当然明白，在这个世俗的社会，金钱物质是直接拉近人与人的关系，尤其是拉近与领导的关系，它是与领导建立浓厚感情立竿见影的空中飞桥。可老赵送礼不送钱只送字，他把领导看简单化了，别人也就把他看简单化了，对他也就轻了，虽然他坐在财政局长这个重要岗位上，可在一些领导眼里也就无足轻重了。

还有，老赵从来不请领导吃饭。除了工作需要，他从不请哪个领导吃饭喝酒。他不请领导，不请别人，领导也很少请他。往往是，别人非请他客的时候请他，能不请他的时候就不请他。不请吃，不愿被人请吃，老赵把人际关系简单化了，可领导和他人对他却有看法了。比如，老赵从不向领导说奉承话；机关里、官场上，下级奉承上级，同级赞扬同级，这是不花钱的礼品，简直随时随地会有这样的礼品扔来扔去。奉承话虽然大多露骨、肉麻、无聊、虚伪，就如菜里的味精，用到恰到好处提味，用多了就变味，再多了就是异味。可领导的耳朵一般不嫌"味"重，似乎奉承话越多，就越心花怒放，奉承话越频，就越不厌烦。因而，在有的单位里说奉承话，说得体，说及时，说动人，说巧妙，成了机关干部的基本功，也成了让领导喜欢与否的润滑剂和攀高的梯子。甚至有的机关里，有着说奉承话的浓厚文化氛围。一个刚进机关的大学生，不知道不会说话、不愿说奉承话的利害，会很快让他吃到苦头，也会让他很快明白并适应和学会说奉承话，并且会让他深知说奉承话的重要性。不说、不会说、说不好奉承话，那是要吃亏的。所以，这些机关里大小干部，说奉承话是基本功，说好奉承话是熟练工，说巧奉承话是苦练工。

老赵是实在不愿说奉承话的那种人。老赵嘴巴不笨，他祖父是在清朝皇宫给老佛爷说书的，他父亲也是说书的，祖传是"溜嘴巴"。处在说奉承话的语言环境里，不愿说奉承话的老赵，显然是另类，也是让一些听惯了奉承话的领导和同事，觉得他怪异。他这不讨好领导，不奉承别人的习惯，让一些人很不习惯。比如，老赵做事死板，缺灵活；领导交办的事情，政策和规定就是尺子，没有政策的，不合政策和规定的，他不通融，也不给面子。财政局长手里无非是钱，钱是"唐僧肉"，谁也想割它一块。可在老赵这里，这"唐僧肉"虽可以割，但要割得合规才行。合规，就是按照规矩来。这规矩，是法定，是法规，是政策。

山川县不缺人，只缺钱，也缺花钱的铁规矩。一个年财政收入仅有四五亿元、人口多达三十万的贫困县，长期以来花钱的规矩是，领导的预算和财务约束意识淡薄，谁的官大，谁的权大，谁的"背景"大，谁就有花钱的最大权力，规矩只是个摆设。而老赵上任财政局长，这些状况被他渐渐扭转了，扭转到了"唐僧肉"不能随便切，不合规的不能切，即使合情而不合规的也不能切。他甚至连书记、县长的账都不买。老赵变成了人们眼里的"铁公鸡"，变成了让领导和大家讨厌的"牛逼"人。领导讨厌他，也想换了他，但他在省里厅局和中央部委熟人多、人脉广，每年能从省财政厅和发改委、财政部争取来大把的钱。换了他，没人会把账算得这么细、这么精、这么抠，也没有人会给县里跑回大把资金。换了他，就会丢失大把的钱。领导来回一掂量，也只能让他接着当财政局长。他是县里局长中的元老，几任县领导，都想过提拔他的办法，也有过调换他的动议，但很快就被一个理由否定了。理由当然是老生常谈：换了老赵财政局长，山川县的钱就会不够花。是啊，没钱的书记、县长怎么当？他们要政绩，他们想升官，搞不出政绩，县里发展慢，他们当官的日子也好不了，这个后果他们都十分清楚。

这些复杂而简单的因素，导致老赵在财政局长岗位多年来"原地踏步"。职务提不了，老赵却是县里多年的先进人物。全国的、省市县的先进一大串，大小荣誉几十个，大会小会时常受表扬。这先进，那先进，可县里提拔的名单上就是没有他老赵。老赵虽有想法，也有过消极情绪，但从不慢怠工作。他像个上足了发条的机械动物，每天、每月、每年该干啥还干啥，准时，不喊、不闹。这倒让领导觉得，老赵对职务想得开；不提拔老赵，老赵照样干得很好，不提也就不提罢。后来加上他年龄也大了，提拔他的事，就在县领导那里淡化了。淡化了，也就不再考虑他了。这些情况成了老赵不能提拔的常态问题，也就不成为问题了，这些年也就没人提了，更有很多人认为老赵提不起来，自有老赵本身的致命问题。老赵究竟有什么问题？谁也说不上来。

因而老赵提前离岗，成了人们的好奇。有人问老赵为啥？他不回答。甚至有人跟他开玩笑说，是不是你的"鸡巴"捅出了麻烦？他也不恼火。他说，你们爱怎么想就怎么想去。老赵的特点，凡是别人认为是他的错，他从来不做解释，一句都不解释，对谁也不解释，包括他老婆。他知道，更多人在经济和女人问题上怀疑他，他不在乎。事实上，他既没有经济问题，也没有女人问题。

那老赵为啥辞了财政局长？职务一年又一年提不起来当然是主要原因，而最主要的原因，是这些年财政局长越来越不好当。这也是全国所有财政局长同样的感受，当财政局长困惑越来越多。这困惑，是钱少事多带来的，也是一大堆改革难搞带来的。让他真正难以应对的是，进入一九九五年后，县里领导借深化改革名义大兴土木的雄心一个比一个大，冒出来的建设项目一年比一年多。如此事情越来越多，钱越来越不够用，这把椅子给他的已是如坐针毡的不自在。他感到没钱的财政局长，就像没奶的奶妈，自己难堪，别人讨厌，每天又如同坐在烙铁上，屁股烧得难受。

山川县离京城虽二百多公里，要与京郊相比，现代与落后反差巨大。破旧的县城，落后的农村，全县贫困人口占了一大半。县里最大的摇钱树，也是财政钱袋子来源，是大大小小十几个煤矿、水泥厂和加工厂，再就是靠蘑菇、山楂、杏仁等这些燕山和滦河赐予的土特产。靠这些山货，要让县里富起来，得到猴年马月了。况且，农业税如果取消，连这笔可观收入也将没有了。

山川县山连着川，川连着山，燕山到这里已成尾巴。山不高，树也不高，盛产山楂、杏子、食用菌，倒也是财政可观的收入。山楂大而红，杏子、杏仁超大。山楂助消化、降血脂，酸甜味美，营养丰富，是药材，更是开胃消食的水果和果干，也是山川县的特色。虽是特色，但也富不了农民，也富不了政府。县办的几个水泥厂、煤矿，常年粉尘漫天，因销路不好和市场竞争激烈，上缴政府的钱，有时多，有时少。为财政的钱袋子里多一点，老赵把大小煤矿矿长、水泥厂厂长，当大爷捧着，企盼他们多缴点。多缴点，老赵的日子就好过点。老赵盯着的还有农业税，总是想着各种法子，怎么多收点，可农民穷，征税如同挖心割肉，抗税拒税习以为常，税务员挨骂是常事，挨打也不新鲜，农民恨财政所，恨财政局，这让老赵痛苦不已。全县每年财政收入如有四五亿元就谢天谢地了，而每年却需要财政收入近两倍的开支，缺口的钱全靠中央和省转移支付资金填补。

缺钱和常常没钱的财政局长老赵，每天最不愿说的话是"没钱"，别人最讨厌他的话也是"没钱"；他最多的动作是面对要钱者的摇头，他最不愿做的动作是摇头，别人最讨厌他的也是摇头。事实上，他没钱的时候比有钱的时候多，他摇头的时候确实比点头的时候多，别人讨厌他的时候比喜欢他的时候多。尤其是进入二十世纪八十年代末的山川县，贫穷落后与京津地区的繁荣发展，形成了强烈对比，脱贫、发展、致富，招商引资、开发项目、工业强县，成了每天全县工作的重点，各级都在谋划项目和发展的事，往往是几天、一个月、几个月时间，就能规划一箩筐又一箩筐的项目和事情。做项目、做事情，就得花钱，没钱做不了项目和事情。

最让老赵难受的是县里已经债台高筑，而书记、县长要政绩，要上的项目一个比一个大，一年比一年多，没钱只好借债。连续几年，财政的债务越来越高。这么多的债，卖了山川县的所有家当也还不起，老赵的恐慌和惧怕在升级。举这么多债，在他看来，是一届政府对下届政府的不负责任，是一届政府给下一届政府堆积的后患。尽管县里债如高山，但看来还得继续借，因为新任书记提出要开发建设新区，需要好几个亿资金，他让老赵想办法，没办法也得想办法。

老赵不断借债，而需要钱的事多得把他的脑子都涨破了，要钱的人一拨又一拨把他的门都挤破了。老赵的办公室早晚都是人，电话大多都是要钱的，大多电话都不敢接。因为太多事情没那么多钱保障，大多数人是要不到钱的，老赵注定会让大多数人失望、责怪、怨恨、咒骂。老赵成了没奶的奶妈，借奶的下人。老赵的烦恼，在不停借债中升级，很快变成了厌烦与恼火。他每天盼望的是，哪有个地缝，让他随时钻进去。

当然，老赵提前离职，除了钱少事越来越多而带来的财政困境外，那就是让他寸步难行的财政改革。

二〇〇〇年的国家财政部和省财政厅，一份又一份推行财政管理改革的文件透着急迫，要求自身和下级财政迅速推开国库集中支付制度等多项改革，目的就是要财政履行管钱的职能，把每分钱都管好用好。这是针对四面八方都花钱，四面八方都圈钱，花钱浪费、贪污的黑洞越来越大的以自我革命为主的重大改革。不搞财政改革，财政不仅管不住钱、管不好钱，而且花钱的地方越多，浪费贪污就越大。

这多项财政改革，老赵想搞，但无能为力。他盼望着，盼望着上面的硬性规定压下来，能够在山川县尽快推开，把太多的贪污浪费的黑洞堵住，那会省下大笔资金，也让他这个财政局长好当一些。

老赵首选的是国库集中支付等财政改革，这些改革虽然有千百个好，可限制的是领导的批钱权，取消的是政府各部门不合理花钱权。越穷的地方，越不想这样的财政改革，因为太多的人靠吃财政这块"唐僧肉"过活，也靠它发财。老赵推了三年，却被各种借口，多方面反对搁浅了。忧虑过度、操劳过度的老赵，因几次心脏病发作，便提出了辞职。

老赵提前离职，副局长刘梅花为何也离开财政局？他们之间有没有男女关系？老赵与刘梅花压根儿没有男女关系。老赵在财政局多年，偶有桃色传闻，随后又不了了之。是老赵的确没有女人，还是老赵是深藏不露的高手？反正老赵老婆说他是个"老正经"，有他老婆的正名，人们对他的猜疑也就时有时无。

刘梅花的调走，与老赵不当财政局长有关，也无关。有关，是选谁也不可能选她当财政局长，这是书记和组织部长口头对她说了的。老赵提出辞职，老赵向书记、县长力荐刘梅花接任财政局长，刘梅花也感到局长位置非她莫属。从刘梅花的综合能力讲，接任局长的确合适。刘梅花从中央财经大学毕业分到财政局，一直干财政，擅长财政理论研究和做财政管理，业务精通，老赵把许多事情交给她，她总是办得很好。她的弱点，也是优点，就是有什么讲什么，说话直来直去。从财政局来讲，她接任财政局长应当是顺理成章的事。但她的心直口快，看来不适合官场，尤其在会场上的讲话不拐弯，让一些人很讨厌，这给她接任财政局长造成了最大障碍。

接任局长无望的刘梅花，做了这样的决定，既然当不上财政局长，谁来当局长也比她年龄小、资历浅，不可能有她与老赵做事上的默契，也不可能有她甘愿为老赵担当忧愁的友谊，干得再好也不可能得到重用。她不愿意再给什么人当副手，她也不愿意再给什么人抬"轿子"，更不愿让新局长冷落她。她得离开财政局。更让她下决心离开财政局的是，这些年财政局事情越来越多，活儿越来越忙，难办的事情越来越多，钱越来越不够用，挨骂几乎成了家常便饭，离开财政局实在是解脱。于是，刘梅花向县领导写了要求调离财政局的申请，书记看到申请，转给县长，县长让书记定，书记就批了，把她安排在了县发改局任副局长，排名四把手。刘梅花调离财政局很顺利，她是在老赵辞职一周后递上的调离申请，三天就批了。刘梅花没想到县领导连话都没找她谈，连句挽留她在财政局继续干的话也没有，见到申请就批了，她觉得县领导巴不得她赶快离开财政局，也许是怕她在新局长来了后倚老卖老、碍手碍脚。

刘梅花接到调离函，心涌倒不出的酸水，她在财政局干了二十多年，对财政部门有感情，真要离开，真舍不得走。她想，如果是县领导劝她留下来，她也许会妥协的，可县领导谁也没有挽留她一句，她伤心而留恋地离开了财政局。

2

在局外人看来，财政局很神气。尤其是财政局长，在人们眼里很神气，是风光无限的"大掌柜"，管的面宽，权力很大。的确，财政局长管着政府钱袋子，经济社会的各领域无所不触及。财政人的财权的确很大，"求"的人多，很容易被人误解，也容易自以为是，便有了社会上公称的"外号"——"财神爷""牛人""牛逼人"。财政是有"牛人""牛逼人"的，仗着手里握着国家的钱，自视甚高，盛气凌人，"牛逼"哄哄。这样的人，虽是个别，但加上误解，却让财政人背上了这样的恶名。

树大招风，权大遭恨。可很少人知道，没钱的财政局长，却是备受煎熬的"受气包"。有意思的是，即使有人知道坐在这没钱的椅子上是"受气包"，那也没几个人不愿坐这把交椅的。因为在难受与光鲜里，大多人会选择让自己光鲜。就像局外人看财政人像红山楂果一样，外表光鲜鲜、红艳艳，实质有甜、有酸、有涩，甚至有苦味。尤其是把官位和权力看得太重的山川县官场，财政局长不仅是个手握大权的官，还是个发财的金宝座。老赵忽然离职，选任新财政局长自然成了县里一件很热的事情。究竟谁当财政局长好？想当的人很多，而谁都认为自己当财政局长没有不合适。正因为如此，人选太多，竞争激烈，搞得书记、县长一时找不到合适人选。

老赵离职半月，竞争财政局长之职的人选迅速增到二十多人。财政局长一天没定，就有很多人找书记、县长。一拨又一拨地找，上家里等，去办公室找，找不着，就门口等，路上堵，再就是电话三番五次约请领导吃饭等。谁都知道这是关系加金钱的实力竞争，都想法儿给领导送钱送物，还有送女人的，更有女人主动送上"身体"的。这是风气，虽然见怪不怪，却烦得县领导难以招架。为升职，为谋取财政局长位子，这些人该想的法子都在想着。一时，财政局长位置，被搞成了炙手可热的职位。

就一个位置，僧多粥少，光送不"跑"哪行？有人还找到了市领导、省领导那里，甚至还找到了中央部委高层领导那里。于是，大领导有打电话说情的、写条子推荐的，好不热闹。二十多个财政局长人选中，猜测最有可能当财政局长的，是县常务副县长李来推荐的县招商局主持工作的副局长胡腾娇。胡腾娇不仅有李副县长全力推荐，还有省里和北京大领导给书记、县长写来的条子、打来的电话推荐。李副县长是主管县财政税务工作的副县长，推选财政局长，是他的分内工作，他的意见分量应当很重。胡腾娇虽有多名大领导推荐和说情，也有李副县长极力推荐，但书记、县长俩人都不同意。

李副县长看胡腾娇竞争无望，又推荐了县交通局长、县教育局长和两位副局长人选。要说李副县长推荐的几位人选，都适合做财政局长。而上面领导推荐的人选，从县里与上面利害关系上讲，更适合当财政局长。可上面"重量级"领导推荐的财政局长人选，竟然达到了十多个。用这个领导推荐的人，就得得罪那个领导。石书记让组织部长想个好办法对付。县组织部长出了个主意：上面谁的官和权大，就用谁推荐的人。石书记没有采纳组织部长的意见，也没有考虑李副县长卖力推荐的人，更没有考虑财政局以外人员的选用，而是在财政局选任了排在副局长最后、官场上不大起眼，没人推荐、没什么关系的钱海。

石书记为何选上了钱海？三个因素：所有找他的人都有"关系"，用这个就得得罪那个，干脆一个也不选用，这样谁也失望倒谁也心里平衡；用钱海这个没有"靠山"和老实巴交的人，使唤起来单纯也会"听话"；用钱海也是为他侄儿随时接任财政局长考虑。他那个在乡镇当副镇长的侄儿，在等着财政局长位置呢，什么时候让钱海腾出位置，就能让钱海腾出位置。总之，在石书记想来，钱海简单，用钱海简单。

当然，钱海被石书记看中，也不仅仅是这三个因素，还有一个因素，是钱海算账算得好，财政业务很熟悉，数据几乎过目不忘，老赵局长汇报工作总喜欢带他，县领导要的数字，他总能说个清楚。只是钱海是个会计人性格，只熟算账记数和埋头做事，不善于言表和交际。石书记料想，就凭钱海业务好这一点，用他是有十足理由的，不用担心别人的恼怒。

石书记要给钱海谈话，组织部长陪钱海同去。组织部长对钱海说，财政局长位置几十个人在争，哪个的关系和能力你都没法比，可组织上选择了你，你得感恩组织，更得感恩石书记。钱海说，我给你说过了，我压根儿不想当这个官，也不想感恩谁。钱海的话气得组织部长顿时拉下了脸。

进了书记办公室，书记对钱海很客气，问钱海这财政局长"帽子"落到头上有何感想。书记显然是想听钱海感激之类的话。可钱海却是"一根筋"，他是打定主意不当财政局长，他急不可耐地对书记说：书记我有个请求，是我实打实的请求，我不想当财政局长，胜任不了这个职位，请组织上另选他人吧。

石书记本来看上去心情不错，见到钱海，爽朗一笑，没料到钱海不但不说感恩戴德的话，反而不想当，更不领情。石书记转笑为怒地说：你真是拣了便宜又卖乖，天上掉下大"馅饼"竟然不愿接，你是在装蒜，还是在装傻?!

钱海平静地对书记说：那么多人都比我强，选谁都合适，选我不合适。

空气凝固了片刻，钱海的腿都软了，他在等石书记接着发火。不知为何，石书记不仅没有向钱海发火，反而平静地对钱海说：你就是个算账的货，你说你不合适，我看你最合适；你当也得当，不当也得当，这个财政局长就得你来当，你还得给我当好，当不好看我怎么"收拾"你。

钱海看书记的这架势，几乎没有半点推掉接任财政局长职位的可能了，停在嘴边"不想当"等一连串理由十足的话，不敢出口了。钱海明白，他要再冒出"不想当"的话来，书记必然火冒三丈，会使他收不了场。于是，钱海对书记说，感谢组织的赏识与重用，我试着干，不行您再换人，或者把我就地免了。

书记说，开弓没有回头箭。组织上选择你是深思熟虑的，你要珍惜这个机会，更要珍惜财政局长这个重要的职位，不要让领导失望，更不要做半途而废的事；相信你会干好……

书记的话是语重心长的，对钱海既肯定，也怀有信任。钱海只好说，谢谢石书记抬爱，我怕辜负您的厚望……

从书记办公室出来，钱海撂下组织部长，直奔县政府，他要去一个会上，是李来副县长召集的会。李来说会在等着他，并在一个劲催钱海。刚才在书记办公室，李副县长给钱海一遍又一遍打手机，他没回复。钱海想，李来是知道书记找他谈话时间的，是他上任前的谈话，这节骨眼上不停地传呼他，真不知道是啥心理。

钱海不愿干财政局长，还有个重要原因，是李来不喜欢他，他也不喜欢李来。书记、县长坚持让他接任财政局长，李来说了一堆钱海的不是，但书记还是坚持用钱海，他窝了一肚子火，对书记、县长当面不敢怒。所以给钱海上任财政局长的谈话，书记没让他参加。李来的火，是要对钱海发出去的。李来给钱海打手机，钱海仍没接，李来留言已火气冲天：会在等着你呢，你给我跑步过来！

这会研究的问题虽是他钱海分管的工作，但有老赵局长在会呢，况且财政问题老赵完全可以说清楚，也不至于没他钱海不成。李来这是借此发泄邪火，也借会上人出他的洋相。

组织部长望着钱海急急地走下楼，气不打一处来地对钱海说：就这么走了?!

钱海说：急着开会，感谢部长的关怀！

组织部长说：感谢要从心里感谢，你这个"土山楂"……下午三点，我和县领导到财政局宣布你任职的任命，你要准时到会。

钱海答应着，他的手机又响了，又是李来，催他。他急匆匆地下楼。

3

　　山川县的有些人，在叽叽喳喳地说三道四，是在对钱海说三道四。不服财政局长的选任，不服钱海当财政局长。不服钱海的缘由很简单：一个没啥关系、没啥能耐、不大愿当局长的人，居然把他推上了财政局长宝座，这是个什么事啊！是啊，那么多人盯着、盼着、求着的财政局长位子，有大领导推荐的，有费了很大心机的，有下了很大功夫的，都落空了。落空了也倒罢了，却落在了压根儿也轮不到一个当财政局长的人头上，落到了压根儿也不想当财政局长的一个人头上，这些人没有人看得起这个人，也没有人感到这是正常思维下的选择。有人甚至骂石书记是白痴，选了钱海这个"土山楂"。有人非常不服，非常生气，感到受到了愚弄。李来扬言，钱海这个财政局长，当不了多长时间，让他什么时候滚蛋，他就得什么时候滚蛋。钱海听到不以为然，他本来就不想干这个财政局长，早点让他滚蛋，他也好早点解脱了事。

　　钱海在这被常务副县长憎恨和讨厌的情形下，无奈地接任了财政局长。常务副县长李来对钱海的不接受和讨厌，有些人断言他这个财政局长当不长。这样的断言当然是有道理的，常务副县长主管财政，是财政局长的顶头上司，想给财政局长找茬，随时随地都有茬，而且多的是茬。李来在山川县官场可是棵"粗树"，根深、叶茂、势大，书记、县长也会让他三分，他要让钱海当不长财政局长，应当不是难事。这一点，钱海也明白。钱海便有了思想准备：既然不让干，那就干多长算多长吧；钱海打定了这样的主意，反而没了忧虑和畏惧。

没有了畏惧，不会没有难题。有人给钱海找难题。这不，钱海刚上任，一件大事就来了：省里原本给的一笔一千多万元专项资金，被取消了。取消的理由是山川县工作不落实。是哪些工作不落实？具体理由有两个，一个是财政局汇报情况不及时，一个是料想这项资金给山川县不会有效益。

汇报情况不及时，是存在的。老赵突然住院并提出辞职，局里上报的情况先是压在老赵那里没签字，后报给李副县长又被压下，再三催批回来上报却迟了；担心资金在山川县用不好，也不是没道理。老赵不干财政局长，新上来的财政局长又不是上面"打招呼"的人，这笔钱给也可以，不给也有理由。这笔钱突然不给了，是否有人使了"绊子"？有人提醒钱海，得往这方面想。

一千多万资金不翼而飞，这是山川县的一笔大钱。这笔钱是老赵离职前确定的，县里许多事情在等这笔钱，如今被取消了，书记、县长既生气又着急。有人说这是因为财政局长选错了人，上面有人报复山川县的结果。书记、县长让找原因，李副县长流露的就是这样的意思。书记既认为有这样的可能，又不同意这样的说法。倒是批评和责成李副县长，是由于你李来工作不到位造成的，要他不管想什么办法，必须把这笔资金找回来。书记还把找回这笔钱的领导责任落到了李来头上，气得李来七窍冒烟。

李来当然清楚这笔钱是为何取消的。书记责成李来找回资金并不蛮横。书记的智商不比李来低差分毫，他怎么能感觉不出来这么大笔资金"飞"了，是后面有人做了手脚呢。被取消也正是他李来做了手脚，他是要给钱海上马后的"下马威"，李来感觉书记肯定猜出来了。李来转而又想，猜出来就猜出来，他就是要给书记、县长点颜色看看，给山川县官场来点颜色看看，他必须出一口恶气。他憋在胸口的恶气，使他喘不过气来。想不明白书记、县长在推荐财政局长上一点面子也没给他。他推荐胡腾娇当财政局长，又推荐交通局长和教育局长，这也是上面同时推荐的人，可书记、县长一个也没选用，偏偏用了不起眼的钱海。这使他很没面子，也使得他的"上面"的人很没面子，一肚子气没处出。于是，他和上面"管事的人"通了个电话，把这先前确定的一千多万给搁下了。

书记把丢钱的板子打在李来身上，因为书记知道李来有办法找回这笔钱。李来当然有办法找回这笔钱，虽然书记责成他必须找回这笔钱，可李来打定主意，决不把这笔钱找回来。他既要让书记、县长在用钱海上付出代价，让他们难堪，更要折腾一下钱海。

李来要折腾钱海，茬儿随手就来。李来把钱海叫到办公室，又把财政局几个副局长也叫来，给钱海下死命令：山川县不能失去这笔大钱，责成你不管采取什么法子，得把这笔钱找回来，找不回来这笔钱，你这财政局长就不要当了！

有人告诉钱海，这笔资金"丢失"，有太多的人为因素，除了李来，也许谁也找不回来。

这笔钱除了李来，真的谁也找不回来吗？钱海反复推断后的结论是，找回的难度很大，但肯定能找回来。

钱海是不认输的人，也不认为李来与上面关系硬得像铁板一块，不可能没有缝隙，不可能找不到松动的地方。虽然李来给他下死命令的态度十分恶劣，也别有用心，而钱海知道，李来对他的恶劣态度，今后会是随时随地的，他必须适应接受和忍受，否则他是没法干下去的。要是他与李来动不动顶牛吵架，要不了多长时间，他真得自行滚蛋了，那才是李来要的结果呢。

两个月后，下拨这一千多万资金的通知来了，这是钱海跑回来的。而受到书记、县长表扬的却是李来。李来给书记、县长汇报，是他用了省领导关系，才把这笔钱找回来的。李来把功劳拉到了自己身上，钱海就沉默。反正钱找回来了，在钱海看来，功劳是谁的，不必在意。

钱虽找回来了，却很不顺利，要是差一点，就前功尽弃了。这笔钱"丢"了的缘由，是因为李来和胡腾娇等从中作梗，当然有关部门也有取消不拨的所谓充足理由。多亏钱海的锲而不舍，破除了障碍，找足了理由，才把这笔钱要了回来。

找回这笔资金的过程不复杂。钱海弄清了这笔资金被取消的主要环节，也就是管事的主要领导和办事人员后，设计了两个攻略方案：

一个是他找了对这笔资金能够说上话的几位领导和办事人员，还有他们的亲朋好友，请他们说情帮忙；一个是钱海请老局长老赵出马，找了一位副省长助力。

钱海知道，没有副省长出面，这笔取消的资金不可能找回来。他感到即使是找李来最亲近关系说情，成功的可能性也不大，因为李来等人的干涉，也因为这事情本身没那么简单，更因为钱海在上面说不上话，他们不会给。这种说情的最大好处是，一旦副省长发话让办，也不至于彻底得罪了管这笔钱的领导和办事人员。给人家面子，今后还会有路，这是钱海做事的哲学。

钱海这个办事路子极对，既办成了事，又给足了管事领导和办事人员的面子。当然这多亏了老赵的好人脉。那位副省长当厅长时，老赵与他交情不浅，当了副省长，老赵与他也时常相聚。钱海就请老赵找副省长。副省长有点推辞，对老赵说，有关部门的取消理由非常充分，他再不能说话了。副省长不愿出面，争取资金便陷入了绝境。钱海想，要回这笔资金，还得请副省长出面，不然根本无望。钱海再请老赵带他去求副省长，老赵虽为难，但还是硬着头皮，带钱海去找副省长。副省长开始虽有为难推托，听了钱海情况介绍，说你这个山川县的财政局长不好干，他可以帮助协调一下这笔钱。几天后，有关部门就通知钱海，这笔资金可以给了，即刻下拨。

县里的大会小会上，表扬李来副县长为山川县做了大贡献，李来脸挂笑容，钱海脸上平静如水。钱海虽受委屈，但心里坦然，他是真正的赢家，通过这件事他击败了李来，让李来知道了他钱海做事的不同寻常。

4

山川县的县情是贫困。县里许多难事，都与贫困相关。别看县里贫困，这缺钱，那缺钱，有的领导干部花钱却大手大脚。机关一些部门买豪车好车成风，有的干部寻找各种理由公款吃喝，有的更是变着法儿层层分割财政这块"唐僧肉"，有的单位贪污浪费无处不在。老赵当财政局长时，面临的极度缺钱和当局长的尴尬与无奈，成了年年无法扭转的难堪常态。而要缓解这些困境，首要的是以财政改革堵住漏汤的锅，通过改革解决贪污浪费和乱花钱。老赵预测了一下，要推开国库集中支付、部门预算、政府采购等财政改革，每年会给山川县堵住上亿元的漏洞。可他费了九牛二虎之力，就是推不开。他对这个贫困县节约资金伤心和失望了，对山川县财政能够有所作为失望了，他越发感觉自己像热锅里的蚂蚁，动或不动都被烤得难受。他只好辞了财政局长之职，享清福去了。

山川县财政资金预算存在的问题和财政预算管理无法做到的地方，已严重到无法容忍的地步。多年搞财政预算工作的钱海，上任面临数十个财政困境难题。小金库普遍，做假账盛行，部门预算大而化之。有钱的部门钱花不完，钱少的部门不够花，大多钱都沉淀在各单位账上，各单位经营收入不缴国库而放在"小金库"自己花。收入丰厚的单位奖金比工资多，没收入的单位一分奖金也没有，能要钱的部门办公楼宽大舒服，要不到钱的部门挤在窄小的旧办公楼里。

老赵交班时对钱海无奈地调侃说，这些改革不补住"漏汤锅"的窟窿，就等你钱海来推和补了。钱海说，那还得你老局长后面助力才行。老赵说，他当然会帮的，只要你不怕鬼，不怕摔，不怕累，还有什么干不成的事。钱海说，我压根儿不想当这个财政局长，也就不怕什么鬼。老赵说，不怕鬼，那就没有什么干不成的事情。

钱海上任财政局长的首要改革，是国库集中支付和政府采购改革，这是老赵和他盼望已久要推行的改革。

钱海和老赵急切改革，是看到了财政资金管理中太多的漏洞。钱海梳理了山川县预算管理中的漏洞，梳理得让他触目惊心，至少存在漏钱的几大"漏斗"，漏掉了国家大把的钱，也漏掉了国家大量国有资产。

还有更为可怕的潜藏"炸弹"，山川县存在虚假债务问题，有的重复统计造成债务不实。如，有个镇上报建设工业园区征地、拆迁、租赁转让形成债务九百零五万元，而经调查核实，园区已经用收取的征地费支付；有的，将乡镇债务错误上报。如，狗皮子乡将土地转让押金、集贸市场建设集资款一百零九万元统计为乡镇债务；山楂林镇政府为干部职工住房、消费提供贷款担保的七十七万元纳入乡镇债务；有的，账务处理错误形成的虚假债务。如，官道镇的广场、道路和办公楼工程等基础设施建设，账面反映债务是一个大数，实际债务是一个小数，形成虚假债务一倍之多；有的将撤乡并镇时的债务错误统计。在撤乡并镇过程中，县审计机关对原各乡镇的债权和债务进行核实清理，并出具了清产核资报告。几年来，债权、债务已经发生变化，此次上报债务时，未经重新核实，仍将原清产核资报告的数据原封不动上报；有的，其他方面造成债务不实。一些乡镇统计上报债务时，在没有任何单据的情况下，仅凭债权人自己告知的欠款数挂账。如，黄渠桥镇将已破产清算企业不存在的近百万元债务，仍然挂账上报。

这些问题怎么解决？唯有通过财政改革。这些改革，改的不单纯是财政局怎么管钱的事，而是要把凡花政府钱的部门管住。要把花钱纳入财政管理中，谁会愿意听你财政局的，谁会情愿把自己花钱的手脚让人捆住？没有一个部门支持这样的改革。可钱海却要啃下这块硬骨头。他先从清理各单位"小金库"开道，一步步地要推开全县国库集中支付改革、部门预算、政府采购改革。当然，这一项项改革，好似布满地雷的峡谷，要蹚，随时会被炸翻，甚至炸死。这利害，钱海不是不清楚。

5

　　这预算管理中的"漏斗"，漏掉的是源源不断的"真金白银"，流走的是纳税人的血汗钱。管着国家"钱袋子"的人，就如水库的守闸人，眼看着金贵的水从明处、暗处流走了、甚至被蒸发了，如切肉一样让他们痛，于是就设计不漏的"闸门"、不被蒸发的"水库"——这便是内容繁杂的财政改革。

　　钱海设计出的山川县财政改革一揽子方案，是由清理"小金库"开道，国库集中支付、部门预算、政府采购财政改革跟上的一环环硬"拳"。

　　其实这"拳术"不新，所谓改革，包括清理"小金库"，并不是钱海的创造，是财政部和省财政厅要求的，也是全国一些试点市县的做法，只是山川县迟迟未搞而已。这些改革方案也没有什么新鲜的花招，全省不少市县财政在推行，有的还搞了好几年。凡是搞了改革的地方，不仅有效堵住了流失资金的窟窿，节约了大量的钱，办了不少大事，更主要的是财政改革改出了钱怎么花和怎么管的方法，改革减少了浪费和资金使用的效率低下，也让领导随意花钱有了规矩，使得财政局长和财政部门的事情好办多了。这么好的事情，应当立刻搞才好，可在山川县为什么举步维艰呢？也不单纯是山川县举步维艰，凡是花钱不愿被捆住手脚的，也凡是想把国家的钱当作肥肉吃的，都不愿意财政改革。因为他们明白，财政改革改的是管钱不科学和用钱不合规，改到让领导批钱受限制和花钱不随意，让政府不乱花钱和不浪费，甚至让公家的钱难以装到个人口袋。这些财政改革在山川县死活推不开的原因是多方面的，阻力也是多方面的。财政改革要改掉诸多人和政府各部门的利益，动起来会弄得鸡飞狗跳，上下不得安宁；财政改革要改掉县领导和政府各部门领导的花钱大权，除了财政局长和财政局干部，有些领导和部门死活不让改。

老赵在任时多次提出财政改革，首先就被主管财政的常务副县长李来挡住了。老赵气得给李来拍桌子，问他为何三番五次阻挡财政改革？李来说，山川县财政改革当然要搞，何时搞，我们着急个"鸡巴"，等别的市县搞得差不多再说！老赵说，为啥等别的市县搞得差不多再说，那得等多长时间？！李来说，该等多长时间就等多长时间！老赵看这等还不得至少三五年，等机会成熟了，他也没啥"鸡巴"劲头了。老赵不等了，他失望，他不干了。财政改革在山川县好比登青天还难。也不是县领导里只有李来不想搞，书记也心怀顾虑，担心财政改革涉及面之大，倘若改得太急，引来对他的骂声，给他引火烧身。他们的态度是，如果是这样的效果，那还不如不搞的好，稳定比什么都重要。

钱海提出的财政改革方案，与这些年老赵反复提出的方案，虽有战略上不同，但核心内容没变，相同的是改革的环境仍然寒冷。国家财政管理在进步，而山川县的改革阻力没减反增，石书记面临提拔而求稳为上的出发点铁打不变，只要牵扯常务副县长李来重大切身利益的改革，谁提改革他就给谁吊脸。

改革难，也不是山川县难，难是穷地方的普遍现象。在穷地方，谋财渠道少，政府的钱就成了一些人眼里的"尤物"，紧盯不舍。不舍，是有太多的漏洞。在钱海看来，越贫困的地方，越应把钱管好用好，越应一分钱掰几瓣花，越贫困的地方越应搞财政改革，因为钱少浪费不起，也因为钱少能够一分钱花出两分钱的效应，那才是政府的水平、财政的目标。而这样的观点，显然在山川县很难被人接受。贫困的山川县，早养成了等上面给钱、靠向上面要钱的习惯。白给的钱，不花白不花，花了也白花。花钱没规矩和浪费已形成习惯。这么难的情形下，怎么推开财政改革？钱海在困惑中，看到了一丝机会。

这个机会是石书记新区开发计划。这个计划是钱海压根儿不愿看到的，且这个糟糕的计划也不是钱海能阻挡得了的，但钱海在这个糟糕的开发中看到了推开财政改革的一丝机会。

这计划是石书记急于上马的山川县有史以来投资最大的新区建设工程。这是个耗钱的工程，会把县财政钱袋子抽空不说，还会压上沉重的巨大债山。这巨大的风险和包袱，难道石书记不清楚？他清楚得很。石书记清楚得很，为什么还要非干不行？因为石书记要出政绩，要出看得见、摸得着的出彩工程。因为石书记同所有县委书记一样，出政绩才能晋升。出彩，是他眼下的困惑和企盼。他得出彩，有风险也得出这个彩，他就缺大工程这个"彩"。他到山川县好几年了，工作平平而无彩，他很着急。在贫困县当个有政绩的县委书记，要说最大的出彩是让老百姓脱贫，而搞脱贫那得豁出老命实干，那路漫漫而道艰难，是不易短期见大成效的苦差事，只有短期出亮点、显彩头，才是出政绩的最佳方式。因而，县新区建设改造，是石书记看好的政绩出彩的最好项目。出彩虽好，但拆迁费得数亿元。他找财政局长老赵商量新区建设的事，也就是让他想办法筹措拆迁费。老赵对石书记直说，要了他的命也筹不来这么多钱。老赵能借来这么多钱，但老赵不愿让县财政背上这个大包袱。老赵让石书记很失望，石书记就对老赵有了看法。老赵提出辞去财政局长，石书记就立马批了。钱海接任财政局长，新区建设即刻启动了起来。

石书记把钱海叫到办公室，要钱海尽快筹措新区开发拆迁资金，并提醒他，这是硬任务，必须完成。

新区建设项目太大了，钱海初步预算，十亿元不一定够用。拆迁等各方面费用得花这么多钱，这在贫困的山川县来说，谁当财政局长也会脑痛头大。钱海对书记直说，筹集这么多钱，太难了。书记说，你可以提条件，他全力支持，但钱得足额够。钱海说，除非推行财政改革挖掘资金潜力，能堵住资金浪费才有可能，否则筹措这么多资金，很难。石书记说，新区建设再不能等，筹钱是财政工作最大的事，那就抓紧推财政改革吧。于是，山川县的清理"小金库"和财政改革，尽管李来副县长和政府更多部门极不情愿搞，有了石书记点头、县长支持，总算与财政局可以配合了。

而在此时，山川县出了件大事，县交通局马鸣被"双规"了。马鸣"双规"，揭开了"小金库"惊人一幕，这倒帮了钱海迅速推开财政改革的忙。

山川县穷，政府里一些人的心也穷，贪财敛财的心重。大小单位都设"小金库"，且"小金库"一个比一个的钱多。县交通局"小金库"私存的钱，把钱海吓一跳，几千万元的真金白银，这是连县财政局国库里也常常没这么多钱的巨款。县交通局花样翻新地敛财聚财充实自己"小金库"，并使之成了局长花钱随心所欲的钱袋子，也成了职工谋取多种福利的"聚宝箱"。马鸣当交通局长五年间，从单位"小金库"花费、变相贪污一千多万元。因省交通厅副厅长出事，交代出马鸣分几次送现金六百万的事实，这才牵出交通局"小金库"问题严重。

上面有关部门摸了山川县"小金库"现象，发现"小金库"不但多，且款多。有的少则几百万，有的多达上千万。这么多"小金库"就成了各单位图谋福利，游览出国，吃喝玩乐，请客送礼和装入个人腰包的"私房钱"。

情况反映到上面，省市领导震惊了：一个贫困县，居然"小金库"泛滥成灾，且"小金库"存款惊人！市、省和中央的通报批评，疾风暴雨般地落到了山川县。石书记和孙县长被市、省领导叫去问话，还有纪委和财政部门也找他们谈话，两个"一把手"一时间大会小会做检查忙得焦头烂额，挨尽了领导臭骂，也丢尽了山川县的脸。层层领导责成山川县委县政府要高度重视"小金库"问题，立即开展全面清查。在这样的情形下，书记才感到财政局提出的清理"小金库"和财政改革，实在是山川县这样的穷财政早应当搞好的事。于是，山川县清理"小金库"工作，在书记、县长的高调动员下，很快展开了。

查"小金库"问题，一般是由纪委牵头，财政、审计、发改等部门参与的。而县纪委几个领导都在忙办省市交给的重要案子，牵头只能挂名。书记、县长把清查牵头的重任，交给了财政局，指定由财政局长钱海挂帅。

虽然上面为"小金库"问题把书记、县长批得像孙子似的，也触动了书记、县长定要做好这件事给上面看的决心，但"小金库"的事，是各地存在的"普遍现象"，中央每年都会以高压方式搞清理，已吓不了人，而清理完了，"小金库"依然存在。"小金库"到处开"花"，是因为"小金库"生存土壤厚得很，且根深得很，要把山川县这个问题彻底解决了，连书记、县长也没把握。

书记把这重任交给了钱海，嘱咐钱海，清查"小金库"的事，由他全权负责，多干实事，少请示少汇报。这是得罪人的差事，领导的话里透出的意思很明确，清查事关重大，而领导要往后缩了。

提起"小金库"，钱海压根儿就头皮发麻。它像生在政府单位里顽固的"牛皮癣"，治一下，好几天，可好几天又会严重起来，甚至越治反而越重，后来却很难治了。也不是难治，根源是领导不愿意根治，许多领导暧昧"小金库"。

"小金库"当然不是山川县的发明，也不知道是从什么时候起在政府单位出现的，反正它由来已久，在全国政府单位比比皆是。

"小金库"钱是怎么来的？山川县同全国各地情况没有两样，政府各单位都办了这样那样的挣钱实体，赚的钱不纳入账内核算，各自私存，形成了"小金库"，这使得国家的钱在拨款和使用上有了空间、断层和漏洞。

空间是怎么形成的？财政资金拨付大都采取直接支付方式，只要票据合规或手续完备就可拨款，至于所拨资金反映的经济内容是否真实合规，并不完全是财政部门的事情，财政部门也苦于力量不足难以核实其真实性、合规性，只能由相关职能部门或项目建设单位负责，导致部分单位通过合规方式套取财政资金，成为"小金库"资金来源。而"小金库"，就成了财政资金拨付票据及手续审查、资金具体去向、跟踪监督监管的"真空"。

断层又是怎么出现的？这是预算管理措施不完整出现的。按照国家有关规定，社会中介机构组织、经济实体必须在规定时间内与所挂靠的部门脱钩，由于诸多原因，这些经济实体难以脱钩，为了应付上级检查验收，只好在名义上、程序上脱钩改制，实际这些中介机构组织并没有真正与相关部门脱钩，他们仍依附行政职能部门的权力或影响，中介机构给自己带来丰厚收入。这些收入又不能纳入部门财务账内核算，便将回报收入进了"小金库"。

漏洞又是哪里来的？那是政府部门单位国有资产没有计价入账或计价不完整的结果，也是处置资产未通过公开拍卖或未履行相关的审批程序与手续，导致处置资产收入、收益或资产经营收益不能完整纳入财政管理和财务账内核算的结果。这就给长期形成"小金库"提供了稳定的资金来源。这些收入被披上了"合法"外衣，"小金库"也就有了存在的充分理由。

花钱自在不过"私房钱"。"小金库"的美妙在于，有了这个"私房钱"，一切不能的开支可在"小金库"开支了，凡是不准报销的可在"小金库"报销了，所有不该发生的财务收支，可在"小金库"出了……不管是公务还是私事的请客送礼、疏通关系，几乎成了习惯性的开支渠道。一些单位领导为获取政绩、提拔升迁、上下左右"联络感情"和疏通关系的费用，就在"小金库"支出。"小金库"，在某种条件下为组织行贿和"一把手"犯罪，提供了暗道。

全国每年都搞"小金库"清理，搞了总有多年了，也成"老生常谈"的事，查的人烦，各单位烦。钱海在财政局工作的二十多年里，几乎每年参加清理工作，而往往是查归查，处理归处理，查完和处理完了，"小金库"照样还在。

而"小金库"查处怪就怪在，处理了被查单位，"小金库"还在，那是怎么处理的？处理了谁？处理了单位一把手吗？谁会处理单位"一把手"呢。往往"小金库"涉及金额再大，也处理不了领导，也没法处理领导。只要他不把钱装进自己口袋，再大的"小金库"，也只能算是集体违纪，也只能采取温和的那种"高高地把问题举起、轻轻地把问题放下"方式处理。再说了，有些领导干部不讨厌"小金库"，在这里拿钱方便，花钱自如，还可以中饱私囊，多好。往往是，上面查下面能查出很多问题，如若是县里自己查，谁查"小金库"，谁就必然得罪人，谁就会引起众怒，甚至会招来意想不到的打击和横祸，查起来也就走走形式。而要推行财政改革，清理掉"小金库",是如何也绕不开的事。这就是钱海面临的挑战。山川县要推行的国库集中支付财政改革,不从清理"小金库"开道,改革就无从谈起。所以,清理"小金库"得动真,动真就是引火,引火就得烧身。这是钱海面临的"火坑"。

6

清理"小金库"动员会上，石书记以从来没有过的冷峻表情和高声调布置这项工作。虽然声调有雷霆万钧之力，可最后却是轻轻地放下，也可说是轻轻地下放："山川县清理'小金库'具体工作，由财政局牵头，钱海全权负责……"

一项全县的重要工作，在书记反复强调的"当前和今后一个阶段山川县的头号大事"的高低声中，被抛落到了财政局，当然也就落到了钱海头上。这样的高调布置和轻轻下放，让钱海脊背顿时发凉。

领导往后缩了，钱海被推上了前台，重要工作变成了财政局的工作，县里头号大事钱海成了主角。这个主角，自然就成了引火与踩"雷"的主角。

到会的是山川县各级领导，哪个没听出来石书记高调布置工作后面有"艺术"。那是告诉大家，清理"小金库"是上面要求搞的，清理是财政部门的业务工作，清理效果如何，全靠财政局的了。

今天动员会的高调动员，钱海是预料到了，而把清理"小金库"工作"轻轻下放"后面的书记的隐身、县长的随和，他却没有想到。大家都听明白书记、县长的"话外音"，那是为山川县清查"小金库"说明了责任。这也不是钱海想多了，石书记和县长的"话外音"在会的谁听不懂！大家听书记、县长讲话都有经验，对书记声调高低并不太上心，上心的是"话中话""话外音"和"口气"。石书记的"口气"，才是石书记的真实想法。山川县的所有事情，人们都听书记的口气，品书记的意思，看书记的目光，猜书记的心思。哪件事如若书记的口气不硬，意思含糊，目光狡黠，批字词句委婉，那下面的人就知道怎么面对了。这种情况下，做表面文章或花拳绣腿的事情，是不会有错的。这也是石书记怕引起众怒，更怕引火烧身的"护身"技巧。

何止是石书记怕引火烧身，哪个县领导不怕引火烧身呢！"小金库"不仅是山川县的"特产"，所有的地方政府单位都有，说清查，越查越多，况且"小金库"就是县领导和各单位领导变相的"钱包"，把它清除了，等于取掉了领导花钱的"钱包"。领导没有"钱包"，看领导，拉关系，跑项目，联络上级感情，钱从哪里出？这是国情，是社情，也是县情。所以，查"小金库"的事，凡是领导干部，打心眼里抵触，书记能不往后面缩吗？

钱海没想到这件事会把他置于引火烧身的危险境地。此时的钱海这才感到，清理"小金库"和财政改革，自己想得太简单了，这样大的阻力面前，连领导也怕得罪人，他没想到。

尽管领导往后缩，钱海感到他没有半点退路，还得硬着头皮查下去。不清查，财政改革没法搞；不清查，书记的新区开发建设资金靠借钱不行。这惹人的事，书记往后缩可以理解，但他是不能往后缩的；有句话叫"我不下地狱谁下地狱"，这"地狱"，他钱海不下是不行了！

清理"小金库"动员会后，钱海召集清理小组研究工作展开的具体事，请李副县长参加，李来给钱海扔过来一句话：这事以后你全权负责，直接向书记、县长请示汇报吧！

书记把清查工作交给了财政局和由钱海牵头，常务副县长李来又不参加清查小组工作会，这等于给清理"小金库"领导机构降了格，降到了部门，降到了钱海头上。

这么重要的工作，又是得罪人的差事，没有县领导挂帅出征，小组成员似乎如泄了气的皮球，都不说话，神情消极，要么就说"钱局长你说怎么搞就怎么搞"。钱海明白，这是消极躲避。组员躲避和怕事，钱海他得理直气壮，于是他极其细致地布置了清理工作的具体方案。虽然大家心有消极和怕事情绪，但钱海毕竟是财政局长，财政局长也是得罪不起或怠慢不得的主儿，因而钱海的工作安排，大家尽管消极面对，但谁也不敢当面说什么。

清理"小金库"工作的头是开了，而钱海心头却压了块石头，觉得一股无形的巨大压力，在向他倾斜，这是他当财政局副局长从来没有过的状态。他起初有些紧张，继而是苦恼和担忧。早已超过下午下班时间，他妻子吴梦两次打电话催他回家吃晚饭，不知为何口气里一股火药味。他在修改清理"小金库"具体方案，吴梦的电话让他更烦，他放下手里事，也不想马上回，到墙角书桌提笔练起了书法。这是他放松自己，调节情绪的方式。

书法养性提神，也解除烦恼。烦时，钱海想起书法和手摸毛笔，就把烦恼抛在脑后了。还有这个书法桌，没有成堆的文件和烦人的批件，站在这桌前，好像站在了风光旖旎的大海边，使他胸怀开阔，爽气透心。

这个书桌是前局长老赵得知钱海接任局长时留下的，老赵与钱海是书友，也是钱海的书法老师。钱海在办公室不敢放书法桌，就常常到老赵办公室这个书法桌上练写，也请老赵指导。钱海通过老赵的传授，加上钱海的悟性极高，他的书法水平提高很快。老赵是县书法家协会主席，钱海被选为副主席。情趣的相投，他们互相欣赏，也友谊浓厚。书桌上铺的精致毡毯，摆的雕龙精美贺兰砚，都是老赵留给钱海的。钱海对这书桌熟悉而亲切，工作累了练几笔，心情很快平静，烦恼即刻忘却。他庆幸自己跟老赵学习并爱上了这美妙的喜好。他提起笔，竟然忘记了吴梦反复催他回家吃晚饭的事，直到又打电话催他，是吼叫般地催问他，"怎么还不回来，饭菜凉了"，他才离开了办公室。原来他小姨子吴倩来家了，怪不得吴梦接二连三打电话催他回来。

女儿钱梦吴已经吃过晚饭，做作业去了，吴梦和吴倩没吃，在等钱海。钱海看吴梦脸挂着"霜"，吴倩脸上也半晴半阴，猜想发生了不妙的事情。

吃饭时谁也没说话，饭碗一放，吴倩急不可耐地对钱海说：姐夫，清理"小金库"是得罪人的事，连书记、县长都往后面缩，你为啥硬往这火坑里跳呢?!

吴梦也接着说：这捅马蜂窝的事，县领导不主动，你当什么大尾巴狼！

原来她们姐妹俩脸上挂的愁云，是为这个事。

为这事，一方面是爱护他，一方面也是为她们各自单位。她们一个是县电视台台长，一个是国土资源局主管财务的副局长，她们都在维护各部门的利益，与所有的"小金库"受益者领导一样，十分反感清理"小金库"和国库集中支付改革。她们既是关心他，也是在关心和维护自己单位的利益。因而，无论于公于私，她们都要把钱海拉住，让清查成为形式，这样于谁都好。姐妹俩浓烈的"火药味"，拉开了同他的战争。

钱海说：动员会也开了，书记、县长的话也讲了，清理工作也开始铺了，就是火坑也得跳，我不跳谁跳。

吴梦说：县里开了大会而没动静的事多了，书记、县长几乎每天都在讲话和作指示，下面当真的和实做的有几件事情？再说了，主管你的常务副县长李来压根儿反对清理"小金库"和财政改革的事，书记也在往后缩，你再坚持搞，除非是脑子进水了！

……

吴梦姐妹俩不停地指责钱海愚蠢。说他愚蠢得不顾自己今后前程，愚蠢得不顾自己和家庭的安危，是山川县最愚蠢的人。要他立即放弃清理，也暂缓国库集中支付改革，当个安稳少事的财政局长，这样对谁都好。"这样对谁都好"的提醒，姐妹俩重复了好几遍。

吴梦和吴倩的指责也好，挖苦谩骂也罢，让谁听都在理。她们说得没错，清查也好，改革也罢，真搞就会面临"引火烧身"的危险境地。但钱海早已把这事想透，也打定了主意，这个"退堂鼓"不能打，不然就与老赵当财政局长时没啥两样，当财政局长一场，改革上没什么作为。

吴梦和吴倩不停地指责和劝导钱海，钱海先是解释和回应一下，后来不再讨论，也不反驳，就耐心听着。他知道她们姐妹俩的性格，遇事急而躁，做事不达到目的不罢休。今晚她们是抱着铁的决心要劝阻钱海，他若不听劝，她们就会不停地指责他，他要反驳，那就会引发吵架。于是，钱海不管她们说什么，他就是不说话。钱海乖乖地听着，她们俩以为他听进去了劝导，姐妹俩的脸上渐渐地放出了笑容。她们说够了，说累了，吴倩很快就走了。吴倩走了，吴梦也不再说什么，"家庭战火"一时收场了。但钱海清楚，只要他打定主意干，"家庭战火"随时会烧起来。

吴倩走了，钱海冲澡，公文包振动的手机不停地在响。吴梦从钱海公文包里拿出手机看，是张美玉的电话并短信，要钱海速回电话。吴梦气不打一处来，把手机扔到沙发上，朝钱海愤愤然地嚷：是你旧情人打来的。

是财政局副局长张美玉打来的。张美玉是钱海上省财校时的"旧情人"。"旧情人"之称，是吴梦常挂在嘴上，讽刺挖苦钱海的口头语。这么晚了，没有急事，张美玉是不会打他电话的。钱海问张美玉，有什么急事吗？张美玉问钱海，你在哪里？给你打好几次手机电话，你也不接，不会有什么事吧？钱海说，手机调到振动没听到，没什么事。张美玉说，明天清理"小金库"方案布置会，她不想参加了。钱海问，为什么？张美玉说，她考虑到做这件事情吃力不讨好，还要得罪人，不参加清理小组了。

张美玉不仅财政业务精，一旦做起事来细致认真。张美玉不参加清查小组，对钱海来说是釜底抽薪。清查"小金库"和接着推开的财政改革，不能没有张美玉的参与。钱海说，明天的会你还是参加，有什么顾虑，会后我们再说。张美玉还是说，明天的会她要请假。钱海说先休息吧。张美玉关心地说，你肯定很累，早点休息吧。钱海知道，只要他没同意的事，张美玉不会去做，明天的会，张美玉肯定会参加。还有好几个未回电话，是几个朋友打来的，都是打了又打，留言说有急事。已经很晚，钱海感觉身心要散架了，没给他们回电话。

钱海纳闷，清理"小金库"和国库集中支付改革，是张美玉起初很愿意参与的工作，她在财政局负责分管国库支付中心，这是她的本职工作，是遇到了什么阻力，使她突然不愿参加了呢？

第二天一早，钱海很早到办公室等张美玉。张美玉好像知道钱海一早要找她，几乎与钱海同时到了财政局。钱海问张美玉：你要退出清查小组，是什么原因？

张美玉与钱海在省财经学院同班，曾经是恋人，虽然因吴梦没有走到一起，而心底里彼此都保留着一份情愫。尤其是张美玉，心里还埋藏着对钱海深切的爱。他们之间说话，相互都会以真诚的方式有话直说，不打埋伏、不拐弯。

张美玉告诉钱海：是李来找我了，劝我不要参与清查小组和国库集中支付改革的事，得罪人又不落好，对我今后发展不利。

张美玉又说：我并不是因为李来劝我退出我才退出的，我退出的主要原因，也是要劝你放弃清查之事，退出来做舒心的事情，犯不着为了山川县的破事而引火烧身。

钱海对张美玉说：你的好意我领了，但我得干到底，也希望你在这个关键时候，不要退缩。

张美玉说：道理我清楚，清理"小金库"是为财政改革开道，对今后山川县财政有所作为，甚至对山川县今后发展意义重大。但这个"重大"是山川县的重大，不是你我的重大，你我个人没有必要付出太大代价。

钱海沉默，张美玉也不再说话。两个人对视好半天，张美玉以为钱海被她说动心了，没料到钱海认真地劝说她不仅不能退缩，还要替他分担困难……张美玉对钱海透着浓情的话感动，她不再说什么，她懂钱海的话，也懂钱海的心。她对钱海说，那就有难同担吧。钱海心里涌起暖心的感动，也腾升起这些日子来少有的信心和勇气。

尽管李来警告性地劝张美玉不要参加钱海的清查"小金库"小组，而张美玉哪里会把李来的警告当回事，她的心在钱海一头。清查正处在艰难境地，再说了清查"小金库"是财政改革的前奏，也是阻碍财政改革的一道坎，更是阻碍钱海有所作为的一道坎，不清理掉这道坎，山川县的财政改革不仅仍停步不前，且钱海的财政局长未来会是平淡的，那会与前任财政局长老赵在财政局一样，在财政改革上没什么作为。张美玉想，她得帮钱海，得帮他迈过这些沟坎。在李来和钱海之间，在个人前途和钱海与财政改革之间，她选择了后者。

钱海有张美玉毫不畏缩的协助，也有张美玉和几个查账高手，虽面对多面阻力，却由惧怕变成了冲动，一种不怕事的冲动，啥也不怕了。钱海布局的清查先从那些极力反对清查的部门下手，也就是招商局、交通局、教育局、国土资源局等十部门为第一批清查对象。这些部门大多是常务副县长李来分管的，这其中有些局局长是李来的"哥们"。查这些部门的利害关系，钱海很清楚。而钱海更清楚，不先啃这些"硬骨头"，不啃下这几块"硬骨头"，清查就会流于形式，甚至是"雨"过地皮都不"湿"。这样既得罪了人，又助长了一些人的威风，那将是最难堪的。

而让钱海难堪的局，早在暗处设着。

就在钱海带领的清理小组进入被查单位的那天晚上，李来与胡腾娇、交通局副局长、教育局长、国土资源局长等与他亲密的县里的一些头面人物，在山川"人间天堂"喝酒。这些人在一起，少不了骂三骂四，更少不了琢磨如何狼狈为奸的勾当。先是把钱海骂了个祖宗八辈子底朝天，接着就商量怎么对付钱海，使钱海的清查干打"雷"而下不了"雨"。

他们以十分冲动和憎恨的情绪，想出了让钱海下不了台的损招。这一晚他们激情昂扬，畅怀豪饮，都喝多了，但却商量好了对策：闭门不见。第二天，这几个人的办公室的门就锁着。钱海带领清理小组去这几个局，找哪个局长都吃了"闭门羹"；找财务股领导，也是锁着门，打局长和财务股长电话，都没人接。一了解，全在外面。在外面什么地方？都不说。连续好几天，钱海的清理小组，吃了不同方式的"闭门羹"。钱海感到了这"不约而同"的背后有人在预谋什么。

这"闭门羹"，显然是软对抗。

钱海在找破解"闭门羹"的法子，他想到了进与退之间的奥妙。他在家常拉架子车。山路上常遇到沟坎，车轱辘被沟坎咬住，无力拉动车，唯一的办法就是后退。后退是下坡，很容易退出坎。退出坎，如果不再被坎咬住，那就是斜着拉车，让一个轮子先下坎，把先下坎的轮子先拉出坎，再让另一个轮子下坎，这样斜着拉，分别减轻了两个轮子阻力的问题，很容易把车拉出来。这样反而进是退，退是进了。

他给清理小组放假，也就是暂时解散。有人问钱海，是不是不清理了？钱海不回答。有人断定钱海是知难而退了。

　　一个月过去，被清查单位再没有见到清理小组的人影，都以为钱海真的知难而退了，而他们哪里知道，钱海在做清查的暗中调查。

　　而"小金库"都被捂得又严又实，又隐又深，暗查怎么查？既然都在"躲猫猫"，那就放下先查账这种寻常的方法，先做暗中勘察，把有可能发生"小金库"的线索摸清楚，再顺藤摸瓜，也不妨是个好办法。

　　暗中勘察，是到被清查单位实地察看，察看办公场所有无租赁，电梯里有无广告信息，有无通信基站等，这些情况有可能给被查单位带来额外收入。这些收入往往会成为找到"小金库"的线索。这是张美玉给钱海出的主意，钱海觉得这主意有点意思。

　　暗查虽好，也会极大可能查到发生经营行为的线索，而一旦让被查单位知道，会有麻烦，甚至会有危险。为不走漏风声，钱海让张美玉带财政局人员不动声色地暗查。

　　被清查单位竟然没觉察到暗访这一招。

　　张美玉派刚入财政局的"新面孔"，两人一组分别到被清查单位暗访。他们楼上楼下，楼里楼外，角角落落，看了个仔细不说，还通过门卫和单位人员那里，"套"出了很多信息。

　　接着清查。被清查单位对付清查小组，压根儿也没把清查当回事，态度横得很。清查小组到掌握线索的单位查账，先是关门不见，后是质问清理小组："凭什么查我们！"钱海早已做好了对抗清查的充分准备，让清查人员拿着证据上门，当场亮出"小金库"存在的照片、录音、录像和其他证据，在确凿细致的现场材料面前，什么话也不说了。这些单位领导做梦也没有想到钱海有如此阴损手段，有的气得直骂钱海缺德，有的不知道怎么办好，有的耍赖皮死不认账。他们串通一气抵制清查组，拒绝接受清查，清查又出现僵局。

　　就在这节骨眼上，钱海没想到孙县长出面了。县长召集这些单位一把手开会，严厉指出，谁不配合，就处理谁；谁拒绝清查，就免谁的职。这样一来，清查小组就进入了查账阶段。

钱海奇怪，在清理"小金库"这个问题上，一开始孙县长没有这么大决心啊，为何在这节骨眼上，表现出这般强硬态度？钱海有些弄不明白。

"小金库"之害，其实也是孙县长深恶痛绝的事，在老赵当财政局长时，他就支持推开，由于阻力太大，老赵无能为力，他也无能为力。这次钱海把清查"小金库"当作推开财政改革推开的关键一环，他是支持的，但推开时，特别是动员会上和会后具体实施中，又为何有点缩头缩脑？

原来这段时间，孙县长听说市领导正考虑调选他做县委书记，因清查"小金库"常务副县长等一批人极力反对，他怕在这关键时候激起矛盾引火烧身，所以他"缩"了一下。

孙县长已经五十六岁，几年来好几次提名县委书记，却最后都没了影子。离退休没几年了，孙县长也企盼这次有"戏"，当上书记，也就有望享受副厅级待遇了。因而孙县长会时常冒出这样想法的时候，就在干与不干、多干少干的事情上非常纠结。这想法，钱海是理解的，他也不想在县长面临好事的节骨眼上给他添麻烦，所以钱海大小事尽量不去找孙县长。

而孙县长为何近来无所惧了，又找问题，又要提出处理人，对清理"小金库"一副毫不含糊的态度？原来市委书记和市长找孙县长了，是严肃谈话，但不是选拔书记的事，而是山川县清理"小金库"的事，要求他着力抓，搞不好是要受处理的。市领导的话很重，这是批评他，也算是考察他吧。孙县长也只能这么理解。

市领导既然这么重视山川县的清理"小金库"工作，实是把他推到了"火山口"上，面临选任县委书记的当儿，他也不敢有顾虑了，只有冲锋陷阵的选择，跟钱海一起跳这个"火海"了。

有孙县长助推，清查进展很快，开局查出了十多个开设"小金库"问题严重的单位。查出问题怎么处理，是悄悄地封了账算了，还是追究领导和有关人责任？孙县长主张悄悄地查，悄悄地收摊，不让把"动静"搞得太大。钱海说，不出"动静"当然好，可不出"动静"是不可能的。要把"小金库"的"根"除掉，必须处理几个有问题的单位和领导，否则还会同过去那样，前脚清查，后脚又会设账。

怎么处理？孙县长的主张是，收缴"小金库"资金，封闭账户，大会提出批评就可以了。而钱海仍坚持除了收缴资金、封闭账户外，要通报批评，并由问题严重单位做检查并对负责人做适当处理。孙县长没有坚持他的意见，便交代钱海，处理问题单位和领导的事，你们提出方案，报上来吧。

钱海提出了处理单位和人的意见，这是个"捅马蜂窝"的糟糕意见，也是引火烧身的"火桶"，钱海当然知道它的危险有多大。钱海考虑再三，还是回到了他的起初决心上：既然是"捅马蜂窝"，小捅不如大捅，大捅不如彻底捅透；捅大了，捅透了，天也不会塌下来。

要通报处理的有十多个单位，当然也牵扯这些单位领导。这些单位在县里是强势部门，强势的更是这些单位领导，他们大多是李来常务副县长主管的单位和他的亲密哥们，哪个单位都硬得不好碰，哪个单位领导都不好惹。实际上实在不好惹或不好对付的倒不是别人，而是他妻子吴梦和小姨子吴倩。国土资源局的"小金库"问题严重，与吴梦作为主管副局长把关不严有关，负有领导责任。吴倩是县电视台长，县电视台"小金库"违规开支问题严重，吴倩负有重要责任。一面是李来副县长主管的部门，一面是与李来副县长"贴心贴肉"的"掌门人"，一面是老婆和小姨子，钱海只能硬着头皮面对。他没有其他选择，在他看来，任何选择也是回避，回避就是退缩，退缩就是收兵，收兵就是清查流产。当然，查处的"动静"越大，离钱海的"火坑"就越近。

处理通报刚上报县领导，吴梦就知道了处理的领导中有她，还有吴倩。钱海明白，这显然是吴倩告诉吴梦的，而吴倩的消息应当是李来告诉她的。

钱海回到家，很饿，家里没有动静，早该放学回来的女儿不在家，厨房没人，到卧室一看，原来吴梦在睡觉。这正是做晚饭吃晚饭的时候，她是病了，还是在生气？结婚十多年，钱海了解吴梦的脾性，吴梦只要莫名其妙躺在床上，不是生气，就是生急病。一般情况下，她都是每天睡觉很晚，或者很少白天和天不黑睡觉。看样子是在生气，生大气。钱海走到床边，吴梦把背给钱海，钱海心里"咯噔"一下。

钱海问吴梦，哪里不舒服？吴梦不理睬。钱海问，女儿放学回来了吗，去哪里了？吴梦也不理睬。钱海连问好几句，吴梦装睡，仍不理睬。钱海证实自己的判断，吴梦在生气，在生大气。钱海着急地扒吴梦的身子，吴梦一动不动。钱海感到，吴梦这是在生他的气呢。怪了，下午上班离家时，看吴梦好好的，怎么回事？是班上听到什么话，还是遇到什么大事了，很少见她生这么大气的时候。钱海看情形，吴梦生气生得来头不小，不能再问了，再追问的结果，是明摆着吵架。他只好下厨房做饭。

钱海下厨做饭。吴梦最爱吃肉丸子豆腐白菜海带粉丝火锅，还爱吃蒸鸡蛋糕，还爱吃饺子。钱海做的饭吴梦喜欢吃。没当财政局长，或周日有空的时候，钱海也会下厨，包饺子、做锅贴，或包包子。钱海的母亲是满族人，做火锅是拿手好戏，饺子、锅贴、包子钱海从小就会，做得快还味道好，吴梦和女儿吃不够。要以最快速度做好饭，包馅已来不及，只能做火锅。

他们俩吃火锅。吴梦问钱海，你怎么不说话？钱海说，吃完再说吧。钱海刚放下筷子，吴梦就憋不住压了许久的怒火。她厉声问钱海，"小金库"清理的处理领导中，为什么有她和吴倩的名字?! 钱海总算知道了怒气来自何事。

吴梦的声调又高了一倍，几乎吼叫了：你通报处理我和吴倩，是不是想用大义灭亲来抬高你自己啊?!

钱海说：通报处理的领导，也不单就你们两个，还有那么多呢；况且你们是直接责任人，对事不对人，能绕得开吗？

吴梦还是嗓音高八度地嚷：你不把我们俩放在眼里也行，但你通报处理的哪个是惹得起的？这是你在给自个儿挖火坑跳！

钱海说：我是对事不对人，得罪谁也只能得罪了；早就知道是在给自己引火烧身，但早就想好了，即使是火坑，也只能跳下试试，看它能把人烧死吗！

吴梦骂钱海：二百五，土山楂！

钱海说：我土，可我清醒得很。

吴梦厉声说：通报处理谁我不管，你得把我和吴倩的名字取掉，不然这日子别想过了。不仅仅是取掉，而是奉劝你不许再查"小金库"的事了，也不许通报处理单位和人！

钱海说：这是工作，你说不许就不许了?!

话越说越难听。夫妻俩大吵起来。

吵完，谁也不理谁。吴梦在生气，钱海陷入痛苦。钱海看不能在家里待下去，不然吴梦还得没完没了，他去了办公室，正好张美玉和几个股长也加班，在研究应对方案。

刚到办公室，钱海接到吴倩电话，也是怒气冲天地问钱海：通报处理领导名单里，为什么有她和她姐的名字，你当个破财政局长难道"六亲"不认了?!

钱海说：你吴倩和吴梦是这次清理承担责任的领导，与所有查出问题的单位领导一样，处理一视同仁，这跟亲不亲没关系！

显然，已跟她姐吴梦刚刚通过电话的吴倩，得知钱海不可能从通报处理名单里取掉她们名字，更不可能停止"引火烧身"的"小金库"清理，像疯了的狮子，向钱海直吼：你是我姐夫，我劝你立马放下通报处理的事，也再不要深查账了，不然你的后果很难堪?!

钱海说：停下来不可能，不处理，等于放弃清理，不能这样做。

吴倩说：那在通报处理名单里，不能有我的名字！

钱海说：这是对事不对人，得一视同仁。

吴倩怒气冲天地说：那就别怪我不客气！

钱海问吴倩：什么叫不客气？

吴倩不回答，把电话挂了。

电话里吴倩的高嗓门，使钱海旁边研究事情的张美玉和几个股长都听了个清楚。大家都知道是钱海小姨子的电话，听到了他小姨子在电话里跟钱海发火，而且在威胁钱海，就装着没听着，继续该说什么说什么。说完工作，股长们走了，张美玉没走，她故意问钱海：你小姨子说跟你"不客气"，是不是你"沾"小姨子了？

钱海说：没影子的事，还不是处理名单上有她的名字，她跟我闹。

张美玉还是怀疑地说：小姨子是姐夫的"半个老婆"，你没"沾"她，她怎么会要对你"不客气?"

钱海说：她就那火暴子性格，跟她姐一样，不理她。

张美玉说：你那小姨子没那么简单，你对她还是小心点吧。

小姨子的报复立竿见影。

过了两天，县电视台忽然播出《机关行风面面观》报道，也不知道是什么时候拍的，是用隐形摄像机偷拍的，报道财政局职工上班不按时，下班早退，还有接待吃喝等鸡毛蒜皮小事。财政局有没有这些现象？实际情况是，迟到的没有，早退的也没有，接待吃喝有。迟到、早退，那是奶孩子的职工，还有那是先办事后回机关的干部，再就是出去办事的人员。至于吃喝，那是经过领导审批的正常接待，没有超出标准，与全县机关部门接待标准没什么两样。

这个报道播出去后，虽然县领导没人质问钱海，也知道财政局管理很严格，这是电视台无事找事地报道，但还是对财政局议论纷纷，甚至县"行风办"派人来调查财政局的问题，要发通报批评。这便是吴倩对钱海说的将对他"不客气"。

钱海不理睬小孩子撒气的"小把戏"，也不对调查组做解释。调查的结果，是电视台故弄玄虚，说是小姨子玩姐夫，成了笑话，结果是不了了之。

处理通报照发，有关领导检查照做。吴梦说，你钱海是真把"马蜂窝"捅开了，也给你自己挖了"火坑"，等着挨"烧"吧!

7

"后院"起火，"冷箭"在飞来。钱海陷入了困境。

有两个人在为他着急，确切地说是有一个人在为他着急、在生气；另有一个人在为他着急、在紧张害怕。那就是吴梦和张美玉。

钱海的不通融，导致吴梦和吴倩姐妹被通报处理，使得他与老婆和小姨子闹翻，他不知道怎么办好了。

有道是有福之人不用愁。钱海是个有福气的人，在关键时候，总有个女人会帮他。也可以这么说，女人喜欢一个人，心底里喜欢一个人，她会为他做所有的事情，这便是张美玉。张美玉可说是钱海的福星。在钱海"四面楚歌"的关键时刻，也需要人给他助力的时候，张美玉下了决心，要帮钱海干到底。

在这清查受阻的时候，清查内部又"冒烟"了。清理小组有几个带"长"的成员，借本部门有事忙，有的撤人，有的换人，换来的是没啥能力的人。在这关键时候撤人和换人，明摆着是给钱海"釜底抽薪"。小组人员的弱化，查账力不从心了。

这"釜底抽薪"的"小把戏"，哪能难住钱海，财政局有的是查账高手。钱海调整了财政局查账行家，充实到了清查小组，无伤大局。虽无大碍，但钱海无法改变面临的"四面楚歌"局面。

吴梦近来情绪很坏，加上她妹妹吴倩跟她闹别扭，对钱海由怨积成了恨，跟钱海发火越发频繁起来。吴梦发火当然有吴梦的道理，钱海有苦难言。这次吴梦受到"小金库"问题通报处理，正是她将要晋升正科级的节骨眼上。在这关键时候受了处分，晋升的好事便泡汤了。这晋升可是她苦等了好几年的最大企盼，这一挨处分，也许短期内就无望了。升职的事，是机关干部盼星星盼月亮的大事，钱海操作的通报处理，使吴梦失去了机会。吴梦的这怨恨，钱海拿什么给她解得开?!

早已过下午下班时间，钱海仍在办公室里，连续好几天他都回家很晚。他在练书法，练他痴迷的行书。

书法是钱海解除忧愁、缓解压力、求得平静的习惯。自从他跟老赵局长学上爱上书法，使他有了对付劳累、烦恼、紧张的方式，也有了寻找快乐、慰藉、安静的载体。他的草书，是跟老赵学的，而又形成了他自己的风格。近几年他又迷上行书，每天晚上，只要能走到书桌边，他都要练上几笔，且一拿上笔，就不想放下。

这几天吴梦跟他闹腾，他在单位门口小店简单吃一点，回到办公室练字，练到很晚回家，也就是约莫女儿睡了、吴梦也睡了才回去。家里的"楚歌"会"唱"多久，钱海也不清楚，他感到一时很难化解，只有"躲"为上，躲是他们之间最好的调解方式。他们结婚十多年来，凡是与吴梦发生矛盾，就是躲。钱海对付吴梦这样火急脾气且认死理的女人，只好用这办法。

家里的女人在怨恨钱海，而单位的一个女人却在为钱海担忧。张美玉担忧钱海的处境会越来越糟糕，感到她立即要做的，也是能够帮钱海的，不是劝他"退堂"，而是主动出击。不主动，就会被动，不主动，就会沉没。这是财政局的唯一选择，也是钱海的唯一选择，没有退路。

这些日子，只要钱海下班不回家，或很迟回家，张美玉和局里许多人，也都加班很晚才回家。财政局加班本身也是常事，局长日子不好过，大家也有种陪他的主动担当感。财政局大多人喜欢钱海，都有恨不得帮他分担忧愁的心情。钱海对此更疼爱下属，加班尽量短些，或者尽可能回家加班，不至于让大家跟着加班；与吴梦闹别扭只有躲在办公室，没有其他去处，让大家牵挂又跟着加班，他心里过意不去，他又没办法。这些日子，张美玉也回家很晚。

清查"小金库"是国库集中支付等一揽子财政改革的前面一环，也是紧接着取消全县各单位银行账户，各单位支出全归财政账户一个笼子管理的重大步骤。不彻底取消"小金库"，各单位的钱就管不到财政的国库里，那后面的财政改革内容就有漏洞，外存的资金就进不了国库。钱海对深挖和清掉"小金库"下了破釜沉舟的心。而目前的困境，牵扯到清理的效果和成败，需要人帮他。

在这关键时候，张美玉找钱海，主动要求带队去查这些有问题的单位，钱海却不同意。

张美玉问钱海，为何不同意她带队。钱海说，这是得罪人的事，要得罪他来得罪到底，不能把你也"搭"进去。

张美玉说：只要能帮你，我的前途进步有没有无所谓……

钱海了解张美玉，这是她真心话。钱海拦不住张美玉，只好让她带队去。

张美玉带领清理小组分头查账，这是第二次深查，是要在第一次清理的基础上挖掘新的线索。新的线索是隐藏很深的，不像第一次清查那么容易，被查单位有了对付经验，挖掘不容易。第一次挖出的"小金库"线索，是大多单位没有把钱海和清理小组当回事，也压根儿没把查到的问题当回事。在查出问题的单位领导看来，"小金库"是全国政府部门普遍存在的现象，山川县也不例外，各单位都有"小金库"，只是账户多账户少、钱多钱少而已，处理谁不处理谁，也不是清理小组说了算，要处理也处理不过来。可没想到钱海清理的手段多，把查出的问题如同狗咬骨头一般，牙都快被人敲掉了，仍"咬"住不放。"咬"住不处理不放手，竟然都被他处理了。这让被查单位没有想到。上次虽然清理掉了违规账户，被处理了一批负责人，"小金库"却仍然存在，隐蔽而很深地存在。那么这次查账的细与深，也就是能不能挖地三尺，是查出成效的关键。而深查，那是往人家痛处捅，割人家心头肉。张美玉的清理小组每到一处，不是门紧闭，就是财务的人不在，几天都是空跑。

清理小组仍在行动，查到了有些人的痛处。有人在张美玉和钱海的手机上留言，恐吓他们：如果执意查，让你身败名裂，让你财政局长当不成；你替钱海卖命当走狗，小心你与钱海的丑事曝光全县，小心会死得不明不白……

污辱的恶毒语言，朝张美玉泼了过来。激烈矛盾面对面了。

去一个单位的财务科查账，遇到财务人员辱骂，竟然把张美玉带领的清查小组从财务室推了出来。晚上，张美玉家阳台窗户，被扔进好几块石头。吓得她一晚没睡着觉。

再去另外一个单位查账，虽然没人敢动手动脚和骂人，但晚上张美玉在家门口遇到了几个不明身份的人，问她是不是张美玉，她说是，那些人扑上来就是一阵拳打脚踢，出手很重。张美玉顿时天旋地转，不省人事。也不知道是何人把她送到了医院急诊室，好在头部、身上只是皮外伤和软组织受伤，没有生命危险。

钱海赶到医院看望张美玉，张美玉的头上包着纱布，身上好几处肿胀，伤得很重。钱海看此情形，对张美玉心中产生强烈的愧疚和浓情的爱意。

是谁打了张美玉？钱海迅速让人报了案，公安局立即介入案件的侦破。

公安局非常重视，但侦破了数日，没有查出凶手的一点线索。

公安局没有查到凶手，却查起了张美玉的社会关系。问她有什么仇人？她的所谓仇人，也就是她前夫。公安人员问询她前夫，打张美玉是不是他指使人干的？张美玉前夫气得脸铁青，说他跟张美玉毕竟夫妻一场，再有仇也不可能对她动手。吼骂办案的是"别有用心的黑狗子""一堆吃饱了撑的蠢货"。一气之下，他向公安动了手。公安回敬了他不说，还把他拘留了几天。张美玉前夫遭到警察莫名其妙问询和殴打并被拘留，肺都气炸了，找到医院同张美玉算账，幸亏护士拦住不让进病房，否则还不知会发生什么事情。公安办案人员的这一出戏，使张美玉前夫与她产生了一场本该不会有的矛盾。

张美玉的前夫，是公路包工头，由于与李来副县长有说不清的关系，也十分反感查"小金库"和财政改革的推行。所以，前面离婚的矛盾，加上这事背后的利益关系，公安人员的问询，成了激化他和张美玉矛盾的导火索，一点即燃，且将即刻发作。

查"小金库"捅到了有些人的痛处，也牵扯到她前夫的利益。她前夫曾多次对她说过，"别干这得罪太多人的蠢事"，出了"事"，你会后悔不及。

说出事，张美玉就出事了。当然，这出"黑手"的事，张美玉断定不会是她前夫干的。但有人说，这也不好说。

受伤的是身，而张美玉感到心比伤口还要痛。正当张美玉身陷极度痛苦的时候，有人又对她心口捅了一软刀。一个深夜，有份举报信投到了一个举报箱，有人给市县纪委写了举报信。举报信说，钱海与她的副局长张美玉有婚外情，他们长期有不正当关系。

吴梦也收到了举报信。吴梦对举报信的真实性，毫不置疑，对钱海说，如果真是你"旧情"复发，就离婚。钱海说，哪来的"旧情"？你要成天疑神疑鬼，说风就是雨，离就离，离有什么可怕的。钱海的话，把吴梦噎得不敢吱声了。吴梦嘴虽硬，但她还是舍不得钱海。

市县纪委对举报信非常重视，派人员调查，几乎找了财政局所有人了解情况，也还做了多方面社会调查。调查结论是：说张美玉与钱海有不正当关系，纯属造谣，但张美玉对钱海暧昧关系，还是存在的。结论是，因没什么违纪与道德的问题，且钱海又是被动者，也没什么不妥的地方，组织上不能对张美玉与钱海谈话。这桩谣言调查的结果是没有说法。一般来说，没有说法的谣言，那就是真的。

这份举报信，纷纷扬扬传遍了山川县，传成了离奇的故事。竟然说钱海与张美玉多年来有不正当性关系，而且张美玉为钱海做过好多次人流。还有，张美玉出版的诗集里，那些情诗都是写给钱海的，等等。这些传言，钱海自然不当回事，自己没做的事，心里坦然清亮；张美玉进了心里很快出去了，她是一边生气一边心跳的。她还真想与钱海有这些浪漫离奇的风流故事，那也是她渴望与钱海有的故事，这离奇故事，反而让她心里有种满足感和强烈的情感渴望：真要是与钱海有这些肉麻透顶的故事该多好，那也解了她心藏深处想他恋他的焦渴。

举报信蔓延出来的钱海与张美玉的故事，最受伤害的人是吴梦。吴梦不相信钱海与张美玉有肉体关系，这一点她可以感觉到。钱海是爱她的，可以从对她的身体的迷恋上说明这一点。虽然钱海过了四十，"缠"她的时候日益少点，那是因为他有了高血压病的缘故。而在床上床下的细微之处可以感觉到，钱海在情感与身体上没有抛锚。尽管吴梦对钱海有这样的基本判断，但她听了举报信那有鼻子有眼的故事，还有那活灵活现的描述，再加上张美玉离婚多年至今不嫁，让吴梦不得不怀疑自己对钱海的判断过于自信。还有让吴梦推翻这一点自信的是，男人这东西，除了那东西不好用的外，好像不吃荤腥的少有。再老实的男人，即使老婆对他有多好的男人，即使对老婆好得没得说的男人，也少不了在外面偷嘴吃。何况是张美玉这样风韵绰约而痴情不露的女人，更使男人动心，也更会使男人魂不附体。她单位的领导和县里那些正人君子，还有那些表面上看起来老实巴交的男人，不是有情人，就是包"小三"，有的还经常去那些不干净的地方偷"鸡"摸"狗"。

想到这些，吴梦心里堵得如塞上了东西，喘不过气来。她在那天看到举报信，后又听到传言时，虽跟钱海吵闹过两次，甚至一气之下提出过离婚，但又感到自己有点冲动，如果闹过分了，等于把钱海往张美玉身边推，何况钱海绝对不是那种人，相信他不会与张美玉有不正当关系。吴梦对钱海改变了态度。每天下班前，她会给钱海打个电话，问他想吃啥，叫他下班后早点回来。吴梦的情绪缓和，钱海感受在心，心里暖洋洋的。

吴梦让步，并不是她不再怀疑钱海，她对钱海既肯定，又怀疑。且肯定完了又怀疑，怀疑完了又肯定。近来她常常听到身边的男人女人，这个跟那个、那个跟这个，勾勾搭搭、暗中偷情，她又对钱海有了怀疑。

使吴梦最为反感的是，张美玉刊登在《山川报》副刊上题目为《红山楂》的诗，她感到那诗风骚得让人肉麻。什么"梦中的你，羞得让我脸红；雨中的你，俊得让我心跳；那天的你，害得让我承诺了一生……我愿意，为你守候；我愿意，孤独地等候……""山楂花开的时候，山楂花就是跳动的心；山楂果挂在枝头的时候，山楂果就是她的心；山楂果红的时候，山楂果没了知音……"这样情恋的诗，又是单身女人的诗，又是心底里真正喜欢钱海的一个女人的诗，刊登在

《山川报》副刊显眼的地方，别人能没有非议吗？

而实质上，诗情的后面不是这样。诗是张美玉写的没错，张美玉心里爱着钱海也不假，这诗是写给钱海的也没错，而错的是，人们忽略了写诗的时间。张美玉的诗是上财校时写的，是跟钱海相恋时写的。她虽最终没跟钱海成为夫妻，但财校毕业前出版她的诗集时，她还是把那些与钱海相恋的诗，收到了集子里。这本诗集出版已许多年了，书店偶尔还有新版出现。《山川报》的总编看到了，出于好意，没征求她意见，选了近十首刊登了出来。因刊登时没注上诗歌写作时间，导致读者误以为是新近写的，便成了别人攻击她和钱海的炮弹。好在张美玉内心雅，且宽阔，谁怎么想，谁怎么说，她也不解释，不着急。这一点最让吴梦疑心加剧。

有几天，钱海每天加班很晚回家，吴梦就胡思乱想。想钱海加班时，少不了张美玉加班，一起加班少不了有说有笑的，有可能还眉来眼去的，一定会。吴梦想到这些，心里不是个滋味。

有天晚上，十一点多了，钱海还没回来，吴梦给钱海办公室打电话，钱海不在办公室，可钱海说他在办公室加班。吴梦知道，说他在办公室加班，也许在其他办公室说事，这是很正常的事。可吴梦总感到钱海在张美玉的办公室，或者与张美玉在什么地方。她越想越头痛，就打钱海手机，可钱海就是不回电话。快到十二点了，钱海办公室电话仍没人接，她想钱海会不会与张美玉……越想越不敢想，等待和胡思乱想让吴梦快要神经了，她去了财政局楼下看钱海办公室灯是否亮着。

财政局楼临街，站在楼下街上，可看到张美玉的办公室窗户，张美玉办公室窗户没有灯光。钱海的办公室在张美玉办公室对面，得绕到楼东面才能看到钱海的办公室有无灯光。而要看到钱海办公室灯光，得进财政局大院。大院门已锁，吴梦敲门，刚敲两下，门就开了，是保安开的，随后出来一个人，却是钱海。钱海也看到了吴梦，惊奇地问，你怎么来了？保安认出了吴梦，叫："嫂子，您……"吴梦急忙说，她路过，找钱海一起回家。保安朝钱海说，嫂子多关心钱局长啊，模范嫂子！钱海知道吴梦是怀疑他来找的，也不说什么，一起回家。

财政局离家三站路，他们走着回。钱海对吴梦说，这么晚了，你不睡觉，何必来找他？吴梦说，她睡不着，打你电话不接，发短信多少遍你也不回复，放心不下，就走到你们局门口来了。钱海明白，吴梦在怀疑他。钱海说，他在预算股跟他们说几笔拨款的事，手机放在办公桌上了。

后面响起自行车铃声，是财政局预算股长秦柳和办公室主任小马，他们也刚从办公室加班后回家，看到钱海与吴梦漫步回家，情意绵绵的样子，打了个招呼，骑车走了。

秦柳和小马的及时出现，证明了钱海刚才说在预算股工作是真的，他没有撒谎。吴梦看身后，也是在看张美玉是否也在后面，而身后是长长的路灯和树影。不见一个人影，吴梦心里顿时涌起一股热流，她把钱海的胳膊拉过来，紧紧地挽了起来。从这一刻起，吴梦对钱海今晚的怀疑打消了，责怪自己心眼太小了，不应当误解了钱海又折腾了自己。吴梦虽然对钱海今晚的怀疑打消了，但怀疑仍是根深蒂固的，她知道，张美玉心里一直爱着钱海，且爱得很深。对于这一点，吴梦深知她的判断不会有错。这个问题，却使吴梦十分烦恼。而除了谣言，她并没有发现张美玉与钱海不正常的蛛丝马迹，这使得她在这个问题上不知道怎么办好。

吴梦的脑子里装不下张美玉，想起她就头涨，更不想见到她。可张美玉给她打电话说，今天下午要到她们局来商量关于清查"小金库"和推行财政国库集中支付改革的事。吴梦听那张美玉永远也是绵软清亮的声音，脑子就充血。这是钱海的工作，她必须配合。连续几天，张美玉带领清理"小金库"小组和国库集中支付财政改革小组的人，耐着性子做这两件烦人的事，吴梦也在竭力压着心里的火配合。

让吴梦无比懊恼的是，全县机关内外，对张美玉议论纷纷，当然更多的拿她污辱钱海。可张美玉好像什么也没听到似的，看她脸上既没有倒霉沮丧的表情，也没有忧伤痛苦的痕迹，更没有霜打风摧过的失落，反倒是脸上灿若桃花，心溢喜悦。吴梦想，一个单身女人，没人疼没人管的，喜悦个啥！就因为会写诗，就因为破诗在报刊上时常发表，就脸溢喜悦？莫不是以诗传情吧。张美玉脸上极好的状态，让吴梦联想了许多，也疑惑了许多。让吴梦极为不舒服的是，来自她的怀疑。她和钱海被人说得那么恶心，那么脏的水泼到她身上，居然她若无其事，她怀疑张美玉爱钱海爱得很深，爱到愿意为他付出一切。如果不是这样，哪个女人会受得了这些。想到这些，想到张美玉与钱海当初热火的初恋，吴梦的心就发颤，就神经过敏，情绪就颠三倒四。

8

"人为财死，鸟为食亡"好像揭示的不仅是一个规律和现象，也揭示了人和鸟每时每刻在想什么。人在想什么，鸟在想什么？人在想钱，鸟在想食。还有，人在想人，人在想事，人在异想天开；鸟在想食，永远在想食。因而，人比鸟累，人比鸟死起来快又多。

钱永远是人的"食"，人们往往以挖空心思、机关算尽的方式，以飞蛾扑火、舍生忘死的冒险，谋取地位财物名利。而不管谋取什么，首先是要谋到财。有钱能使鬼推磨。钱从哪里来？靠挣。挣钱，哪有那么容易。挣钱，不如捞钱快，捞公家的钱容易。官场上的人，无不知道如何捞钱的渠道，也熟透了如何去捞。那么有钱的地方，就成了人们穷追不舍的地方。

一个钱最多的地方，当然是银行和财政局。要把银行的钱装到个人口袋，除了贷和抢，再没有其他办法；要把政府的钱装到个人口袋，办法却有的是。因而，"小金库"就是单位集体和领导个人的"钱包"，是谋财的便捷渠道。还有，捞钱最便捷的方式，是报销发票。国家究竟有多少钱被"小金库"和假发票，掏进了个人腰包，连鬼都说不清楚。

国家白花花的银子眼看进了个人腰包、打了"水漂"，管钱的人就心疼。久而久之管钱的人就有了"职业病：心疼钱"。谁当财政局长，谁这个病就重。钱海当上财政局长，心疼钱的"职业病"天天在加重，每天在发作。

山川县是穷县，缺钱是家常便饭，财政从来也没有过过好日子，哪任财政局长也没好当过。山川县的财政局长都有这样的感慨：要当好财政局长，要当个少挨骂的财政局长，没有别的办法，就得有钱。钱是山川县最大的问题，而钱不可能从天上掉下来，也不可能成天伸手要。要有更多的钱，最直接的办法，最有效果的办法，就是靠节省开支和堵住浪费来挖掘。少花钱多办事，等于增资。钱海上任财政局长，认准了这条路。因而，钱海着急推行的国库集中支付财政改革，就是为了堵住漏钱的洞。要堵住漏钱的洞，须把各单位财务报销等业务，全归到财政局来监督和管理。这样一来，各单位花钱报销不是自己说了算，而是财政审核说了算，就堵住了乱花钱、报虚假发票的漏洞。别人说这是财政在揽权，这才不是揽权，这是堵住浪费的职责回归。这是在挤掉别人的利益，矛盾自然而生，且是激烈的矛盾。

这当然不是钱海的创造，这是财政部的改革方案，是老赵局长没有推行开的财政改革。钱海在第一轮清查取得成效的基础上，又把清查"小金库"与国库集中支付财政改革拧在一起推进。这些改革，是钱海做梦也想的事，虽很难，但很喜悦。那晚，钱海梦到了钱，梦到了哗啦啦的钱，不停地在进国库，新区建设的钱有了，石书记高兴地捂着嘴笑了。

账还在查，国库集中支付取消各级账户的财政改革在推进，而针对钱海与张美玉的陷阱，又随之而来了。

正是晚饭后，钱海在家练字。近来他有件喜事，他的书法作品获得全国财政系统书法比赛一等奖，还加入了中国书法家协会，钱海练书法的劲头越发浓厚了。他拒绝了不少应酬，有了更多的时间思考问题和练习书法，书法让他少了很多烦恼。

钱海刚摊开宣纸，正要提笔写字，国土资源局局长王开来打来电话，请他去龙泉山庄泡温泉，说莫总的司机马上去接你。王开来本来叫王开顺，自从与李来好成一个人时，写了一纸更名报告，把名字改成了"王开来"。

龙泉山庄是山川县最大也是最豪华的吃住玩"一条龙"娱乐休闲中心，老板是县委副秘书长辞职下海的莫为大，也就是莫总。他对山川县纳税有贡献，也对官员和社会影响力很大。他的三星级宾馆和吃喝玩乐休闲场所，为山川县有权有钱人提供了与这个贫困地区不合拍的超一流奢靡消费的场所，或者说是引导培养怎么玩、怎么享受、怎么极度放纵的高级场所，它的危害准确地说是让人堕落的。

自从莫为大开了这超级娱乐休闲中心，山川县的人，也不仅仅是山川县的人，连周边和京城的客人也蜂拥而至，老板请官员，官员也在这里公款吃喝嫖赌开发票报销。自打莫为大的休闲娱乐中心开业以来，山川县各单位的接待费和餐饮费每年翻了几倍，成了引诱干部浪费国家钱的黑洞，也成了腐化堕落的乐园。莫为大改变了山川县官场消费方式，很快成了上亿元身价的富翁，也成了县领导的座上宾。谁敢不给莫为大面子，谁敢得罪莫为大？而钱海却敢。

难道钱海不知道莫为大的"大"？钱海对他发迹史清楚得很。莫为大是山鸡沟人，与他邻村，小名山娃。山娃当初啥也不是，可他在京城混出了学问和名堂，成了山川县的神奇人物。

山娃在京城认识了一大把人，大到有副部长、司局长、总裁、董事长、总经理，小到有处长、主任、科员，有政府的、企业的、社会人、白道的、"黑道"的，甚至殡仪馆的头和火化司炉工他都认识。过去压根儿也不会见他的老家的那些乡长、县长，竟然带着市长、书记来京城找他办事。他用这些关系"摆"所有饭桌上的人。有几次县领导找他办事，他当着山川县领导的面打电话请某官员吃饭，结果某官员爽快地答应了。那位官员不仅按时同他家乡领导共进了晚餐，而且还给他家乡县长的上司当场打了电话，请他关照该县云云，事情在饭局当场办了，让他家乡的领导兴奋不已，也佩服得五体投地。往后，县长、市长等家乡父母官对他那个殷勤，对他讨好得那个低下相，让人感到他是决定他们命运的上级领导。的确，他已具备这个能力，许多要害部门大小领导的电话他都有，他们住什么地方本子上都记着，个别的也能约出来，也能带到他们的办公室。

……

莫为大在京城混成了人物，给县市领导办了许多事，有人就给他转成干部并提拔当了县宾馆经理，后去驻省办事处当主任。莫为大认识各方领导多，尤其是与省城和京城各大医院烂熟，市县领导和亲戚朋友需要大医院住院找专家，都会是"绿色通道"，且能够调动专家享受精心的医疗服务。联系医院和帮助住院看病虽很辛苦又麻烦，而莫为大却不嫌累和麻烦，凡是领导的事，从病人住院到手术和出院回家，服务得环环相扣，一丝不苟。领导无不赞赏他是社交人才，就调任他当县委副秘书长。不久，县宾馆亏损厉害关门，莫为大辞职申请购买县宾馆，宾馆四千多万的国有资产，县领导签批以一千万元价格卖给莫为大。这个价格，等于国有资产眼睁睁流失了三千万元。当时的财政局长老赵和企业股长钱海坚决不同意。可县领导已定了价，胳膊扭不过大腿，最终还是顶不住上面的压力，只好给莫为大办了购买手续。

莫为大等于白捡了个大宾馆，还外带好几亩地的大院。几年后，他经营的宾馆财源滚滚，不到十年赚了好几亿，他又投资上亿元在温泉镇建了龙泉山庄休闲娱乐中心。这山庄的温泉水滑润，歌厅舞厅豪华，山珍海味丰富，麻将桌现代，按摩床舒服，南北小姐妩媚。莫为大的休闲娱乐中心，已成山川县和附近县政府机关单位开大型会议、接待上面来人定点场所，也自然成了干部和老板们日夜进出的地方。

钱海有个习惯，不愿进歌舞厅和洗浴场合。他不去这些地方，出于道德要求，也是纪律要求，也不是老婆管得严不敢去，是他嫌洗浴场如蒸锅太热和歌舞厅鬼哭狼嚎太闹受不了。钱海本身对莫为大和王开来的为人看不起，吃喝嫖赌，谎话满嘴，晚上尽在下流地方消受。再加上最近查出国土资源局"小金库"与他乱开支等问题，做了通报，搞得王开来做了检查。为这事，王开来打电话骂钱海是"狗娘养的"，还把钱海打给他的电话挂了。王开来的恶毒举动，钱海忍了。

在钱海眼里，莫为大和王开来，是地道的"下三烂货"，不仅是现在厌恶他们，早就对他们很鄙视。在钱海看来，跟这种人待一分钟，他会短命一分钟。他打定主意不去。

钱海对王开来客气地说：真不巧啊，家里有客人，感谢好意，去不了了。

王开来说：知道你钱大局长不会给我面子，可李县长的面子总不能不给吧，是李县长让我打电话请你来，你马上过来吧！

王开来有点下命令的口气了。

钱海仍然说：真是家里有事，去不了。

钱海话刚落，电话里变成了李来的声音：钱海，财政局长这把椅子你还没有坐热，怎么就摆起"谱"来了？别给我撒谎了，你家没客人，我是千里眼；开来请你你不给面子，我请你总不会不给面子吧！

又说到了面子，这"面子"两个字，从王开来和李来嘴里冒出来像两根刺，扎得钱海胸口痛。钱海无奈，只好去。

莫为大的车，就停在钱海家楼下门口，司机在等候。看钱海出来，迎上前对钱海说：莫总和王局长让我来接您。

钱海想，这司机既是来接自己的，也是侦察他说"家里有客人"是不是实话的。李来和王开来，还有与他们亲近的几个领导的司机，当然莫总的司机是全能侦察员和情报员。这些司机有相当高的侦察能力，很多事情都通过司机去办，包括偷听别人谈话和打听隐私等，很多事逃不过他们眼睛，再隐匿的事他们也能打听到。钱海见到这几个人和他们的司机就心里蹿火，在这些人那里，县里很多干部是"裸体"与"透明"的，没什么秘密瞒过他们。但钱海压根儿不怕这些，因为他没有什么见不得人的事。

到了温泉宾馆，莫为大在温泉宾馆门口像一条嬉皮狗，笑脸张开地等候。多年的社交交际与接待工作，莫为大历练和养成了一副嬉皮狗的模样。他的笑，绝对不是真心的笑，而是脸上的肉堆出的笑，这是面部表情功夫练到了家的结果。因而他见谁都是如此乐不可支的样子。莫为大尽管如今是身价数亿的富翁，见领导也还是嬉皮狗的样子。可惜这笑太假，放在这个又矮又胖又黑的人脸上，出现在宾馆门口，就成了佣人的样子，一副下贱的样子。

莫为大给钱海拿了存衣柜套腕钥匙链，带钱海到了衣柜间，帮钱海打开存衣柜。钱海脱衣服，冲洗。莫为大把钱海带到了温泉池。

温泉池遍布在休闲中心的后山，山上山下总有百余亩，大小几十个池子，在绿树花红间，在鸟语花香里。李来、王开来，还有水利局长龙四水、交通局副局长任强、医院院长王喜贵以及莫为大，泡在一个宽大的池里，还有几个姑娘，看上去是歌厅的小姐。

钱海跟李来打了招呼，走到池边，犹豫着要不要下池。李来往钱海头上抛水，即刻把钱海一把拉下了水，又推到了一个小姐身上，撞得那小姐疼得"哇哇"大叫。冷不防被戏弄的钱海，像落水狗那样难堪，喝了池水，大家便开心大笑。

这是耍闹，实质是欺负人。但钱海并不恼怒，爬起来坐在了池边李来一旁，也做半身泡。莫为大叫一个小姐过来陪钱海泡，钱海把小姐"赶"走了。

泡了好半天，李来也不说正事，只是胡乱开些玩笑，说泡完他就先走了，有人等他。其实这么多小姐在场，也说不了正事。看来不是叫他钱海来说什么事的，李来把他死拉硬拽来，什么也不说却走了，难道只是叫他来泡温泉玩的？钱海不知道他们什么用意。

李来走了，钱海也要走，而王开来、龙四水、王喜贵、任强和莫总不让钱海走。说，好不容易把你拉来了，就是让你休闲放松一下；既然来了，就玩会儿一起回吧。

钱海无奈，心想既然来了，就给这些人面子吧，跟他们关系处得太僵，今后还要共事，也不能显得自己太各色了。

下面的内容是按摩。服务生把每人引进宾馆单间。莫总随之而来，告诉钱海，给每个兄弟安排了一个按摩妹，这可是北京"天上人间"培训出来的女生，美丽动人不说，按摩极其舒服而销魂的，一定不要拒绝啊。

钱海坚决不要女服务员。莫为大说，已经安排了，不要推辞。钱海说，要是女的按摩，他就回了……还没等钱海话说完，莫总转身就走了，等候在门口的小姐香气一股飘进了小屋。

小姐十分美丽动人，身上是醉人的香水味。钱海让小姐走人。小姐不走，说莫总特意交代过她，要把您服务舒服。说着纤手就摸到了钱海的腰上。钱海扒拉开小姐的手，转身就走。小姐说，等等，不做按摩就不做吧，何必这么快就走；你也得可怜一下我们这些人吧，你这么走了，老板会怪我没把你服务好，那不仅没工资，还会开除我的。钱海说，我会给莫总说的，跟你没关系。小姐说，哥哥您是正人君子，谢谢您在莫总面前开脱我，您要再来找我，我一定把您侍候好。钱海赶忙到衣柜间穿衣服、拿包，打车回家。

钱海回家发现，自己的皮包鼓鼓的，里面多了很厚的东西，急忙打开看，包里被谁装进六沓百元大钞，六万块钱。钱海心里虽然一惊，但知道怎么回事了。

他给莫总打电话问钱是怎么回事，莫总含糊其词，似承认又不承认。钱海断定这钱是莫总装的，温泉池的衣柜，只有莫为大能支使人打开，钱也只有莫为大才能装到他包里，没有人会打开他的衣柜，更没有人不说姓甚名谁把钱往他包里装。

钱海问莫为大在哪？莫为大对钱海有点烦地说，是为包里的东西吧，不用担心，不求你办事。说完，莫为大把手机挂了。钱海接着打莫为大电话，关机了。第二天，钱海找莫总退钱，莫总说，你看不起我，这是打我的脸啊！钱海再强硬，还是没有把这六万元钱塞给莫为大。莫为大是江湖老油条，面对钱海的翻脸，不以为然，仍然柔和地对钱海说：你钱海清高，我还真讨厌你这清高；我老莫长这么大，见过的大领导多了，不给我老莫脸的真没几个，你钱海官不大，"屎"得却挺高！

骂完，转身背着手走了，一副牛皮哄哄的样子。

莫为大的眼里，实质是没他钱海的，实质是恨钱海的。钱海清楚，莫为大恨自己，是恨到骨子里的。那也是很早结下的仇结。那年他购买县宾馆，还有这百亩温泉，尽管占了大便宜，起码把四千多万国有资产流入了他腰包，但由于钱海和老赵局长的不通融，仍使他多花了一大笔钱。这期间，莫为大多少次给钱海送钱，有一次甚至跪着求钱海把钱收下，钱海也没有收。

莫为大明知钱海这人不好"打理"，这次给他塞钱为哪般，是试探他，还是在制造"故事"？钱海感到这是李来和王开来动的心思。这钱有险恶用心，钱海闻到了异味。

9

就要到年底了，钱海上任财政局长也快一年了，时光过得飞快，每天好似打仗，他这局长感到当得太难太累。钱海清楚，这难而累，仅仅是个开始，后面更大的难和累，在等着他呢。而他钱海不管有多难多累，而在石书记那里，要的只是一件事的结果，那就是新区建设资金的足额筹集到位。

石书记给钱海下达的筹措六亿元资金死任务，没有丝毫的商量余地。石书记那如一块巨石压得他喘不过气来的话，穿透了他耳膜：就是你累得趴下，建设新区的钱也得给我足额到位，搞不到钱，你这个财政局长真的就别干了！

石书记数着日子等待新区建设开工，可资金还没有着落，钱海为筹钱在苦愁。而这愁，在别人看来是钱海自找的，要不犯愁，可以上银行借呀，可钱海又死扛着不借。不借，这么多钱从哪里来？钱海死认准的是从政府大小钱袋子里找。从政府大小钱袋子是可以找到钱，那要堵住年底突击花钱和利用"小金库"发福利的事，再把沉淀在各部门的大量资金以国库集中支付方式盘活才行。钱海要让这几"脚"不能踏空，踏空就会一无所获。

离年底还有一个多月，石书记把钱海叫到办公室劈头便问：知道叫你来为什么事吗？

钱海说：肯定是新区建设钱的事。

石书记问：新区建设资金筹备到多少了？

钱海回答：还差不小的数额。

石书记说：看来使完了你吃奶的劲，也不一定筹到。如果实在凑不够，就向银行借，你必须得保证新区建设上马资金不给我掉"链子"。

想到要花这么多钱，钱海身上就冒汗。花去这么多钱，必然是山川县的大包袱。

钱海说：缺口至少有一半多，我正在筹，如果筹不到，那只能从银行借了。

石书记说：筹不筹来，借不借到，那是你的事，到时开工没钱拿你是问！

……

要筹到六亿元，对山川县财政来说，是笔很大的钱。虽然难度太大，而钱海却有些胜算的信心。他算了一下，清理"小金库"和通过国库集中支付挖掘沉淀资金，就算可以解决一半资金，但还得借一半多。要借这么大一笔钱，又给县里历年银行几十亿的债上增加债务与一大笔利息负担，钱海仍感无法接受。

县里历年来累计举债的数字和利息支出，让钱海吃惊得不敢相信，甚至山川县乡镇级政府性举债一年也比一年多，大有债多人不愁和借债天不怕的架势。钱海清楚，这债台高筑的县乡，不仅仅是山川县，全国的大多县乡都是债台高筑。财政部有专家在《中国财经报》上发表调研文章说，全国举债有多少？那是没人知道的天文数字。这些年来，全国举债规模像原子弹爆炸的蘑菇云一样，不断扩大，势不可当，让人害怕。财政部连年下发文件，要求地方政府举债必须控制在一定范围，并给划定了举债规模，却没有多少地方政府把这文件当回事。也不是不当回事，而是没法当回事。不举债，地方政府哪来的钱搞建设发展，不搞建设不出成绩，这个官就当不下去。全国各地的地方政府为了发展都在借钱，且哪个县也不比山川县少。正因为借债成了基层政府无奈而大胆的选择，是由债多不愁的大环境而影响的，所以石书记同历任书记一样，只怕不敢借钱做事，不怕县里债台高筑。

山川县的举债规模，实际上已是天文数字，早已失去了偿还能力。有道是债多了不愁，山川县领导没有一任为巨大债务愁得睡不着觉的。非常奇怪的是，山川县的书记、县长，无论是就地提升的，还是外来的，大凡一任书记一任构想，几年一规划，几年一变化。这都是处于不搞建设出不了政绩，出不了政绩就"原地不动"的现实逼的。石书记也不例外，有政治抱负，在任职期间不想平庸，要干出几件大事，要干出几件看得见摸得着的大事，因而他看准了新区建设的开发。

他为啥看准要搞新区建设改造？他要在任职期间，让山川县城有一个大亮点，那就是要让新区成为吸引高新企业的高地。这构想压根儿也没错，而错的是时机不对，它得需要好几亿资金，财政口袋里没钱。财政急需拿钱做的是"保工资、保运转、保稳定"。即使用于这"三保"的钱是救急的钱，财政也拿不出来。这样的财力情况下大兴建设，实质上是急功近利式的政绩工程，会让极度紧张的县财政雪上加霜。

当然，这"雪上加霜"，是上面考核逼的，也是为了升官逼出来的。近十多年来，山川县换了几任书记、县长，每任书记、县长都做事心切，都想把山川县贫困县帽子尽快扔掉，但想得更急切的事，是快快提拔走了离开这穷县。而山川县没有太大的支柱产业，经济上不去，凡是上面批评下面时，大都少不了山川县。山川县的领导挨批评最多。批评急了，书记、县长就想办法搞点花样遮羞。山川县为面子，为遮羞，做过几件劳民伤财的事。很丢人的事是建过"遮羞墙"。那时候农民住的房子破旧不堪，村庄紧挨国道，省城和北京的领导进村过村，无不叹气房子太破旧、太丑陋，而县里却没钱帮助村民改善居住条件。书记、县长被上面领导批急了，为了整顿村容村貌，也为了能让过路的领导觉得好看，县领导从财政批钱一千多万元，沿着公路边修建了墙面。修了墙，是从路边遮住了羞见人的村庄，而破旧的村庄仍在墙里头，一道"遮羞墙"，并没有遮住羞，反而被领导大会小会臭批了好久。山川县的"遮羞墙"，反而成了反面典型。

还有，山川县没钱，却建了气派办公大楼，挺显眼的，也成了挺丢人的事。也是几年前，有一任书记、县长胆子大，看到其他市县大盖办公楼，便占用近百亩耕地，仿照北京一座大楼模型，花了八千多万，兴建了超气派的办公大楼。而那年的财政一般预算收入才三亿多元，当年财政净结余让所有的财政人吃惊，仅有千万元！这事被记者报道后，书记、县长受了处分，新建办公楼被拍卖，结果使山川县名臭全国。

而这次的新区规划要政府投入近十亿元，修建占地九十亩的广场，广场上有休闲步道、音乐喷泉、青少年活动中心、文化中心、健身场地、临水广场、市民广场、亲水平台、娱乐中心、鱼趣台、露天咖啡座、露天舞台和一座山寨版的"悉尼歌剧院"。要说这些设施，可以引资搞，但老板们不看好山川县，前期没人投。没人投，那就得政府投。一个贫困的山区县，投巨资支持建造这些场所，这在钱海看来是超前消费，是地道的形象工程。

钱海对石书记好几次诉苦说，这样的工程，伤财力、背负担，后患不小。石书记也承认这是超前消费，但他说，要改变山川县形象，也为了吸引更多的企业落户山川县，更为了提高山川县的地价，这个超前消费是应当的。

今天石书记找钱海，是催钱，没有商量的余地，钱海再不敢多说什么。趁石书记没有对他发火，他只能表态说，请书记放心，他会尽心尽力按时筹措好资金。石书记脸上才有了一丝笑意。

作为财政局长，一个新上任不久的财政局长，钱海明白自己面临的处境，无法生钱，就得借债，别无选择。钱海给自己尽职确立了最低目标：一定要当一个借债最少的财政局长，还债最多的财政局长。要少借债、不借债，只有生钱和省钱这条路。山川县财政走出困境的出路，最捷径的办法除了从上面要钱外，那就是深度清理"小金库"，并以最快速度实现国库集中支付改革，以此方法找钱和省钱。书记在催要钱，时间很紧，钱海的清理和改革，以夜以继日的速度在推开。

国库集中支付改革，先从清理账户入手。账户，大单位多，小单位也多，到了账户多如牛毛的程度。这些账户，是分解财政资金的口袋，这存一处、那存一处，预算分配给部门和单位的资金本来是"大钱"，却被分解成了"小钱"。钱被分散，都变成了"小钱"，无法集中财力办大事。这样的分散存款，只能办小事，实属浪费。还有，预算分配的财政资金，由各单位管、各单位花，漏洞百出。这两大问题，从而催生出了国库集中支付改革。

国库集中支付改革的是财政资金层层拨付的程序，除了特定存款需要的账户，把各单位的账户全部取消，在财政设一个单一账户体系，把财政资金全都纳入这个账户体系，取消中间转手环节，将工资、购买、零星和转移支出的钱，直接拨付。还有，花钱不是谁想花就花，按网上审批程序来，有相关负责人审批同意开支，财政局审核合规后开给银行支付单，以支票方式花钱，花了钱，发票在财政局审核报销，这样使得各单位自行报销权取消了。这个改革，限制了领导和各单位的花钱权，也就是改变了各单位长期以来管钱和花钱的方式。当然，这个改革，也不是财政包揽了一切财权，前提是分配给各单位的资金使用权不变，会计核算权不变，财务管理权不变。尽管这花钱的核心权不变，但改革使各级领导花钱受到了约束，花钱没有了方便之门，没有一个单位领导情愿这样改。

有人说，此改革是钱海的改革；没有人喜欢这个改革，只有钱海喜欢。这话也对，谁不当财政局长，谁不干财政工作，谁也不喜欢这个改革；谁当财政局长，谁在财政局工作，谁也会迫切这么改。不改，钱的浪费太大；不改，钱花得不合理，更重要的是钱不够花。这不是财政局长要搞政绩，也不是财政局的人要挣奖金。对财政局长来说，这样的改革得罪人太多，搞这样的政绩得不偿失；改革改出更多的钱，财政局的人也不会增加一分钱奖金。还有，干财政的人，大凡会得一种"职业病"，那就是很容易把国家的钱看成是自家的钱，花它就心疼。所以，财政人是为省国家的钱，往往搞得自己里外不是人。

国库集中支付，虽是财政的一项改革，但它连着政府各个部门的神经。政府的钱连着政府和社会方方面面的神经。钱里有政治，政治离不开钱，财即是政，政即是财。所以，才有了"财政"这称谓。

财政改革，不是财政内部的改革，它实际上是牵扯到政府每个神经细胞的事情，也是牵扯到每个纳税人钱如何花好的事情。国库集中支付改革与过去分散支出的不同点在于：财政部门建立国库单一账户体系，各单位自行开设的账户统统取消，单位不能擅自在代理银行开设新的账户；财政支付方式改为直接支付和授权支付。财政部门掌握了财政资金支付的最终环节，对不符合预算管理规定的单位支出申请可以拒绝支付，减少单位支出的随意性。做到"管钱的不用钱，用钱的不见钱"。

这种做法太方便了，改变了资金层层下拨的支付方式，基层预算单位无论何时用款，均可在一天之内拨给收款人，减少了资金流转环节，方便了单位用款。还有更大的方便是，财政部门、预算单位、人民银行、代理银行等部门通过不同的网络系统进行连接，预算执行信息实时反馈，可以及时向有关部门乃至社会公众提供预算执行情况，增加预算执行公开性和透明度，提高财政管理的信息化程度；单位所有资金统统进入财政国库单一账户体系，财政部门依托现代化的网络技术手段，通过代理银行每天反馈的支付信息，实现对每笔财政资金流向和流量的全过程监控，将传统的事后监督，转变为对预算单位支出全过程进行实时监督。

这种管钱方式虽是先进了，可把花钱单位的"手脚"捆住了。钱是管到了财政局，可财政局却成了挨骂的角色。

谁愿意做挨骂的角色，钱海也不愿意这么做，可又必须这么做。所有想干事的财政局长，都会这么做。

钱海以书记要他筹措新区建设资金为借口，咬住了清理"小金库"找钱最快的途径，也咬住了这个推行国库集中支付改革时机，再一次深挖细摸"小金库"，又清出一批私存的钱，且是一笔大钱，让近亿元资金入了国库；国库集中支付改革也把各单位在银行的账户全部取消，资金也全部归入财政国库。这一"清"，把有些单位发福利、请客送礼的钱"清"没了；这一"改"，单位开支一律在财政局集中支付中心审核后报销，堵住了乱花钱、不合理花钱和报销虚假发票的漏洞。

这"清"和"改"，搞急了一些人。有几个人在会场上向钱海拍桌子：全国各地都有"小金库"，全市其他县市都没有搞国库集中支付改革，山川县为何当"出头鸟"？这分明是钱海想出风头！财政局缺了德了，把钱都管到你财政局，管到你钱海的手心了，你钱海究竟想干什么！如果要这样搞下去，跟上级部门争取的项目砸锅，与上级关系切断了，全县招商引资的泡汤，经济上不去，你小子负责！

一些单位领导闹到了书记、县长层面，说这样一来，跑了半截的一些项目和建立的关系，就全断了，明年的任务，肯定完不成！

大家摆了一大堆不能取消小金库的社会现实和促进经济建设的理由，书记、县长越听眉头皱得越紧。这是他们无奈的表情，他们不能反对为争取项目资金和为县里办事送钱送礼的合理需求。

山川县往年的"攻关费"至少得一千多万元，特殊年度也花过一千五百多万的。送出去的现金一个"礼包"少则三五千块，多则几万和几十万元。虽然这些"攻关费"一部分落入承办人的腰包，但也给山川县带来了项目、政策、资金和方方面面的人际关系，这也是基层单位多年形成的"规矩"，习惯了。

改革虽然取消了"小金库"和实行了全县资金财政集中支付，各单位没了灵活花费，但也完全没有取消"攻关费"。县里让各单位根据各自必须要攻关的需要，申请所需的"攻关费"，结果报来的费用数，比上年还要高出一千多万元，且都是急办必办的费用，且"攻关费"支出的每一笔，都有争取项目资金和具体所办事情的硬道理，好像非花不行。

书记、县长让财政局一笔笔审核，财政局提出了削减方案，压缩掉了一半多的"攻关费"，也就是各单位报的两千多万"攻关费"，削减到了八百多万元，并且提出了压缩的充分理由。书记、县长同意了财政局的压缩意见。这个结果，好似油锅里倒进了水，就地炸崩了，有火冒三丈骂娘的，有扬言要财政局对某某工作造成严重后果负责的，难听的话如倾盆脏水，"哗啦啦"地泼向钱海。

书记、县长明白，压缩"攻关费"激起的剧烈矛盾和意见，大家一股脑儿算到了财政局的账上，算到了钱海头上，是极为不合适的。而"火"已烧到钱海头上，谁也拦不住。找书记、县长告状的部门领导，接二连三，无不说出了一堆理由：要求增加"攻关费"，要不增加"攻关费"，就取消"小金库"清理，也好通过"小金库"让他们自己筹钱搞"攻关"，也好不耽误跑事情。

一些单位找书记、县长增加"攻关费"的理由，是实在找不出理由的无中生有。发改和水利局要跑县发电厂上马项目，这是两年前县里就决定的，已经跑得有希望了。这个项目对山川县今后发展是天大的事。县里对这个项目高度重视，两年来每年安排了两百万元"攻关费"，实际上花掉的比这个数还多。他们提出今年也不得少于两百万，说不然就"跑"不下来；县交通局在争取建一条蘑菇镇通往县城国道的路。蘑菇镇是食用菌乡，生产规模越来越大，可是生产容易运出难，建条路就能让食用菌成为生钱菌。建条路，是多年来谋划的事，县里没钱，只能争取上面资金。交通局在抓紧跑这条路的资金，而提出的条件是，需要三百万元"攻关费"。还有农业、交通、环保、招商等部门，也在争取项目，提出的"攻关费"数目不小。而最为让书记、县长没法削减"攻关费"的还有招商局，招商局要钱的理由十足：新区建设开工后，招商引资是最急迫的事，引不来资、招不来商，后果不堪设想。而招商引资，得需要人去"招"和"引"，按照往年惯例，对招商引资的人都要进行奖励。招商局提出要五百万元"活动费"。新区建设是石书记牵肠挂肚的事，招商局的要求，在石书记看来并不过分。也有很多部门要的"攻关费"，也很合理。在钱海看来，都有理由，都说合理，其实都不合理。这样下来，全县"攻关费"合计比往年还要多，财政拿不出这么多钱。怎么办？钱海问书记、县长，书记、县长也不知道怎么办好。

书记问县长，财政国库集中支付改革和继续清理"小金库"要不要暂时停下来，等条件成熟再搞？县长说，国库集中支付改革随着清理"小金库"已经铺开，停是不能停的，停下来不但前功尽弃，还会出现更大的漏洞，浪费会比清理和改革前更大。再说，"小金库"不取消和财政改革完不成，有些钱就进不了财政国库，浪费就管不住，就不可能有钱办建设发展的大事……县长说，钱海的"打法"是对的。书记看县长态度坚决，不再说什么了。

可反对的声音，仍很高。有人极力提出建议，前段时间的清理"小金库"，已经够狠的了，基本上做到了"挖地三尺"，钱也收了，账户也取消了，单位和人也处理了，也给上面报了经验做法，上面也提出了表扬。这件事也不能揪住没完没了，差不多就行了，要清理到一个没有，也不现实；真正清理到一个没有，那山川县就成了全国清理"小金库"先进典型了，可山川县也就成了傻子了，该办的事也就办不成了。还有，国库集中支付改革是国家财政部要求做的，但全市其他县都在尝试，全省也没有几个县搞起来，山川县倒好，先不尝试搞了效果好不好，就要把各单位的银行账户全取消了，把钱全部归到财政局账上，这样一来，你财政局是按上面要求做了，钱也由你管上了，花钱得上你那里报销，没有了花钱的自主权，那县里各部门都交给财政局管算了，工作也都交给财政局做算了，要其他部门有啥用?!

清理"小金库"和国库集中支付改革，接着搞不搞？书记、县长和常务副县长，又一起议起了这事。孙县长坚决支持，李来坚决反对。书记想法矛盾，不表态。

钱海说：已清到结尾了，再清就会取得更大的成效；不再清理，取消了"小金库"的单位不仅有意见，而仍有"小金库"的单位会肆无忌惮花钱，会导致取消了"小金库"的单位再设"小金库"，前面清理的成果泡汤，那钱就有了漏出去的"无底洞"……

钱海的话刚落，李来扯高嗓门说：你钱海搞的是部门主义、个人英雄主义，是为了出风头；话说白了，就是你搞成功了，成了全国劳模，你也当不上副县长……

孙县长打住了李来的高嗓门训话，说了六个字：接着搞，不能退！

石书记不表态，说：散会，这事不再讨论了。

10

有县长的撑腰，清理"小金库"和国库集中支付改革虽面临"四面楚歌"的境地，但还是没停顿下来。没有停顿下来，就须冲过一道坎，且是道很大的坎。这道坎如要迈不过去，"小金库"得到彻底清理，是不可能的。迈这坎的东风虽有，虽是有上面催促要继续清查到底的指示，而山川县领导的真实想法是不要真查，最好是走个过场罢了。在面对清查难和领导不想清查的心态下，钱海也产生了两种心理：领导有这样的心态，对他钱海来说，着急，但也可以不着急。让钱海着急的是，"小金库"清理得越彻底，就朝管钱规范移了一大步，这是财政人梦寐以求要达到的先前改革目标；而让钱海不愿着急的是，这"清查"之事，各地的惯例是以县层面布置工作，由纪委部门牵头，财政只是配合。而到了山川县，却成了财政牵头，也就是由他钱海牵头了，这不正常。这种心态下的清查，这种让他钱海一肩挑的清查，不查也罢。再说，就是停段时间，也没什么大不了的，他断定这停了的清查，还可以重新启动。因为"小金库"的清查会出现割韭菜那样，割了韭菜根还在，它还会长出来。而在"清"中能挖了根当然好，挖不了根也不急，慢慢挖也行。可国库集中支付改革就不能等，是接下来推行的部门预算、政府采购等财政改革的首个改革，如果半途而废了，那么其他改革，所有财政改革，就不知道猴年马月才能搞了。这是钱海每天都为之心急火燎和来回纠结的困惑。

为了提高清理和改革效率，县长让他们集中办公，他们在财苑培训中心开了几间房，白天清查，晚上汇总情况，共同解决问题。

机关在培训中心办公，是从上而下政府一些部门"流行"的一种办公方式，山川县也不例外。几年前，老赵局长选了山清水秀的地方，修建了全县花钱最少、设施简易的培训中心，对外称财苑宾馆，实质上是招待所的档次，是老赵舍不得花钱的缘故。老赵同大多财政局长有同样的秉性，钱舍不得给别人花，自己更舍不得花，典型的"守财奴"。财政局的人怪老赵舍不得花钱，可以建宾馆却搞成了招待所。尽管这样，条件也不错，简洁明快，吃住干净，工作到太晚了，也可不回家，住在财苑培训中心，大家都愿意在这里办公。张美玉回家也是一个人，干脆就住到财苑培训中心，连续几天都忙到深夜。

到年底没几天了，如何先把锁定目标的"小金库"摸完，清理出更多的钱，钱海与张美玉、预算股长等清查组的人员，连续几晚彻夜工作，从财务来往的蛛丝马迹中，细如丝地寻找暗藏"小金库"线索。

钱海连续多日不在家吃饭，也很晚才回家，有时忙到不可开交，干脆不回家，就住在财苑培训中心。有天晚上，有人给吴梦打电话，电话里是个男的，嗓门很清亮，说：钱海在财苑培训中心与张美玉睡到一起了，你还不知道?!

睡梦中被吵醒的吴梦，接到这样电话，心从胸腔快跳出来了。钱海这些日子很少回家睡觉，给他打过电话，要他晚上回家一趟，她要给他商量女儿转学的事。女儿钱梦吴的转学刻不容缓。钱梦吴的学校老师闹工资，事出有因，政府有两年没如数和按时给他们发工资了，老师有情绪。有的不好好教课，女儿的学习成绩连年下降。

吴梦着急女儿的事，在等钱海回家，可钱海白天见不到人，晚上也不回家。这深夜的电话，让吴梦心里顿时翻江倒海：他不回家，原来是借工作与她的旧情人热火呢！她急忙给钱海打电话，房间座机没人接，打手机也不接。她想，他跟她，会不会睡在一起呢？吴梦想，这种可能不是没有。张美玉毕竟是单身女人，对男人肯定如"干柴"般渴望，又和旧情人吃住在一个宾馆，难免不会把钱海拉到她床上。

稍静神，吴梦又想，这个电话很奇怪，会不会是别有用心的人又在给钱海扣"屎盆子"呢？她感到很像。吴梦既相信也不相信钱海与张美玉睡到一起。

他与张美玉会不会睡到一起？吴梦猜想，八成是睡在一起了，张美玉那个渴望男人的骚货，还不把钱海拉到床上？钱海连续好几天不回家，催他回家也没回来，这深夜的电话，不会是空穴来风；人家没有看到影子，怎么会打这样无中生有的电话？吴梦判断，钱海这几天不正常。想到这，她又传呼钱海，没回复，又传不回复，再传不回复，接连传了好多个，也不见钱海的音讯。她又打电话到财苑培训中心找钱海，总机总也没人接。她看表，已近十二点，看来钱海是不会回家了。钱海在干什么，总不会真是跟张美玉睡在一起了吧？想到这个情景，她的心就乱跳。吴梦的心往外跳，坐不住，躺不下，她得即刻去财苑培训中心找钱海，不然她今晚会疯掉。

财苑培训中心在县城郊，没车一时半会到不了。吴梦下楼直奔路口，找出租车。县城深夜难等出租车，吴梦左等右等，就是见不到出租车的影子。吴梦也顾不得多想，回家骑上自行车，直奔财苑培训中心。

去财苑培训中心的路，出了城没路灯且坑坑洼洼。吴梦心在燃火，那是怒火与妒火催得她车骑得飞快。吴梦脑子里不断闪现她想象的张美玉与钱海不堪入目的画面，哪顾得了黑夜里路上沟坎，已经小摔了几跤的她，骑车速度不仅没减，反而加快了。眼看到财苑培训中心，她眼在瞅楼上的灯光，压根儿就没看前面有一沟，有道深坎，她却脚下蹬得使劲，加上骑车飞猛，车前轮骤然掉进沟里，她被摔到很远，顿时失去了知觉。

幸亏，随后有辆小车驶过，司机看到路沟边躺有人，自行车"倒栽葱"在沟里，人倒在沟边纹丝不动。他下车立马把她扶了起来，看是个女人，她头上流血不止，人昏迷不醒，细看有点面熟。司机赶紧把她送到了县医院急诊室。路上，她醒了，问司机为什么她在车上，要拉她去什么地方？司机说，你是吴局长吧，拉你去医院，你好像骑车摔伤了；你大半夜骑车到山旮旯来干什么？吴梦没回答司机的问题。吴梦很惊恐地问他，你认识我？你贵姓，是哪个单位的？司机没告诉他姓什么，只说他是县里的司机，刚才正好路过这里。

钱海是次日早晨知道吴梦出事的，他赶紧奔医院。

吴梦住在急诊室，刚做完检查和治疗回到病房。她虽摔伤了头和腰腿部，做了伤口处理，从 CT 片看，只是软组织损伤，生命并无危险。钱海到急救室时，吴梦刚输完了液，神智上也没什么异常，只是满脸的惊恐状。

吴梦看钱海来了，有点神慌意乱得不知所措，强忍伤痛却装没事的样子努力下床，钱海赶忙上前扶她，吴梦把钱海推开了。吴梦脱了病号服，对带钱海来看她的护士长说，她要回家。护士长说，你别着急离开，还应当再观察一天，以免有什么事。吴梦说，就摔破点皮，看来没什么事。钱海也劝她再观察一下再出院，她不理钱海。吴梦扔下钱海和护士长，离开了病房。钱海紧喊她，她也不理。吴梦上了辆出租车，应当是回家了。

吴梦急于结束医院观察治疗回家，是她怕让更多人知道她的摔伤。吴梦是爱面子的，这样的摔伤，毕竟是很丢人的事，害怕让人知道她摔伤住院的隐情。当然，急于出院，也是牵挂女儿。女儿的早餐每天都是她给做。她昨夜出去，女儿在熟睡，她怕早晨女儿起床找不到她，没早餐吃而着急。在约莫女儿起床时，用医院电话给家里打电话，可家里电话老占线，打了快一小时，仍占线。她想女儿不可能打这么长时间电话，那电话为什么总占线？吴梦心急如焚，从医院赶回家，女儿不在家，原来是电话没挂好，应当是她昨夜一气之下，没把电话挂好。餐桌上没有吃饭的碗筷，昨晚准备好早餐的豆包和软包装"露露"还在冰箱里，看来女儿没吃早饭就上学去了。吴梦疼爱女儿胜过自己，女儿饿着肚子要比她身上的伤还难受，她躺在沙发上，抹起眼泪。

钱海也打辆车紧跟吴梦回了家。吴梦昨夜的愚蠢举动和造成的摔伤，使他感到很丢人，窝了一肚子火。

吴梦在哭。这哭，钱海明白，她是为女儿饿着肚子上学心疼，也是为昨夜冲动之下去捉奸而摔伤造成的羞辱和委屈，更是对他钱海的怨恨和控诉。钱海不知道怎么办好，气在心头而不敢吱声，只好沉默。沉默，是钱海避免与吴梦吵架的无奈而唯一的法子。

钱海很饿，他要赶着去上班，每天都是一拨又一拨的人在找他，一堆又一堆的事在等他。钱海做好了早餐，叫吴梦来吃，吴梦不理他，他便胡乱吃完，本来想走，但他感到这样不理不睬地走了，吴梦会更难受。怎么办才好？想扔下她不管，可腿又迈不出门。

"女人需要哄"，这是吴梦的常话，也是张美玉的常话。钱海看此情形，只能窝着自己的火而哄好她了。哄好这个可气又可恨的女人是上策，否则女儿受苦他受罪。

他去看吴梦的伤，摸她的腰和腿。钱海的抚摸，是吴梦等待着的。而钱海即使轻摸，吴梦也嗷嗷叫，抽泣得比刚才更厉害了。钱海心疼又着急，给她擦眼泪，把她的手紧紧攥在自己手里，哄小孩似的对吴梦说，吃点东西吧。吴梦只哭不理钱海。钱海看吴梦的伤不轻，劝她马上再到医院做治疗，以免出现问题。吴梦坚持不去。钱海就哄她吃早餐，吴梦仍不理钱海。

钱海抱起吴梦，把她抱到餐厅，吴梦撒娇地直打钱海。钱海把她轻轻地放到椅子上，吴梦破涕为笑了。

钱海对吴梦说：你吃饭，吃完了再去医院治疗，我上午有好多急事，先去上班了。

吴梦把刚拿起的筷子重重放下，问钱海：我死我活不重要，你究竟跟张美玉是怎么回事？说不清楚，你别想出门……

钱海说：你真新鲜，有人在造谣陷害我，你也相信！

吴梦说：无风不起浪！

钱海说：无风也会起浪。

吴梦说：你们本来就是老情人，旧情复发谁能拦住……

吴梦的话，越说越离谱。钱海不再说什么，他要着急上班，生气地对吴梦说：不能纠缠此事了，我忙得不可开交，马上有会，还有上面来人，还有好几笔经费拨款等着我呢。还有，晚上还得在财苑培训中心研究国库集中支付推行中的问题，改革已经到了节骨眼上，没时间扯淡……

吴梦对就要出门的钱海说：……女儿转学的事，不能拖了……

钱海说：过几天再说，今晚如果加班太晚，还是回不来。

吴梦说：我也不管了，管不了了，你跟那个骚货爱怎么样就怎么样吧！

钱海的火直往上蹿，但他还是忍住了。他要赶快上班，他想他真没时间发泄这实在忍不住的怒火。

钱海到财政局，张美玉红着眼睛对钱海说：吴梦受伤的事，县里都传开了，说吴梦昨晚去财苑培训中心捉奸，还没到地方，骑车栽到阴沟里去了，差点把命丢掉……钱海与老情人在快活呢……有人描述得活灵活现、下流无比……

钱海对张美玉说：人嘴是肉长的，爱怎么说就怎么说。况且，真要是说的那样，我俩睡在了一起，也倒好。

张美玉破怒为笑地说：你有那个胆？你狗屁胆也没有！

钱海说：我有这个心，可真没那个胆。

……

钱海和张美玉所谓的奸情传闻，被人加工得越来越离奇了。可编这故事的人是谁呢？

11

那晚，就在有人给吴梦打电话，告诉钱海与张美玉在宾馆睡到了一张床上事的时候，正有个女人与常务副县长李来，睡在一张床上。还有另两个不是夫妻的人也睡在一张床上。

同李来睡在一起的是招商局副局长胡腾娇。也就是这张床上，昨晚李来是与交通局财务股长金小妹睡在一起的。楼下那两个睡在一起的是国土资源局局长王开来和他的办公室主任杨小颜。他们刚刚策划了一件事情，策划完，在等待看好戏的结果当儿，就快活了起来。

胡腾娇是清查小组副组长，知道钱海与张美玉，还有工作组的好几个人，好几天都在宾馆看账本加班，于是由胡腾娇与王开来策划了给吴梦打电话的这招。策划后，他们让人在财苑培训中心门口等待看吴梦到宾馆怎么与张美玉、钱海大闹的热闹场面。结果，吴梦因摔了跤，没能去财苑培训中心捉成"奸"，好戏被意外情况给终止了。

给吴梦深夜打电话，告诉吴梦钱海与张美玉在财苑培训中心睡在一起的，是杨小颜让人打的公用电话。那人打完电话，随即给杨小颜打了电话，告诉她，给吴梦的电话打通了，事情办完了。杨小颜放下电话，脸溢得意的神采。胡腾娇在电话旁等她。杨小颜和胡腾娇今夜要看一场精彩戏，不过她们也有快乐的男女床上戏，她们是女主角。她们分别回到楼上楼下的豪华房间，拥抱狂欢。在房间欲火中烧的李来和王开来，早已冲完身子，躺在床上等待与他的野美人狂欢呢。

两个男人如狼似虎地把美女搂在了怀里，也急不可待地问，给吴梦的电话打通了没有？两个女人分别兴奋地说，这会儿吴梦正在去财苑培训中心的路上，一会儿那里就有好戏看了……

　　这策划，这消息，着实让李来和王开来有点兴奋。他们以各自的方式，在与女人做着熟练和着急的动作。

12

吴梦深夜到财苑培训中心捉奸的消息，是一清早就传到张美玉耳朵里的，可说是第一时间。这消息是财政会计核算中心主任冷琴告诉张美玉的。冷琴的消息渠道广泛，与她业务来往频繁的是政府部门的会计出纳，频繁业务来往中也传闲话。同时是第一时间，冷琴就听到了好几个会计和出纳告诉她钱海与张美玉的新闻。冷琴对这无中生有的事，又吃惊，又生气。她不是替张美玉生气，她是为钱海生气，她知道钱海的人品，钱海不是那样的人。

财政局领导岗位有三个优秀女人，张美玉、预算股长秦柳和冷琴。他们也是被钱海很看重的三个财政业务干将。冷琴与张美玉同龄，一年多前她们都是平级，在选任财政局副局长时，她俩是竞争对手，结果是张美玉以微强的投票优势，击败了冷琴当上了副局长。张美玉主管冷琴负责的国库集中支付中心，她们之间关系有微妙的地方。冷琴虽爱传闲话，但从不编造谎言。这个消息，是交通局财务处的一个女出纳告诉冷琴的。冷琴听了大吃一惊，这是谁造的谣言，简直是胡编乱造。因昨晚她和张美玉、钱海，还有清查"小金库"小组的几个人，翻完账本又研究事情，搞到很晚才休息。她睡不着，就找对门的张美玉聊天，她们一直聊到很晚，大概一点多了才睡。吴梦接到电话，是十二点多，那时她们还在看账本呢。这个谣言太下流，冷琴听后出了身冷汗：有人是多么的可怕，居然这样捕风捉影、诬陷造谣钱海与张美玉；幸亏她们昨夜在一起，否则这个造谣还真让人迷惑不解了。

冷琴以为张美玉听了这谣言，会非常难受，没想到张美玉听了她和钱海在床上的造谣，不但没生气，还笑出了相当好看的羞涩和甜美。这让冷琴觉得，张美玉渴望与钱海有这样的激动，也印证了张美玉对钱海的情爱有多深。而冷琴又告诉她，谣言引出的后面故事，也就是吴梦上当捉奸的故事，张美玉急切地问吴梦伤情如何，好像吴梦的伤害真是她造成似的，一副难受和急切的样子。张美玉的心地善良慈悲。这一点，冷琴对张美玉很了解。

这谣言，很容易被人相信，且会无法澄清。它狠毒，是因为张美玉确实喜欢钱海，又确实住在财苑培训中心过夜，即便是由财政局的人证明这谣言是假的，那也会认为是钱海的部下在为钱海和张美玉隐瞒实情。这造谣经吴梦深夜捉奸并摔伤，再经那些才情丰厚的人的生动描述，很快传遍了山川县。

钱海接到县委办打来的电话，要他当即去石书记办公室，然后要他参加一个会。钱海见到石书记，书记凝视钱海好一会，想问他什么，又好像不想问他什么，表情很奇怪。

钱海猜到书记在迟疑什么，就对书记说：石书记您有话就直问。

石书记还是犹豫了一下，淡淡地说：我不相信你跟张美玉有什么勾当，但吴梦捉奸搞出的摔伤闹剧，成何体统……不过，你得处理好与张美玉的感情问题，不要在这个事情上闹出笑话，要管好吴梦。谣言是软刀子，杀人不见血，这样的"后院起火"，即使是造谣，也会被弄成真的，你可得格外当心。

钱海说：谢谢书记提醒。我与张美玉没什么事，也绝不会有什么事的，请放心。

石书记说：没事就好，倘若有事，就免你的职！

石书记急着找钱海，其实并不是为谣言的事。虽然他对钱海的品行大体了解，但对张美玉不了解；钱海与张美玉究竟会不会发生关系，在一直喜欢钱海的张美玉那里不好说。石书记在张美玉与钱海的关系上，疑心存在。但石书记真正关心的不是这个，他着急的是新区建设资金筹措的事。

新区建设资金还有一半正在落实，石书记对这个进度很不满意，听了钱海的这难那难之诉，脸顿时阴了下来。他对钱海厉声说：新区建设的资金过年后如若筹措不到位，你的问题就大了！

钱海上任财政局长一年，石书记对他已经说过好几次免职的警告了。"免职"两个字像两根针，扎得他心里生疼。这心如针扎，带给钱海的是自卑和压抑。没做"一把手"时，没有深刻体验到财政局长在书记眼里的真正角色，做了"一把手"，却真正体会到了财政局长在书记眼里的位置。财政局长在书记、县长眼里，究竟是个什么角色？是会计，是出纳，是账房先生？看来在石书记眼里，他钱海就是这个角色。要真正把他看成会计、出纳，却是抬举他了。他钱海是个没钱的财政局长，没钱的财政局长，你有什么用处?! 是啊，没钱的财政局长有什么用呢，没什么用。

让钱海感到无助和自卑的还有，是自己在官场上的无"依"无"靠"。很多地方，选财政局长选的是贴心的自己人，能找来钱的人，"上面"有"人"的人。钱海这几个方面都不沾边，只有一个他倒沾边，那就是熟练财政业务。而恰恰这一点，不是选任财政局长的主要标准。所以，钱海也明白，他这财政局长的交椅，没有靠山，是纸材做的，泥巴做的，柴火秆做的，自己不小心或别人不顺眼会随时坐倒、推倒。因而，钱海做好了随时被赶下财政局长交椅的准备，尤其是新区建设在等着钱开工，资金还有一半没有下落。这笔资金筹措不到位，他肯定会被推下这把椅子，况且李副县长等人，一天也不想让他坐在这把椅子上。

好些天没回家的钱海，感到再也不能为加班不回家了，他要再不回家，还不知道会被人编排出什么精彩的故事呢。这两天他放下所有的事情，及早回家了，吴梦在等他回来商量女儿转学的事，单位再多的事也得放下。女儿的事是家里最大的事，吴梦催他尽快办好女儿转学的事，否则会家无宁日。他和吴梦都想把女儿转到县一中。县一中是全县最好的学校，升学率很高，可很难进。钱海的女儿当然是能进去的，只要他在教育局和学校的一份要钱报告上签个字，他女儿随时可以转学。可他女儿转学恰与教育局要的五百万元经费搅在了一起。是教育局长把它搅在了一起。教育局的五百万元经费的报告，县领导虽批了给财政局，而仍被他压着不签字，不签字就是不给，他压根儿就不想给。而偏偏教育局长裴文光就把这笔钱与他孩子转学联系起来，你钱海不拨款，你女儿转学的事我就不吐口，他就是要拿孩子转学催要这笔款。

要说教育局长裴文光拿他孩子转学的事逼着要钱，有些不地道，也有些太小家子气，可人家就这样做了。人家这么做，实为取决于钱海在他心里的"分量"，也是想玩玩钱海。在教育局长眼里，钱海这个财政局长的分量太轻了，他已预言，钱海很快会从这个位子上滚蛋的。所以，吴梦一次又一次找他，甚至求他，可他不见钱就不给孩子办转学。

昨晚回家，钱海好些天没见到女儿了，女儿眼挂泪花。看来是女儿与她妈说什么不开心的事了。钱海问女儿怎么啦，女儿扭着头就进她房间并把门关上了。钱海猜肯定是为转学的事。吴梦也是脸挂寒霜，不等钱海开口，就对钱海说，女儿的学习成绩越来越差，她说女儿学习不下功夫，女儿却推脱责任说我们不给她转学；女儿的学不转走，女儿在这学校已不安心，加上学校老师不好好教课的情况你也知道，不用我多说；钱梦吴转学的事，不管你多忙，不管你用什么办法，这几天必须搞定！

提到女儿转学的事，看到女儿不开心，吴梦很闹心，钱海很头疼。钱海感到，女儿转学的事看来是非办不可的了，否则全家会鸡犬不宁。但裴文光却是这么个东西，赤裸裸地拉出了不拨款不给他女儿办转学的架势，这实在让他无法接受。

吴梦说：钱是国家的，又不是你钱海的，人家县领导都批了给，你犟什么！

钱海说：话是没错，县领导是批了，但教育局办公楼不但够用，还很宽敞，根本没有必要再翻修，给了就是肉包子打狗——白扔；一中的三百万老师补助费，要的也不合理，给了他们其他学校怎么办。再说，新区建设需要筹集大把的资金，要是把这几百万给了，那简直就是给我钱海"釜底抽薪"!

在女儿转学与这两笔资金上,钱海真不知道怎么办好了。

第二天清早,吴梦又找了教育局长。教育局长说,马上办。

钱海在开会,接到裴文光的电话,说你女儿转一中的事,他已给一中刘校长通知过了,可以办手续了。接着,裴文光说:教育局申请的五百万元盖办公楼的经费,还有一中三百万元补助费,请钱局长高抬贵手……

钱海对裴文光说:感谢你对我女儿的关照,我在开会,会后拜访你。

开完会,钱海去教育局,找裴大局长。裴局长假惺惺地对钱海说,这么大的局长,亲自劳驾上门,真不敢当呀。钱海并不是为女儿的事来感谢教育局长的,而是为那两笔资金而来的。他要透彻地与裴局长谈一下那两笔款为什么不能给的缘由,以取得他的理解。

今天钱海来找裴文光,是要给他解释这两笔资金不能拨款的缘由。钱海好几次给李来副县长,也给裴文光解释过这笔钱不能给的缘由,今天的解释也是重复,只是给他多解释一下目前财政极度缺钱的困惑,也请他裴大局长多多理解。

钱海给裴大局长许诺,新区建设资金筹备完后,一定考虑这两笔资金。

这样说,应当是钱海违背自己心愿给教育局长面子了,可裴局长却不干。他说:你别哄我了,等你有钱了,我也用不着了。

钱海对裴文光这话极不舒服,不舒服的是他话里透着蛮横无理。在当下财政极其困难的情况下,反复逼他要这两笔钱,他感到裴文光不单纯是急要钱用,逼他要钱的后面,是在逼他下台。

刚从教育局回来,李来给他打电话,以很硬的口气说:教育局盖办公楼的那五百万,还有一中那三百万老师生活补助费,县领导都批了,我也给你说过多少次了,你怎么还不拨款?你是啥意思,是不是不想干了……

钱海再拿不出解释这笔钱不能拨的新缘由。为这两笔钱,他已给李来解释多次了,他感到再做解释就是废话。钱海半天无语,李来把电话挂了。

放下电话，钱海硬着头皮，参加李来主持的交通、建设部门会议。李来见到他，一脸的冷霜相。

散了这会，钱海急忙吃了几口午饭，背着沉重的心情，去参加今天的第三个会，又是李副县长主持的保工资、保运转会，还得面对李来那张专对他的冷脸，钱海感到压抑得喘不过气来。

钱海刚坐到会议室，收到县政法委书记的手机留言：全县政法工作联席会，是县里各局"一把手"参加，你财政局的谱怎么那么大，只派个小股长来！

钱海赶紧回电话说：我在参加副县长一个会，局里三个副局长，还有书记，都参加县里人大和县长的会去了，局里没领导了。

政法委书记说：我不管你那么多，你得派个局领导来，最好你来！

钱海解释：保工资、保运转会，牵扯问题多，县长要我必须参加。

钱海不管怎么解释，政法委书记反正不高兴。而不高兴的，还有人大和几个部门的领导。

需要财政局长参加的会，一天不下三四个。他今晚还有第四个会，是县长主持的，不能缺席。今天的财政局领导和所有股长，一天总共参加了十多个会。

钱海开完晚上最后一个会，到家十点多了。女儿已经睡着，客厅茶几上放一张纸，是女儿写的：爸爸，有本事家长，都把自己孩子转一中了，你是财政局长，那么大权，连个学都转不了，谁相信！为什么不为女儿今后想想……我要考不上大学，你可别怨我！

纸上有好几滴眼泪的痕迹。

钱海瞅着女儿的纸条，心里咯噔一下。吴梦坐在床上等他，头上包着伤口。受伤和女儿转学的事，使她憔悴了很多，钱海心涌酸楚，他觉得他对不起老婆孩子。不料吴梦说：你与张美玉的勾当，今晚先不说，下午我给教育局长老裴打电话，老裴说"没问题"，但说让你找他一下，他就马上给学校通知办转学。

说着，吴梦哭天抹泪起来。

钱海什么也没说，心如刀割，又累又困，无力说话，在沙发上很快睡着了。

钱海的这一天，辛苦与委屈有多大，只有他自己知道。

钱海在沙发上睡了一夜。是吴梦怕弄醒他，是她受伤不能用力，还是她心里恨他，竟然没拉他上床睡。

13

钱海早上起来，发现自己在沙发上过了一夜，居然睡得比床上还要香。结婚多年，睡沙发也不知睡了多少次了，凡是与吴梦闹别扭，吴梦就让他去睡沙发，他就去睡沙发。女儿还在睡，眼看六点半了，她七点必须吃早餐，七点半准时得到校，他去做早餐。他边做早餐，边叫女儿起床。女儿睡得很熟，眼角留有泪痕。钱海心涌难过，想起昨天发生的所有事情，心如刀绞。

女儿鼓着小嘴，问钱海：爸你看到我写给你的纸条了吗？

钱海回答说：看到了。

女儿问：我什么时候能转到一中，我们班有"门路"的都转走了。

钱海说：你在二中好好上，照样可以考上大学的。

女儿哭了，放下手里的面包，背起书包就出门了。吴梦死劲喊女儿，女儿头也不回地擦着眼泪走了。吴梦急忙跳下床，追女儿，结果被脚下东西一绊，头摔在了门框上。虽然没有摔伤，但前额起了个大包。吴梦就势瘫在地上，哭了起来。钱海把她抱起，放在沙发上。吴梦休息片刻，好一点。她厉声质问钱海：钱梦吴的转学，你究竟给转不转?!

钱海告诉吴梦，财政没钱给，也挤不出钱来给他们；即便是能挤出，也不能给。老裴拿女儿转学的事做交换，这是在给我钱海挖坑，我宁可不转这个学，也不能拿国家的钱做交易！

吴梦说：钱是国家的，给谁不是给；女儿就一个，如果钱梦吴考不上重点大学，我不跟你过了。

说着，吴梦歇斯底里又捶沙发又大哭。钱海心烦意乱。眼看八点，上班时间快到了，钱海看此暴风骤雨情形，一时半会儿脱不了身，赶紧给小姨子吴倩打电话，让她过来一趟劝劝吴梦。

吴倩在电话里说：你的风流事就够丢人现眼的，你跟我姐吵架我能劝她什么！

吴倩继而又说：你上班走你的，我马上过来。

钱海对大哭的吴梦说：早点在锅里，我要赶去上班了。

吴梦大喊：你不把钱梦吴转学的事定下来，不能走！

钱海逃跑似的出了门。

今天的钱海同样忙，要研究几个事，还有两个会，还要批十多份文件，仍然是超负荷的工作。

钱海办公室门口，早已等候了一拨人，是要钱的。

机关、乡镇、学校工资拖欠太多，大部分拖欠了一年多，还有两年的。大家情绪都不好，说在等钱局长高抬贵手，给钱解决问题。

来了这么多人，局里两个会没开成，通知到晚上开；县里的一个会必须参加，他扔下门口的人，赶去开会了。这是解决拖欠工资的会，他钱海得发言。

门口等候解决问题的人，以为钱海架子大，扔下他们太不像话，有的生气，有的嘀咕着、骂着，好不情愿地离开财政局。

拖欠教职员工工资发放会由县长主持，各局领导参加。让钱海首先发言，提出方案。这是一个让财政局长十分难受的会。

拖欠工资如何解决？钱海说，钱从哪里来？实在没钱。

大家质问钱海，什么时候有钱?!

钱海说，从中央和省市财政包工资拨款还得等，什么时间能到账，实在不好说。解决眼下缺钱的最现实办法，还是尽快改变财政支出粗放方式，通过取消"小金库"，集中这些钱解决燃眉之急。还有，国库集中支付制度和政府采购、部门预算改革也会解决资金分散闲置和浪费，只要大家支持，可以解决一些钱。

"你就没什么新办法了？又是那取消'小金库'呀、改革呀老一套！"有人冲着钱海喊。只要钱海喊"没钱"，喊"改革"，大家就烦躁。

钱海说：山川县面临的财力困境就这样，不这么改革，钱从哪里来？你们都是老资历的领导，县里有没有钱你们最清楚；就是你们当中谁当财政局长，也会改革。

有人蛮不讲理地说，没钱是你财政局长的事；找不来钱，要钱没钱，还当什么财政局长！

这样的类似于混账话，自从钱海坐上财政局长位子，因为有李来副县长常说这样的话，有些人也跟着这样说。这是最伤钱海心的话。别人也知道这样的话会伤人伤到什么程度，但照说不误。这狠话后面的用意，钱海再明白不过了。而钱海清楚，无论是李来吊在嘴上"把你财政局长撤了""财政局长是不是不想当了"这样流氓无比的话，还是"没钱当什么财政局长"的蛮横无理的话，都是激他发火，激他失去理智，更是推他快快滚下财政局长位置的乱"棒"。

钱海在李来这里是忍了又忍的，因他主管财政，几乎天天要面对他，他减少与李来的碰撞才是上策，否则难堪和被动的是自己。但钱海对这样的人，也有不甘装聋作哑的时候，他绝不让这样的人耍了流氓，还要给他笑脸，于是他撂出一句话来：当不当财政局长不是你说了算，即使我不当财政局长，你也坐不到这个位置上来！

钱海的话，让那人脸上顿时青紫，说不出半句话来。

会议僵持了好一会，县长最后说话了。县长支持钱海的意见，全面推行财政支出改革，控制行政开支，节省经费保工资保运转，保证新区建设改造。

没钱的县会就多。山川县的会历来就多，这两年会越来越多，多到了像财政局这样的综合部门领导，没有三头六臂应付不下来的程度。下午有三个会，还有两个工作组陪同。一个会是书记主持的新区建设改造会，要钱海参加；一个是常务副县长主持的会，研究杜绝上访和年底之前经济工作落实，通知钱海参加；一个是管文教副县长主持的解决老干部医疗费的协调会，通知钱海参加。三个重要会的时间都相近召开，钱海只能参加书记主持的会，其他两个会让两个股长参加，使得两个副县长很不高兴。局里三个副局长，一个去党校学习了，两个分别陪财政部农业司扶贫处搞扶贫资金调研，一个陪市审计部门财务审计组，都很重要。

白天被挤掉的财政局的两个会，晚上连着开，结果开到了半夜才结束。

大多时候，财政局研究工作的会，由于县里会、市里会，还有局领导和有关人员不齐，推到了晚上。清理"小金库"和推行财政改革，已经到清理各部门账户攻坚阶段，已经触及交通局、教育局、电视台等财务重大问题。

清理小金库和国库集中支付改革的事，钱海再忙，每天都要与张美玉或电话或坐一起合计一番。张美玉带领的工作组，每天工作，查得很细，查出了令她意想不到的情况。

14

　　查账查出了两件奇怪的事：交通局"小金库"账上少了五百多万元，财务股长金小妹失踪了；板桥财政所账上也少了四十多万元。财政局账上怎么会少了这么多钱，那金小妹到哪里去了？

　　事情是这样的：张美玉带领"小金库"清查小组，在上次查出六个"小金库"账户后，又在交通局发现了在几家银行取存款的蛛丝马迹，查出两个账外账户，资金总计高达两千多万元。金小妹从其中两个账户上取走了五百万元。

　　经查证，财政所账户上少了四十三万元，是分数次支取的，显然是被人贪污了。

　　交通局副局长说，金小妹有事请假了。可请假一个多月，怎么还不见人？交通局长在隐瞒实情。

　　板桥财政所少了四十三万元，是大案子。张美玉告诉了钱海，钱海大吃一惊，一个财政所怎么会出现这样的事情！

　　小郝在板桥财政所期间，所长是冷琴。钱海找冷琴了解情况。冷琴惊愕并难以置信地说：绝对不会差钱，绝对不会差钱；打死我也不会相信，小郝会贪污。

　　张美玉给冷琴看查账结果，冷琴看了不知所措。但冷琴还是坚持是张美玉和查账的人看错账了，让她先放下此事，容她再仔细核查一下，再向钱海报告。

　　张美玉说：不用再核查了，我找小郝谈了，小郝起初说，是家里急用钱，借用了一下。我问她，借用这么多钱干什么用，什么时候还上？小郝支支吾吾，前言不搭后语，紧张得浑身发抖。我看出小郝在撒谎，就对小郝说，事情到了这个时候，还不说实话，纸里哪能包住火……小郝如实说了自己玩"六合彩"，输了一次又一次，一年时间贪污了四十多万元公款的过程。

冷琴听了张美玉查账实情和询问小郝的供认，顿时脸青了。冷琴对自己看错了小郝，也对自己在任期间发生这样的案子，有些惊恐和无地自容。

当然，小郝贪污的事，冷琴负有领导责任。她想自己要挨处分，是跑不掉了。

在财政局所有人眼里，小郝虽是钱海的亲戚，她做人很朴实，对人谦恭、文静、勤快，业务也很熟练。张美玉对小郝印象非常好，前段时间还给她介绍了个对象，小郝很乐意。

而小郝有对象。小郝对她的对象很迷恋，而小郝就坏在这迷恋上。

张美玉给她介绍的对象是她外甥，中央财经大学毕业的高才生，在县发改委工作。当张美玉给她外甥说了小郝的情况，她外甥就到财政局支付中心偷看了一下小郝，回头对张美玉说"看上去很甜润的"。张美玉对外甥说，大家都说她"甜润"，看来你眼力不错，那就约小郝见面吧。张美玉给小郝说她外甥要约她，成不成凭你们自己的感觉吧。可小郝说，她刚谈着一个。这让张美玉一时纳闷，她给小郝几天前介绍她外甥时，小郝并没有说有对象，怎么要见面了，说自己有对象，张美玉有点生气。她以为小郝不想与她外甥谈对象，也没有多想，她对小郝的总体看法是，小郝是个好姑娘。

小郝贪污公款败露，羞愧和害怕中，还抱着幻想。有天下班，小郝到张美玉办公室，"扑通"跪在了张美玉面前，并声泪俱下地说：你替我再瞒几天，就瞒些天，我一定会赢，赢了就把财政所的钱还上……

小郝的突然下跪和莫名其妙的求情，让张美玉摸不着头脑。便细问究竟。小郝说了赌博而贪污公款的过程。

张美玉说：瞒上几天，也不是不可以。可你再不能赌了，再赌就会赢吗？你会越赌陷得越深……

小郝说：我会赢的，一定会赢回来！

张美玉没想到小郝早几年前就滑到了这般地步，仍执迷不悟，也没法再劝她，更不知道怎么办好，她得让钱海出面了。

张美玉找钱海商量帮小郝。钱海说，他想想再说。钱海想了半天，也想不出怎么帮。小郝是她家长女，弟弟还小，她父母常年有病，家里的生活费全靠她了。她出了这样的事，又在自己局里出的事，钱海发愁，这事如何给她父母交代呢？

钱海问张美玉：有什么好办法，救救这孩子吧。

张美玉也发愁：这么多钱，不是小数目，谁又能帮上她呢！

在这件公与私之间，钱海想找两全其美的办法，可办法在哪里呢？

小郝是如何迷上"六合彩"的，"六合彩"是个什么东西，她如何输了这么多钱，还会对它迷而不弃呢？

小郝是三年前在乡财政所迷上"六合彩"的，一迷上就放不下。

小郝原来是个老实姑娘，她从山沟里出来，上了市财会中专学校，这是她刻苦好学的结果。钱海只是给她找过资料，仅此而已。毕业进镇财政所，也是以她考试成绩第一名而被录用做了出纳。冷琴把她调到县财政局会计核算中心，也是以她响当当的财会业务能力被会计核算中心几个领导看中选调的。小郝在财政所时，连续几年被评为业务标兵，受到局里奖励呢。可别人都说小郝是钱海一手暗地里帮的忙。

小郝没有靠钱海的关系顺利考上了财会学校、进了财政所和县财政局，得益于她对数字的敏感。大多人对枯燥乏味的数字没感觉，甚至见多了数字就反感，而小郝记数字能力极其强，不仅能对想记的数字过目不忘，且能在数字间发现错误。她对数字的喜爱，使她无论是在平时的会计核算，查看多复杂的账目，从不厌烦。也凭借这别人少有的能力，成了许多单位都抢着要的人才。她要照此发展下去，会有很好的前程。这么聪明的姑娘，这么强的业务能手，为什么会上"六合彩"的当，又为何走上贪污的路呢？这得怪她一个深圳做工的朋友，她小时伙伴小马。

她朋友小马有年回老家，拉她一起玩"六合彩"。"六合彩"是一种彩票形式的赌博方式，赢时少输时多。当时她在财政所做出纳，临时支钱方便。小马说不仅好玩，而且运气好就赚大钱，她就赚了几十万。小郝也没多想，就跟小马玩。刚玩时，一次玩几十块，几百块，虽输的时候多，也赚了几次，还多赚了几千块。没输还赢的小郝，觉得玩这虽一惊一恐的，但也没什么了不起，就接着玩，玩起了几千或几万元的。小郝没想到，投注越大，输得越来越频繁。几次玩下来，输了两万多，不仅把她的积蓄输了，还把给家里修房子的两万多块也输了。小郝恐慌了，小马对她说，输这点钱算什么，她刚开始一输就十多万，不输怎么能赢；输得多，就会赢得多。

尽管小马对小郝说得轻松，但小郝害怕了，她想就此收手不玩了。可输的两万多元，是用来家里修房子仅有的钱，开春后就要备下修房子的料，这钱就得用，钱被她玩进了水沟，到时怎么给父母交代啊。想到钱从哪里来，小郝把刚领到的工资，一分也舍不得花了。工资也没了，马上要开学，得给弟弟学费，母亲看病也得她筹备钱，就是她不吃不喝，一两个月的工资哪能够呢。小马对她说，借点钱再玩几把吧，只要赢了，不就都回来了吗！小郝虽然恐惧，但还是动心了。哪里去借钱？没地方去借，只得先"借"公款，赢了再补上。她一想到赢了马上补上，就想试一把。她"借"了六万元，要让她的运气"六六大顺"。她投注进去，盼望的结果是，又输了。这一输，加上前面输的，一共输了十万多了。十万多，这是她小郝近十年的工资，小郝的精神要崩溃了。小马又开导小郝说，还得赌，不赌就没有机会赢回来；只有赌，才能赢回前面输的。有了第一次"借"款的小郝，胆子增添了几分，她又从公款里"借"了十万，十万，四十多万……结果全输了。

小郝的犯罪轨迹，是山川县财政干部经济犯罪的特点，而山川县财务干部尤以赌博导致贪污犯罪的多。这与山川县玩麻将赌博成风不无关系，山川县财政所十年来已有五人因赌博而导致贪污和挪用公款犯罪了。不要说山川县，全国也这样，大多会计出纳犯错，都是因为"近水楼台先得月"的缘故。小郝这个对数字绝对有感觉的女孩，如果做数学而不去接触钱，也许会成为一个数学家，而如果接触钱而不犯糊涂，也许会成为全县会计出纳业务能手，可小郝接触赌博后智商急剧下降，就变成了弱智，真是个悲哀的姑娘。可这世界上，悲哀常常发生在极其聪明的人中，绝顶聪明的人往往犯糊涂；而不犯糊涂的人又不绝顶聪明，不绝顶聪明的人，往往不犯糊涂。因而，有些人虽是当官的料，而绝对不能给权；有些人是经商的料，而绝对不能富有；有些人是算账的高手，而绝对不能看到钱。小郝痛恨自己不该滑入赌博的魔掌，也痛恨自己不应当看到钱。她说拿钱太容易，才使她越走越远。在小郝的悔恨里，出纳岗位成了她犯罪的其中原因。因而，她虽绝顶聪明，但又是个有头没脑的女孩。

那么交通局的五百万元，究竟是怎么回事？

五百万元确实被人转走了，金小妹确实是失踪了。金小妹怎么会失踪呢？在钱海看来，金小妹的失踪，并不那么简单，她与局长和李来长期关系诡秘，这失踪里必定有不为人知的事情。

两个案子，要报案，还是不报？如果金小妹真是卷款跑了，那是刑事案件，应当马上报案；小郝牵扯自己远方亲戚，要不要报案？钱海不知道怎么办好，他找张美玉商量办法。

张美玉的意见是，金小妹的事，财政局不宜报案，报案也是他们交通局报，以免情况有变造成被动；小郝的事大家都凑钱补一下窟窿，救救小郝，也给孩子条出路。

钱海说：美玉你的想法，也是我的想法。但小郝贪污四十多万元，数额这么大，我的身边都是些穷亲戚，我是能凑一点，但多了吴梦绝对不会拿钱。再说，要在短时间里，借到这么多钱补上"窟窿"，太难了。

张美玉说：我们都得想办法救她，也得让小郝自己想办法借钱，一起想办法吧。

钱海说：要借这么多钱，上哪儿借啊；即使借到了，把人救了，但欠下这么多债，小郝一辈子也挣不到这么多钱，谁来还呢？

张美玉说：先救下人再说，不然她这一辈子就全完了。

钱海说：那就难为你了。

张美玉说：钱是身外之物，你能凑多少凑多少，不够的由我来想办法吧。

张美玉的义气，让钱海很感动，也让他心里安慰了许多。

15

　　尽管钱海给吴倩支了招,要她把电视台财务白条开支"合理化",也就是白条补换成发票,应当是化了吴倩一大风险。电视台"白条子"问题虽解决了,但不等于吴倩在电视台在财务管理上没问题,违规开支严重,抹不掉违规开支等问题。这些问题足以使吴倩丢了台长的"乌纱帽",甚至成为经济案件。

　　吴倩虽有李来这个后台,而李来在钱海这里基本束手无策,因为钱海只认李来说得对的,其他的钱海是不会照李来说的做。譬如违规的事情,钱海是不会听李来的。吴倩找李来,让李来帮她抹平钱海查出的违规开支问题。李来把吴倩推到了老远:你吴倩是钱海小姨子,你何必转个大弯,找谁也应当先找你姐夫。你这忙我不能帮,真帮不上!

　　不管吴倩如何求李来,李来还是那句话"找我不如找你姐夫,这事我真帮不上忙"。

　　吴倩想,李来的推辞,实是他无奈,他与钱海有矛盾,即使没矛盾,这样的事钱海也会不听他的;李来帮不上忙,看来追究与不追究,关键在于这个"土山楂"姐夫钱海了。

　　吴倩约钱海喝茶。吴倩开门见山,要钱海对查出的违规开支证据想办法给抹掉。钱海说,那他绝对做不到。

　　吴倩对钱海急眼了:我的好姐夫,"白条子"事幸亏你的主意及时,我们补了正规发票,不会有问题了,感谢姐夫大恩大德……你帮我帮到底,送佛送到西天,那违规开支的事,你还得帮我,你不帮我,谁帮我呀?!

钱海只喝茶，不接吴倩的话。

吴倩对钱海又敬又怕。敬和怕的是，她对钱海如何无礼，钱海对她多么生气，但从不捅破她与李来的私情，尽管姐夫对此事心知肚明，而钱海从来都是装着不知道的样子，这让吴倩对钱海吃不透。

也不是钱海不痛恨吴倩的荒诞无稽，几年前他就听说吴倩与李来恶心事时，他给吴梦说了此事，没想到吴梦说他是给她妹妹泼脏水。钱海从此对吴倩的事就装不知，彼此之间相安无事。

吴倩不知道怎么才能让钱海帮忙，看来要让钱海把查到了的证据抹掉很难，但她相信钱海如果真帮忙，他是一定有办法的。

吴倩对钱海说了一连串好听的话，说得钱海不得不张口。

钱海说：这事真是没办法帮忙。查账小组好几个人，不仅有财政局的，还有其他单位的，能把清查的证据抹掉，但能把账上的实据抹掉吗，你能把别人的嘴封住吗？这简直就是在做掩耳盗铃的事！

吴倩想了这样的招又那样的招，但都被钱海拒绝了。

吴倩实在搬不动姐夫，她只能让吴梦给钱海施加压力。

吴梦摔伤休息在家，摔伤的与其说是身体，实际上是自尊心，要不是女儿转学的事，她才不愿理睬钱海。女儿也跟钱海闹情绪，她压根儿也不理解当财政局长的爸爸，竟连她转学如此的小事都不能满足。吴梦烦钱海，女儿也烦钱海。母女俩想跟他吵架，竟然找不上同他吵架的机会，早晚见不到钱海的人影。钱海很忙，也很烦，非常烦。

女儿钱梦吴在学校状态不好，班主任给吴梦打电话说钱梦吴的不好状态，吴梦知道女儿的情绪来自迟迟不能给她转学，也没法对女儿多说什么，认定只有转学才能解决女儿的情绪低落和学习问题。班主任也给钱海打了电话，说，你得关心一下你女儿，她学习成绩下降很快；她想转学，你当财政局长的，不就是给教育局长一句话的事嘛，有多费劲啊！钱海只吱声，没法应话。他当然知道，女儿有点问题并不大，班主任给家长反映情况，既是在推卸她老师不用心的责任，也是在逼他尽快给女儿转学。

钱海不去找裴文光，吴梦就让吴倩找裴文光。裴文光当即同意给钱海女儿转学，并告诉吴倩，可办转学手续了。但裴文光也提到了钱海压着的两笔经费报告，请吴倩帮忙让钱海高抬贵手。吴倩答应裴文光：教育局和一中要的经费，她找姐夫一定给你们尽快拨到账上。

从教育局出来，吴倩去财政局找钱海。

吴倩找钱海，是告诉他钱梦吴转学的事，更是为教育局和学校要那笔钱。钱海对裴文光把女儿转学的事与经费死拉在一起，让他恼火透了。吴倩要钱海变通，最好把钱给了，这样既化解了与裴文光的矛盾，又把女儿的事办了，两全其美。钱海坚决不给钱，也坚决不让把女儿转到一中。吴梦对钱海的苦口婆心，钱海的死板倔强，吴倩没办成教育局拨款的事，把在钱海那里窝了一肚子的火，只好发泄给了吴梦。

钱海回到家，吴梦劈头盖脸就问：裴文光答应了，为何你又说不转了?!

钱海说：人家是把转学与要钱绑在一起了，转学可以，但要钱没有。我给不了人家那两笔钱，这学怎么转?!

吴梦大发脾气：你钱海真是个"土山楂"，土得死心眼，钱给谁不是给，又不是你家的，你捂着留着有屁用。再说了，县领导都批了给，你不给，你算老几。反正，女儿学习不能耽误，你把给他们经费的事承诺下，先把女儿的学转了，慢慢再办经费的事，或者少给点也行……

钱海说：最后给不了人家，或给不了那么多，这不是骗人家吗? 不是拿女儿转学搞交换吗? 这样做事，我这个财政局长今后还怎么做人!

吴梦拿钱海没办法，只有扔东西解气。气急了，她会扔东西。她把一个碗扔在了地下，很大的声响，碗碴飞奔了一地。

钱海不敢出声，只好把满地的碗碴子，仔细清扫了。

……

当然这会被看作是钱海的报复，但这跟报复实在没啥关系。张美玉查教育局"小金库"，查出问题很大。裴文光说，这是钱海的报复。而不管怎么说，"小金库"的问题小则是问题，大点就是案件。要在"小金库"问题里找出案件，也不是难的事，这一点裴文光比谁都明白。裴文光着急了，找李来出面阻遏钱海往深里查账。李来却对钱海发话，要钱海对教育局、交通局、招商局的"小金库"，必须睁只眼闭只眼。钱海问，为什么。李来说，出于稳定和发展，你钱海不能扰乱了县里稳定发展……

虽然李来全力保这几个部门，而裴文光却最紧张，他给吴梦和吴倩打电话，不说"小金库"的事，告诉吴梦和吴倩，他让二中班主任把孩子送到了一中，也安排了具体班级，转学手续随后开过去，孩子现在已经坐在一中教室上课了。

这突然而来的好消息，竟然是教育局长裴文光一手办的，吴梦和吴倩那个高兴。可钱海急了，晚上，钱海给一中校长打电话说：钱梦吴就不转学了，我让她还是在二中上学；明天就让她回二中上课，我不大同意把学转过去……

一中校长说：钱局长你也太不给我们面子了，我们也是好意。你让她回二中，我们倒没啥，但她已经在一中上课了，你让她回去，孩子能接受吗？这样吧，我校那三百万补助费不要了，你还是不要让孩子折腾来又折腾去吧！

钱海还是对一中校长说，就不转学了，让孩子回二中接着上吧。一中校长说，那就听你的。

……

钱海的蛮横决定，在吴梦和女儿这里炸了锅，母女俩与钱海又吵又闹。吵也没用，闹也没用，钱海就是不同意转学。

钱海请二中校长帮忙，把女儿的转学手续从一中拿了回来，也陪他一起把女儿接到了原校原班。

女儿不情愿，但钱海给女儿做了番工作，讲了其中的利害关系，女儿理解了爸的苦衷，虽不情愿，还是跟父亲和校长回到了二中。

钱海把女儿从一中带回了二中，吴梦急哭了，又是一场大闹。好在女儿多少理解父亲的苦楚，也就不再难受了。

但女儿的学习，因转学的事，还有班里转走同学多人心晃动，加上老师一年多没领到工资，教课也不是十分用心，女儿的学习成绩下降很大。吴梦把女儿学习的下降，归罪于钱海死板。

钱海的死板，究竟有多少人在难受？

钱海有钱海的难处和苦恼，吴梦有吴梦的怨恨，女儿有女儿的不满，妹妹吴倩有妹妹吴倩的埋怨，有更多人是憎恨。

最难受的是钱海一家。钱海的夫妻关系、父女关系，紧张到了一触即发的地步。吴梦痛苦，死活想不通钱海的死板，但她想来想去，总算想了个解决问题的出路：虽然钱海对女儿转学和吴倩的事武断和绝情，但妹妹的事要管，女儿的学无论如何也得转，这些事都要办好，不能给钱海来硬的，对这个"土山楂"来硬的只能适得其反，还得采取点"软"办法。

吴梦忍着身体和心里的伤痛，顿顿把饭菜做得丰盛而鲜美，这是她的"办法"。她是为让女儿高兴，也是要哄钱海高兴。先把他哄高兴了再说。

今晚，吴梦做了钱海和女儿特别爱吃的粉丝蘑菇炖小鸡和拔丝山楂，还有坝上亲戚送的鲜炒狍子肉。这些好吃的菜，馋得女儿眼睛都直了，但她执意不动一筷子，要等爸爸回来一起吃。吴梦在边忙家务也在边等钱海回来，看女儿馋的样子，撕一条鸡腿先让她吃。

女儿说，再等等爸，爸到了一块吃得香。母女说话间，钱海到家了。

钱海看女儿拿着筷子在等他回来吃饭，心里涌起一股热流。女儿不像过去了，吃饭不管不顾的，只要自己吃饱吃好就行，这段时间自己很少在家吃饭，短短数日，女儿居然长大了。钱海想到女儿的学还没有转成，回家总是感到无法面对女儿。

钱海给女儿夹了只鸡腿，女儿说，她有一只了，这只给爸吃吧。钱海把鸡腿夹给了吴梦，吴梦把鸡腿夹给了钱海。这香喷喷的饭菜，贤惠的妻子，可爱的女儿，使钱海感到自己给她们的太少了。自己每天只是忙啊忙，加班啊加班，尤其是挑上财政局长担子以来，天天白天加黑夜，更没有星期天和节假日，很少跟老婆孩子好好吃过几顿饭。钱海由此伤感，这么干，干得舒心也倒罢了，可倒是天天坐在"火炉"上，烤得他浑身难受。

吴梦情绪不错，看钱海瞅着她和女儿一往情深的眼神，知道他在想什么。她何尝不知道钱海每天的难受呢，一个没钱的财政局长，一个没后台的财政局长，一个不受人喜欢的财政局长，当这个官不是享受，实在是受罪；听起来是大权在握的财政局长，连个女儿转学的事，都要受人要挟，不给拨钱不办事，可见他在别人的眼里哪有什么分量。

吴梦尽管生钱海的气，但心里疼爱着钱海。自从吴梦受伤在家休息这些日子，她想了很多，她真希望钱海尽快不干这个财政局长，这样钱海大多时间可以按时回家，他们就会回到从前的日子。从前，他们的温情比现在多……吴梦拿过半年前为她过生日没喝完的半瓶"山川烧锅酒"，给钱海和她各倒了一杯，给女儿拿了瓶"露仁"，母女俩给钱海敬酒，钱海连喝了三大杯。钱海兴致勃勃，让吴梦接着给他倒酒，吴梦只给倒了半杯。钱海让吴梦给他倒满，吴梦没再给加酒，说，你喝这点恰到好处。钱海听懂了吴梦的"恰到好处"，今晚吴梦有"想法"，夫妻好久没有"亲热"了，钱海心涌激动。

今晚钱海与妻子和女儿吃得开心，这美好的三口之家亲亲热热的气氛，真让他感到幸福，压在身上的重重压力，顿感减轻了许多。他希望今晚一家三人，女儿不提转学的事，吴梦不提吴倩电视台财务违规的事。女儿转学的事，是烦人的事，宁可不转学，也不能给那笔钱。给了那笔钱，等于不负责任；吴倩为违规资金的事，肯定找过她姐，会拿她姐给他施加压力帮她解脱，这是吴倩扳不动他时常用的办法。

女儿今晚不提转学的事，也许是吴梦因为有吴倩的事要找"合适"时间说，给她交代过了不要提。他真希望今晚的吴梦，不要提吴倩的事，这些事，他真是无能为力，如果说出来，肯定会破坏他俩的情绪。

女儿喜欢与钱海逗嘴，今晚一顿饭吃完也不说话。放下饭碗，乖猫似的离开了饭桌。钱海叫女儿一起练毛笔字，女儿说她要做作业。要是平时，她会写会儿字再去做作业的。女儿的功课尽管这一年来直线下降，可书法却进步很大。时常看钱海练字，她也练字，钱海当即指导，竟然迷上了书法，楷书、隶书居然灵气十足，在县里中学生书法比赛中获得第二名。每当钱海练字，她就不离开书房，要么看，要么写。不知何因，女儿今天变了个人似的。钱海到书房练字，女儿回到自己屋里做作业去了，吴梦抓紧洗漱。

女儿做完作业睡觉了，冲完澡的吴梦，过来叫钱海去冲澡。吴梦穿件玫瑰红真丝睡衣，保持着她少妇丰满而又匀称的体型，身上飘着淡淡的香味，性感十足，让钱海心里顿涌热浪。

钱海去冲澡。今晚的吴梦心情很好，也多了几分妩媚，钱海希望她不要提任何破坏情绪的事情，让他们很久失落的感情，有一次交融回归的空间。

钱海冲完澡，吴梦已在床上等他。床头上给钱海放了杯红葡萄酒，这是他们房事前的习惯。钱海喝完葡萄酒，要上床，吴梦一副等待的样子，钱海心里不纠结了，看来"事前"的吴梦是不会提吴倩的事了。

钱海刚上床，客厅的电话响了。吴梦说，去把电话关了，扫兴！他看电话来电显示，是不熟悉的电话，就把电话关了。随即，他包里手机响了。是冷琴的留言：小郝自杀未能，请速来局商量。

钱海对吴梦说，小郝出事了，我得马上去局里。吴梦火急地说，有多急，不差一半个小时的，我们"完事"了你再去！

钱海给吴梦说好话：她们都在局里等他呢，人命关天的大事；我先去局里处理这事，你先睡。

吴梦"叭——"把灯关了，蒙头不理钱海。

钱海赶到财政局，冷琴和张美玉已在办公室等他了。钱海着急的是小郝现在怎么样了。冷琴说：人在县医院抢救过来了，现在没事了。她怕惊动财政局的其他人，她让她妹妹在医院照料着。

冷琴接着说：小郝跳鱼塘的时候，正是深夜，跳鱼塘惊动了看塘的狗，狗以为有人偷鱼，扑了过来，也使得看鱼塘的人也跟着狗过来。看鱼塘的人，以为偷鱼的人掉到了湖里，本来不想马上管，看是个女的，就赶紧划小船过去，把人拉了上来。幸亏看鱼塘的人捞得及时，也送医院送得快，不然那鱼塘很深，就很难说了。

冷琴说完小郝的情况，钱海松了口气。

钱海问张美玉：小郝不是知道我们几个人正凑钱帮她补"窟窿"吗，怎么还会做出这样的绝事？

张美玉说：那天跟她说了我们会尽快帮他补"窟窿"时，她千恩万谢的，她说给了她一条活路，让她有了活下去的希望，她一定要好好珍惜和报答。不知道她为何又想不开了呢！

冷琴说：自从小郝得知我们几个人凑钱救她，她变了个人似的，打起了精神，干完自己的事情，还帮忙其他人的事。可两天前，她忽然像霜打了的茄子，蔫了。我问她怎么回事，她半天不说，再三追问，她说了实情。原来几天前她父亲来找她，说他请好了给家里盖房子的工程队，过了端午节就开工，与村里其他人家一样盖水泥石板砖房，算了一下，得八万块钱，如果不够，你得想想办法……小郝见完她父亲，情绪顿时一落千丈，就想不开了……

小郝自杀被救，把事情弄复杂了，消息会到处飞。钱海问张美玉和冷琴，接下来怎么办？

张美玉说：当下之急是凑钱帮她把公款的"窟窿"补上，免得有人追查，无法挽救。

冷琴说：应当赶紧出院，让她休几天假，在我家住几天，等她身体恢复和神情好点再上班。

钱海说：就这么办，冷琴你去接她出院去你家，我和美玉分头找亲戚凑钱。

钱海回到家近十一点，不算太晚，吴梦催他"赶紧"上床。

救人要紧，小郝的事使钱海早已没了夫妻间的兴致，他想家里也许能拿出十万块钱，如果吴梦肯拿出就太好了。他想与吴梦提凑钱救小郝的事，但又把话咽了下去，提了谁都会睡不着觉，明早再说吧。

第二天清早，女儿吃完早餐上学走了，钱海实在没有勇气给吴梦提借家里十万元钱，救小郝的事。不提，钱海更着急，如若不从家里拿钱，又从哪里借这么大一笔钱呢？没地方去借。小郝要自杀，虽然被救，但还会寻死，救人刻不容缓，今天要不把她贪污的"窟窿"给填上，万一有人漏出她贪污的事，那就没有挽回的余地了。钱海想无论如何也得让吴梦拿出十万，先把小郝事情弄稳妥了再说。

他给吴梦说了小郝自杀的事，也说了他和局里几个人凑钱填"窟窿"先救人的着急。小郝毕竟是钱海的侄女，吴梦对小郝处境也很着急，赞同钱海先把贪污"窟窿"填上，是个好办法。

吴梦急问钱海：四十三万，这么大的"窟窿"，小郝家有多少钱填补？

钱海说：你又不是不知道，她家是穷山沟人，哪来的这么多钱！

吴梦好像听出了钱海话的味道，火急地问：你总不是想从我们家拿钱吧?！

钱海说：救人要紧，把家里十万块存款给我，先把小郝的"窟窿"补上，过了这个坎还你。

吴梦说：你这是说梦话吧，这么多钱，你借走了谁来还？这是女儿上大学的钱，一分也休想动！

钱海好话说了一箩筐，总算说动了吴梦，但吴梦说，只借给五万，如果再提借钱，她一分也不借。

吴梦问钱海，什么时候拿钱? 钱海说，最好今天。吴梦说，都存了"死期"，还得到银行办理取出，下午你来拿存钱的银行卡。

吴梦为了即将考大学的女儿，能拿出这么多，她的心还是很善良的，钱海对此很感动。到局里，钱海跟张美玉和冷琴碰了凑钱的数额，张美玉拿出二十万，冷琴拿出三万，加上他的五万，还差十几万。钱海说，他来想办法。钱海想去找做生意的姑父去借，应当能借来。他们说好，下午四点带上小郝去银行填"窟窿"钱。

下午上班不一会，吴梦给钱海打电话说，我从银行回家了，来拿银行卡吧。钱海已经从姑父那里借了十万，又从朋友那里借了五万块，想来凑够填"窟窿"的钱了。钱海立马去家拿卡，并约好了张美玉带上小郝去陈村子路工商银行转款。

钱海骑车赶到家，吴倩也在他家，吴梦把一张银行卡和写了密码的纸条给钱海。吴梦说：家里的钱办了"死期"存款，你是知道的，要取出来，得损失多少利息！我只好让吴倩帮忙，这五万元是吴倩的钱，借给你先应急用。

吴倩说：姐夫我们是一家人，说是借的，也是给你的，你什么时候有了什么时候还我。

钱海一听，气不打一处来。吴倩正要他帮抹掉违规开支的事，拿了吴倩的银行卡，明摆着是逼他帮她摆平事情，吴倩的钱绝对不能借，这借和受贿有什么区别？钱海把卡给了吴梦，说他再想办法。

钱海从家里拿钱落空了。可还差五万元怎么办呢？钱海想，先这么多吧，缺口他再想办法。可钱海正在去银行的路上，他的手机响了，是张美玉的留言：情况有变，速回局里。

钱海回到局里，张美玉听到钱海的脚步声，火急般地等在了钱海办公室门口。钱海问：怎么回事？

张美玉说：进办公室说。

钱海以为是张美玉钱有问题，让他大吃一惊的是，小郝刚刚被检察院的人从冷琴家里带走了。

张美玉说：我在银行已把死期存款转出来，在等你和小郝来，结果冷琴的妹妹上气不接下气地跑来银行找她说，小郝和冷琴被检察院的人带走了。

钱海问张美玉：是什么人走漏了风声？

张美玉说：肯定是有人报了案，不然检察院怎么这么快就知道了小郝的事。

钱海说：小郝的事既然立案，填"窟窿"的钱，你我是没法操作的，看来也用不上了。

张美玉说：如果能用钱减缓小郝罪行，这钱我先在活期存折上放着，你可随时来拿。

钱海说：关键时候，总是你舍得一切，让我怎么感谢你才好。

张美玉说：为你，我什么也愿意去做。

钱海浑身在出冷汗。钱海对张美玉说：你马上去检察院，看冷琴是怎么回事。

张美玉说：刚才我已给孙检察长打了电话，问了冷琴的情况。孙检察长说，冷琴是小郝的直接领导，没什么大问题，只是问清情况，很快会让回来的。

快下班时，冷琴回来了，一脸的惊恐。

钱海问冷琴：小郝的案子谁报的，怎么检察院抓财政局的人，也不给财政局说一声?!

冷琴说：我怎么知道！

钱海安慰了一番冷琴，让她赶紧回家休息。

钱海冷汗不断，他后悔：再早上两天把"窟窿"填上多好，没想到紧赶慢赶，还是有人动作快。小郝贪污的证据不仅被检察院取走，人也被抓走了，这填"窟窿"的事，真是做晚了一步；既然有人出手这么快检举了小郝，这"快"的后面的人，一定不那么简单。而此时钱海有点急火攻心的感觉，让他极其难受的不是后面出手快的这个人是谁，是谁也无所谓，让他心碎的是小郝，年轻轻的姑娘，一时迷惘而走入歧途，从此前途全完了。

16

　　小郝突然被抓，使钱海和张美玉的救助计划落空，由此而来的非议和糟糕事情出现了。由于小郝是钱海的亲戚，发酵出了这样那样离奇古怪的传闻。说钱海无能，财政局管理混乱，竟然纵容自己亲戚大肆贪污；说钱海真不是东西，居然报案大义灭亲，把自己侄女送了进去……小郝的父亲电话里以五雷轰顶的声音向钱海要女儿，且容不得他解释：你把我女儿怎么送进去的，怎么给我领出来……我马上到你单位来领女儿……

　　小郝出事，与钱海有啥关系？没有任何关系。没有丝毫关系，为何小郝父亲向钱海要女儿？显然，小郝的事，后面有人费尽心机在给钱海设局，挑起了小郝父亲对钱海的怒火。小郝的父亲拉下凶脸，大有要不到人不罢休的架势。

　　小郝的父亲是一早上赶到财政局的，还没到大门口，就扯大嗓门一声高一声地大喊："钱海——钱海——钱海——"喊叫声里带电、喷火，也不理门卫保安，直往楼里撞。保安说联系好了再进，他还是往里撞，结果与门卫保安发生争执。小郝父亲骂钱海，骂得很难听。张美玉听到吵嚷声，把小郝父亲接到了她办公室。小郝父亲认识张美玉，但他高声大呼，要找钱海。张美玉说：钱局长在市里开会，您老去我办公室吧，喝口水，我们聊聊好不好？

　　小郝父亲气呼呼地说：不麻烦你了，跟你也没什么好聊的。我是跟钱海要我女儿的，要不到女儿我不走！

　　小郝父亲找到局长室，"咚咚咚"，拳头边砸钱海办公室门，边喊:"钱海——钱海——"砸了半天没动静,便对张美玉说:钱大局长忙,不见我,我上他家去等。

张美玉拉小郝父亲到她办公室,他死活不去,用力甩开张美玉的手,下楼走了。

这偏牛一样的老汉,看样子是彻头彻尾地相信,他女儿是钱海让人抓走的。张美玉不知道怎么办好,只好给吴梦打了电话,告诉她:小郝父亲朝钱海要人,上你家了,钱海去了市里开会,你防备一下。

吴梦说:谢谢美玉,谁把门敲破我也不开。

钱海晚上回家,吴梦说了小郝父亲来敲一上午门没开的事。钱海说:你何必不开门呢,想上家就上家,真的假不了,假的真不了,怕什么!

吴梦说:他像头偏牛,能听进去吗?你说得不错,真的假不了,假的真不了,我也没那份精神给他解释!

钱海想,也倒是,人被抓走,案子进了司法程序,这情形下解释有什么用呢?况且解释也未必能听进去。

小郝父亲去钱海家没敲开门,第二天一早,又到财政局等钱海。钱海放下正要主持开的会,同小郝父亲谈小郝的事。小郝父亲根本不相信钱海的解释,骂着进了钱海办公室,又骂着离开了钱海办公室。看来,小郝父亲对谣言不但铁石心肠地相信,就是有九头牛也拉不回来了。

快到年底了,各单位都在向财政局催要拖欠的工资。要解决全县职工工资的钱,财政局哪来的那么多钱。有人拿工作闹情绪,一些单位领导到财政局骂娘。尤其是学校的拖欠工资情况最为严重,已拖欠教职员工工资近两年了,工资问题已经演化成了对政府、对学校、对学生的矛盾。老师写告状信、罢课,校长到教育局和财政局骂娘。矛盾在激化,随时会闹出大乱子,书记、县长让钱海筹钱救急。钱从哪里来,钱海愁肠百结,也想不出来生钱的渠道。

钱海只能惦记清查"小金库"的钱,也盼望着通过国库集中支付改革挖掘出全县更多的沉淀资金,也惦记着交通局金小妹转走的那五百万元，能及时找回来。五百万呀，对一个贫困县来说，是很大的钱。这笔钱如果回来了，他钱海的愁就少了许多。

金小妹两个多月没上班了，那转走的五百万元，究竟是怎么回事，总不会蒸发了吧？钱海判断，这笔钱绝对不可能"飞"了。钱海让张美玉问交通局长金小妹情况，主持交通局工作的任副局长说她仍在休假。

张美玉对钱海说：鬼才相信，休假哪有休两个多月的！

钱海说：交通局案子不那么简单，这里面必然有情况，是不是应当马上报案？那交通局怎么不报案呢？

正说着这事，李来打电话问钱海：你们查出的交通局被人转走的五百万元"小金库"钱，找得怎么样了？

钱海说：交通局任副局长说金小妹还在休假。

李来没好气地说：查出了这么大事情，财政局怎么不马上报案?!

钱海说：任副局长说人还在休假，报案不合适吧？况且这案子发生在交通局，还是由交通局报较为合适。

17

山川县接连曝出小郝和金小妹的案子，在全县引起震荡。有人说这两个案子是钱海查账查出来的。李来在全县干部会上，高调表扬钱海为主力的清查"小金库"和财政国库集中支付改革小组功劳特别大，从账目清查中发现了两个案件，其中一件贪污案还牵扯到自己亲戚，钱海不徇私情，大义灭亲，让贪污犯迅速得以归案。李来还说，无论从财经的角度讲，还是从反贪污犯罪的角度讲，查账查出两大案子，这是全县多年来少有的成效。大家要学习钱海这种为工作无所畏惧和公而忘私的精神，为山川县的发展鞠躬尽瘁、死而后已……

"听这李大县长讲得多肉麻！""非常肉麻"，有人私下议论李副县长的夸赞。

李来对钱海的表扬，哪是表扬，听那什么"不徇私情""大义灭亲"，什么"无所畏惧""公而忘私"，什么"鞠躬尽瘁""死而后已"，简直是利箭在穿人的心，钱海心里翻江倒海般难受。李来大肆夸赞当然是恶毒的，是捧杀式的，钱海清楚，别人也明白。

更让钱海难以招架的是，第二天县报上登出的大标题报道：《查账查出两大案件》，文章还把李来大肆夸赞钱海的话全用上了。接着，省市报刊电台哗啦啦来了一群记者，当然首先要采访县委书记和纪委领导，石书记恰巧出差不在，记者们在采访了县纪委领导后，要采访钱海，钱海一律拒绝。县委宣传部长给钱海做工作，说：这是宣传山川县的好机会，也是宣传财政局的好机会，当然也是宣传你工作成绩的好机会，请你配合介绍情况。

钱海说：财政局只管查账的事，案子是检察院和公安局管的，采访也应该去这两个部门。

宣传部长继而说：县领导意思尽量不要从案件角度报道，要以采访报道财政局工作角度为主，在挖掘如何查账中发现问题、发现案件。

钱海说：清理"小金库"领导小组组长是县领导，由他们介绍情况全面，财政局只是会计业务工作，我们谈实在不太适合。

钱海把宣传部长执意安排记者采访的事，回绝了。但省市报上刊登的报道，还是与县报《查账查出两大案件》报道大同小异。这样的报道，一时让钱海名声在外，尤其是大段文章写他"大义灭亲"的赞扬之词，实际是让他恶名在外了。

李副县长的大会夸赞和大报小报刊登表扬财政局和钱海的报道，似乎这"大义灭亲"和查账查出"大案"，成了不可辩解的事实，成了被人唾骂的对象。尤其是小郝的父母，骂钱海是"不懂人情的畜牲"，"为升官'六亲'不认的东西"。小郝父亲对钱海的误解，丝毫没有化解，无论张美玉和吴梦等了解内情的人，如何给他们解释，他们都认为是在欺骗他们。小郝父亲说：报上都白纸黑字登了，你们能骗得了我吗！

听到小郝父亲的谩骂，钱海掉泪了，他心里非常难受，真正使他难受的，不是误解的谩骂，而是为小郝的失足。小郝的犯罪，毁了自己前程，也毁了两个老人的幸福梦想。

小郝的犯罪事实清楚，案件审理也快，传出消息说，小郝贪污性质恶劣，有可能被判十几年刑。小郝父亲说，他老两口也豁出去了，要住到他钱海家，不给他把女儿放出来，他们就住下去！

有人把这话告诉了吴梦。吴梦急了，打电话给钱海，要钱海趁早想办法，把小郝父亲堵住，不能住在家，否则女儿没法学习。

钱海对吴梦说：凡事还没有怎么着，就想得非常可怕，没那么可怕；他们要来，也只能开门迎接，不管怎么说也是亲戚，来就热情接待。再说了，人家失去了女儿，又有人挑拨离间把这事算到了我头上，我是有口也难辩，人家不找我找谁？来了再说，不会怎么样的，放心吧。

吴梦说：他压根儿就知道你借钱救他们女儿的事，他们还是相信那些人的混账话；来了你做饭，我可不愿意侍候不知好歹的人……从你当上这个破财政局长，倒霉的事就没消停过……

钱海知道，他的这些倒霉事，都是有人给他制造的，好在清者自清，也没有什么好怕的，怕是"怕"不走别人算计的，最好的办法，就是面对。

令钱海不得其解的是金小妹的案子。为什么李来要他报案，为什么他不报，几天后交通局却报了案？金小妹近三个多月没回来了，公安局通报为失踪案件，但其中又有很多疑点。说是有亲戚收到过她的短信，她受伤了，一时不能回来……而公安局却说，一时查不到她的蛛丝马迹。她究竟在哪里，是失踪了，还是有人在玩把戏？他想，这把戏玩得再好，也甭想玩到他头上。他想，李来要他报案，他没有听李来的，真是对了；后面的戏，看样子很精彩。

小郝的案子开庭审判。小郝父母进了法庭，但又出来了，留下小郝的弟弟在法庭听结果，他们坐在法院门口石阶上抽泣。钱海看到老泪纵横的二老，不知道说什么好，他让同来的张美玉问二老，为何不进去，小郝父亲说，水灵灵的女儿成了犯人，那场面还不要了我们的老命！

宣判结果，小郝被判了十年刑。

判这么重，出乎钱海意料，更让小郝的父母接受不了，小郝的妈就地昏厥了过去。钱海要送小郝的妈去医院，而小郝的父亲却拦住了钱海，他背起老伴就走。钱海让自己的小车跟着小郝的父亲，想待他背不动时，再扶上小车送医院。可小郝父亲背了老伴一段路，却又打出租车。钱海让司机紧跟出租车，而到十字路口，钱海的车正赶上红灯，等到绿灯时出租车已经看不着了。钱海让司机去县医院找，没找到。正要去另外一家医院去找，吴梦打电话火急地说：小郝父亲背着小郝妈来我们家了。

原来小郝父亲打了车不是急着送老伴去医院，而是去了钱海家。

小郝的妈有晕厥老毛病，这晕厥其实无大碍。吴梦要送她去医院，小郝的父亲不肯。钱海赶到时，小郝的妈却醒了。

钱海对小郝的父亲说：你们二老上家来，我们欢迎。看我嫂子病得不轻，要不先去医院看病，好些了再把她接到家里来住？

小郝父亲说：你的好心肠我们受用不起。我们哪儿都不去，死也要死在你钱海家……你还给我们女儿，女儿来了我们现在就回村！

钱海知道小郝的妈时常有晕厥毛病，歇一会就会好，既然小郝父亲这么说话，那就只好让上家再说。钱海说：那您二老就上家吧。

小郝父母径直就进了钱海家。钱海接过小郝父亲的提包，吴梦赶紧上前扶小郝妈进屋。

刚进屋，小郝的父亲就一把鼻涕一把泪地朝钱海大嚷：你快去救我女儿呀，你不把她救出来，我们就在你家不走！

钱海不急不恼地说：人是要救的。救人也不是一句话和一时半会的事，你们二老就把这儿当自己的家住下，有些话，我们得细细聊。

"有什么好聊的，我要我女儿！"小郝父亲跺着脚朝钱海嚷。

……

吴梦给二老沏茶，不喝；送上水果，不吃。吴梦看这情形，小郝的事是死赖上钱海了，也赖定在她家了，就把客房被褥铺好，说：请二老先休息，我去给你们做午饭。

小郝父母坐在沙发上丝毫不动，小郝父亲说：休息个屁，我们等钱海把女儿领回来，领回来我们抬腿就走！

……

小郝的父母住在钱海家，一住就是好几天，每天的哭闹都是老一套，高一声低一声地边哭边嚷，哭喊着朝钱海要人。

面对小郝父母的无赖行为，吴梦实在忍不住了，她对小郝父母说，我们是亲戚，但亲戚之间也不能不讲理……小郝犯了法，被人报了案，哪是钱海让人抓的，真是天大的冤枉；再说了，你们的女儿贪污那么多公款，钱海想保也保不住。你们听了别人的挑拨犯糊涂，反来折腾钱海，简直太没道理了。天地良心，钱海没做半点对不起你们的事情……如果你们明事理，我们还是亲戚，如果还是犯糊涂，你们该上哪上哪去！

小郝被抓究竟是不是钱海报的案，张美玉和财政局的人已给小郝父亲说得很清楚，钱海也给二老说了经过，甚至钱海和张美玉凑钱帮小郝的事，也有人给小郝父亲说过，小郝的父亲这才明白他们听了别人的挑拨而误解了钱海。知道了小郝被抓真相的他，为什么赖上钱海呢？原来仍有人对小郝父亲出了主意，对他说：要想让你女儿早点出来，还真得逼钱海；钱海是大局长，有的是办法。他要是帮小郝，定能帮上，不然你女儿就出不来了……

吴梦撕破脸的狠话，使小郝父母顿时愣神了。

小郝父亲救女儿心切，想来也只有钱海能救她了，也就索性赖上钱海了。

吴梦对小郝父亲的"不客气"，使小郝父亲收敛了很多，但他却对钱海说出了这样的话：要不是你钱海，我姑娘哪能学会计；要不是你钱海，我姑娘怎么能干上会计；不干会计，不调国库中心，怎么会有机会接触公款；不接触财务，怎么会发生贪污……你钱海害了我姑娘，也害了我们全家……

小郝父亲从耍赖，到耍无赖，虽然使钱海非常窝火，但也忍下了。他想，他再难受，也没有小郝父母难受。所以，面对小郝父母的耍赖，钱海什么也说不出来。

小郝父母几乎每天都哭闹一番，搞得钱海家的生活彻底乱了套。吴梦有伤却不能再休假了，孩子回家不能正常学习，只好带孩子回了娘家。这样一来，钱海既陪小郝父母，又给他们做饭。

小郝父母相信财政局长的钱海，定能给小郝免刑，或者减刑。可是上诉的结果，仍是维持原判，十年刑期一天不减。哭得死去活来的小郝母亲，几次晕厥过去。

小郝父母在钱海家住了半年多，钱海又做饭，又给二老看病，像亲兄姐一样照料，让他们很感动。小郝父母找律师咨询，是钱海不帮忙，还是他真帮不上忙？律师给他们解释：小郝的贪污铁板上钉钉，谁也没办法，只有通过好好改造争取减刑。从此，小郝父母接受了这个痛苦的现实，情绪也渐渐平静了。

小郝父母探监时，小郝告诉了钱海叔和张美玉大姐如何到处借钱填"窟窿"救她的事。明白了实情的小郝父母，后悔受了别人的挑拨，一次又一次做出了伤害钱海的事。二老要给钱海下跪赔罪，钱海和吴梦赶紧扶起二老。钱海说：我没有关心好小郝，我有责任，小郝出事，我心里同你们一样难受。

钱海探监看小郝，小郝对钱海说：叔，你就不想问是谁挑拨我父亲的吗？

钱海说：你不说，我也知道几分；你不方便说，也就不要说了。

……

后来小郝父母什么也没说，收拾东西回老家了。出门时却扔下句话：我们还会找你钱海的。

18

钱海这些年来，简直跟"小金库"缠绕在一起了，每次清查"小金库"都少不了他，使得他长了很多见识。因而他设计的"地毯式"和"无缝式"清理"小金库"招儿，花招狠，劲儿足，又查出了一批账外账。这些账外账虽然大多金额很大，而要深究，却也构不成犯罪，也只能是追究单位主要领导责任而已。要放在过去，不会处分谁，而如今遇上钱海这个"土山楂"，就是揪着问题不放，要把处分落到具体负责人头上，这让一些单位领导急和怕了。

有了上一轮处理"小金库"问题单位领导的"破釜沉舟"的做法，也因为有了上一轮让有问题单位领导做检查，并给有关领导处分和揪住问题"不依不饶"的狠劲，以及在上一轮的艰难险阻中的取胜，钱海更加坚信了一条真理，那就是世上的事情最怕做到极致，只要你做到天不怕、地不怕的程度，那就连鬼都害怕。因而钱海的清查，就是真格的查，查出事揪住不放，改革就往利益根上刨，刨根不留尾巴，查得别人害怕，刨得别人心痛，不仅让一些人心惊肉跳，且查和刨得又疼又恨。这就出现了被查出问题和被改革单位的领导，在清查"小金库"和财政改革上，不大害怕书记、县长，却怕财政局和钱海的奇怪现象。

由于捅到了一些人痛处，还要把痛处捅到底，有人一边在责骂痛恨钱海，一面又向钱海挤出难得的笑脸。还哪是笑脸，是讨好，那种庸俗、下作的皮笑肉不笑的讨好。

第二轮处理被查出"小金库"单位领导的报告，还没有起草，钱海的办公室和家里，登门拜访的人就多了起来。

第二轮处理领导名单里仍有县电视台长吴倩。要说第一轮已处理吴倩，可清理小组一名副组长带人又查出了县电视台财务新问题，这位副组长把查出的问题摆到了桌面上，把钱海吓了一跳，但他却没办法把它"捂"住不上报。

这第二轮处理，有可能不单纯是单位负责人做检查和再挨个处分而已，对于挪用资金的事，有可能纪委会介入。纪委介入，据说是县纪委主动提出的。县纪委要从这些线索里，摸出案子来，这是"小金库"问题多的单位领导压根儿没料到的。不久，传闻是真的了，纪委要钱海配合移交线索。事情到这个份儿上，钱海没料到，清查"小金库"又要搞出案子，这是他不愿意看到的，也不愿意参与的。最让钱海揪心的是，纪委要求移交的违纪线索里，有电视台违规挪用资金问题，数目大而问题严重。这些日子来，吴倩一次又一次找钱海，吴梦也对钱海软硬兼施，逼着钱海"想办法"，无论如何也不要把清查结果移交纪委。而清查事实已落到白纸黑字上，查账人员又不是一两个，而是四五个人呢，谁也隐瞒不了事实。钱海实在想不出什么办法为吴倩抹掉清查事实。

钱海对吴梦和吴倩说，事到如今，他是实在想不出帮吴倩的什么办法。吴倩急了，她给她姐吴梦送来十万块钱，要让她姐夫高抬贵手。吴梦不收，吴倩竟然给她姐跪在地上不起。

给钱海送钱的不只吴倩，还有招商局胡腾娇和县医院王喜贵。钱海不在家，他们分别给吴梦塞一个大信封，不收下不走人。大信封里装满了钱，吴梦用了吃奶的劲也推不掉；交通局任副局长到钱海家闲聊，扔下六万块钱就要走，钱海死活不要，而任副局长急了，好像再推，就要和钱海翻脸。翻脸钱海也不收，结果扔在门里就走人了。要追，楼下都是人，钱海无奈，只好收下。

钱海和吴梦心里清楚，这些人送来的钱，都是恶钱，是"定时炸弹"。这"炸弹"的拉环捏在人家手里，人家想什么时候拉，炸弹就会什么时候爆。因而，不管钱海在家不在家，钱海和吴梦对钱物一律不收。不收，好像由不得钱海和吴梦，这些送礼的人，似乎想好了怎么对付钱海和吴梦，招数一套一套的。有几天，钱海出差，有几个单位领导派人送来钱和礼品，吴梦怎么推也推不掉，不知道怎么办好，吴梦听了钱海的话，在她无法推掉的情况下就收下，却把每一笔钱和每件礼品，登记得清清楚楚，并把清单交给钱海。

这每一笔钱和每件礼品，都是入门的灾祸，该怎么办？钱海非常害怕，他怕步老局长的后尘——老赵的前任财政局长老李，因受贿八万块钱被判了八年刑。那时他在财政局办公室当副主任，与老李局长平日接触最多，老李人好能干，可就因八万块钱，办案人在他办公室把他带走了，获刑八年。这让钱海很震动，也给他上了一课：手是绝对不能伸的，伸手就有危险。从而他相信，不义之财迟早会成"事"的。由于有老李局长的惨痛教训，钱海见人给他送钱就害怕。而送来的钱没法不收，钱海只能收下，收下再把它一一处理出去：谁送来的东西，他给谁送回去；送去不接收的礼品，寄给对方。这一招有点不尽人情，但钱海就这么做了，管他别人高兴不高兴。有的钱，退给人家就是不收，甚至就地给他翻脸，他就把退不回去的万元以上的钱，打到县纪律廉政专户；几千元的，捐到孤儿院财务室，孤儿院财务为他保密，给他逐一打了收条。谁都不会知道，钱海会有这么一招。

钱海上门还钱、还礼品，还有把礼品寄退给送礼人的招儿，使送礼的人非常难堪，那难听的谩骂，简直不堪入耳。

钱海对他的这几招窃喜。吴梦担心钱海这样做太绝了，便对钱海说：这样把事情做绝了，以后谁还敢给我们家送东西呀。没人送，不就什么东西也收不到了吗？

钱海说：不收钱物，心里踏实。

吴梦说：该收的，也还得收；领导们哪个不在收礼，谁不收谁才是傻子呢。

钱海说：我宁愿当这个傻子。

吴梦骂钱海：你就是个又硬又涩的"土山楂！"

钱海的"绝招"虽好，但等于给送礼的扇了个大嘴巴，难受之后对钱海是痛恨。从而，这些被退了礼的人，就成了钱海的硬伤。

19

　　春节在"敲"门，浓浓的节日气氛已漫延开来。这漫延在山川县机关里的节日气氛，似乎在提醒领导干部们，一年一度的人情关系往来得抓紧了。也就是给上级机关、某些领导、掌握权力的要害人员和合作单位、有求于别人的人，要抓紧"打点"了，也"提醒"机关领导干部们，拉关系和"攻关"的时机到了。

　　山川县同所有地方一样，也在早早布置深化与上级单位领导友情、与"有用"单位和关键领导建立密切关系、为争取项目和资金重点攻关的事情，当然还不能忽略走访对县里发展有用处的那些老领导、老关系、老朋友等人士。这些安排，无一例外需要一笔又一笔的"攻关费"。这些费又被分成了五花八门的开支，有些是需要现金拜望的，有些是需要买送的礼品的，有些是需要请他们吃喝玩乐的。这些花销，花到哪，花多少，大多是办事的人知道究竟花了多少，大多是个良心账。既然少不了"满嘴跑火车"式的开支报销，如此这样的钱，往往会超出年初预算的数十倍。

　　"攻关费"开支牵扯到大领导、小干部和一般干部，谁该花多少，谁该不该花，财政局不好把关，政府各单位说了算，无不要得急。所以，这种钱，财政局必须得拿钱，不拿钱或少拿钱，都会成为得罪具体办事人的"事儿"。逢年过节，也不仅仅是逢年过节，凡是策划到"攻关"的事项，凡是需要给县里办什么事，凡是需要给县里拉什么关系，凡是领导认为需要在什么人和事上花钱，财政局就得想办法。这样的关系费，一年从头到尾，大钱小钱，像河水一样流淌着。看着它浪费而心疼的人，除了几个县领导，那就是财政局长了。

花公家的钱，谁会心疼？一般来说是不管钱的人不心疼，花公家的钱不心疼。对公家的钱，大多数人花起来会不心疼，而大多管钱的人会心疼。这就是管钱人与花钱人的不同心态。钱海对年年膨胀的"攻关费"头痛不堪，对每分钱都心疼。心疼公家的钱，在别人看来，是财政局长的"职业病"。这种"病"，在别人看来是毛病，没有几个人不讨厌。钱是公家的，又不是你财政局长的，你捂着口袋不给，算什么东西！遭来这样的怨骂，似乎是财政局长自找的事。

县里的水电项目，由省里报到了国家部委，县长十分重视，让县发改局长郑大新、水利局长龙四水和钱海尽快到省里和上面找人，无论花多大代价，要把项目给批下来。县领导下了死命令，要他们趁过新年时机去送礼"攻关"，不管花多少钱，不管障碍多大，障碍就算天大也要把它"攻"下来，把这件大事必须办妥。

可钱海不看好争取到这个项目的可能性。因为他了解到的情况是，流过山川县的燕河，是京津水源，国家不容许在这条河上建水电站。虽然县里要建的水电站不在燕河，而在另外一条河上，而这条河的水，还会流入燕河，那也会污染燕河的水，好像批准的可能性很小。既然没有多大批准的可能，那么这个项目的"攻关费"，就会"打水漂"。

郑大新和龙四水找钱海商量，要带四十万元现金去送礼。钱海说，没那么多钱。郑大新说，这钱是书记、县长在县办公会上特批的，你凭什么不给?! 钱海说，先拿一点送出去试试，项目争取得差不多了再送，也免得钱"打水漂"。

钱海只是准备了五万块钱和几十份土特产品。郑大新不干，这点钱和土特产哪能出得了手，简直是打点"叫花子"，哪能办成什么事！

郑大新请示孙县长，要求至少先拿上三十万元才能去。县长说，花钱县里批，不花钱办成事更好；钱少省着花，钱少你得给我把事情办成。郑大新把鼻子都气歪了。钱海和发改局长、水利局长只"磨"到了十万块钱，带了些土产品，去省里和北京去办县里这件大事。

元旦春节前的京城，外地人和外地车一天比一天多，这大多是各地走访和拜年的。他们请山川县在北京一家报社工作的小马和政府机关工作的小杜，提前约了几个部委的管水利项目和资金的司处长今晚吃饭，晚宴订在北京三里河"湘江美"宴会厅。钱海一行上午出发，他算路程最慢下午三四点钟会到北京三里河，可车在路上跑了六个小时，进城就进了四个小时，本来下午要去国家发改委的计划不但落空了，而且因堵车却迟迟进不了城，邀请的晚宴只好由小马和小杜主持，这样说项目的效果就差了点。再次宴请又订在第二天晚上老地方，但几位处长都有事，参加不了，等了两天，才又约好。

　　这年前的拜访，吃饭是一个接近关系和人情的礼节方式，而送礼，却是"攻关"的主要目的。送礼，除了送东西外，送钱是必不可少的。送礼，是送钱，还是送购物卡，郑大新和龙四水的意见不一致。

　　他们问钱海：是送"包"，还是送卡？送"包"，一个"包"五千，还是一万元？送卡，是送五千，还是送一万？

　　钱海说：送购物卡，也可以开发票，好入账；送多少，你们定吧。

　　他们俩数了数拉的送礼单子，需要给二十个人送"包"和购物卡。说是"六六大顺"，给十个人每人送六千块钱，包十个"包"；给十个人每人送一张购物卡，每张卡六千元钱。他们把现金装了十个信封的包，在商场买了十张购物卡。十张卡花了六万元，返还百分之二十四的现金，共一万四千四百块钱。他们不约而同地想到，与钱海三人分了。他们给钱海"分"了四千四百六十元，钱海没要。钱海不要，他们也不强求，最后两人把这钱分享了。

　　过去也是这样，买卡返还的现金，要么就地给自己买些贵重东西，要么就把现金分了。机关干部送礼，大多愿意购卡，购卡有"油水"。

　　还有"攻关费"，其实常常也是良心账。拿了几十万元来送礼，说是给某某送了几万元，给某某送了几千元，但更多时候，也有送不出去的，因为不是想送钱都能送出去的，常常有事情办了，钱却送不出去。那送不出去的钱怎么处理？单独一人送的没送到，要么谎报说送出去了，或者送给了为自己办事的人；几个人一起送的没送出，那么就会私分了，回去报账也会说送出去了。这样的好事，这样大的"油水"，大都十分乐意跑"攻关"的。跑"攻关"的大大好处，除了多要钱少送出，或送不出去，可以让自己"肥"一把外，还可以利用给公家"攻关"办事机会，为个人办事或建立人脉关系。反正送钱和送物，报账只是报个人数，又不会让收钱人签字，因而拿出去的"攻关费"不论多少，那都是肉包子打狗——有去无回。

　　送了"攻关费"，能办成多少事？送了"攻关费"，也未必会办成什么事。钱花了，办不成事，回来怎么交代？好办。人嘴是肉长的，事情办不成，总会有多种解释，要么说是情况有变化，有机会再给办，把希望扔到遥远的以后；要么说给人家送少了，送的钱少人家看不上，所以不办事。常常是，县里最热闹的事是"攻关"，逢年过节或随时需要办什么事情，那就调动人员"攻关"。"攻关"是苦差，也是美差，县长书记和带"长"的，都会争着跑，跑市里，跑省城，跑外地，跑京城，跑四方，拉关系，交朋友，逛山水，吃美味，办公事，办私事，有补助，有"油水"，真是一种名正言顺假公济私和捞取好处的大好机会。

　　这次来京"攻关"的水电项目，钱海知道有悖于国家环境保护规定，获得批准项目的成功率微乎其微，而县领导也知道争取的成功率很低，但在二位局长的极力鼓动下，却成了县里必须争取成功的项目。既然成了县里争取的大项目，那就是大"攻关"，那就得以大笔"攻关费"送礼。争取到了一大笔"攻关费"，还要拉着钱海，还推荐钱海做领队，说是花钱送礼有财政局长跟着"说得清"。每每这种"攻关"的成功率不高，还要花掉几十万，还得拉上财政局长做证，他们二位真是精明到家了。

　　项目争取到争取不到，那得请人出来吃饭；钱送出去还是送不出去，也得硬送。郑大新和龙四水分两晚请有关部门的司长、处长吃饭。令他们尴尬的事，也令他们高兴的事是，请来的领导们吃饭归吃饭，喝酒归喝酒，亲切归亲切，送的土特产是收下了，可"包"和卡，塞到口袋又掏了出来，好似炸弹，在自己口袋多待一会儿立马要爆炸，说啥也不要。送礼不收，是让人很没面子的事，二位局长像与人打架似的，撕扯着对方，费尽力气再次往他们口袋里塞"包"，弄得几位司长处长拉下了脸，有位急了："你们这样可不好，事情我尽力努力，土特产收下，其他东西绝对不可以收！"

钱和购物卡送不出去，钱海和两位局长对项目的事心里没底，不是没底，简直是连一点"感觉"都找不到。二位局长又让同来的发改局和水利局的人分别送"包"，结果也没有送出去。钱海有点着急，这项目在饭桌上虽然几位处长答应"想办法"，酒喝得很好，交流得也很好，也应当收下"心意"，可为何大多不收呢？不是说他们的"胃口"很大吗，是不是送的嫌少看不上？小马和小杜说，国家机关这块地方，也不是所有的人办事都收钱，大多人吃点喝点可以，一般不会收钱。但他们都说了，只要有一线希望，也会尽力的。

"攻关"回来，以水利和发改二位局长为主，给县领导作专题汇报，说这次仅是建立联系，交了朋友，送了项目申报材料而已，后面的事，是继续大"攻关"才有希望。县领导让他们抓紧跟进项目。他们连续数日电话和去人跟进，却没丝毫进展。

花了十万块钱，居然没有丝毫进展，县长急了，质问钱花哪里去了。郑大新和龙四水直截了当地说，别的地方办这么大的项目，都得上百万或几百万的"攻关费"，财政局给这点小钱，只是吃个饭、"见个面"而已，要我们去办这么大的事，还不够塞人家"牙缝"的！

不久，有关部门答复，山川县属于京津饮水源带，出于对保证水源清洁的考虑，不批准建水电项目。水电项目争取，彻底没戏了。

县领导既吃惊又怀疑，花了那么多钱和时间，怎么会没"戏"了呢？是钱花少了还是真是因为京津饮水源带政策限制的因素，确实不让建水电项目？龙四水说，附近的燕河县同样处于京津饮水源带，人家却建了水电站，那怎么说?！可以显而易见地说，争取这项目不是不可能，而是舍不舍得花钱的缘故。

水利局长的话说到这里，把没争取到水利项目的责任，推了个一干二净。

山川县缺电，渴望有座水电站是每任县领导的企盼。县里规划了一揽子招商引资项目，也要上马一些工业支柱企业，还要做大现代农业。要把这些规划落实到地，首先得解决电，现有的电远远不能满足需要，所以急需建水电站，这是山川县的最急。建水电站，县领导当然知道有政策障碍，但有燕河县被批准建水电站的先例，山川县领导认为不是没希望，希望再争取。加上水利局长和发改局长同个别县领导坚持"下大功夫没有办不成的事"和"能不能办下来建水电站的批文，关键是'攻关'能不能'攻'下有关部门"的主张，使得书记、县长对这个项目抱着很大希望，可结果是希望渺茫。

十万"攻关费"花出去了，打了"水漂"，连"响声"都听不着，责任谁来负？郑大新和龙四水把责任推了个一干二净不说，还说由于钱海以各种理由卡"攻关费"，送礼不到位，使得项目争取没有力度。常务副县长也如此说，这次争取项目，钱海从中作梗，经费不到位，使争取成功概率打了折扣，应当追究他的失职和渎职责任。

李来给书记建议，对钱海做处理。石书记对处理钱海不表态，但提出对这次争取水电项目的不利，要找原因，并让李来调查具体情况。

石书记是让李来调查争取水电项目不利的具体情况，但李来却提了个让书记意外的处理意见：钱海不适合再做财政局长，建议换了。

石书记问李来：让你调查争取项目失利的具体原因，也是为了要不要继续下功夫争取这个项目，你不在这事上找子丑寅卯，为啥冷不丁提出要换钱海的意见？这事失利与钱海关系多大？为何把责任账算到钱海头上了?!

李来没想到书记护着钱海说话，但还是坚持他的意见说：书记啊，事实明摆着的，燕河县能争取到的水电项目，我们肯定能争取到。没争取成这个水电项目的真正原因，不是"攻关费"不到位，是什么？水利和发改局二位局长为了多拿点"攻关费"，给钱海都快下跪了，但还是被钱海三卡四卡，仅拿了十万块钱，不是"糊弄"是什么？这个责任，必须由钱海来承担，除非他把这个项目跑下来，可以不追究他责任……

石书记漫不经心地问李来：你说说看，换了钱海，谁来接财政局长？

李来提出由招商局主持工作的副局长胡腾娇接手财政局长。

石书记再问李来：换了钱海容易，那新区建设的资金马上就要筹措到位，胡腾娇能办到吗？

李来说：胡腾娇社交能力出众，她有办法保证新区建设资金一分不少。

石书记沉思片刻说：胡腾娇是能干，她是搞"攻关"的料，可眼下招商引资最需要她，她还不能离开招商局。要不这样，还是让钱海继续干一段时间再说吧。

李来还要坚持换钱海，书记不高兴地说：这事就不要再说了！

李来猜不透书记说换又不换的原因是什么。他琢磨，也许是书记对胡腾娇不大感兴趣，应该再物色一个更"合适"的人推荐给书记，物色一个既是他李来的"心腹"，书记又能喜欢的人。这个人谁合适呢？李来找水利局长、国土资源局局长、教育局长等几个哥们，商量推荐谁接手财政局长的事。商量的结果，究竟谁当财政局长最合适？都不说话。李来当然知道他们不说话的心思，他们谁都想当这个财政局长。李来对"哥们"为难了，推荐这个，会得罪那个，结果也没商量出人选。推荐谁好呢？李来犯愁了。

20

学校教职员工的工资拖欠了两年多，过了年就三个年头了。教职员工年复一年干着繁重的活，却领不到薪水，没几个人愿意上班，没几个人有劲头教课。钱海的女儿钱梦吴学习持续下降，从班里排名前十名下降到后十名。钱梦吴学习下降，当然与老师拿不到工资消极怠工而不用心教学有关，也与吴梦受伤后，生活上没有过去照顾女儿那么细致，使钱梦吴身体素质下降，经常生病请假有关，还有与转学不成而折腾掉了学习兴头有关，还有与父母时常吵架和家里经常来客人打扰等有关。

吴梦把女儿学习成绩单扔给钱海，问他怎么办。钱海一筹莫展，帮她找原因。找来找去，女儿还是那句话：学校不好，怎么怪我不用心学习呢！

吴梦把一肚子气撒到钱海身上，要钱海想办法。钱海为女儿报了个学习班，周六周日给辅导功课。

吴梦说：一周两日陪女儿补习，我一天，你一天。

钱海说：财政局哪来的休息日？

吴梦说：女儿考大学是大事，你腾出时间来帮孩子理所当然！

钱海说：我只能尽力。

吴梦厉声说：不是尽力，是要使全力！

钱海说：好、好、好。

钱海每当面对孩子学习这个话题，只能向女儿和妻子说好话。尽不到父亲的关爱之心，他的心里不是个滋味。

还有让钱海和吴梦难受的，是女儿心理的变化。自从女儿从一中回到原校，好像自信与自尊受到了伤害，常常闷闷不乐的。虽然老师看在吴梦和钱海的面子上，对他们女儿格外关照，但女儿少了以前的快乐，无论吴梦和钱海给她买什么好东西和拿什么好吃的哄她，但她总是显得不开心。吴梦对女儿学习十分担忧，这样的精神状态，是一种失去自信心的状态，或者是失去自尊心的状态，要使她恢复起快乐和自信来，好像很难。吴梦和钱海着急，这样下去，要考上大学，看来无望。

令吴梦着急的事还有，女儿同学中，已有家长联系送孩子出国学习的事了。有的联系了美国，有的联系了英法，有的联系了加拿大和澳大利亚。听着这些外国学校的名字，简直让吴梦羡慕得心里七上八下的慌乱。让吴梦心里更为慌乱的是，山川县大多有权有钱家庭的孩子，在国内上不到好学校的，都选择了出国上学。出国上学回来，硬邦邦的文凭就是进好单位的"敲门砖"，一般都能进好"门楼"。当然，出国上学虽是好，一年学费至少得十多万元，要把本科和研究生读完共七年，得一百多万元。这么大一笔开支，在她家是天文数字。她和钱海每月工资就那么点儿，要攒出这么多钱，几乎得不吃不喝一辈子。钱海不让收礼，俩人工资每月花尽，这么多钱从哪里来，吴梦一想这么大笔钱就浑身出冷汗。钱让她太心焦，实质是女儿让她太心焦。女儿如果考国内的学校，现在这学习快速滑坡的状况，不要说考二本，连三本也够呛。这意味着，不送出国上学，几乎无学可上。

世上有些事情就很巧，有人在想钱的时候，钱也在想她，也不是钱在想她，而是有人在为她想钱。正当吴梦为钱犯愁，已经不是犯愁，已经是闹心的时候，她的局长——国土资源局局长王开来，正在给她准备一笔钱，是一大笔钱，且这笔钱已在走向吴梦口袋里的路上。

下午快下班时候，王开来到吴梦办公室，叫她参加个饭局。局长叫她参加饭局，她也不敢多问，也不敢说给女儿要做晚饭的话，连忙说"好"。

此饭局，加上她就三个人，另两位即王开来和开发商马小妹。

马小妹一个小少妇，靠土地生意折腾，几年时间已身价几千万。她经常请王开来吃饭，也请王开来出过国，也请吴梦逛过商场，给她买过几身衣服，一出手就是万儿八千的，很大方。这饭局是什么主题，吴梦不知道。聊了一会，才知道是为了那块拿到的"特价地"。"特价地"是一年前王开来以特价方式，批给马小妹县城黄金段的一块地。这块地买卖双方投标价是两千万，而王开来以评估价一千五百万给了马小妹，少收五百万元。少收了这么多钱，必须得找个充分的理由，王开来找吴梦，让吴梦通过一收一支财务方式解决少收部分。也就是收了两千万，而又以承建国土局工程建设项目方式，从银行支取了五百万元。事后，马小妹给吴梦送来二十万关照费，吴梦坚决不收。马小妹给她二十万元，吴梦顿觉装在包里的是燃烧的火球，仿佛会把她烧化似的。她毫不迟疑地推给马小妹，态度之坚决，让马小妹当即没有了再把钱推给吴梦的勇气。

　　今天饭间，马小妹趁王开来上"洗手间"当儿，也是王开来故意留出的当儿，马小妹把二十万元的一个银行卡，塞在了吴梦的手里。马小妹说，这是二十万元，密码在银行卡背面，你一定得收下。吴梦见到这二十万元钱，感觉与那次大不一样，不但不烧手，且犹如肥肉送到了饿人的嘴前。当马小妹的银行卡塞到吴梦手里时，吴梦的脑子里闪出的是女儿坐飞机出国上学的悦心画面。此时感觉银行卡有暖暖热流，直通她的心房，浑身也热了。这次她只是客气而轻微地推了几下，她怕失去这笔钱，也怕王开来看到。在马小妹的催劝下，她赶紧把银行卡收了起来。

　　随着银行卡装到包里的瞬间，吴梦的心跳到了嗓子眼上，好像跳出嗓子了，也产生了不好的预兆，她闪现出进监狱坐牢的恐惧情形。这可怕的闪现，随即就被女儿的出国上学赶跑了。转而想，送女儿出国上学需要大笔钱，几十万也是杯水车薪，再不胆大点，过了这个村就没这个店。她暗骂自己胆小如鼠。她又想，既然马小妹给她钱，那也一定给了王开来，给王开来的肯定不止二十万元。想到这儿，吴梦的心跳缓了许多，惧怕感也减轻了许多。收这笔钱，她决意不听钱海的，也不告诉他，悄悄收下，不收白不收。

吴梦包里装着二十万元银行卡，感觉女儿遥远的出国上学路，短了一大截。她回到家，不见钱海，女儿已睡。看来钱海没给女儿做饭，是女儿自己草草做的饭，饭桌上吃剩的米饭鸡蛋炒西红柿，米饭是夹生的，且糊了。女儿吃了糊而生的炒饭，吴梦既疼女儿又气钱海。一触及女儿的事，吴梦对钱海简直就是怨恨。让吴梦极为生气的是，对女儿今后在哪里上学，居然脑子里不装这事，甚至对女儿出国上学的事，她每次提起，他总是不吱声。吴梦断定，靠钱海，送女儿出国上学，只有落空。转而想到飞来的这二十万元钱，对女儿来说太及时了。

21

交通局传来金小妹失踪后的最新消息，金小妹自杀了。

自杀，并没有找到尸体，只是见到了一份遗书。遗书是有人寄给交通局的。这段时间，县检察院一直在调查金小妹转走五百万元公款的事。事实已经查清楚，五百万元的确被她转走了，转到了加拿大。交通局把金小妹的遗书送给了公安局，要求县公安局立案侦查。公安局不以为然，一份遗书怎能断定金小妹自杀了呢？她究竟在哪里自杀的？不见尸体的侦查，没有目标的侦查，没有线索的侦查，到哪里去查？公安局侦察员只能大海捞针般地侦查，结果没找到一丝线索，只能暂时作罢。这个案子和五百万元不翼而飞的钱，就成了悬案。

金小妹的案子让钱海费解。金小妹长期与马鸣、李来有不正常关系，而金小妹失踪又是交通局报的案，失踪两个多月里，先是说休假继而说失踪，如今又拿出一份遗书报案自杀，自杀却找不到尸体，巨款早已被转到海外，这里头暗藏着什么玄机？钱海想不清楚，而钱海关心的不是案子离奇古怪，而是那五百万元钱，如能尽快追找回来，那会是筹集新区建设资金救急的一笔大钱。

清理"小金库"和实行国库集中支付财政改革的取消各单位银行账户仍在推进。这一"清"一"改"的事情在细密的蛛丝马迹里查线索，也在如蚂蚁啃骨头般的情形下进行。而这几件事情，能够在四处暗礁和八方暗箭里稳步推进，多亏了张美玉的不怕狗咬、不怕鬼缠的胆子。其实张美玉平时胆子很小，见到一只老鼠也会吓得"哇哇"大叫。她也是个怕事的人，寻常情况下除了大原则也是绕着"石头"

走。可只要是牵扯到钱海的事，支持钱海的事，她都会义无反顾。

钱海和张美玉心里都清楚，这种力量来自什么。爱可以融化顽石，爱可以让女人变得柔软如水或坚如磐石，这就是张美玉当下的工作状态，也是埋藏在心底的对钱海情感的力量。

由于张美玉和她的清理小组非常用力，这一轮又查出了一些单位"小金库"大额资金和多个账外账。其中医院的问题最大，一千万元资金被巧立名目发了福利，还有三千万建设和购买仪器设备款，不是一堆白条子入账，就是假发票报销，财务管理漏洞百出。当张美玉查出这些严重问题后，医院领导慌了，赶忙找钱海，讲了一大堆医院的特殊性。说什么工程建设项目和购买仪器设备大多是领导介绍的，说什么发福利是各医院的通常惯例，说什么领导和领导家人看病住院有些花费的白条子入账也是多年来的通常惯例，等等。

院长王喜贵找钱海说，"特殊情况"要例外。钱海说：这些特殊性的确存在，但各单位都有特殊性，在财务管理面前，没法给谁照顾特殊性。

王喜贵说：医院是服务单位，哪来的那么多条条框框，你别拿你那一套找我的事。我这里所办的任何事，都有县领导的批件，你不要没事找事。我给你钱海面子，也给你个台阶，你要不下，那就走着瞧！

王喜贵在钱海面前显得十分没有耐心。王喜贵是上下领导那里的"红人"，面对查出这么多问题能够蛮横，而蛮横的后面，是有人撑腰，这个人当然是常务副县长李来，还有更多的社会关系。而且，也因为李来说过迟早要把钱海弄下去的缘故，在王喜贵等医院领导和县里很多人的眼里，钱海这个财政局长，不久就会滚下台的。

当晚，王喜贵宴请李来，当然是为了给李来说查账查出来的事，也是告钱海不买他们账的状。

"钱海你马上到我办公室来一趟！"李来在电话里急赤白脸地对钱海说：你马上过来！

听李来横冲直撞的口气，好像疯狗要咬人。

钱海一进李来办公室，李来的鼻子就冒着粗气，大声吼般地对钱海道：你想把全县搞乱啊?！

钱海说：这话我听不明白。

李来说：清、清、清，光清理"小金库"，就弄出这么多事情，还弄出了大案要案。捅出大案要案好啊，也说明你钱海的工作有成绩。但你想过没有，问题也不是山川县有，全市普遍，全省普遍，全国更普遍；这样拿着放大镜查问题的手段，也就是你钱海能使出来；查、查、查，查个鸡巴，查的问题多，当然是大好事，但县里的稳定怎么保？再要清理下去，还不知道弄出什么事情。我告诉你钱海，"小金库"不是山川县的发明创造，是全国的普遍问题，我现在正式通知你，清理"小金库"小组立即解散，所有工作停止！

钱海对李来也不客气：清查小组是县里正式成立的，县长是组长，我只是个副组长，你给我通知解散，我哪有这个权力！

李来说：解散清查小组，是书记的意思，现在就执行书记的决定吧！

钱海说：既然书记决定要解散，那我们立刻就停止工作；什么时候开会宣布，请您代表县领导宣布一下吧。

李来对钱海蛮横地说：说解散就解散，有什么可宣布的？我还有其他事，这事由你宣布得了。回去赶紧开会，让清查小组人员明天就各回各单位上班！

钱海不急不恼，对李来说，知道了。李来说，知道就好！

李来以这样粗暴的方式，以这样生硬的口气，通知钱海解散清查"小金库"小组，既不尊重别人，又不按规矩出"牌"，把一个由省市布置的重要工作，一个由县长直接挂帅的工作机构，也正在取得重大新成果的节骨眼上的清理工作，以书记一句口头话就把它给解散了，这是个什么事啊！不管怎么说县长也是组长啊，解散清理小组，县长是什么意见，为何李来一字不提？

钱海窝着火，也压着火，他没地方发。刚才，他差点给李来发火，但他忍住了，他觉得不值得给这个疯子发火。钱海清楚，解散不解散清查小组，也不是你书记和李来一句话的事，要解散那得县上有关会议定。况且清查"小金库"是省市关注的重要工作，停止工作、解散小组，哪有你一句话那么简单。

钱海从李来办公室出来，去找县长。县长去了市里开会，三天后回来。钱海回到局里与张美玉商量李来让马上解散清查小组的事。他们俩分析的情况是，这次"小金库"清查下了很大的功夫，它虽会短期内消失，但它的土壤还在，只要全国的"小金库"土壤还在，山川县的"小金库"不会灭迹。而这两轮的清理，对解决山川县困难财力来说成效非凡，通过清理还建立起了财务规范管理的机制，尤其是从此建立起的财务规范机制，那是会堵住漏钱大"窟窿"的。"清查"无论如何还要接着搞。

钱海决意要把这一轮"小金库"清查进行到底。张美玉也看到了这一轮深入清理对财政改革管理的妙处，坚持要把这一轮清理搞完再收兵。

钱海让张美玉暂停清查小组工作，集中精力做国库集中支付改革的事，清理小组先不解散，等县长回来再说。

县长回来即刻找钱海。县长已听说解散"小金库"清查小组的事，是李来告诉县长的。也不知道县长与书记是怎么商量的，县长对钱海说，清理"小金库"小组不仅不解散，反而还要让清理坚持到底，不要怕查出问题；清理中查出什么问题，属于违规的，属于违纪的，属于违法的，该怎么办就怎么办。

县长对钱海说得如此底气十足，是得到了上面的"打气"，还是书记压根儿就对李来提出的解散清理小组的意见既没有完全反对，也没有完全支持，而是李来借此口气，"歪嘴和尚"念错了经？这缘由，只有李来和石书记知道。

有了县长对清理"小金库"的强挺，钱海有了几许底气。

王喜贵对县长强挺钱海继续清查"小金库"不以为然，他不怕钱海查出什么问题，有问题他也不怕。王喜贵为何不以为然了，当然来自李来等人对钱海的不以为然。

就在钱海清查出县医院财务严重问题的几天后，医院院长王喜贵找钱海要钱。不知是王喜贵对山川县的财力困境装糊涂，还是故意给钱海出难题，王喜贵狮子大开口，要两千万元资金扩张医院干部病房。

两千万元！钱海以为是眼睛看错了，或者是把报告上两百万元看成了两千万元，而报告上明明写的是两千万元。两千万元，那是山川县全年财政收入的一大块。要这么多钱，财政局以为王喜贵神经出了毛病。因为医院已有三十间干部病房，每间病房，不单是病房，而且是家庭单元式的病房，每间病房像富豪家一样阔气，更似星级宾馆一样的豪华，高档家具、豪华配置，还比星级宾馆多了柴米油盐酱醋俱全的厨房。高档和豪华的干部病房，与院里简陋和破烂的普通病房相比，简直一个是贵宾楼，一个是贫民区。

干部们把干部病房当作自己家和疗养院，享受着一流的病房条件，享受着国外进口的医疗设备，也享用着国内一流的药品，享受着一流的生活待遇，享受着笑脸相赔的医护服务，更享受着有病随时高报酬请京城各大医院名医上门治疗的特殊待遇，也享受着他们的亲朋好友可以在这里住院治疗的贵宾服务。相反，在普通门诊和病房，普通人排长队挂号求医，医生护士很不耐烦且态度恶劣，病房八人或十人挤一间且走廊也成了病房，普通病人花着高价检查费和高价药费、治疗费，等等。一个医院，干部与百姓就医待遇、礼遇、条件、设备、用药服务等，简直是两个天地。这样的反差，王喜贵竟能看得过去，也竟然不去想办法改善普通门诊和病房条件，在干部病房已经豪华得百姓不能容忍再豪华下去的情况下，竟然还要为干部病房购买大批高档医疗设备，还要建更豪华的保健场所与更新配置更为舒适的干部病房设备，亏他能做得出来。

这超豪华的干部病房，让钱海痛心。这山川县医院，是王喜贵从外地学来的。邻近地县医院干部病房越来越高档，相互比着升级。王喜贵学别的不行，学让领导如何奢靡享受在行。也同样，山川县有些领导干部学别的不行，学享乐很快。王喜贵当院长干的就是让领导高兴的事，他在让领导干部奢靡享受中，自己也大吃大喝，花钱大手大脚，公款送礼，中饱私囊。医院办成了腐败场所，哪像医院。

王喜贵那天把李来副县长签批的两千万元经费报告，派他的副院长送给钱海。钱海当即告诉那位副院长：现在的山川县财力不是有限，而是没钱，不要说两千万元，就是拿出两百万元也困难；你告诉王院长，这笔钱虽然李副县长批了，但财政拿不出钱，也只能以后有钱了再说。

那位副院长对钱海说：市上的领导都来医院住院，王院长又跟市委书记和县里很多领导私交很好，他也可以从市里省里要来钱，要我看，你先给医院急用，随后王院长会从上面要钱把这笔钱给你补上的。

钱海说：那等要来了再花，反正医院干部病房现有条件已经超标配置，升级的事，往后放放也不是不可以。

那位副院长对钱海冷笑地说：你钱局长真是不知道局长的位子重要，还是钱重要?!

钱海毫不客气地说：在我看来，在这大笔钱上，我的位子还真没有这笔钱重要。

那位副院长居然也以王喜贵曾经说话的口气说：那走着瞧!

钱海面对无礼的这位副院长说：你也走好!

副院长厉声咳嗽两下，头也不回地走了。钱海听得懂，副院长的大声咳嗽，实则是另一种发泄愤怒的方式。他是县城边的人，县城边的人有这种习惯，用咳嗽说话，也就是用咳嗽表达情绪。据说这种习惯是清朝太监常用的声音用语，有骂人，有反感，有愤怒，有呵斥，有喜悦，有质问，等等。不同的咳嗽，会表达不同的意思，大小太监都听得明白。副院长的咳嗽是怒吼，也是骂人，是骂钱海"浑蛋，浑蛋!"

副院长走了不一会，肯定是在这"不一会"里，副院长把在钱海这里碰到硬"钉子"的事描述给了王喜贵。王喜贵的特点是痞气十足，他虽然对钱海的话气上心头，但他的目的除了要钱，也想玩玩钱海，把钱海放在"火"上烤，烤焦了算你钱海倒霉。他给钱海打电话，调侃了一堆怎么玩女人，什么样的女人好玩，什么样的女人最风情万种等。讲完女人，讲阳痿的表现症状，又是一套又一套下流无耻的段子。听起来与医学搭边，而实是在说流氓话。说了好半天，就是不说钱的事。钱海明白王喜贵在羞辱他，就听他表演，也不笑，也不怒，直到他讲累了，讲得没意思了，他问钱海：你听我讲这么多壮阳的话，也不笑，也不烦，也不问我讲这些是为什么?

钱海说：你我都心里清楚。

王喜贵问：那两千万元，你没有权力不给；你给也得给，不给也得给，不给我让县领导找你！

钱海客气地告诉他，实在没钱。钱海话音刚落，王喜贵就把电话挂了。那是扔电话的声音，话筒强碰电话机的刺耳声。

随后，李来找钱海，钱海手机关机。钱海在会上发言，让人叫他出来一下，说是李副县长很急的电话。李来那次的电话不是急电话，因为他说话冲而急，接电话的人一般都怕他，只好说急。钱海猜想他准是为医院钱的事。果然，听了王喜贵告状的李来，很不高兴地对钱海说，先给医院一千万元，有钱再给；这钱我签批的，给也得给，不给也得给。

钱海说：财政有多少钱你知道；就是有点钱，也是为将要开工的新区建设准备的，眼下真是连一千万元也拿不出来。

李来问：你说说，为何拿不出来？！

钱海说：在我看来，这钱不能给。花这么多钱改造升级干部豪华病房，这与老百姓看病难、住院难、医院条件差，反差极大。这钱，就是有也不应该这样花。

李来恼火地说：山川县医院的干部病房也不是全市县里最好的，正因为修建了这些条件还不错的病房，才在招商引资和与上面领导联络上有了"梧桐树"。也不是"梧桐树"，就是个保健休息的地方，大老板和领导来了保健一下，有病养养，领导给山川县办了多少好事，给县里招来了一个又一个商和开了一个又一个厂！给县里带来的这些好处你看不到？竟然说与普通病房反差大，还把百姓看病难和吃药贵扯到一起，你这是别有用心！

李来接着怒气冲天地说：我是主管财政的常务副县长，让你拿钱你就拿，扯什么"鸡巴"蛋！拿不出钱来，要你这个财政局长干什么，拿不出钱来就腾位子！

钱海面对怒斥，仍然说：这么多钱拿不出来；你要拿，只有把我撤了……

钱海的话，定是把李来气疯了，电话里传来"咔嚓"声，是把电话扔了的声音，好像没有扔在电话机上，扔在了机外，听筒传来"嘟——嘟——嘟——"的忙音。

"医院财务股长天天催我们财政局，把人烦死了，这笔钱给不给?"财政局教科卫文股股长问钱海。

钱海说：没钱给。

股长说：有句话，我不知道该不该对局长您说?

钱海说：直说最好。

股长说：依我看，王喜贵这个人，或者医院这些人，得罪不起；人家后面都是管您的领导和大领导。大领导，有几个把预算当回事的？动不动就拍脑袋给钱。您不给人家钱，人家就会要您的"帽子"，即使要不了您"帽子"，那也树了大敌，何必呢？钱是国家的，又不是谁家的……

钱海说：你的好意没错，山川县这么穷，用钱的地方那么多，天天为钱愁，这么大一笔钱却要花到高消费的干部病房上，这是浪费，也是犯罪；谁要硬批这笔钱，花这样的钱，除非不让我干这个财政局长……

这笔钱，钱海硬是没有给。

"你钱海不给，算你有胆"，有人说，得罪了王喜贵，钱海你就等着滚蛋吧。是啊，王喜贵可是投机取巧上来的干部，是地道的小人，又狐朋狗友成群，谁惹了他，等于惹了一群强势人，谁就等着倒霉吧。

22

钱海的财政局长看来真的当不成了。

县医院看病、住院条件差，人满为患，病人怨声载道。王喜贵让医生告诉病人，医院没钱改善条件，是因为财政局长钱海不给钱。正巧，医院出了一起左腿开刀开在右腿上的事故，医院都把责任扯到了财政局不给钱改善医院条件上。受害者又是个退休学校职工，两年没拿到工资了，这人的狐朋狗友多，"哗啦啦"吆喝了上百号教职员工、下岗工人和无业人员，涌到财政局要钱，围得财政局门口人山人海。

这人山人海大闹财政局，是山川县政府机关门口少见的阵势，是熊熊燃烧的大火。这人的纠集闹事，把政府欠薪、下岗、拖欠工程款、计划生育罚款等矛盾，一下子烧热了，也把政府与少数人的矛盾引到了财政局，也把财政局与社会矛盾对立了起来，也把钱海推到了这"火坑"边上。

此时，县里正开会研究一些干部的调整。李来提出调整钱海。李来的意见很迫切，也很坚决。无论李来意见多迫切，石书记就是不表态。前几次调整干部，李来也曾向石书记提出撤换钱海财政局长的建议，石书记不说不同意，也不说同意，只说要慎重，想想再说。这次，李来提出撤换财政局长的意见急切得有点紧逼书记了，石书记还是问他撤换了李来，谁来接财政局长。李来又提出了胡腾娇、龙四水、王开来等人，石书记顿时就皱起了眉头，不表一句态。李来揣摩，石书记不表态，说明撤换钱海的意见，他一半听进去了，他是在犹豫。"不表态"，是石书记在决定一件事时拿不定主意的状态，也就是说石书记已经有六七成想撤换钱海的倾向了，如果这时再有人力推一下，石书记的决心也就形成了。

李来想什么，就来了什么。正当李来认为石书记对撤换不撤换钱海犹豫不决时，有人就替李来做书记、县长的"工作"了。公安局长和信访局长先后给书记、县长打电话报告，说，财政局门口围满了县医院住院的病号和学校教职员工，要钱海出来回答问题。具体原因是这样的：是县医院一起医疗事故引发的纠纷，医院却把责任推到了医疗设备差，财政不给买器械的钱上，引起了病人对财政局的怨恨。也因为近来到县医院看病的人太多，许多病人住不进院，住进的嫌条件太差，病人在医院闹事，要求解决住院问题，要求改善住院条件和伙食，还把医院领导的小车砸了。

病人闹医院，医院有人说，你们要闹就去闹财政局，医院给财政局打了好几次报告，县领导也批了，财政局就是不给钱。不给钱，拿什么改造医院？你们如果想今后看病和住院的条件好，也帮我们去财政局吃喝吃喝，把钱催要回来，也算帮了医院的忙了，我们会马上修建医院，医疗和住院条件就会大大改善，药费也会大大下降的……就这样，在别有用心之人的鼓动下，那些下岗的、没领到工资的和有怨恨的病人，三五成群地聚到财政局门口，替医院催要修建款来了；后面还来了一拨人是学校的教职员工，两年多没领到工资了，也是到财政局要工资的。

书记、县长听了情况非常气愤，也当然着急，交代他们做好耐心疏导工作，想办法让围堵财政局大门的病人和教职员工尽快散去，不要让事态搞大了。

好在山川县的人胆小怕事，更怕警察，警察一出面劝导，也就渐渐散去了。

石书记叫李来即刻到他办公室，李来知道是为病人和教职工围堵的事。李来想，这是接着做书记工作，促他下决心撤换钱海的绝佳机会。

正是如此，石书记找李来，是群众围堵财政局的事。

李来对书记说：围堵的事，我已派得力人员正做工作，会劝导病人和老师们很快散了的。

李来借此转话题又说：书记，还是下决心把钱海换了吧，他实在不适合当财政局长，如果让他继续当下去，不仅会把山川县搞乱，还会搞出这样那样的案子来，那会把山川县外面的人脉关系搞远，还会把山川县的经济搞到沟里……

石书记叹口气，一脸的沉重，随着他把话说完，眉头都皱成一堆肉了。李来感到他的这番话，有些"重量"，"沉"到石书记心底去了。

李来接着说：您让我分管财政，我对财政情况还是很了解的，也对钱海比较了解，从山川县今后发展看，换任何人当财政局长，都比钱海稳当。

李来这番话透着尽职尽责的意味，特别是"您让我分管财政"的强调，他以为会让石书记真正动心。

李来没想到石书记不但没有被他说动心，却对他有了反感：选财政局长不是选个管钱的出纳会计，财政是要有相当高的专业业务的，我看选个比钱海强，尤其是人品和业务能力兼备的人很难。

石书记的话，李来虽抽了口冷气，但因为已经很不冷静了，又说：财政业务也不是多么高深莫测的东西，县一级财政的事大多是收收支支，谁干谁都很快熟练的。

石书记说：你把财政业务说得太轻巧了，我做常务副县长时主管过几年财政工作，好的财政局长，既要会算账、会花钱，又要懂经济、懂政策，并不是哪个人都能干好这个差事的。

石书记的话虽是漫不经心的，却带着教训的味道，让李来顿时紧张，他赶紧迎合书记的话说：书记您说得对，说得非常对，说得很专业。

但石书记却问李来：你还有什么财政局长的合适人选？

上句话还让他十分紧张的书记，忽然又提出财政局长的人选，话题转弯这么快，让李来丈二和尚摸不着头脑。这已是石书记不下三次问他"财政局长人选"了，他提出一次，书记反感一次，他明明知道他李来推荐的人选，却还要问，不知书记在玩什么心眼。过去几次是

"你有什么人选"，这次是"你还有什么财政局长的合适人选"，那就是他不想听过去推荐的人选。可要让他推荐不中意的人，打死他也不推荐。是实说还是不说？李来想，管他呢，就是你问我十次、几十次，我李来也还是坚持我推荐的人选。李来回答书记：还是那三个人选，一个是胡腾娇，一个是水利局长龙四水，一个是国土资源局局长王开来。

李来把推荐的人选一说出，石书记的眉头又皱成了一团。书记这表情，还是前面几次的那种表情，让李来熟悉而又厌恶。李来心里一怔，便试探性地对书记说：书记您站得高，眼光准，还是您来选一个人吧。

石书记说：我一时还没有什么合适人选，想想再说吧。

李来赶忙问书记：那我们什么时候再碰这个事？

石书记说：那就过几天吧。

李来回应说：那我下周找您？

石书记说：下周再说。

一周后，李来找石书记，再提选拔财政局长的事，没想到石书记又是半阴半阳地说：说实在的，换钱海，我是不太愿意的，但你们三番五次地提出换他，我也拿不定主意了，财政局长毕竟是政府的重要职位，要换谁，那得听听县长的意见。我已跟县长讲过你想换掉钱海的意见，但县长不大同意。究竟换不换，我把县长叫过来，一起碰一碰，如果县长同意了，那不是不可以考虑。

石书记的话让李来纳闷，对于换钱海的事，他曾几次做过县长工作，县长说，只要石书记下决心，就按书记意见办，那书记为何说县长不同意呢？石书记究竟是啥想法，真琢磨不透。

孙县长来了，说是要碰撤换钱海的事，石书记却不着急，与县长扯了一大堆闲话后，才对李来说，你给县长说说你的想法，撤换财政局长不是个小事，这事还是主要听县长的意见。

孙县长对石书记说：还是主要听石书记的，石书记想换，就换。

石书记不表态，说，还是先听孙县长的意见。

孙县长问李来：钱海没犯什么错误，工作也很努力，财政业务又熟悉，有什么充足的理由要换他吗？

李来说：要讲钱海不称职理由，最大的理由是大家不喜欢他。具体来说，一个是死板，他是山川县搞活外面关系的最大障碍。不管是争取项目和维护与上面关系，他自己不会搞关系，也处处卡"攻关费"，卡得跑项目的部门没法与上面建立较深的关系。最近水电项目争取不下来，就是钱海卡"攻关费"造成的严重后果。还有，这人一味强调财政缺钱，该给部门的钱，即使领导批了也不给，造成有些单位工作非常被动；他都上任一年了，竟然没从上面要来多少钱，谁见过从上面要不来钱的财政局长?！我们山川县就得有一个能从上面要来钱的财政局长，既然钱海要不来钱，就让能要来钱的人当，坐着"坑"不拉"屎"，耽误别人，也耽误山川县发展。还有，钱海这人总是自以为是，唯恐天下不乱，借着清理"小金库"和财政改革，翻江倒海地查账，查得全县鸡犬不宁，人心惶惶，要再这样折腾下去，还不把山川县搞乱……

李来慷慨激昂地说了撤换钱海的一大堆理由，并说，他坚决要求换了钱海，请书记、县长下了这个决心吧。石书记说，还是那个意见，他听县长的意见后再说。

孙县长说：不管钱海有千百条错，不管有多少人不喜欢钱海，我还是那个意见，换钱海的事，先缓一缓。

孙县长接着说：钱海没犯什么大的错误，撤换得有十足理由才行，没有理由不能撤换。况且他财政业务能力很强，非常适合当财政局长。况且他为人正派，做事没有私心，况且正在清理"小金库"取得很大进展的节骨眼上，也是推行财政改革的关键时候，况且……

县长的多个"况且"，说的声音很大，使李来感到十分刺耳。

而李来仍然说：撤换钱海，也不是我个人的意见，是因为很多部门领导都反感他，还是尽快撤换了为好。

孙县长说：我不管有多少人对他有意见，关键是钱海在全身心地做事，在认真做事；我们没有理由撤换一个埋头做事的人。再说了，你推荐的那几个人，没有一个懂财政业务的，不一定能胜任这份差事。

县长执意不换，书记就沉默不语。李来眼瞅着石书记，希望此时的石书记能对他的意见哪怕是给一点点支持，哪怕是对他意见倾向性的意见，那撤换钱海的事，也会有希望成定局。可石书记就是不理他李来的急盼表情，就是不表态。不表态，就是对县长意见的表态，这一点李来当然清楚。

否定了李来的提议，李来的脸涨得青一块，红一块，像被人抽了好几个耳光，非常难看。

钱海这个财政局长，是石书记在不得已情形下选拔上去的，也不是他中意的财政局长，钱海在石书记心里没有什么分量，大家都知道。既然钱海在书记心里没什么分量，李来一次又一次提出撤换钱海，所以石书记似同意非同意。石书记的似同意非同意，是他难办，还是他另有想法？当然是难办。石书记既不想为了钱海而太得罪李来，也不能无视县长的反对意见去办；还有难办，是对一个新选任的局长不能说换就换了，干部撤换总得严肃点吧。这可是他执意提拔的局长，上任一年就换了，他这个书记的脸面往哪里放，这样做等于让李来打了自己一个嘴巴。最让书记担心的是，换了钱海，新区建设马上要开工，几亿元资金还没有搞定，新任财政局长能在短时间搞定吗？换了钱海，钱也不一定好筹，新区开发肯定会延迟。石书记决意不换钱海。

石书记为了给李来面子，也为了给他台阶下，客气地对李来说：你都是为了山川县着想，你对钱海的一些看法，是有道理的。而眼下没有合适人选，那就先不考虑撤换了，等以后有了合适人选再说，你看好不好？

李来看书记以少有的客气，又给他面子，又给台阶，赶紧跟上书记的话说，按照书记、县长意见办，以后再说，以后再说。

23

撤换钱海没换成，却在书记和县长这里碰了一鼻子灰，李来的心里很不是滋味。这种滋味是既伤面子、又窝火透了的感觉。

李来是很讲面子的人，在山川县没有几个人不给他面子的，包括石书记。石书记也得给他些许面子，但在钱海的事上例外。而在钱海的事上，他是三番五次、五次三番地给书记提出撤换意见，书记让他提出了人选，他提出了人选书记却看不上，书记看不上又提不出谁合适，这"葫芦"里卖的是什么"药"啊。这个老狐狸，简直是在玩人！

李来很窝火，山川县有些人也很窝火，对钱海很窝火。

李来从石书记办公室回来，给于副省长打了个电话，把石书记"告"了一状。于副省长是他岳父的老战友，自从李来与于副省长接触上以后，就像亲爹一样孝敬起来，隔十天半月，不是送去山货，就是带上金贵的东西，去家拜望。于副省长喜欢吃狍子肉和喝鹿血，李来就从坝上山场让人打野狍和小鹿，隔周送一次。多年来，李来是于副省长家的常客。李来时常在一些场合提他的副省长干爹，也讲与副省长干爹来往的亲密逸事。山川县官场谁都知道，于副省长是李来的干爹，李来有大靠山。李来也就靠与于副省长的关系，说话冲冲的，做事横横的，因而许多人都怕他，让着他，巴结他。就靠他与副省长的关系，市领导和县委书记、县长，也常常给他几分面子。李来尽管是于副省长家的常客，但至今于副省长也没有帮上李来升官的忙，只是竞争当常务副县长时，据说是于副省长说了话，当然李来从资历上也有竞争优势，就顺畅地坐到了常务的位置。

李来向于副省长告石书记状，也不算"告"，只是诉诉苦而已。他说：他在山川县苦太多，石书记一手遮天，县长自以为是，他什么时候能熬出头啊……

李来说话，往往有夸张的习惯，于副省长也知道。李来诉得动情，于副省长却听得很不耐烦，但还是安慰了李来几句。让他"学会站在书记、县长角度考虑事情""看事情不要偏激""要成大事，就得忍耐"云云大话。李来不听这番话时在窝火，听了更让他窝火。窝火，他得找地方发泄出去。

当晚，胡腾娇、龙四水、王开来和王喜贵等几个李来的亲信，请李来吃饭，也是李来心里正想的，得召集几个哥们聚一下。聚一下，就是喝茅台，骂人。除了把书记、县长骂了一番又一番，更是把钱海骂了一遭又一遭。王喜贵说，这个钱海算个什么东西，查账查到老子们头上不说，连李县长批了的钱说不给就不给，奇了怪了，在这山川县竟然冒出来这么个"王八犊子"……

王喜贵一开骂，大家都骂钱海。骂钱海查"小金库"心狠手辣缺德透顶，骂钱海是"一根筋"的倔驴，骂钱海是狗娘养的婊子生的……李来把一满杯酒倒在嘴里，狠狠地把杯子放下，骂道，钱海这个狗娘养的……

李来身边，包括李来，是伙没有多少文化的干部，是臭味相投的一路货色，除了善拉关系、拉帮结派外，就是使坏心眼儿，玩横的在行。这边吃边喝边骂，你骂几句他骂几句，骂得既粗鲁又下流的话，出自代表山川县一县一局一政府部门的副县长局长院长主任之口，再看他们那满嘴喷饭喷酒喷吐沫的粗俗，要是不知道他们身份，准以为是一帮地痞流氓。

当然，他们不只是聚一起发泄一下而已，他们是山川县官场的"油条"，谁也不能小看了他们的能力，他们骂人骂得解气，恨人恨得入骨，算计人出手往往很狠。

显然，有人也把撤换钱海财政局长而又未成的险情，告诉了钱海。钱海并不吃惊，这在他意料之中。当财政局长近一年来，为了堵住花钱浪费，为了取掉"小金库"多聚财，也为了管钱管得规范，他得罪了左邻又得罪了右舍，更是得罪了管他的常务副县长，得罪了一路人。一个穷县的财政局长，手里没钱的财政局长，是得罪不起人的。得罪的人多了，自己的路上就多了坑，多了坑就会随时被掉进坑里。钱海对此非常明白，他是做好了随时被掉到坑里准备的。至于何时被摘掉财政局长的帽子，钱海早已抱无所谓态度，他本来就不想当这个财政局长。没有了当财政局长的欲望，钱海感到连鬼都不用怕。连鬼都不怕的钱海，他就想看看，这账查下去，改革搞下去，究竟能把他怎样！

没了怕什么的钱海，清查"小金库"和推行国库集中支付改革左顾右盼的困惑没了。新区建设的钱不用太愁了，清查"小金库"和国库集中支付改革再加把劲，就能如期解决，就不用从银行借款了。钱海在困惑的心境里，看到了未来好景在招手。

钱海与张美玉非常看好后面清理即将取得的战果，使得劲头更足了。张美玉带领清理小组日夜兼程大干，把清理出的账号冻结；清理出的钱，依照规定如数划归财政国库，但"肠梗阻"一个又一个，他们坚决不让动资金和账号。不让动是不行的，钱海让人动。动，人家要拼命。清理人员问，凭啥不让动？他们说，谁要动他们的资金和账号，去找李副县长，只有拿了李副县长写的批条来，随你们怎么动都行……招商局胡腾娇对钱海说，你封我的账、划我的钱看看！一副泼妇的样子，差一点就向张美玉和清理组的人抢拳头了。水利局长龙四水、国土资源局长王开来、医院院长王喜贵在山城王海鲜酒楼吃饭，钱海在这里陪省财政厅来人。有人把钱海叫到王喜贵的包间，王喜贵把一杯酒泼到钱海脸上，用恶毒语言骂钱海。钱海擦了脸上的酒，也忍了恶毒的骂，转身走了……

刁难归刁难，威胁归威胁，污辱归污辱，钱海依然如故，该取消的账户坚决取消，该划的资金，一分不少地划入财政国库。

拿走了别人的钱袋子，断了别人财路，有人要疯了。

一封举报信，出现在了市纪委。

实名检举钱海收受了某某人的十万元贿赂款。市纪委即刻调查。这实名举报的人，确实送过钱海两次钱，共十万元。看来钱海这回完蛋了。可市纪委找钱海仅谈了不到半小时话，钱海啥事没有，回去上班了。

市县纪委对钱海问题作出答复：钱海没有受贿问题。

举报人又告省纪委，省纪委竟然不理睬。举报人不罢休，又告中央纪委。告到中纪委，也没了消息。其实中纪委相当重视这份实名举报信，把信转给省纪委，省纪委向中纪委报告了实情，这份检举信也就不了了之。

举报人以为钱海有大后台，钱海哪有什么后台。实际上，钱海还是那老一套，把无法归还的"红包"款，当即打到了县纪委廉政专户。

举报人知道了这样情况，气得直骂他，钱海他妈的真不是东西！

清理"小金库"清回两亿多元，推行国库集中支付财政改革，用活了沉淀在县各部门的资金三亿多，钱海还从国家财政部和省财政厅争取回来一亿专项资金，这一年的苦干和委屈，换来的是丰厚的回报，财政的日子有些好过了。

有了这些钱，新区建设的钱筹得差不多了，拖欠老师和公职人员的工资补发了大部分；拖欠下岗职工的救助金，也都一次性补齐了，后面该发的也保证了。

大家对财政局刮目相看了，对钱海刮目相看了。但这刮目相看的后面，是一张张要钱的血盆大口，不给"钱"，是要"吃"人的。

24

　　总以为有了钱，财政的事情就会少了，财政局长就会好当了，情况并不是这样。财政没钱，财政局的门不好开。没钱，各种矛盾没法解决，各种关系没法平衡，各路人马都会对财政有意见；有钱了，要办的事情会多，花钱的欲望会膨胀，种种矛盾也会增加。往往是钱有多少也不会够，给多少也不会满足。这就是财政面对的奇怪现象。

　　山川县财政刚解决了部分教职员工的工资，也解决了一些急茬的用钱，并不是有钱了，也不是把突出的用钱矛盾解决了，只是财力得以稍稍缓解，要钱的人却反而门庭若市了。有人听说财政通过清理"小金库"和国库集中支付改革，聚了一些钱，也用活了死钱，要钱的报告雪片似的飞到财政局，钱海的办公室从早到晚总是一拨又一拨的人。不管是来人或报告，还有电话要钱的，八成是要见到钱海摇头的。而八成要不到钱的报告，不是不该要，而是没钱给。没钱，摇头的同时，就得有笑脸，钱海似乎在不停地摇头，当然也得加倍赔上笑脸。赔着笑脸不够，还得听难听的话，还得忍受对方撕破脸皮的谩骂。

　　取消了"小金库"和实行了国库集中支付改革，各部门没了"私房钱"，到上面争取项目、资金等打理人情关系的活动费被切断了。而"攻关费"是社会存在的，也是断不了的。那么"攻关费""活动费"财政不能报销，自己单位也没了渠道，费从哪里支？还有，实行了国库集中支付管理，取消了各单位会计，只留一个报账员，政府各部门花钱归在财政局审核报销，不能有假发票，不能有违规开支，一下子把各单位不该花的钱管住了，有些该解决的福利费和"特殊开支"，从哪里找钱？现实是，几乎在全国市县，清查"小金库"也好，国库集中支付也罢，并没有堵死"攻关费"和"活动费"的口子。这个口子仍开着，只是开在哪里，用的什么渠道，大都各有各的办法。山川县却没了这方面开支的口子，清查得有点太彻底了。那么在其他地方仍有"攻关费"口子的情形下，山川县没了"口子"，有人干吗？

首先是农业局和水利局急需要"攻关费"。理由是十足的，上面正在分配农业和水利资金，山川县有可能争取到上亿元。山川县把大河小河的山泉水，奉献给了首都和天津，自己却严重缺水，需要打井和做引水工程。水利局前期已经做了富有成效的攻关工作，如果攻关的力度再大一些，这笔资金是有可能落到山川县的。

农业局长是个"老黄牛"式的人，花公家钱跟花自己钱一样心疼。他平时知道县里财政缺钱，常从市里省里要，也从农业部要到过数量可观的资金，很少向财政局张口。他局的"小金库"第一轮就被如数清理了，没有了攻关的"零花钱"，几次跑上面和上面来人需要"见面礼"的"红包"钱没地方出，就找钱海"想办法"给解决点，也就是给一人五千块或三千块，需要八万块，钱海为难。过去都是各自的"小金库"出了，而这样的钱，财政局没有开支地方，钱海没法解决。

农业局长对钱海一遍又一遍说，办事都是这个风气和规矩，上面来人不给"红包"，跑项目资金见面两手空空，再见面就生了，想办事连话也甭想搭上了……眼看农业局长着急上火的情形，钱海心里不是个滋味，只能给他赔上笑脸说好话，附带加上一句，您是老局长，办法您会有的。农业局长苦笑。至于农业局长会从哪里找到"攻关费"，在钱海看来，他会有办法。这办法其他部门都在这么做，农业局长也会。农业局长对钱海说，你这是把人"逼良为娼"啊。农业局长说的"逼良为娼"，就是诸如把农业局的财政资金以某个理由，拨到某个私营企业，再从企业提出现金，当"攻关费"。政府部门除了"小金库"解决"攻关费"外，大多都以这种方式解决"攻关费"，这在山川县并不新鲜。

水利局长龙四水拿了主管农业副县长的条子，找钱海，要求财政局给解决五万块"攻关费"。龙四水说：你把我们"小金库"的钱拿走了，账也封了，眼下有三千多万元项目资金需要争取，我拿不出"攻关费"，手里没"东西"，怎么去办事?!

钱海说：这不是为难我吗。

龙四水说：没了"小金库"，你让我到哪里拿钱办事。反正吕副县长批了条子，明天去跑资金，今天得拿到钱!

钱海的解释，随着他们的对话，在水利局长龙四水这里显得苍白无力。龙四水的脾气不好，在逼了钱海三轮仍没有希望解决这笔钱，把批条扔到钱海脸上，气呼呼地走了。

"攻关费"的事情，又成了一桩继清理"小金库"和推开国库集中支付改革后烧起的火，朝着财政局烧，烧的是财政局长钱海。

各部门在会上汇报，由于没有"攻关费"，该争取到的这样那样的项目，泡汤了……

有人给县领导算了笔账，说钱海上任财政局长，虽然从清理小金库和从上级争取回来几亿元，但没了"攻关费"，各部门不跑上面争取项目资金，造成的损失更大，失去了应当争取的十多亿资金。

问题摆在书记、县长面前，书记、县长毫不客气地说，把没有争取到上面的资金项目，完全算到取消"小金库"和国库集中支付改革影响上，是夸大其词了，把它算到钱海的头上，更是不合适的；没有"攻关费"当然不行，山川县没那么清高，也没法脱俗，更不可能取消现行的办事"规矩"，没有"攻关费"办不成事，这是社会风气，该花的"攻关费"还是要花的，只是花起来不会像过去那么随便，也不会像过去数量那么大了。

花公款的办法有的是，只要县领导想办法，有的是办法解决"攻关费"渠道。有人提议，既然没有了"小金库"的"暗"钱花，那就公开花。县委常委会对"攻关费"问题进行专题研究，各部门领导参加，依照其他县的做法，要做出一项决定，给每个部门一年一百万"攻关费"，特殊情况再申请增加。每笔经费，由财政局支取。

钱海一算，吓一跳，仅这一年安排的所有部门"攻关费"多达一千多万元，如再要临时增加，那还不花掉两千万！参加会的钱海，急了，当即提出反对意见。他说，这个开支口子太大了，山川县全年的财政收入少得可怜，一年就要拿出这么多钱花到人情关系上，不要说能产生多大效果，就从财务上也是不合规的……从县里财政情况看，要拿出三五百万"攻关费"，没有预算科目，但得想其他办法。什么办法？渠道当然是有的。比如把财政资金转到企业，再从企业提出来等。

钱海接着说："攻关费"是块肥肉，是说不清道不明的钱，没人监督，没有标准，目标模糊，有权力使用这钱的领导，都有可能吃到这"肥肉"。有从"攻关费"里谋福利的，有从"攻关费"里发财的，也有利用"攻关费"办私事的。

钱海的话音刚落，有人就怒气冲冲地说：钱又不是你家的，你心疼个啥。你钱海就是阻碍山川县发展的"绊脚石"，你要坐着"坑"不拉屎，趁早滚蛋！

还有人在骂骂咧咧。会场上怒声一片，语言粗俗。书记、县长再也听不下去了，呵斥说，你们这是领导干部说的话吗？简直像泼妇，真不像话！

书记、县长接着说，不当家不知道柴米贵，山川县的项目和资金要争取，各方面关系要建立，必要花的钱，那得花；"水至清则无鱼"，在这件事情上，钱海也不必想得太多，要多理解大家做事的难处，该保证的"攻关费"，还应当全力保证……

书记、县长好像是理性的，听起来是从山川县的发展考虑的，但却是和"稀泥"的。他们未尝不知这费有大半花不到争取项目和资金上，当然他们也要花，不能没有这费。他们既不希望因"攻关费"问题而影响各部门争取项目和资金的冲动劲，也讨厌钱海斤斤计较和"守财奴"德行。

既然都心知肚明"攻关费"大半花不到县的事情上，那么怎么解决？在钱海看来，山川县没办法解决，全国各地也没办法解决。况且县领导也需要在这笔费中"打点"事情，这谁都清楚。所以，"攻关费"后面是领导和办事人的利益所在，他钱海充当这"守门员"，是寡不敌众的。这研究"攻关费"的会，你争他夺，好比群狼抢肉，有的人简直为钱而不要脸了。

钱海的诚恳意见，钱海的反对意见，没人理睬。各单位的"攻关费"数额报上来了，尽管是虚报，但理由都十足，核减都不干，县领导到底还是满足了各部门的要求。县里不敢下"攻关费"分配数额的文件，只是口头商议的，要钱海执行。执行，但却让他胆战心惊。这数十万、数百万、数千万的"攻关费"，仅以领导集体签字或"红头"文件作为开支凭据，形式上合规，但财务上不合规。这么多钱领出去，是不是用到了山川县的事情上，送给了谁，有没有装进个人口袋？这都是经不起推敲的，也经不起廉政审查的。钱海对这么大的等于"白条子"开支，心里打鼓，但想不出什么好办法规避风险。

张美玉宽慰钱海，这风险跟你钱海有什么关系，出什么事由领导扛着，哪个人出了事有哪个人扛着，你把心放在肚子里好了。

而恰恰就是这些开支，惹出了大麻烦。

25

省交通厅副厅长被"双规"了，在巨额贿赂款中，交代出收取了山川县交通局副局长刘能和局长助理王理方一起贿赂他的五十万元现金案。这钱是经过县里研究同意的"攻关费"，是为解决县里一条公路而送的"好处费"。

有意思的是，这受贿案中，又牵扯出了贪污案。这条关乎山川县发展的"黄金"公路，是山川县盼星星盼月亮的"救星路"，县里确定要不惜代价"攻关"争取，即使花钱再多，也要把这条路的投资争取下来。这是投资四千多万的大项目。刘、王二位前期没少跑路，提出要二百万元的"攻关费"。四千多万的投入，花两百万"攻关费"多不多？县里考虑不多，两百万值得花。于是，前期给他们批了五十万元"攻关费"，后面批了一百五十万元。他们说，五十万元要送具体管事的人，一百万元送主管的一副厅长。前面五十万元"攻关费"送给了谁，没出事，故没人过问，而副厅长出了事，办案人员就到县里核查受贿五十万元的证据。这一查，实情是县里批给刘、王二位二百万元"攻关费"中的一百万元，说是给了那位副厅长，可副厅长毫不含糊地说他只收了五十万元。办案人员问询二位，当即做了如实交代，他们给那副厅长只送了五十万元，其他五十万元，俩人一人一半分了。办案人员再问询他们，那另一百万元送给了谁？他们说送给了哪位经办人，还有鼻子有眼地列出了在何时何地行贿何人的金额和物品明细。办案人员调查指控人，指控人个个火冒三丈地否认受贿和受贿数额。核完的结果是，有的仅收了几万块钱，有的收了几千块钱，有的仅收了个手机等礼品，有的压根儿没收到钱，跟他们交代的出入很大。纪委对他们采取了强制措施，随之他们交代了个底朝天，那一百万元，除了送出和花费近五十万元外，其余的都被他们贪污了。

这笔钱又牵出刘、王二人其他的问题。刘能用分得的这笔钱，给情妇在市里买了一套房，王理方把钱打给了他在英国上学的儿子。而这在近几年的"攻关"活动中，他们还先后与另外俩人合作办事，以争取另外公路建设项目和争取学校校舍改造项目的名义，领过十万，三十万和四十万不等的"攻关费"。办案人员问他们，项目争取到了没有？钱送给谁了？他们都交代了个清楚。有一个项目落到了山川县，有一个没争取到；绝大部分钱根本没送给对方，或者送得很少，也被他们贪污了。这样，刘能又牵扯出交通局另外一副局长贪污问题，王理方牵出教育局另外一副局长受贿问题。而有笔"攻关费"中的钱，花的真让人揪心的疼。是那个教育局副局长，嫖娼竟然被人敲诈了二十万元。他说这是贪污的"攻关费"里的钱。被人敲诈了这么多钱，他忍了个肚子痛，没敢报案。有人开玩笑地说，嫖娼花了这么多，这么多钱能让山里人娶多少个老婆啊。是啊，山川县的几个穷山沟里，只要花两万块钱，就可以娶个媳妇回来的。

省纪委的人翻箱倒柜查了山川县几年来的"攻关费"，又顺藤摸瓜挖出了几个贪污受贿案子，还牵扯到县、省、中央部委的人。案子牵扯的人多、面广，要报到中纪委，那又成了大案。省领导当机立断作了决定，为保山川县和省里的稳定，除了牵扯省交通厅副厅长的案子外，除了又有新案扯出"攻关费"外，往年"攻关费"问题不再追查。这样，往年贪污"攻关费"的问题，就盖住了。今年的"攻关费"已花掉一半，也就是一千八百万元"攻关费"，已经花出去一千多万元。这些集体研究的似乎"合理"的开支，要揭开了，那确实是了不得的问题。

省纪委办案人员找钱海问询"攻关费"形成的来龙去脉，钱海如实介绍了情况。山川县"巨额攻关费"问题，成了典型案例。"攻关费"虽成"典型案例"，省市也没有把山川县这事太当回事，因为其他市县实在不比山川县的"攻关费"少，不值得大惊小怪。查账都在查，可查账大多地方都平安无事，为何？是做了假账。山川县没做假账，自然就成典型了。

"攻关费"牵出的案子一出，李来等县领导不说这笔开支违规违纪，却把罪过归到钱海不做假账上。也不是没做假账，财政局有人就为这些开支，为个别领导做了假账。报销都得经过财政局国库集中支付中心主任冷琴，冷琴就为常务副县长的"攻关费"和交通局、教育局、招商局和医院等单位的"攻关费"做了假账。这都是冷琴瞒着钱海做的。

这做假账的事，冷琴在去年和今年县里决定的"攻关费"发生之前，曾问过钱海，按照过去和其他县的惯例，这样的开支，是要以做假账解决的，否则会有后患。钱海说，他想想再说。钱海还是选择了不做假账。他对冷琴说，我们干财政的人，在没办法阻止的违规开支和做假账上，那只能选择前者，做假账的事，绝对不能干。

钱海的话对冷琴可说没有商量的余地，但冷琴只听进去一半。可钱海哪里知道，财政局的门里，他的部下竟然在做假账。

"攻关费"牵出这行贿案里的贪污案的连连丑闻，省纪委对于山川县的案子，不断增加办案人员。查案力度的加大，牵出的问题越来越多，使山川县官场发生了地震。山川县领导紧急作出决定，取消各种名目的"攻关费"。这个决定一出，领取了"攻关费"的部门和办事人，无不急了，拿到手里的"攻关费"，成了将要爆的"炸药包"，不敢送了。没送出去的，纷纷退给了财政局；送出去的，一时间晚上睡不着觉了。当然也有受贿人闻风退回来的，也有要回来的。一时间，"攻关费"成了山川县谈虎变色的话题。

有关"攻关费"案子的出现，县里"攻关费"的取消，"攻关费"的退回，争取项目和资金的中断，山川县对外联络和"攻关"，没有真金白银润滑的关系出现了冷场。涉及争取项目、资金和为县里办事的人，惊恐万状，"冬眠"起来了，不再跑项目资金。而邻近县的情况恰恰相反，丰厚的"攻关费"不仅没有取消，该争取的项目和资金，还在争取，该跑的关系还在跑，各种经济活动接二连三地搞，北京和省城的领导、名人你来他往，争取来的项目资金小的几千万，大的几十亿。这样的势头，使县里领导一时风光四方，省里市里大会小会表扬，还不停有干部被提拔；县里经济活跃，商人开厂的、投资的，有的产业还成了省和全国驰名品牌；财政收入去年翻了两番，今年看样子还会翻番。山川县本来就穷，出了案子，没有了"好处费"，这么一来，没了出去找钱的动力，山川县的资金和项目争取，面临困境。

那么这样的局面，伤的是山川县，伤的是急切发展山川县经济的善良的人，而问题的焦点一下子聚到了钱海身上，当即被伤到的自然是钱海。这样的状况，出现在山川县已经不是第一次了，书记、县长恐慌了。

县里出现了"攻关费"私分的丑陋事情，面对不得不有的"攻关费"，也面对没法取消的"攻关费"，书记、县长不表态，却扔出一句话：能不能报"攻关费"，财政局按照财务管理规定办吧。话当然对，可领导知道不能报销却还说这样的话，实则把皮球踢给了财政局。

既然书记、县长有表态，"攻关费"以财务管理规定办，财政局发了一份文件：所有开支，按照财务报销规定进行。就是说，没有发票的报销，哪怕是县里红头文件批的钱，都不能作为报销的依据。这样，等于彻底断了"攻关费"的后路。

"攻关费"牵扯出了案子，一些部门把县里分配给的"攻关费"退给了财政局，没有花的也通知财政局这钱不花了。财政局的文件又给各种开支报销画了"红线"，"白条子"报不了，"假发票"报不了。"白条子"和"假发票"报销不了，有些"攻关费"就没地方出。这就是说，山川县彻底没有了"攻关费"的报销渠道。

没了"攻关费"，办公事没有"润滑油"，办私事没有好处费，又出现了前段时间"跑事"的人不跑了，该请来县里的人不请了，该盯的项目资金不"盯"了，该"维护"的关系也放下了的状态。

一年里连续出现闹"攻关费""好处费"的事情，影响非常糟糕。书记、县长焦急，钱海同样着急，如果这样下去，正在争取的几个项目和好几笔资金，会因为跑项目和资金人的消极情绪，而使这些项目资金的争取受影响，一些争取的项目资金当即停了下来。李来和一些人，巴不得让争取项目和资金停下来。李来就说，停下来好啊，停下来与他李来有什么关系？受影响的是山川县的经济发展，受损失的是老百姓利益，着急的是书记、县长，关他这个副县长的屁事。

在李来看来，这次不用他出面，自然有人会让钱海的财政局长位子上坐不住的。钱海也清楚，他上任一年多来，为了山川县大多数人的利益，更为了国家的利益，顶着风险查账，一笔又一笔钱被他拦住，断掉了别人的财路，越来越不讨李来和一些人喜欢，他们早已把他看成眼中钉、肉中刺。这次"攻关费"牵出案子，又以反腐败、堵财务漏洞的方式，把本来被他一再压缩了的"攻关费"彻底取消了，甚至连报销的渠道也堵住了，这造成的"攻关"危机和财政与政府各部门间的矛盾，已经压到财政局，压在他钱海头上。

为把钱海踢下去，李来等人前面用了这样那样恶的阴招，这些招，虽很损，也很管用，但还是没有把钱海搞下去。这次他们换了种方式，由十个局领导联名给县委县政府写了封"坚决要求撤换钱海的信"。信里列了十条"罪状"，条条不离"钱海阻碍山川县发展，必须撤换"，字字带着火药味，杀气腾腾。

26

　　这封坚决要求撤换财政局长钱海的联名信，写信者压根儿没顾及书记、县长心里是怎么想的。县长是怎么想的，他们都知道，县长坚决不同意撤换钱海。尽管近来因为"攻关费"牵出了案子，也尽管因为钱海没有为"攻关费"做假账致使山川县没了"攻关费"开支渠道，也尽管钱海因清查"小金库"和推行国库集中支付改革动了领导和一些单位的利益而引起众怒，也尽管有常务副县长李来和十多位县委县政府机关部门的主要领导一再要求撤换钱海的呼声，也尽管这封要求撤换钱海的联名信分量不轻，但县长还是那句话："山川县再找不到比钱海更称职的财政局长了！"这句话，他到处讲，使得有些人非常反感。

　　对于钱海，自从李来再二再三提出要求撤换，石书记也感到钱海做事死板，不善于变通，给山川县内外关系上造成了困惑，也曾动过撤换钱海的念头，但一闪就消失了。石书记不想马上撤换钱海。不想马上撤换，当然要找钱海的优点说话。他在大会上说，钱海最大的优点是较真，把公家的钱当作自己的钱死抠和死守，看起来引发了这样和那样矛盾，也得罪了一些人，但从长远看，不管是从聚财和理财的角度，还是对建立起山川县花钱好规矩，都有好处。还有，尤其是让他感动的是，这一年筹措新区建设资金非常难，钱海在没有借债的情况下，通过清理"小金库"挖钱和扎紧"钱袋子"的抠钱办法，真还凑到了很多钱，起码能保证新区建设如期开工了。

　　当然，石书记对钱海的肯定，并不是违心的，他说的是真心话。

钱海真有让石书记感动的地方，尤其是他不为保住自己官帽和为了自己升官，从不趋炎附势和随波逐流，也从不拿公家钱讨好领导和巴结利益人。当然石书记这肯定钱海的前提，是看到了李来对这个财政局长位置死盯不放的后面的私利。李来的私心重，如果让李来的亲信坐上这个位置，那财政局长不就成了李来的提款员了吗，那公家的钱不就源源不断流入李来的"黑洞"了吗？

财政局长换谁，石书记当然是有他自己想法的。至今没有选好哪个人接班，是因为他没找到"合适"的人，所以钱海的财政局长还得接着当。就在去年初考虑财政局长人选时，那个三道沟镇副镇长朱二波，他石书记的外甥，已被他作为财政局长的人选。朱二波是省财会学院毕业的，三年前由镇财政所长提拔为副镇长。朱二波提拔副镇长，虽然有石书记的助力，但他的财政业务能力很棒，有竞争副镇长的实力，只是在当财政所副所长时，有挪用资金受过处分的污点，每次提拔时总被人咬着，使得石书记在为朱二波说话时，舌头短了半截。去年初，除了财政局长位置，也有无关要紧部门的交椅可坐，但朱二波死活不去，执意要当财政局长。石书记掂量朱二波能力，觉得让这小子当财政局长，业务能力没啥说的，就是欠稳当。欠稳当，不是石书记担心的，欠稳当也不是最主要的，可以教他改进，只是让他不好办的是，他是个副科级，要提一职任财政局长，也不是不可以，只怕有好几个竞争财政局长岗位的正科级的人不服，况且李来又有副省长的关系，这样一来，会惹出事，只能等合适的机会把钱海替换了再安排他。

在石书记看来，即使这次借联名信理由，让他外甥把钱海接替了，时机仍欠成熟，好像越往后拖延，对他外甥接替这位子越有利。鉴于这几方面因素，石书记对撤换钱海绝对没有"想法"。不仅没有想法，而且凡是谁提撤换财政局长的事，他就反感谁。对于撤换钱海，李来隔三岔五地对他说，他每次听着都很反感。而李来占着副省长的不大管用而听起来吓人的关系，虽然揣摩出了书记的真正心思，但他又不想讨好书记谋划他外甥当财政局长的"九九"，执意要把胡腾娇等他的亲信往财政局长交椅上推，这让石书记非常讨厌他。在石书记看来，李来是精明而自大，不是笨，是精明过头了，自大过头了，滑得过头了。

秘书小孙当然知道石书记的心思，他跟朱二波已成称兄道弟的哥们，当然知道眼下换财政局长，要朱二波接替的时机不成熟，接替的人十有八九是李来的人。朱二波对小孙许下愿，好好给他舅舅当秘书，过两年让他舅舅给他安排到县组织部当副部长。这位置让小孙充满了美好向往，小孙对朱二波热情有加，县里有什么大事小情，他都会及时告诉朱二波。小孙给石书记递上联名要求撤换钱海的信时，也递上一句话：看来这又是李来副县长的"杰作"。

石书记把信扫了一眼，便扔到了一边。气呼呼地说：李来戏弄钱海的花样，一套接着一套！

孙秘书说：看来李副县长不把他的亲信推到财政局长位置上，不罢休啊。

石书记没搭理孙秘书的话，看文件了。

联名撤换钱海的信，虽然引起了石书记的极大反感，但这毕竟是十几位县里部门领导干部联名写的书面意见，石书记也不能一扔了之。他的方略是，既不能撤换钱海，又要把李来等这些写信的人安慰好。

十几位部门领导干部联名要求撤换钱海的信，是钱海在县长那里看到的。前天开完会，孙县长叫他到办公室，给他看了这份信。孙县长对钱海说：要说让你看这信是违反纪律的，但你不看也能猜出是谁写的信，还是给你看看的好；你放心，无论有多少人联名写撤换你的信，我也坚决不同意；有我顶着，谁也不会把你怎么样。你呢，该干什么干什么，工作不能受影响啊。

钱海说：这又不是第一次，撤也好，不撤也好；让继续干也罢，不让干也罢，倒也习惯了。县长您放心，我该怎么干，还会怎么干的。

孙县长说：你有这样的心态和思想准备，我就放心了。

钱海的话虽说得轻松，可那份坚决要求撤换他的联名信，又一次如一块寒石，沉沉地砸在了他的痛处，心里涌起五味杂陈的东西。

钱海回到办公室，会客室好几个要钱的人在等着他，局里也有好几个人找他签字，桌上堆了一大摞需急签的文件，局里还有会等他回来开。客人和局里的人，看他回来了，都拥到他门口，钱海不知道先办谁的事好，他也只能先办会客室来人的事。但他心情坏透了，沮丧烦闷，不想马上见任何人。他以少有的反常情绪，对客人和部下说：你们再等我一会，我有点急事处理。

他把来人"赶"出了办公室，关上门，把自己锁到了办公室。他喝了刚才给自己泡的冰糖山楂茶，甜酸鲜美，直沁心脾。钱海血压和血脂高，眼睛花，消化不很好，顾不上去医院调理，吴梦让他喝冰糖山楂茶调解。这冰糖山楂茶爽心，几口下去，感觉心里舒畅多了。他提起毛笔，写起了字。每当宣纸铺开，毛笔在手，笔落纸上，他的烦恼似乎全被浓浓的墨带走了。也就是短短十分钟时间，喝了几口茶，写了几个字，他感觉心情好多了，虽有一腔委屈在往上涌，但钱海还是把它压下去了。

钱海怕让客人和部下等得太久，赶紧打开门。门一开，他的办公室涌满了好几拨人，都是急事。从此时始，容不得他的情绪翻涌，他得集中精力接待好每个来人，给钱不给钱都得送给张笑脸。也得精心办好每件事，不能看错批签的任何一个数字，更不能对部下表现出不好的态度。

钱海是有脾气的，但他从来不对部下发脾气，不管受了上司多大委屈和气，他也不把它发泄到别人身上。所以，尽管李来副县长等人一次又一次要把钱海搞下去，可局里大多数干部职工大赞特赞钱海的好，这使钱海心里时常感到温暖。

接待完一拨又一拨来人，签批完一个又一个文件，接了一个又一个电话，处理完请示汇报的事，开完局里急茬儿的会，早已过了下午下班时间，办公室暂时清静下来。静下来，那联名撤换他的信，又从他眼前出现了，他的情绪又落入那张狂妄狰狞的信上。他想他根本就不应该坐在财政局长这把椅子上，本来自己不想坐，可领导当初非要让他坐。坐它的滋味，如同下油锅一样难受。他知道，这一桩又一桩找他的麻烦，都因他太认真，都因他把公家的钱看成了自己的钱，都因他把别人拿钱的手给挡住了。

燕河县财政局长老齐与钱海几十年交情了，老齐知道钱海认死理，把公家的钱很当真，也听说了他清查"小金库"和搞国库集中支付改革，还有死抠钱的事，得罪了一连串的人，别人在搞他呢，专门过来看钱海，以老朋友的知心话劝钱海：没像你钱海这样当财政局长的，没像你这样把公家的钱看作自己的钱那样心疼的财政局长；我们山区穷县本来就没钱，除了到上面哭穷要钱，再就是当好会计出纳，只要是领导批了的钱，只要是顺水人情的钱，能给就给，钱又不是你家的，没有必要让人家不痛快。还有，搞财政改革把人家利益"改"掉，也把自己搞得不得安生，有那个必要吗……我当财政局长的信条是，钱可以花，花得合规就行；钱给谁都行，有人承担责任就行……

老齐做财政局长的"信条"，也是一种保全自己的方式。这种方式也是无奈的选择。但这无奈的选择，却是合理合规的选择；财政的事只要是合规又合理，那就是一个好财政了，那局长也应当是一个称职的局长了。老齐是个聪明的局长，他适应贫困县做财政的环境，所以他得到了八方喜欢。老齐说他今年升任副县长，书记、县长都许诺了，应当不成问题。老齐升官是迟早的事，他做事圆滑，必然会升官。可他钱海不是这样风格的人，他学不了老齐。钱海的风格是，对当官没有欲望，做事却极其认真，有风险的事上不会讨巧，这是财政部门业务型干部的典型性格。要命的是，钱海对当官没有欲望，做事少了前怕狼后怕虎，反而让别人既怕他恨他却又一时对他没办法。拿他没办法，只好把他撤了为好。所以，钱海总是遭来撤职打击。

一顿饭工夫，老齐左劝右劝钱海"灵活"点。老齐教给他一个官场的道理：不是你当不当这个财政局长的事，当上了就不能退下来；当官往往是不进则是退，不进则会受辱的……

老齐还给钱海谋划了个好事，他对钱海说：他们燕河县有的是好山地，种山楂长得好，又赚钱，种几年山楂，让你当这个受罪的财政局长，打死你也不当；你也得为自己后面考虑了，万一人家哪天把你踢下去了，你又没有合适的地方去，何不来种山楂；我给你选几百亩上好山地，收你最优惠的承包费，你找个乡下的亲戚替你包下来种着，平时我关照着，你有空过去打理一下，到哪天人家不让你干了，你就来当"山楂大王"。到时既有钱，又有谁也管不着你……

钱海说，齐兄的好意真是个大好事，待他想想再说。

老齐的道理是对的，他的种山楂主意也许不错，钱海压根儿也不想当这个财政局长，但他想静心苦练书法，不太想去种山楂，一个财政局长辞职去种山楂，那让人怎么看？而当财政局长又如此茫然。他感到自己确实不适合当财政局长，也不想当财政局长，继续当下去的结果会很难堪。这才仅仅当了一年多财政局长，就得罪了那么多人，就惹来了一波又一波的难堪和风险，再干下去还不把人得罪光了?！而眼下的情形，他是干也不行，不干也不行。这财政局长，是干还是不干？

老齐的话，让钱海心里心绪翻滚。钱海在办公室静静地坐到很晚，晚饭早过了，吴梦打电话叫他回家吃饭，他说不饿。他在想一个关键的问题，这样下去不行，主管他的李来已恨他恨得咬牙切齿，干就要得罪人，但也可以不干，可以随波逐流，反正自己对当官没有什么兴趣，那就趁县领导还没有做出最后决定前，主动辞职算了。

钱海没回家，张美玉知道钱海为联名信的事在难受，她也没有回家，她饿着肚子在等钱海，在自己办公室陪钱海。她多想马上安慰他一番，她心甘情愿陪钱海一起难受，她想钱海不需要她的安慰。钱海知道她也没回家，但又不愿意找她聊。就在此时，钱海做了个决定：借此时机辞职。

已到晚上九点多了，张美玉看钱海还没有走，去敲钱海办公室门，钱海让她进来。张美玉看钱海一边喝山楂浓茶，一边写字。字写得龙飞凤舞，一脸少有的烦恼相。张美玉心疼地问钱海是否很饿了，钱海说不饿。张美玉说她饿了，要钱海同她去门口饭馆吃饺子。钱海不去，也不说话。张美玉猜出钱海打定了辞职的想法。

张美玉了解钱海，钱海压根儿是不想当这个财政局长的，他的神情告诉了她，他有了辞职的决定。钱海在琢磨，他决意辞职，要不要听听张美玉的意见？钱海觉得不能告诉张美玉，张美玉是决不会支持他辞职的。如果张美玉坚持不让他辞职，他会很为难。张美玉当然不会支持他辞职，财政局需要他钱海，当然她也不愿意离开钱海。

钱海想马上写好辞职报告，明天上午交给县长书记，等县领导同意了再告诉张美玉，免得扰乱他想法。

张美玉看出钱海的心思，她单刀直入地问钱海：你不愿意同我说话，也不愿意同我去吃饭，我猜想，你已经做好了辞职的准备吧，正在想怎么写辞职报告，明天去找领导谈如何辞职的事吧？

张美玉的话正说到了钱海的心思上。钱海心里顿感紧张和纳闷，张美玉简直就是他肚子里的蛔虫，把他的心思看得一清二楚的。钱海想，既然被她说破了，那就给她直说了吧。钱海把他决意辞职的想法，告诉了张美玉。

正如钱海所料的，张美玉绝不同意钱海辞职。张美玉有点急了，她劝钱海说：要说我也不是你什么人，只是你的副局长，你辞职我不应该这么上心。但你又是我的老同学，也是老朋友，你辞职是一时冲动，正中了有些人的下怀……这个职，不但不能辞，还要接着干，山川县需要你这样的财政局长，你自己也不能放弃这个历史的选择，放弃了对山川县是最大的损失，也是你人生道路上的失误……当然，我从心眼里也不想你离开……

张美玉是重情感的人，钱海从张美玉眼里，看到了闪闪的泪花。

张美玉接着一往情深，并富有诗意地说：我们干财政的，就像那红山楂果，在别人看来光鲜、红艳，可实质上是酸溜溜和苦涩涩里的甜。你要是热爱它，味道就是甜里透着酸溜溜和苦涩涩；你要是不喜欢它，那就纯粹是酸溜溜和苦涩涩，尝不到多少甜来。当然，有钱的财政局长，谁要钱多少都能给，那干起这份差事来就甜多、酸苦涩少；像你这样手里钱少或没钱的财政局长，那就是个"酸山楂"，让人感到的不仅是"酸"，还有苦和涩……

钱海说：所以别人叫我"土山楂"，土山楂有野性，看上去红，里面又酸又涩又苦。这土山楂的性格，还真像我的个性，加上我这又黑又壮的身材，人家叫我"土山楂"，倒也名副其实。

张美玉说：土山楂也好，红山楂也罢，这就是财政职业天然的特点，连我们自己也改变不了它的特征。谁改变了它的特征，那就当不好一个财政局长，也做不好一个财政人。因为你光要当"老好人"，谁要钱都给，不该给的也给，不把公家的钱当回事的财政局长，这样虽然不得罪人，可不是一个好财政局长。你钱海虽然让人感到酸涩苦，但你都是为了国家的钱在吃"酸涩苦"，尽管很多人感到你又酸又涩又苦，那也无所谓，你到底还是个好财政局长。

……

钱海经不住张美玉柔软如丝的话，更经不住张美玉眼里闪烁的泪花。他承认，张美玉喋喋不休地劝他不要辞职，应当有些道理。他学的是财政学和会计学，财政业务已到驾轻就熟的程度，离开喜欢干的业务工作，又会面临许多困惑。眼下辞职也好，离开财政局也好，正如张美玉说的，也许不是个好的选择。

张美玉接着劝钱海：凡是财政局长，哪有几个干得很轻松的，除非你手里有的是钱，谁要给谁，要多少给多少。这可能吗？除非财政局长能印钞票，要多少给印多少，不然谁也满足不了四面八方伸来要钱的手。你满足不了人家，人家就不满意，不满意就记恨。得罪人，是财政局长的家常便饭，这些你已深有体会，用不着我多说。你要顶住压力，只要书记、县长不撤换你，你急啥？况且据我了解，他们为这封联名信而烦恼，他们也不想撤换你，你别在这个时候给他们添烦就行，免得被别人利用，你要提出来辞职，书记、县长肯定讨厌你……

张美玉知道钱海的困局。钱海不仅仅是联名信给他带来的烦恼，最大的困局是"攻关费"没地方开支后，县里的那么多项目和资金需要跑，拿什么跑，"攻关费"从哪里拿？没地方出。有人要钱海解释，钱海解释不了。解释不了，那就只好挨骂。可是，让钱海尴尬的事，不单是挨骂，是争取资金和项目的停滞。因为，跑与不跑，主动要与不要，争与不争，那得到的多少是不一样的。对于山川县来说，更多的项目和资金需要跑要，不跑要，天上是不会掉馅饼。钱海着急，当下怎么解决"攻关费"问题，是解山川县之急，也是解决他钱海危机的前提。

面对钱海的愁眉不展，张美玉对钱海说：我有个想法。

钱海说：你快说说看。

张美玉说：自从前段时间你为"攻关费"没处出发愁时，我是一直在破解这个问题。我在想，没有"攻关费"，或"攻关费"非常少的情况下，怎么攻关，怎么让项目和资金的争取不受太大影响？我想了一个对策是，中央和省里大多项目和资金是以"对号入座"制定的，要争取到，如果不熟悉政策，就是没有目标的无头苍蝇，费力费财，收效往往甚微。还有，"攻关费"是被跑项目的人人为扩大了的费用，并不是跑项目的人所说的，凡找人都得给钱。我的好几个亲戚都在中央机关工作，素质都很高，没有不给"好处"不办事的毛病，挺好说话的，办事也认真。项目和资金，只要能跟国家部委的扶持政策对上号，经过正常申报，完全可以争取到。破解眼下的难题的方法是，以县财政局牵头，细致研究中央资金和项目对接方式，针对目标出击。这个对接方式，就是针对山川县情况，持续深度了解和研究清楚中央各部委出台的有关支持县级和贫困县发展的项目和资金有关政策，看哪些项目和扶持资金能对上山川县，哪些项目和资金有可能争取到？最为经济和便捷的方式，是到市省中央部门找熟人，为县里争取资金和项目。

钱海说：你的看法和想法，正合我意，我们不谋而合。本来"攻关费"是被人为虚张声势夸大了，中央部委大部分领导和办事人员并不是我们有些人所说的那样，不给钱不办事，不给好处不办事。就拿我来说，这几年我跑项目资金，就拿书法作品当礼品，没花一分钱的"攻关费"，人家照样不敢要，但还很热情。还是你说的办法是正路子，研究政策、吃透上面情况，按政策要求"对号入座"争取，这样成功率高。

钱海又对张美玉的想法补充道：我也有个想法，在了解中央和各部委项目和资金扶持政策信息方面，还可以请一些部委的专家、司长和处长来山川县，就针对我县的情况，给县里所有干部讲解所在部委，有哪些政策信息与山川县有关系，这些信息和政策，我县怎么对接，通过哪些路径才能争取到国家的项目和资金。

张美玉对钱海的想法，连连称妙极了，妙极了。张美玉说：让县里各部门知道了争取项目和资金的准确信息与招数，我配合你再补充一个"具体目标"，拉一个到上级部门找什么人的名单，让县里有关部门按名单找人，这样就避免了"盲人摸象"的问题，成功率就会很高。还有，没有"攻关费"送，要上门找人，手里不拿东西，就太不近人情了，最好多拿些县里土特产作为礼品，也会效果不错。

钱海听了张美玉的想法，感到可以一试，加上他请人来指点路径的招数，这些也许是解开眼下"攻关费"困境，在争取项目和资金上化被动为主动的可行之举呢。

张美玉从劝钱海不要辞职，扯到"攻关费"困局下争取项目和资金的几个破题的招数，她帮钱海为"攻关费"的问题想了好主意，打通了问题的关节，也让钱海心里轻松多了。钱海看看表，已是晚上九点多了，感觉很饿，他要请张美玉去吃饺子。张美玉说，好吧。俩人去了门口饺子馆，却已关门了，要找其他地方吃饭又太远，钱海一动不动地看着张美玉，像要分手的样子。

张美玉说：有两个选择，一个是到我家，以最快的速度炒两个菜，我们喝一杯，也庆祝一下今晚我们解决"攻关费"问题的好想法；一个是你赶紧回家，在办公室几次电话你没接，肯定是吴梦催你回家的，想必你也着急回家，那你就回家吧。

钱海说：对不起，美玉，今晚不早了，吴梦肯定非常着急，就回家吧，这几天我抽空请你吃饭，要好好感谢你……

张美玉有点失意而生气地打断他的话：不爱听你感谢之类的客套话！

张美玉转身走了。

第二天早上，钱海刚到办公室，就接到书记秘书小孙打来的电话，要钱海马上到石书记办公室来一趟。

钱海问小孙：能告诉一下是什么事吗？

小孙说：联名信的事。

钱海问：石书记是什么意见？

小孙说：领导的意见，你也能猜出来。

钱海到石书记办公室，看石书记正拿着一个文件在凝神，背面透出密密麻麻的签名，好像是那份联名信。看书记凝重的神态，是不是在撤与不撤他的职为难呢？

石书记看到钱海，想说什么，又没有说出什么。过了一会儿，回过神来的石书记，赶紧让钱海坐下说话。钱海便坐下。

石书记问钱海：联名要求撤换你的信的事，你听说了吧？

钱海说：听说了。

石书记问：你是怎么想的，你看怎么办好？

钱海说：我听组织的决定。

石书记说：既然你听组织的决定，那就好，就接着好好当你的财政局长；如果你要提出辞职，我已想好，不会拦着你的。

石书记紧接着说：有些人要求撤换你，已经三番五次了，想必你对此也不奇怪。我要说的是，你不要背上包袱，更不要记恨在心。你应当从人家反复要求撤换你的事上，寻找自己存在的问题。你工作虽然扎实，也有些成绩，但工作失误和做事"一根筋"的缺陷还是明显的，你要反思和改进。

钱海说：请书记放心，我会反思的，也会更加努力改进的。

书记面露一丝笑意说：不说假话办不了大事，办大事需要说的假话还得说。做假账不对，但做假账到处都在做，财务上不做点假账，有些事就办不了；不做假账，"攻关费"就没地方开……当然，我不是鼓励你做假账，但灵活地处理好一些合理又不合规的事，那才是真本事，没有这个本事，就当不好财政局长……

钱海知道书记在表达什么，不敢接话，连连点头。

石书记问钱海："攻关费"没处开了，下面项目和资金怎么争取不能放松，你有什么好的办法？

钱海正要给书记汇报他和张美玉商量好的"招数"，县长进来了。

书记对县长说：还是让钱海接着干吧!？

似乎在征求县长意见，又像是对县长说自己的决定。

县长说：接着干！好好干！

钱海说：谢谢书记、县长的信任，我一定好好干，干好。

钱海说：县长来得正好，给你们汇报一下目前没有"攻关费"的情况下，应对争取资金和项目的一些办法。

钱海把几个方面的"招数"，向书记、县长详细说了。书记、县长听了，两个人脸上都有了笑意。

石书记说：你们想的这些办法听上去靠"谱"。

县长说：办法可行，马上去做，也许是好办法。

联名撤换钱海和解决不了"攻关费"的两大沉重的事情，就这么轻而易举地落地了。

联名撤换钱海财政局长的那一大串签名信，无论如何在县里是件非常大的事，可在书记、县长这里，轻易地成了一张废纸；那些歇斯底里要求撤换钱海的人，嗓门再大，也被书记、县长高高地举起，又轻轻地放下了。

钱海当然清楚，书记的心思不那么简单，这一次次有人提出想撤而没撤他，是撤换他时机还不成熟，撤换了他钱海，坐在这位子上的还不是中意的人，他外甥也坐不到这位子上，这是书记不愿意接受的。这个财政局长的位子迟早是书记外甥的，撤换他钱海是迟早的事。当然，迟或早对他钱海来说都无关紧要，反正他当与不当无所谓，但他钱海是不能等着让人撤换，要当一天财政局长，就要当好。眼下最要紧的，是加劲把新区建设的资金筹集足，保证这件大事的顺利进行。这也不是给书记干的，尽管这建设项目有政绩工程的动机，但把握好了，还可以成为造福山川县的一件有益的事情。再就是要马上解决没了"攻关费"情况下，如何在争取项目和资金方面与上面的信息、渠道对接，不能让山川县在项目和资金上受损失。再就是国库集中支付制度改革后期的完善和紧接着应当推开的部门预算、政府采购改革制度的建立，是财政里程碑的事，也是山川县这样穷财政管好钱、聚多钱的先进管理方式，这是财政人的历史责任，一刻也不能等待。

山川县早就渴望这些财政改革，前任老赵局长，是个精于财政业务的专家型局长，在任时考察了全国好多地方财政改革的先进做法，对财政改革的决心之大，做梦也想做国库集中支付和部门预算、政府采购等财政改革的事，可阻力太大，致使无能为力，使山川县失去了好几年的时光。他钱海好不容易总算让国库集中支付改革打开了财政改革的口子，下面的财政改革，绝不能半途而废。

钱海内心尽管充满了矛盾与困惑，却还没有失去再拼一拼的冲动。这拼的冲动，来自上任以来干成的几件大事的鼓励，来自财政业务工作的热爱，来自李来等人的猖獗的夺权行为的刺激，更多的是来自张美玉形影不离的苦苦助力。

接下来，钱海和张美玉要抓紧张罗的一件大事，是由县长牵头带人四处请专家和领导来山川县做客。

一时，山川县顿时热闹起来了，一拨拨北京和省城的专家被请了过来，中央部委和省部门的一些领导被请了过来，他们带来了政策和信息，带来了广泛的人脉关系。

县里把相关部门股长以上领导干部集中起来，听专家与领导为山川县争取省和中央项目与资金指点迷津，一时被闹"攻关费"而出现的消极困境，被钱海和张美玉的"招数"化解了。县里各部门与省和中央部委争取项目、资金的信息被打通了，也得到了"驹"走驹路，"马"走马路，"羊"走羊道的指导，项目和资金争取有了好的势头。

这一"招"真奏效吗？李来说，这是钱海想出的鬼花招，那是"瞎胡闹"。

27

　　山川县的事情，从来没那么简单。撤换钱海的联名信，以重重的分量，放到书记、县长的桌子上，却被书记轻轻扔到了一边，既没有对联名信做出答复，也没有撤换钱海的一丝动静，好像从来没有这封联名信似的。一个多月过去了，联名信悄无声息，县里会上不提，会下不说，让写联名信的人，百思不得其解。于是，接着又有了第二份联名信，信以严厉的口气质问书记、县长：撤换钱海的信，代表了山川县相当一部分领导干部的意见，县领导为何既不撤换，又不做出答复？大家强烈要求撤换钱海，请对此做出答复！

　　这份咄咄逼人的联名信，大有不撤换钱海不罢休的狠劲。书记、县长当然知道后面的主谋是李来。李来隐身不露，在书记、县长面前也从不问联名撤换钱海信的事，而书记、县长也不同他提起此事。书记、县长本想把信放在一边，不解释，不答复，让它不了了之，可有人却不肯罢手。令石书记和孙县长有些畏惧的是，有十多个领导干部联名要求撤换一名局长，这在山川县历史上并不多见。书记、县长虽然心有畏惧，但他们的看法很明确，联名信是典型的闹剧；以这种方式逼迫组织撤换一个没有犯错误且认真做事的领导干部，其行径是恶劣的，这种行为绝不能助长。

　　书记、县长商量的意见是，看来冷处理是不行了，而也不能拿钱海的工作缺点说事，更不能撤换钱海；钱海是绝对不能撤换的，在这样的情形下撤换了钱海，那不就让李来一伙达到了目的吗？不能助长他们的威风。不撤，可李来也不是个"省油的灯"，把这人得罪深了，那是会闹事情的。

虽然书记和县长对这份联名信有些畏惧，实来畏惧的是李来有副省长的关系，还有联名写信的有些人有着"通天"的本事，在北京和省里市里，有亲戚，有关系，有些人的关系还是上面要害部门的。由于这些人在上面有这样那样的关系，往往是京城和省市许多事情传到山川县飞快，山川县的事情也会飞快传到上面。用北京和省城人的话，也用山川县人的话说，山川县是虽在穷山沟里，而"天线"太多、"频道"太乱、"干扰"复杂。尽管有这些乱七八糟的背景情况，也尽管李来抱着副省长的大腿，写信的这些人有这样那样的社会关系，而石书记压根儿也瞧不起李来，瞧不起这些联名写信的人。尽管石书记有让人讨厌的霸道、圆滑、虚伪、好大喜功等毛病，但他总体上是个想干大事和相对公平的书记。在山川县这样贫穷且干部思想活跃的县，石书记有他处理复杂问题的哲学，那就是管他有多复杂的关系背景，一切能简单行事就简单行事。

对于这封联名信，石书记本来想简单处理，放下了之，没想到后面并不简单，但他还是要简单处理它。既然不能做出一个书面答复，也既然不能把钱海撤换掉，还要让每个联名写信的人把嘴闭上，他决定以他特有的方式让写信的人不再说话。他逐一找写联名信要求撤换钱海的人谈话。谈话的内容很简单：钱海犯了什么错误，值得你们列十条罪状，联合这么多人要求撤换他？在我看来这些问题都是夸大其词，有些还是钱海的成绩和优点；你们跟钱海比一下，是不是比他干得更出色？在我看来你并不比他能干，也未必干得比钱海出色，你的工作失误和缺点也不少，要细究起来，能不能继续胜任本职还不好说；让你当财政局长，你能不能保证比钱海干得出色……

这些写联名信的人，别看纸上慷慨陈词，面对书记，却像猫似的温驯而乖巧。他们清楚，他们的"乌纱帽"都在书记手里提着，想把谁的帽子拿掉，找个理由是不很难的事。书记找他们谈话，他们心里都很紧张。书记问他们的这几个问题，与其说是谈话，实际是批评和教训，问得每个人面露难堪，满头冒汗。

有意思的是，被谈话的每个人，都像犯了错误似的，对书记道歉不说，还说："本来不想签这个名，他们非要让我签，不得已就签了……"好像签名是别人逼的。是谁逼的？但都又不说。不说，石书记也明白是谁逼他们签的名。但让石书记哭笑不得的是，连胡腾娇、龙四水、王喜贵等为李来卖力替换财政局长的亲信，也居然说"不是出于他本意"，不但露出了他们阳奉阴违的恶劣品质，也露出为保全他们自己而出卖李来的可怕嘴脸。

这第二份联名撤换钱海的信，来势汹汹，却被书记简单而明快地一拳一个，个个击破，而且使他们丢盔弃甲地走了。

一段时间，联名信的事，没有了声息。

可山川县的事情，哪有这么简单。

不久，山川县委组织部和县信访办，分别收到了由市委组织部和市信访办转来的省委组织部和省信访办收到的告状信。告山川县领导对广大干部联名要求撤换不称职财政局长钱海的信置若罔闻，要求省委过问此事，给广大干部一个公道答复。这告状信，是匿名的，而说的是两次由县里十多个领导干部给县委书记、县长写联名信，强烈要求撤换财政局长钱海，而县领导不但把广大干部来信不当回事，反而借此事打击报复写信的领导干部……省市组织部和信访办领导对此信看来十分重视，要求市组织部和市信访办监督山川县反馈真实情况。

省市两级领导对匿名信作了要"高度重视，严肃对待"的批示，送到了书记、县长桌子上。县长会有什么反应？写信的人料到，县长会生气，会拍桌子骂人。但也仅仅是这样，他会请书记严肃调查处理写匿名信的人；书记会有什么反应？写匿名信的人也料到，书记会慎重对待此信，在非常恼火的情况下，为了平息这件事，决定把钱海的财政局长撤换了。匿名信的领导批件到了书记、县长手里，窝火是必然的，但做出的反应，却出乎写信人意料。

石书记叫李来过来，对李来说：有人给省里写信告状不撤换钱海是压制民意，这是胡扯八道。山川县从来不会压制民意，只是这两次的强烈要求撤换钱海的信，是联名压制领导的行为，这是绝对不能容忍的；钱海作为财政局长，没有贪污受贿，没有渎职，没有犯错误，况且做事执着，埋头苦干，工作出色，为什么要撤换他，这不是无理取闹和以联名的方式压制领导吗?！你李副县长主管财政，你说我的话对还是不对?！

李来赶紧迎合书记说：虽然我对钱海有意见，也提出过要撤换他财政局长职务，但也不至于写这样的信。写信的这些人绝对是无理取闹，给山川县添乱。石书记您当然说得对，说得对……

石书记说：那好，你是分管财政的副县长，这件事由你来向省市做调查并写份情况报告。

李来说：书记您放心，我会把这件事情办好。

当然，调查的结果是财政局长钱海铁面无私查账和搞财政改革得罪了人，报告的结论是"告状人颠倒是非，无理取闹"。

这件事的结果是，写信的人、写信后面的主使人，没想到书记有如此损招，让李来主持调查并写这份明明知道他李来对钱海恨之入骨的报告。这不是戏弄他李来吗。李来暗骂，姓石的这老东西，真不是东西！李来对石书记恨得咬牙切齿。

这样的结果，当然使书记、县长心里非常舒坦，舒坦得有点开心。却使李来和他的亲信非常气愤，气愤得窝了一肚子火却没地方发出来。

28

两份强烈要求撤换钱海财政局长的联名信，以诸多人签名的势众分量，惊动了高层领导并要求严查严处，这又在山川县掀起了一股"钱海事件旋风"，大有要把钱海"掀"翻的威猛之力。"这回钱海肯定滚蛋了"，没几个人不认为钱海不被撤换。李来的断言更是如此，钱海滚蛋无疑。可让李来出乎意料的是，这么大"动静"的一件事，书记、县长竟然没当回事，不仅没动到钱海一根汗毛，反倒告出了个活典型。这一告，却把钱海告成了好局长，书记称钱海是"变形金刚"，能屈能伸，德才出众，财政局长之位，无人可以代替。这让李来无法忍受。

更让李来无法忍受的是，联名签名的这些人，尤其是一心想顶掉钱海财政局长的胡腾娇、龙四水、王喜贵等几个人，面对书记的质问，几乎成了叛徒，竟然说是有人逼自己签的名。

"哥们"阳奉阴违的嘴脸，让李来非常生气。李来分别把这些人吆喝到一个隐秘的地方，他要把一肚子气发出去。他问胡腾娇，他问龙四水，他问王喜贵，他问……你为什么居然说签名是别人逼的?!这些人回答说，不这样说，没法回答呀；书记是明显护着钱海的，他们如果不识时务，如果找个茬把他们的"帽子""撸"了，还能跟着你李县长混吗？职务丢了，哪还有机会当财政局长！

这回答，把李来的鼻子都气歪了。李来骂他们是见风使舵的滑头。

他们却对李来说，石书记肯定认为联名信是你鼓动写的，事到如今怕什么，你可以什么也不怕，你李县长有副省长大人和市领导的靠山，他拿你有什么办法?!

几个人云里雾里一番话，拍马屁的一番话，让李来哭笑不得。

就这么完了? 李来问胡腾娇几个人。

胡腾娇说：李县长您千万别生气，石头儿找我谈话，哪里是谈话，简直是训斥，何止是训斥，就是警告。那凶狠的样子，要您也不得不说假话，咬定这不是自己的意愿，"我当不当这个财政局长由组织选择，我绝对不会主动写这样的联名信"，不说这样的假话，那我肯定是"死"定了。我"死"定了，当然还有您李县长您这大哥救我呢……李县长您为我们当这个财政局长，可说是赴汤蹈火了，我不知道怎么感谢您才好……

胡腾娇说到"不知道怎么感谢您才好"的话刚出口，王喜贵"扑哧——"笑出声来。

王喜贵奇怪的突笑，使得胡腾娇脸"腾"地红了，李来的脸也有点微红。

胡腾娇懊恼，吼王喜贵：你这个王八蛋，莫名其妙地笑什么!

王喜贵连忙说：没笑什么，没笑什么!

胡腾娇朝王喜贵狠挖一眼，生气地说：我不说了!

王喜贵若无其事地说：笑了一声，看把你气成这样子，真让人心疼。

胡腾娇：呸!

王喜贵的笑和胡腾娇的脸红和发火，李来明白是啥意思，这里在场的人都明白，胡腾娇是李来的情人，所以胡腾娇的"不知道怎么感谢您才好"的掩耳盗铃和"此地无银三百两"的话，肯定会惹得浅薄的王喜贵的好笑。

李来压根儿也看不起王喜贵。王喜贵好色、粗鲁、贪财，不仅玩医院的年轻医生护士，还嫖娼。当然王喜贵也安排过李来玩小护士和嫖娼，也不止一次见到过他与胡腾娇"开房"和在出差时睡到一起。王喜贵刚才的笑，在李来感觉，是坏，更是出卖。这样的人竟然一次又一次向他表露，如果胡腾娇竞争不到财政局长，就推举他当财政局长，如此德行，真是"癞蛤蟆想吃天鹅肉"!

李来对王喜贵狠巴巴地说：你不是也想当这个财政局长吗，你怎么也在书记面前成"缩头乌龟"了?!

王喜贵在书记面前肯定是要做"缩头乌龟"的。他虽然关系四通八达，但他在石书记面前不敢张狂。王喜贵不仅对书记心有畏惧，对钱海也心有畏惧。对书记畏惧，是因为书记在对他参与写联名信谈话时说，"就怕你财政局长没干上，连院长的'帽子'也丢了"，这是话中有话的，石书记手里掌握着他王喜贵的"把柄"，这让王喜贵十分害怕。

让王喜贵同时害怕的还有钱海。钱海对医院查出的那几桩财务严重违规问题，要是揪住不放，轻则他院长当不成，重则还有可能坐牢。石书记的"话"和钱海的"账"，让王喜贵身上冷汗不断。王喜贵出冷汗不断，是因为他心里清楚，仅靠李来这个靠山，是靠不住的，况且李来的副省长关系，还有与市领导的关系，也并不像他自己到处吹得那样牢靠。他李来在山川县也并不是说一不二的人，并没有他自认为会有为他两肋插刀的人。别看平时与他称兄道弟的，一旦有了对他李来不利的事，他会比谁都跑得快。

王喜贵对李来说：承蒙李县长抬举。我只是个当院长的料，也当不了别的什么差，弄钱海的事，我该做的做了，后面的事，还真想不出什么好的办法……

李来愤愤地说：你们说的都比唱得好听，一个比一个精明，都会保全自己，真他妈不是些东西！

李来一肚子气没有出去，反而心里又添了堵。

鼓动写联名告钱海信的事，让李来在书记、县长那里丢了份，也让王喜贵和胡腾娇等人出卖了他，他怒火中烧，咽不下这口气。作为常务副县长的李来，这气，他是有理由咽不下的。他实在气不过：不管怎么说，他李来是主管财税的堂堂常务副县长，他提出撤换财政局长的意见被三番五次推翻，这算是什么事！这样一来，跟随他多年的这些人明显小看他了，这怎么行，他李来今后在山川县怎么混下去!？他李来就是不服这个输，混了这么多年，经营了一大把实权朋友，竟然拿一个没有任何背景的人"啃"不动，那是他李来莫大的耻辱。这口气，他李来绝对咽不下去，钱海必须得滚蛋！

胡腾娇虽然在书记面前间接出卖了他李来，但毕竟她是他李来多年来的"贴心肉"，她的心里是有他的，她是接任财政局长的理想人选。李来想到这，原谅了胡腾娇的出卖。这一晚上，胡腾娇对李来的眼神里露着愧疚和畏惧，且提心吊胆。他们刚散，虽然已很晚，李来给胡腾娇打传呼，让她"出来一下"。"出来一下"，是他俩的暗语，就是到山庄雅居胡腾娇的另一套房子见。这是他们时常幽会的"安乐窝"。李来有钥匙。

李来到雅居时，胡腾娇已到了。今天不同往常，两个人都情绪不佳，尤其是李来脸色铁青，脸挂冷霜。胡腾娇把身体靠过来，像往常一样见面先拥抱和接吻，可李来却转身坐到了沙发上。

胡腾娇不高兴地问李来：叫我过来，你是要接着训斥我的吧？

李来说：我心里不痛快，你不要在意。就想单独与你聊会儿，烦，很烦。

胡腾娇说：不早了，你是坐着聊，还是躺着聊？

李来说：当然还是躺着聊。

胡腾娇问：躺着聊，你可别"躺"一会儿就回家，今晚别走。你赶紧给你老婆请好假，上了床即使她打来电话，我也不放你走。

李来说：我跟我老婆说今晚去市里了，明天回来。

胡腾娇兴奋了，扑过去坐在了李来的怀里，两人亲热成了一团。李来把胡腾娇压在了沙发上。

胡腾娇推开李来说：这多难受，一起去冲个澡，赶紧上床吧。

……

李来和胡腾娇"折腾"完事，李来说：腾娇，我们说正经事吧，钱海的事。钱海必须滚蛋，你得必须接班，不能就这么算了！

胡腾娇说：来哥，我看钱海这事急不得，石头儿心里有他的"小九九"，一时半会儿很难把钱海弄下去，得从长计议。

李来说：等不得。等到石头儿想换钱海了，那接替财政局长的人，恐怕就不是你和我们的人了，那就是石头儿的外甥。石头儿的外甥当财政局长，比钱海让我们更糟糕。

胡腾娇说：钱海这混蛋是个可怕人物，要钱又扣又卡，查账六亲不认，这样下去还不知道折腾出什么更大的事来，说不准哪天就把你和我弄出事来了。让我们难办的是，谁给他送礼他都不收，你的话他又不听，真是个又硬又损的东西……

李来说：办法总比难题多，我自有办法！

……

李来给财政局副局长熊书芳和预算股长秦柳打电话，晚上请他们吃饭。

李来请下级吃饭，除了亲近的人和女士外，大都让秘书打电话。熊书芳和秦柳不是他亲信，他亲自给打电话，那让对方有意外亲近的感觉。大县长亲自打电话又请他们在全县最豪华的"美天鹅"吃饭，熊书芳不仅感到意外，更多是喜悦。

熊书芳问：叫上钱局长吗？

李来不高兴地说：你耳朵有毛病啊，我叫你吃饭，你叫什么钱海！

熊书芳顿时反应过来，急忙说：对不起啊李县长，刚才太激动没反应过来。

李来也给秦柳打了电话。秦柳除了意外，更多的是惊异。县领导叫她这一级的吃饭，一般不会直接给打电话。尤其是李来架子很大，每次参加他的饭局，都是让局长叫上她。这次李来亲自给她打电话，秦柳感觉味儿不对，李来有好色的恶习恶名，她略为惊诧地问李来：我们钱局长去吗？

李来说：你们熊局长去，你同他一起来吧。

秦柳把心放下了。

秦柳让熊书芳坐她的车一起去，熊书芳怕让财政局人看到他上秦柳的车，便约到离财政局很远的马路边上车。秦柳在路上问熊书芳，李县长请我们吃饭，怎么不叫上钱局长呢？熊书芳说，李县长对钱海很反感，你装不知道！秦柳说，钱海多好的局长啊，李来怎么就处处跟他过不去呢，李来真是个神经病！熊书芳反感秦柳的这话，对秦柳说，钱海迟早会被李来弄下去的，你这话可很危险，在我这儿说行，可不能让别人听着，否则传到李来耳朵里，你就死定了。秦柳说，就你有脑子。

熊与秦提前半小时到雅间，随后到的有交通局副局长老任、国土资源局长王开来、水利局长龙四水、县医院院长王喜贵，还有招商局副局长胡腾娇、教育局长裴文光。大家喝茶等李来。李来姗姗来迟，说是市里有领导打电话找他说事情，是钱海的事，这个钱海真是让人烦透了。李来的话落，熊书芳再看今天除了他和秦柳，全是李来的心腹，县里重量级的人物，他明白了今天的吃饭，一定与钱海有关。

李来的知己和心腹，不止这么几个人，还有不少。李来在县里多年，如蜘蛛织网一样，编织了各个层面的丝和网。今天的这些人，今天的这顿饭，就他们俩是"外人"，熊书芳猜测李来不是为资金的事，而是对他俩"上心"了。李来的眼里从来没把他熊书芳当回事，过去熊书芳曾向他套近乎，他牛逼哄哄的，熊书芳对他就敬而远之。李来对他熊书芳忽然示好，难道李来有意让他当财政局长？熊书芳猜想到这里，心里一股热血上涌。

李来对熊书芳和秦柳一反常态的客气，坐下来，首先问熊书芳和秦柳最近怎么样，是不是还是忙得加班加点啊等，话语亲切有加，这是过去从来没有过的。菜上桌，又是给他们俩夹菜，又是和他们碰杯。熊书芳喝白酒，秦柳借故开车，喝矿泉水，即使李来等领导怎么劝她和命令她，她也滴酒不沾。虽然秦柳死活不沾酒，但也没有减弱李来的热情，李来好像对待朋友一样，对他们格外热情。这上级领导给下级的过度热情，熊书芳和秦柳从来没有在县领导这里感受过这样的礼遇，搞得他们浑身冒汗。还有，李来还对熊书芳和秦柳大加赞赏，夸他们俩业务好，夸他们是财政局的顶梁柱等。李来一夸，在座的几位也纷纷夸赞起来，好像他们立了什么大功似的，不知道他们的嬉皮笑脸和赞美，是为资金而来，还是为别的。不管是为何而来，希望李来赶紧说出这过度热情后面的"谜底"，好让他们身上少冒点虚汗。熊书芳和秦柳感觉，李来并不是需要在哪笔资金上让他们俩做什么，应当另有别情。

老练的李来看他们紧张，急忙说：今天叫你们来一起坐坐，什么事也没有。你们俩是财政局我非常看好的得力骨干，也是重点培养对像，跟几位局长们交流一下，也有利于你们今后开展工作。

李来对几位局长说：你们几位，以后要多关照小熊和小柳啊！

大家打着哈哈笑着说，没问题，没问题，只要是李县长重视的人，我们不敢慢待……

熊书芳和秦柳终于明白了，这是拉他们俩的"入伙"饭。

熊书芳和秦柳更加感到有些受宠若惊了。特别是熊书芳感到，有多少人想巴结李来和这些人啊，尤其是李来和裴文光，他们要"点头"，他爱人调到教育局再难也不就成了个简单事吗？能入李来和这几位局长的"伙"，那他在山川县"出头"的日子就不远了。

李来和几位局长的分外热情与火辣辣的酒，使熊书芳异常兴奋。他一杯又一杯给李副县长和几位局长敬酒，李来喝一点，他喝两杯；几位局长喝一杯，他喝两杯，还特意跟裴局长畅饮，他大杯，裴局长小杯。喝得裴局长喜笑颜开。熊书芳边豪喝，边给李副县长和几位局长表决心。他对李来说，感谢李县长抬爱，感谢几位大局长的看得起，我熊书芳对李县长和各位赴汤蹈火，在所不辞。李来亲切地拍着熊书芳的肩膀说，小熊你好好干，我不会亏待你的。李来的话音刚落，熊书芳又喝了三杯。李来看熊书芳喝醉了，提前撤了。李来刚走，熊书芳又与几位局长喝了好几杯，不一会就烂醉如泥了，很难看地趴在了桌子上。

李来虽然油滑，但有时也讲义气。只要是他用得着的人，或者他喜欢的人，有什么好事，会处处想着他的。这不，有个难逢的好事的名单上，李来就让写上了熊书芳和秦柳的名字。

李来组团带队赴美国考察，尽管名额有限，而他提名让熊书芳和秦柳入团。李来打电话给熊书芳，问他愿意吗，熊书芳当然愿意去了，在财政局干了十几年，这样的好事从来也没轮上过他。

他当即兴奋而又激动地回答李来：这天大的好事，怎么会不愿意去呢，谢谢李县长抬爱！

李来说：出国人员名单上也把秦柳的名字写上了，你问她一下，愿意不愿意去。

熊书芳自作主张地说，她高兴还来不及呢，怎么会不愿意去呢！

而熊书芳恰恰说反了，熊书芳没想到告诉秦柳出国的事，秦柳毫不思索地说，股里的事太多，她就不去了。无论熊书芳怎么劝她，她就是不想去。李来对秦柳的拒绝，有点不快。熊书芳对李来编了一套秦柳去不了的借口，圆了秦柳的场，才使李来消除了对秦柳的误解。

数天后，李来在家请熊书芳和秦柳吃饭，有胡腾娇。李来的老婆刚进家，转眼间摆上豆腐、粉条、白菜、海带等涮火锅的一大桌，是麻利贤惠女人。有意思的是，李来的老婆对胡腾娇很热情。秦柳和熊书芳都知道李来与胡腾娇关系不同一般，可他们不明白，李来和胡腾娇的"非同一般"关系，他老婆好像一点也不知道。看来，这也许正应了"男人在外面风流，即使是全天下的女人都知道了，老婆也会是最后一个知道的女人"的调侃。更让秦柳吃惊的是，李来与胡腾娇"胡来"，竟然有脸让自己的情妇到自己家来吃饭，胡腾娇竟然也有脸到李来家吃他老婆做的饭。李来与胡腾娇的脸皮是多么厚，他们俩是多么的卑鄙啊。这么卑鄙的男女，什么事做不出来呢。秦柳对李来和胡腾娇，心涌厌恶。

李来打开"精品山川烧锅酒"，熊书芳知道女士不喝酒，这酒是为他开的，又使他有些受宠若惊，更是让他激动。他端酒杯的手都颤抖了，弄得酒洒到桌子上。酒过几杯，李来对熊书芳和秦柳说了好长时间闲话后，接着说：你们俩是我欣赏的干才，外面的菜吃腻了，尝尝你嫂子做的火锅，那可是"满汉全席"的火锅的手艺啊……你们俩都好好干，我非常看好你们的发展。小熊是"财精"，业务不错，有机会争取当"一把手"；小秦你也是把"好算盘"，小熊副局长的位置一旦腾出来，非你莫属……

作为常务副县长的李来，是绝对有能力推荐提拔干部的，这一点熊书芳和秦柳坚信无疑。秦柳当然也清楚，在财政局预算部门做领导，只要不犯错误，只要不得罪领导，提拔是迟早的事。而李来的许诺，对秦柳来说并不惊奇，李来并不清楚她对钱海很敬重，并有较深的友情，她不想跟李来走得十分近，即使不提拔也不愿意背着钱海跟李来走得亲近。所以李来的许诺，秦柳并不感觉新奇，但却让熊书芳心潮澎湃。

熊书芳虽被李来的话煽呼得心潮澎湃，但他也清楚，李来背地里一直是力推胡腾娇接替钱海财政局长位置的，这为何一次又一次说让他接任财政局长，是他改变了让胡腾娇当财政局长的想法了，还是在哄他？当然，据他了解，让胡腾娇当财政局长的可能性不大。想到这，熊书芳心里热乎乎的。

秦柳纳闷，李来接连请她和熊书芳吃饭，又夸奖又许愿的，究竟要她和他做什么呢？秦柳的心里打鼓。胡腾娇说话了：你们能不能和我一起办件事？

李来什么也不说，只是埋头吃菜。

熊书芳和秦柳问：办什么事？

胡腾娇说：你们也知道，县里很多领导很不喜欢钱海，事实上钱海也不适合当财政局长，要让他继续当下去，非把山川县搞乱不可。你们对钱海的情况最了解，如果能搜集到钱海的一些问题，那"事情"就好办多了……

胡腾娇的话，显然是李来的意思。胡腾娇的话，让秦柳显得很害怕，她一句也没敢接胡腾娇话茬儿。胡腾娇给他们说"任务"的时候，李来一直盯着他们的脸，熊书芳非常紧张地看着李来那笑里藏凶的脸连忙说：请胡局长放心，需要我做什么，我们全力以赴！

熊书芳说的一半不是真心话，另一半况味复杂。而熊书芳是懂眼色的人，在这一瞬间他感觉到，眼下不信誓旦旦接下这"任务"，那会在李来这里失去信任。再说了，李来把他亲近到这个份上，对不起钱海的事，做也得做，不做也得做，不做他的前程就完了。

熊书芳比钱海资历略多一两年，虽然在财政局干了近二十年，而在提拔副局长时，他没有竞争过钱海，结果提了钱海，这使他等了两年。他怪自己没有"关系"，也恨钱海抢了他的位置，从此处处跟钱海"气"不顺。为了当上副局长，他给李来送礼品，也送过钱，李来不收。不收，不是李来不收东西和钱，只是看不上熊书芳。而熊书芳就趁李来不在家，把钱送给李来老婆，李来老婆就收下了。后来在摸底选任他当副局长时，李来就没有反对。但就在这时，有人举报他有受贿行为，虽数额不到一万块钱，但要追究，至少副局长是当不上了。赵局长派钱海牵头调查了解熊书芳受贿情况，钱海调查的结果是没有受贿问题。赵局长信任钱海，但也相信举报熊书芳不是子虚乌有。赵局长知道钱海有了恻隐之心，但也不愿意在关键时候砸了熊书芳的好事，只好按照钱海的调查结果，给县委组织部和纪委做了答复。熊书芳提拔了。熊书芳要感谢钱海，钱海说这事跟他没关系。熊书芳也就装着从来没发生过此事，在钱海面前从此不提这事。

熊书芳在县里也没什么靠山，他爱人在偏远乡下学校当老师，每周只能双休日回来，也没有怀上孩子，一心想把爱人调到县教育局机关。调动报告打过几次，他给教育局长裴文光送了钱，也给李来爱人送了钱，可裴文光和李来就是不签字。他一次又一次找裴文光，裴文光说，他没问题，只要李县长点头，他马上调人。他一次又一次找李来，李来对他客气地说，裴文光有难言之处，以后找机会调。调的事情就放下来了，他爱人骂他无能。

秦柳的爱人是政府办主任科员，他确是李县长手下的兵，多年苦干活，干苦活，写不完的材料，加不完的班，一直等待头上给戴个"帽"。但要提拔，没有李县长开恩，那比登天还难。

熊与秦，都有求于李来的现实问题，他们的心里在"转圈"：是与他为伍，与钱海对着干，还是坚守良心？他们一时不知道怎么办好了。

李来问胡腾娇：熊与柳的材料写得怎么样了，你告诉他们认真细致的写，不能应付。

胡腾娇对熊书芳与秦柳说：钱海的问题材料，李县长等着要呢，你们可得认真细致的挖掘，别写那些鸡零狗碎的事，要写那些"用得上"的材料，这可牵扯到李县长高兴不高兴，对你们满意不满意，不要让他失望啊……

29

　　熊书芳与秦柳商量，如何搞钱海的黑材料。秦柳说真不想干这事，熊书芳也说不想干这样的事。秦柳对熊书芳说，即使她一辈子当不上副局长，即使她老公一辈子得不到提拔，她也不愿打钱海的"黑枪"；熊书芳也说，他宁可给李来送钱，宁可给李来当牛做马，也不愿意做这样的事；但不写怎么会过关呢，李来和胡腾娇等那帮人，是得罪不起的。不写，就等于得罪了他们。得罪了他们，不要说提拔，就是现在的职位也很难保住，那她今后就没好日子过了，那她老公就更没好日子过了，就等着挨整吧。

　　熊书芳与秦柳商量这"材料"怎么写，写什么？熊书芳想把打初稿的事，交给秦柳，可秦柳说她也不知道怎么写，她最怕写东西，写东西就头痛。

　　怎么写，写什么？熊书芳装蒜，秦柳不接话题，熊书芳和秦柳都要往后溜，彼此顿感头大了。

　　他们知道，钱海干净得很，找不到什么问题。钱海严谨细致且按规矩办事，每笔款子的拨付都合规，尤其在清理"小金库"和推进财政改革上开了山川县历史先河，功劳显著，不但是称职的财政局长，还是个优秀的财政局长，应当整先进典型材料，找他的问题，上哪里去找？

　　熊书芳叫上秦柳找胡腾娇诉说钱海材料难写。熊书芳把钱海当财政局副局长、局长，乃至在财政局工作以来的情况，给她说了一遍。

　　胡腾娇听了恼火地说：李县长不是找你们写钱海的英雄模范材

料，他要什么材料，你们很清楚！

胡腾娇给他们透露了一个情况：最近县里要在财政局调出一个排名在你前面的副局长，你熊局长自然就成为"二把手"了，那下面提拔正职就有了资本。财政局副局长的位置，虽然竞争的人多，秦股长你还是有可能的。

熊书芳听胡腾娇口气，这是李来的原话。

熊书芳着急地问秦柳：怎么办好？

秦柳还是不接话。她真不知道怎么办好。

胡腾娇说：你们俩要写快点，别磨磨蹭蹭的。

秦柳往后缩，让熊书芳心很堵：这"材料"你秦柳不参与，那不就成他熊书芳一个人写的了吗？这不是"晾"他熊书芳吗？自己毕竟是个副局长，是你秦柳的领导，叫你写，你总不能不写吧！

熊书芳对秦柳板着脸说：你先下功夫写个初稿，我来补充。

秦柳看熊说话的声调都带着火味了，只好说：我想想再说。

熊书芳看秦柳还在推托，想来他写初稿是无论如何也逃脱不掉的。写这黑材料，没有丁点素材，顿感成了块压在他头顶上的大石头，扔不掉，扛不住，不知道怎么办好。熊书芳想到了聪明的老婆，他想只能与老婆商量办法了。

熊书芳老婆听了李来给她老公设的这局，也都头大了。他们夫妇，是有求于李来的，熊书芳在求李来调动他老婆，但李来还没给他办。熊书芳老婆分析的结果是，不写这材料，她从乡下学校调教育局的事，定是泡影。她给熊出主意，要么拖着，要么先给李来提出她调动的事，先办了再说；或者搞一份鸡毛蒜皮事的材料，既不太伤害钱海，又不太得罪李来，又能交了差；或者干脆交代给秦柳去编，她编成什么样，就什么样，一旦钱海知道了，你没写一个字，清清爽爽，也有个退路。

熊书芳对他老婆说：你这是聪明过头了的想法。找李来批你调动的事，教育局是李来主管，你不写这个材料，李来会给你签字吗？你调动报告的领导签字，找谁都绕不过李来，这事办不好，不仅你调动的事泡汤，我今后提拔也别想了。再说，胡腾娇给他们俩写黑材料是有期限的，你说给李来提出先调动你的事，再写材料，亏你想得出来，这是要跟领导做买卖啊，那非惹火了李来不可……让秦柳写，让我把秦柳写的材料一个字不加交给李来？秦柳会干吗？李来会干吗？他们都不是傻子……

熊书芳说老婆你异想天开的想法，实在是幼稚无比的主意。夫妻俩商量了一夜，烦恼了一夜，心里火烧火燎了一夜。

熊书芳想来想去，又回到了问题的原点：拖着不写，不是办法；躲是躲不过去的，不写就是找死。

这一夜的痛苦思索，来回折磨熊书芳的不仅仅是写不写的问题，而是比写不写更为苦恼的是写什么。这让熊书芳不光是烦恼，而是十分恼火，拿什么写，一点线索都没有。唉，要从钱海身上找出李来这个王八蛋"用得着"的材料，真他妈的太难了。而难写也得写啊，就是瞎编也得编呀，不瞎编怎么写？还真得瞎编。怪你钱海倒霉，不让你钱海倒霉，他熊书芳就得倒霉。甚至于说，即使写了这份黑材料，钱海也未必倒霉，但他要不写这黑材料，他熊书芳必定倒黑霉。

熊书芳还想到一个很重要的问题，这材料反正得写，那么写得越快越主动，李来就越高兴。他恨不得马上到天亮，马上上班，即刻找秦柳，找个地方好好商量一下这个黑材料写些啥。也许秦柳掌握钱海的事情更具体一点，他们在预算部门一起工作了很多年，不会找不到钱海哪怕一丁点以权谋私和贪污受贿的事情？即使找不出问题，那也得挖地三尺找出事来。他不相信，钱海的屁股干净得一尘不染？他坚信，钱海不会一点"事情"没有。他要写好材料，交给李来，趁热打铁，给李来提出调他老婆的事，李来大笔一挥，事就办成了。熊书芳想到这里，心里横下一条：黑着心写，也要尽快写，而且要写得让李来满意。

今天的熊书芳根本不会有时间与秦柳见面并商量写钱海黑材料的事，他忘了，他得带财政局有关股室人员，要分别参加县里好几个会。他还在上班路上，财政局办公室主任就发短信提醒熊书芳，先参加财政局临时召开的办公会，再接着参加其他几个会。熊书芳一进局，拿上本就进了会议室，出了会议室又直奔劳动局，下午还有会，还有省财政厅来人接待的事。他这一天的任何时间里，都想找秦柳，要把写钱海材料的事给秦柳交代了，但他抽不出一点时间找秦柳，急得他老是感觉憋尿。他急切地开完会和接待完来人，虽已天晚，赶忙回局里找秦柳，秦柳一般加班到很晚才回家。可不巧，秦柳下班后随县长去了市里开会。熊书芳想秦柳与县长一起，接电话不方便，就发短信给秦柳，秦柳回复说她在市里。熊书芳不相信，又问她说，你怎么会去了市里呢，你赶紧回来，我在等你，今晚多晚我们也得碰一下。秦柳回复说，今晚回不来，要与县长明天参加个会，明天能不能回来，要看县长还有什么安排。

熊书芳的老婆打电话问他：让秦柳写材料的事说好了吗？

熊书芳急赤白脸地在电话喊：回头再说！

已到晚上十点多了，熊书芳忙完所有的事情，他要今晚务必给秦柳把写钱海材料的事交代了，否则明天他要陪财政厅的人下乡调研，那得好几天，写材料的事又得耽误好几天。他给秦柳发短信让回电话，秦柳回电话说：我在陪李县长、客人吃饭，还没有结束呢。

熊书芳说：我现在开车赶到市里，你住哪个酒店，我们今晚得见个面，商量一下"那个事"，因明天我要陪财政厅的人下基层得好几天才回来。

秦柳说：你赶过来太晚了，你累我也累。

熊书芳说：晚了也没事。

秦柳对熊书芳说：不差几天时间，等你下乡回来再说也不迟。

熊书芳生气地把电话挂了。

也就是昨晚，秦柳与丈夫小孟对如何写钱海的黑材料，探讨到了很晚。小孟的观点是，这个揭发材料要写，要尽快写，而且要写得让李来非常满意才是。你怕什么？钱海今天是你的领导，明天下台就不是你领导了，李来让他下台，你写不写这个材料，他下台也是迟早的事；你还念与钱海关系不错，真是太幼稚了。你的预算股长，是老局长提拔的，不欠钱海什么，他当不当局长，对你无关紧要，而要紧的是你这个预算股长能否提拔，也要紧的是他这个机关"大头兵"能不能很快挂个"长"，有了李来这个靠山，后面的路就畅通了；李来就是你我以后的靠山，只要你秦柳写了揭发材料，哪怕是假的，只要钱海下台了，李县长和他那些亲信，会把你秦柳当成"自己人"，这样不仅"靠"上了李来，也进了李来的"哥们"圈，我俩往后在山川县，还有什么事可难住的，这事值得冒险。

秦柳对小孟的想法非常反感，她朝小孟踢一脚，愤怒地说：亏你说出这样的狗屁话来，你想当官想入魔了，想当官连脸也不要了，无耻透顶……我宁可一辈子不提拔，也不搞什么黑材料。现在不给钱海搞，今后也绝不会给别人搞！

小孟说：让你做这么点事，你就火冒三丈，就算是你不是为自己，是为我，为我付出一次总可以吧！你女人家不升级不当官没人不把你当人看，可男人就不同了，我都三十多了还是个大头兵，你知道我有多难受吗?!

秦柳说：你要有本事，早提拔了；当不上领导，别怨没找到歪门邪道！

小孟说：有的人的老婆，为了老公什么都甘愿去做，甚至愿意给领导奉献"身体"……

秦柳大火：亏你说出这样的"王八蛋"东西的话，连戴"绿帽子"也不在乎，简直混蛋透顶了！

秦柳一句比一句话火，小孟赶紧改口：我就是表达个意思，谁让你给领导奉献身体去了，用自己女人身体换来的官，那不就真正成了"乌龟王八蛋"了。我宁可当"大头兵"，也不戴"绿帽子"……但这次李来找你们写钱海的材料，是一次走进"李来圈"的很好的机会，你要把握不好这次机会，你就把我前程毁了……

秦柳说：你是你，我是我，我要是不做这黑良心的事，就把你前程毁了，简直是胡说八道！

小孟说：我不是吓唬你，你要是把李来得罪了，后果会非常严重。你不写，就等于得罪了他。不得罪李来，尽管他不搭理我，他也不会整我，你得罪了李来，不但失去了与他好的机会和这个靠山，不但他会整你，还会整我。这样的结果，那就把我害惨了，那我在县政府没法待下去了，我就辞职不干了，甚至我会去死……

小孟的话，秦柳听来有些道理。小孟大学毕业到政府办一干十多年，别人差不多能提拔的，比他资历浅的，大都提拔起来了，可提职就是轮不到小孟。职务动不了，想调也不好调。如今，比他资历浅、年龄小的当他上司，交给他的是写不完的材料，加不完的班，况且还受气。两年前，小孟得了抑郁症，住院治疗了很长一段时间。一个得了抑郁症的让人讨厌的人，又没有人给说话，提拔自然没戏。去年提拔又没他的事，他差点跳楼自杀。小孟说他会辞职和死的，秦柳相信他会辞职，也相信他会想不开。一想这后果，秦柳浑身冒冷汗。

秦柳在痛苦中沉静下来，苦想究竟写不写，她实在下不了决心。但她感到，这黑材料不写是绝对不行了。不写，李来从此就成了她和她老公的"死穴"；不写，熊书芳不干不说，还一定会对她怀恨在心；不写，老公的处境和后果不堪设想。这真是逼良为娼啊，她秦柳怎么这么倒霉，摊上李来这烂人，摊上老公这无能的东西……摊上钱海这么个又找不出毛病的主……

此时，要紧的是尽快写出材料交给李来，不单是熊书芳了，秦柳的老公着急，便使得秦柳与熊书芳一样着急了。熊书芳在下乡，她打他几个电话，没接。接着打，熊书芳接了。熊书芳同秦柳一样急，说他昨天在下乡的路上，接到胡腾娇的电话，问他材料写得怎么样了，"领导"在催要呢，他撒谎说，请胡局长告诉"领导"，已经写好了，但还得补充修改一下，请李县长放心。秦柳说，她也正急材料这事呢！熊书芳说，那你先写初稿吧，当然一气呵成更好，最好写好不用我动笔了。秦柳说，我可不知道写什么，写什么你得教我呀。熊书芳说，那就等两天我回来一起弄吧。秦柳说，你快点回来啊！

熊书芳纳闷，秦柳一直躲躲闪闪的，今天怎么着急了呢？

30

　　这世上的事情，只要跟自己的利益有关，跟自己利害相关，那一定他比谁都着急。写钱海黑材料的事，最着急的是秦柳，而最最着急的是秦柳的老公小孟。那晚的吵也好，商量也罢，着实让秦柳心落沉石般焦急，早一天扔出去这个"烫手山芋"，早一天解脱。

　　早上出门，小孟对秦柳说：今晚晚饭你不用做，我来做，你早点回来闭门写钱海的材料。

　　秦柳说：我不知道怎么写，也不知道写什么，还是等熊书芳下乡回来商量完再动笔。

　　小孟急了：李来在催要这材料了，要等熊书芳回来还得好几天。千万别让李来再催要，再催要即使你写得让他有多满意，那他也对你们的主动和真诚打问号了，甚至你干了也白干，这是李来的性格特点。这事我看一刻也不能耽误，更不能靠熊书芳，熊书芳那个滑头是不会动笔的。你先写个八九不离十的初稿，给他加工，能尽快交李来就尽快交，越快越好，这样李来就不会不高兴。

　　中午，小孟等秦柳回来，秦柳有应酬没回家吃饭，急得小孟如热锅上的蚂蚁，一分钟都难挨。下午一上班，小孟给秦柳打电话，催写材料的事：你脑子要不停地构思，下班快点回来写啊！

　　小孟把秦柳催得喘不过气来了，秦柳心在冒火。

　　这一天，秦柳跟钱海、张美玉开完一个又一个会后，在预算股商量预算改革的事。秦柳与钱海一起商量事，她出现了从来没有过的心烦意乱，甚至脑子常常一片空白。钱海好几次问秦柳话，秦柳不是跑神，就是答非所问。钱海没有怪怨她，且安慰她说，看你脸色不好，好像没有休息好，今天你就不加班了，早点回家休息吧。

预算股和其他几个股室人员在加班，钱海催秦柳回家休息，秦柳不走，钱海又催她，秦柳说她忙完手头的几件事再走。钱海兄长般的关心，不是偶尔的关心，是长久以来时时处处的关心，这所有的关心都印记在秦柳心里。而今晚钱海的关心，在钱海来说是自然和再正常不过的事情，却让秦柳感到无地自容。她想加班，她不想回家，她讨厌回家，回家小孟就得逼她写那材料。此时，秦柳越发感到，就是天塌下来，她也不写这个材料，绝对不能做伤害钱海的事。

早已过了正常加班时间，小孟打电话催她，不是催她，是急了：怎么还不回家，什么事情有比那件事重要?！秦柳说"忙着呐"，就把电话挂了。钱海又催她马上回家。秦柳说，还没有忙完。秦柳就是拖着不回家。快到九点了，小孟又打来电话催秦柳，一次次电话里，小孟的嗓门那么大，让秦柳感到丢人，但又不敢发作出来。钱海给秦柳下了死命令，"就是再要紧的事，也立刻放下，马上回家"。秦柳磨蹭半天，她是怕小孟接着打电话催她，她只好回，但她的腿像灌了铅似的，回家从来没有像今天这么沉重。

秦柳回到家，小孟做好饭一直在等她，女儿已经睡了。秦柳没胃口，不想吃饭，小孟就催她去写材料，说：等你想吃时再吃吧。

秦柳只好去书房。去书房，秦柳也只是给小孟做样子而已。她想她是绝对不会写这个材料的，而为了家庭一时的平静，她只能装作写的样子。可"写"到深夜了，秦柳没写出一个字。小孟等着看她写的材料，已到凌晨一点了，小孟在沙发上都睡一觉了，秦柳还在"写"。小孟到书房看秦柳写得怎么样了，秦柳却趴在书桌上睡着了，稿纸上没写出一个字，电脑上也没有一个字，她一个字没写。小孟又气又心疼，急忙叫醒秦柳，拉她去卧室睡。秦柳太累了，躺倒就睡着了。

第二天清早起床，小孟问秦柳：昨晚你怎么一个字没写啊？

秦柳说：不知道写什么好，没什么可写的，实在写不出来。

小孟气呼呼地上班去了。

晚上，小孟给秦柳一份材料，标题让秦柳顿时眩晕，《关于钱海问题的材料》。再看内容，罗列了钱海导致山川县经济发展造成损失的罪状，罗列了钱海利用职权给亲戚朋友谋私的罪状，罗列了钱海搞婚外恋与财政局某干部乱搞男女关系的传闻，等等。秦柳粗看就头上冒大汗，所有的罪状，都是影无踪，像是在写小说故事，离奇而荒谬。

秦柳问小孟：这些材料是从哪里来的？

小孟说：当然是有人写的。你不是没时间写，也写不出来吗，有人给你代劳了。

秦柳再仔细看这材料，越看越让她浑身冒汗。这条条"罪状"，写得有鼻子有眼，时间、地点、人物、现场、事实，甚至还有对话等，细节很细，事实很实，像做了深入调查和当事人的控诉。这样有声有色的材料，不了解钱海的人，在没有调查核实这些事情的情况下，谁看了谁不相信也难。

秦柳从参加工作到财政局就跟钱海一起，她太了解钱海，什么给山川县造成重大经济损失，什么给亲戚朋友以权谋私，什么乱批资金，什么乱搞男女关系，都是过去被否定过的胡扯，却又被加工虚构了莫名其妙的内容和相关情节。

秦柳看完材料，她像被人侮辱了似的，火冒三丈地把材料猛然扔到小孟脸上，吼叫般地问他：这材料究竟是哪里来的，是不是你写的?!

小孟对秦柳的激烈反应，非常吃惊，他也高声大嗓子地对秦柳嚷道：是我写的怎么了？你是"狗咬吕洞宾——不识好人心"!

秦柳又嚷道：你这是在写小说，是写一个有名有姓人的缺德小说!

小孟很委屈地说：你为了钱海何必跟我发这么大火！写钱海的材料，不胡编乱造，能写出来吗?! 你写不出来，我只能帮你写，我写它写得头晕眼花，写得要吐血了，你应该慰劳我才行，反而这副德行，真让人受不了!

秦柳平静一会儿，轻轻地对小孟说：对不起，我很烦，非常烦，从来没有一件事让我这么烦过；我对钱海很敬重，让我对一个很敬重的人扣"屎盆子"，我的心里能好受吗!

小孟说：你心里不安，你心里不好受，我知道。我也知道钱海除了不怕得罪人，其他没什么问题，要找出钱海的拿得出手的事不可能。不可能也得写，但你不写，我写，而不这样写，又能怎么写呢……

小孟写的材料，让秦柳的心着实颤抖，她感到这材料太可怕了，如果写这样恶心的材料，那还不如把她杀了。秦柳已打定主意，决定无论结果如何糟糕，不写这缺德的材料。

李来让人写钱海黑材料的事，很快让张美玉知道了。

张美玉是这样知道的，招商局办公室秘书小鞠给胡腾娇送文件，刚到胡腾娇门口，胡腾娇给什么人打电话：……你们要抓紧写钱海的材料，李县长催了好几次了，写好了马上送我，可不要让李县长再催了啊……

小鞠跟张美玉很铁，小鞠知道张美玉深爱钱海，加上她非常讨厌胡腾娇，她就把听到的这半截话，告诉了张美玉。张美玉为了不给钱海添烦，这件事就没告诉他。

张美玉想她现在要做的，是不能让李来的策划成为现实。她要全身心帮助钱海坐稳当财政局长这把交椅。

清理小金库和国库集中支付改革已近尾声，下面马不停蹄要做的事是，继续推进部门预算、政府采购改革。这些改革，是前面几任财政局长的渴望，更是财政人的梦想，可惜他们都没能推开。不仅没有推开，而且因此还付出了沉重代价。老赵局长把这些改革的希望，寄予钱海身上，虽然退了位，还给他经常出主意，使得改革走得还算稳当。

说财政改革是财政人的渴望和梦想，是因为中国的财政人，看到了西方财政管理的文明与进步。几任财政部长都给财政人讲这个例子：发达国家政府的客人来华访问，我们接待花多少钱，提前是没有政府预算的，陪同人员也没限额，用餐费用也没标准，花多少报销多少。而在西方发达国家，接待陪同人员却有限额，接待费用也有预算，没有列入预算接待的人员自己解决用餐。没有预算，即使客人到了餐桌，也不能安排用餐。没有预算不能安排是铁板上钉死的，哪怕一个人的餐费，就连总统也没办法临时解决。西方预算管理的严格、花钱的规范，一切都按规矩来。这核心是预算在先，批准预算在前，花钱在后，没有预算的开支，自己掏腰包。人家是发达国家，没预算，连一个人的饭都无法解决，这与中国普遍化的花钱没预算、预算大概化，花钱领导说了算，不是制度说了算而是个人说了算的预算管理，有着天壤之别。人家富人勤俭朴素，而我们"穷人"却大手大脚的，这让财政人的神经大受刺激，这也是财政人急切改革预算管理的动因所在。

这些先进的预算管理，与自己落后的预算管理，不断刺激着财政人。所以财政人对预算改革有着强烈的冲动。改革的结果，当然是财政人吃苦受累，当然是国家和人民受益。财政人就是追求这样的价值，在这样的追求中，堵住的是流入黑洞的钱，铸起的是约束"伸手"的笼子，有权的人没几个人高兴，因而财政人要付出巨大的身心代价。

钱海当然深知财政改革带来的痛苦，更知道财政改革改好或改不好，有可能把自己头上"帽子"改得丢掉。李来等诸多人不喜欢钱海，讨厌钱海，要撤换掉钱海，不撤换钱海不罢休，这一切的动因，是改掉了人家的权力，也改掉了人家的利益，这就是财政局长搞改革付出的代价。而偏偏钱海又不想做"四平八稳"的财政局长，更不愿当为别人拿钱的"账房先生"，他要让先进的预算管理方式，使山川县的钱花得明白，花得规矩。当然，要达到这一点，那该有多难，那是要过"五关"、斩"六将"的，也可以说是要上"刀山"，还要下"火海"的，这一点钱海非常清楚。而山川县财政的改革，却仅仅是开头，路还很远。

虽然清理"小金库"和国库集中支付改革，也让沉淀在各部门的资金不再睡觉，解决了新区建设一部分资金，缓解了山川县财政的某些困难，而山川县的财政困难，要靠深度的财政改革来杜绝浪费和靠挖掘潜力才能解决，还得以快速解决的办法才能奏效，更得靠建立自己造血功能才能财旺。钱海感到当务之急，是如何从省和中央部委争取更多资金缓解县财政困难，另外就是如何加快招商引资和发展特色产业，让更多的税填进财政的钱袋子。

取消了"攻关费"，钱海请北京和省市有关部门的领导、专家与山川县互动，尽管也解决了一些信息不通、政策不明、对接无门的问题，也在争取资金和项目上见了一些效果，但不能立竿见影，更多的项目和资金，只是一个目标和承诺，需要有人不停地推进和争取。也就是上面很多政策是模糊的，有些资金和项目，给你也行，给他也未尝不可；要给你，即便不沾边，找个理由也能给。至于项目，更是细如发丝，多如牛毛，且审批权都收在部委和省里，如不跑要而坐等，不是干等就是白等。因而，争取，就得做足"争"。争取，就是竞争，甚至是抢，与更多贫困县竞争，与更多的地方抢夺。那是谁跑得勤，盯得紧，"咬"得准，关系深，抢得快，谁就争取成功的可能性大，谁就得到的更多一些。而争取成功的核心力，较量的是"关系深"。要关系深，得吃喝，得送礼，得送钱，否则你就是跑断腿，也不会有多大效果。所以，前段时间在与部委和省里的对接，虽来往密切，但关系深不下去。招商局、交通局、农业局和水利局等部门跑项目的人，跑了几次，又不跑了，说总不能让我们拿自己的工资送礼吧。还说，跑上面两手空空见人，是既不礼貌又很丢人的事。还说，没有"攻关费"的"攻关"，是钱海折腾人的"瞎子摸象"式损招！于是，怨声载道，骂声震天，把钱海八辈子祖宗都骂进去了。

　　对接了不少部委和省的部门，也与一些管事的人建立了联系，争取项目和资金却仍劳而无功。在县经济形势分析会上，大家几乎都在指责钱海。把县里经济形势不好的责任，几乎归在了不送"好处"不送礼上。几个月来县里招商引资成效确让钱海出乎意料，跑了许多天，成效很差劲。

　　钱海在责骂声中也迷茫了，是他钱海想得太单纯了，还是争取项目和资金中情况确实复杂？难道送礼、送钱，真是国情、行情、世情、风气、惯例？钱海想来思去，他认为问题不一定出在不送好处不送礼上，问题主要出在我们跑项目资金的人，没有"油水"没动力上。

　　大家又扯到了"攻关费"上，又把"攻关费"提到了非解决不可的程度。

　　钱海说：不送钱办不成事，没礼品见不了面，这是对上级部门的误解。我要说的是，花大笔"攻关费"跑下来的项目和资金，破坏的是财务规矩，败坏的是社会风气，这样得来的项目和资金，代价太大，"病菌"太多，没太多意义……

钱海的这话一出口，遭来了一片责骂。有人骂他是"一根筋"。

"一根筋"就是钻"牛角尖"，而钱海并不是"一根筋"，坐在会场的大多人都误解了他。都认为钱海把花公家的钱看作自己的钱一样要命，实际并不是这样。他逼迫取消"攻关费"也好，或者他反对"攻关费"开支也罢，是因为这笔钱花得不规范。钱海的最低底线，也是所有财政局长理财的最低底线，不在于花多少钱，而在于钱花得是不是规范。不规范，是他财政局长的责任，是低级错误，是不负责任的行为。钱海知道，要让山川县大多数机关干部明白和理解这一点，是很难的。很难，是因为花钱不规范是普遍的，讲规范却成了不顺眼的事。他要让所花的每分钱"规范"，那在山川县必然是众矢之的。钱海更为清楚，要解决这一点，那得使规矩真正成为大家意识才行，否则误解是无法消除的。

这不，李来副县长对钱海的误解又加深了。在没当过财政局长的李来眼里，在李来这些从来都把国家的钱当作"唐僧肉"的人眼里，在李来这样没有规矩和讨厌规矩的人眼里，李来与钱海的矛盾就是一个要讲规矩，一个不讲规矩的矛盾。设"攻关费"是不要规矩，而不设"攻关费"是要讲规矩，在山川县没有争取到项目资金的情形下，李来当然会把这个责任归到取消了"攻关费"上，归到钱海的不得力上。这不，李来找书记、县长汇报争取项目和资金现状，当然县里经济非常不好的现状是明摆着的，以此贬低钱海，他有的是充足理由。

李来对书记、县长说：钱海的主意，看起来热闹，请来了中央部委和省市的人，对接上了县与上面有关人员的关系，也得到了很多信息，跑项目和资金的人忙得不亦乐乎，可认识归认识，跑归跑，而关系就是深不下去，事情就是办不成。什么原因？不是跑项目的人不卖力，而是见面都是两手空空的"绣花拳"，实为"空手套白狼"，谁给你帮忙！

自从"攻关费"出事，书记、县长被省市领导大会讲、小会批，大会小会做检查，丢尽了颜面。一想起"攻关费"这事就头痛，谁要提"攻关费"就反感。李来感觉到书记、县长为此事烦心，而李来占着与副省长不太硬的关系，却在心底里并没有把书记和县长放在敬畏的位置。李来的个性，也不是他的个性，是他养成了一个在山川县狐假虎威的毛病，他李来是做大事的人，是不达到目的不罢休的人，具体到对待钱海也一样，不把钱海弄下去不会罢休。这就是李来的愚蠢。书记、县长反感他的这愚蠢。李来知道石书记烦他提钱海，更烦"攻关费"，但他还是要说。他抱着自己是常务副县长的身份，是管财税副县长的身份，他认为在这个问题上，他没有必要看石书记的脸色。而李来没想到，他一提"攻关费"和钱海，书记不仅烦，书记的怪异更让他吃惊。

石书记说：你们是不是把上级机关的领导干部看得太灰暗了呀，为啥一提跑项目和资金，就绕不开"攻关费"和"红包"、礼品什么的？在我来看，钱海前段时间请人来讲政策、对接上下信息的办法，路子非常对，也是正路子。这个路子是慢功夫，是管用的太极拳，关键是要动脑筋怎么把这太极拳打好，打好了照样会取得效应。我也支持钱海的主张，要花大价钱去找项目和找钱，还不如不找。找这样的项目和资金，风险太大，浪费太多，坏了干部，也坏了风气，没多大意义……

石书记这番话，让李来既意外，又感到了他极其虚伪的一面。在李来看来，石书记心里想的绝对不是这样，他根本不想取消"攻关费"，他太需要"攻关费"了。他有那么多的关系要"打理"，还要铺垫新的关系路子，还要办没完没了的私事。往年，仅他就得用掉几十万的"攻关费"，而且每年有增无减。

让人气愤的是，他花这么多"攻关费"，自己不留痕迹，都让下面人办稳妥了，要么替他送，要么分别带他们去送。如今，"攻关费"被上面查处，又装出一副正人君子的样子，说出这样言不由衷的话来，让李来很是反感。而李来清楚，石头儿反感的不是提"攻关费"，反感的是他提了钱海。反感他提钱海没事，反感的是他又提出要撤了钱海的财政局长，提出撤了钱海财政局长也没多大事，反感的是他李来偏偏不提名他外甥。他外甥接任不了钱海财政局长的职位，那么提撤钱海财政局长的话题他就反感。

面对石书记正人君子的训话，李来感到再说什么，都是惹他讨厌，转了个话题，说别的事了，总算不太让石书记和自己尴尬。

从执意提拔钱海当财政局长，到后来几次提出撤换钱海，几个回合下来，李来对石头儿的愤恨在加重。但李来非常清楚自己的位置，尽管自己是常务副县长，在石头儿眼里，分量与他副县长的身份不相称，尤其在财政局长选任和调换上，石头儿为了打好自己外甥的如意算盘，如此霸道，使李来感到他与石头儿的矛盾在加深，而他又不敢当面闹僵，毕竟他是书记。而李来是下决心要在财政局长撤换这件事上，与石头儿较量一下的，他感觉他有这个实力与石头儿较量一下。他一想到除了副省长的关系，近来又与市委书记建立"亲切来往"的关系，他觉得他这个常务副县长，不是什么"软柿子"，你石头儿想捏就捏的主。再说了，他实在讨厌这个钱海，不听"使唤"不说，还在清理"小金库"等查账中找"事"，这样的人让他继续坐在财政局长位子上太危险了，不等哪天，他"翻腾"出"事"来，还不把他"送"进去？想到这，李来本来已有早搏的心脏，感觉跳得更乱了。

在撤换钱海问题上，石书记当然意识到了钱海继续当财政局长给李来带来的不快，也意识到了他外甥当财政局长会给李来带来的恐慌，断定李来一定会拼一把，既排斥他外甥接任财政局长，又要把钱海尽快换掉。

李来的复杂因素，还有他石头儿一心要让外甥等段时间接任财政局长的谋划，使石头儿不得不选择先全力保住钱海，不使财政局长交椅落到李来亲信的屁股下。

石书记和李来，有了这样的较量，石书记时时处处支持钱海工作，也常常在大会小会表扬钱海，也给钱海"支招"，从而化解了"攻关费"带来的对钱海群起而攻之的困局。

书记和县长让钱海到外省市考察取经"招商引资奖励制度"。钱海和县招商局等部门的人跑了好几个地方，实际也就是学人家如何设立奖励资金，采取什么样方式奖励，把商招来，把资金引过来。这核心的奖励政策，是要拿钱奖励，奖励给招商引资有贡献的个人，多的奖励要达到几十万。重赏之下，使机关干部有了"挣工资一辈子，不如招商引资"一下子"的冲动。有些地方机关干部把工作放到了一边，发动亲戚朋友齐上阵，四处招商，到处找钱。有的还真喜从天降，一下子得到几十万元的奖励，很多干部还真把工作不当回事，挖空心思招商引资去了。这重金之下人人招商引资的阵势，使钱海觉得很不正常。

钱海取回了经，是不是真经，他不敢肯定。他给书记、县长直言说：这样的奖励经，好像都念歪了，实在不可学。

书记说：你钱海总是让人奇了怪了，这招商引资奖励政策，各地都在当作经验的推广，你怎么说他是"歪经"；凡是花钱的事，你都怀疑，是不是你脑子出什么毛病了?!

钱海还想把这样重金奖励机关干部招商引资的危害，给书记往透彻里讲，可书记已是半句也不耐烦听他说了，对钱海说：难怪别人那么讨厌你，什么事情要从你财政局长的角度办，或者以你钱海的思维方式，那什么也就别做了。我看啊，你可别不识好歹，"攻关费"被你搞掉了，招商引资奖励制度你又反对，你真是要找死啊……山川县的招商引资要从你这"冒泡"，那我和县长真是救不了你了。你马上按照外地的经验去做你财政该做的事，不要再啰唆了!

县长也是这个意见。

钱海还能说什么，那就照书记、县长认定的经验，做他财政该做的事。

山川县的招商引资奖励制度，几经讨论，所有的县领导都认为：舍不得孩子套不回来"狼"，并一致确定：招商引资加大奖励幅度，重赏之下必有勇夫。别的地方给予最高百分之二十的奖励，山川县给予百分之三十奖励。奖励上不封顶。不管是谁，只要招商投了资，找钱到了账，一律现金奖励。

这个奖励制度一公布，同其他地方一样，好似兴奋剂，使领导干部少有的兴奋，连机关里临时工和看门的老头也兴奋，连校长、老师也兴奋，连老板和无业游民也兴奋，几乎全县有点社会关系的人，都兴奋起来了。人们都在兴奋地盘算，一百万就给奖励三十万，两百万就是六十万！这么多奖金，前者那可是在机关工作差不多半辈子的工资，后者是在机关事业单位一辈子也挣不到的钱！有了这么多钱，还上什么班！有人想得更兴奋，如果引来一千万或一个亿，甚至更多，那不成大富翁了吗！

好事总是众人推。很快，全县给各单位分配了招商引资指标。不但分配了指标，还把指标当作领导干部晋升提拔和当先进的标杆，完不成招商引资任务的，领导干部要在提拔等多方面受影响。

这分配招商引资的硬指标，加上给予重奖的招数，像一块扔在深潭的巨石，更像一股飓风，让有关系和无关系的人，让领导干部和普通百姓，都有了发财梦，都与自己前途命运和幸福生活挂起了钩来。一时间，领导放下工作跑招商，机关干部职工上班和下班都在忙招商，找不到关系的老师把任务交给学生让学生找家长招商。招商成了山川县满城风雨的急事。你找关系，他找关系，亲戚找亲戚，朋友找朋友，同学找同学，熟人找熟人，县里找，市里找，省城找，京城找，四面八方找，能找的关系全找，能找到的老板全找。

山川县的招商，官员百姓一起上，亲戚朋友一起上，老少妇孺一起上，全县几十万人，如火如荼搞招商。招商如爆炸的辐射波，迅速冲到了四面八方，找领导、找亲戚、找熟人、找老板，找多少年不联系的和那八杆子打不着的远方亲戚，找到了全国角角落落，还找到了中南海。找到中南海不奇怪，因为山川县在京城有好几百姑娘当保姆，也有给大领导当保姆的。保姆的家人给做保姆的招商任务，保姆就请主人帮忙，主人不帮又怕保姆不高兴，帮又很为难，有的就给家人下任务，就给省市领导打电话，要求取消了保姆家的招商指标。省市领导接到上级如此的电话，当然是满口答应"取消招商指标没问题"，而却气得直骂山川县书记、县长给他们添麻烦，招商引资竟然招引到了大领导家里，真不像话！

书记、县长受到上面领导的责骂，很是窝火。不是你们大会小会提招商引资吗？不是你们讲话文件都要求"挖掘潜力"招商引资吗？仅仅是保姆给你们添了点麻烦，你们就厌烦到这种程度！

山川县是穷地方，虽有矿产，区域却没啥优势，这全民皆兵的招商，虽声响很大，力量空前，招商引资的信息搞来了不少，可落在地上的商和资，除了煤炭、水泥、石灰和粮油、皮货加工，没什么大的利润和科技含量高的。

这情形，这下达指标的荒唐招商办法，收获甚微，却骂声连天，使书记、县长挨了不少骂。很快，县里下文件取消了下达的招商指标。

虽然招商效果不佳，但引资却不断出现爆炸性消息，尤其是领导干部，有得天独厚的人脉关系，以各种渠道引来了可观数目的资金。胡腾娇引来一千万元资金，李来引来四千万元资金，张副书记引来五百万元资金，石书记引来二千万元资金，还有财政、发改、农业、水利、环保、林业等局领导干部和学校老师，也引来数额不等的资金。财政局钱海、张美玉、秦柳都有一千万元左右的资金引来。

引来这么多资金，是大好事，县里文件白纸黑字写着奖励规定，百分之三十的现金奖励。

按照之前规定的奖励标准，一旦奖励兑现，那真是发大财了。除了石书记和钱海，都在催促立马兑现奖励。

奖励牵扯到李来，他的引资款已经到账。他的这笔资金，来得容易。有人找副省长想在燕河县投资搞石材和水泥生产，正巧李来去看副省长，副省长家里坐着个老板，也在等副省长。他们聊起来，老板听他是山川县常务副县长，又是副省长家常客，便套起了近乎。说，他在燕河县投资搞石材和水泥厂，请李县长也在山川县多多支持。李来顺嘴就说，你来山川县投资吧，有什么要求尽管提。老板与李来彼此感觉很好，见过副省长后，晚上吃了顿饭，两人就成哥们了。再后来，老板到山川县考察几次，李来给的条件很优惠，利润与县厂七三分成，也就是老板七，县厂三。这样的条件，就等于县厂帮老板在赚大钱。老板当然也看到了有人给他透露的山川县引资奖励制度，尽快投资等于给李县长送了一份厚礼。老板很快就把与县石材水泥厂合作开发石材和水泥投资四千万的合同签了，资金随后全部到账。李来对此兴奋得欣喜若狂了。

李来多么希望钱海马上把他的钱兑现，那可是一千二百万元巨款，光存在银行的利息，那他这辈子也吃不完……他在兴奋之际，也曾提示钱海，是以非常亲切地口气对钱海说，是有点从来没有过的求人的口气，让钱海尽快兑现他的奖励金。钱海对李来说，请李县长放心，一分钱也不会少你的。但就是不说什么时候办，使李来着急，却没办法，只好让招商局胡腾娇催财政局。胡腾娇一次次催财政局主管副局长，要求把到账资金的奖励先兑现。财政局只说马上办，而却拖一月又一月不办。胡腾娇急了，找钱海，钱海说，石书记有交代，所有奖励金到新区建设结束后再付。到嘴的肉吃不到，把个李来和胡腾娇要气疯了。

胡腾娇到李来办公室气冲冲地说这事，让李来想办法。她只要心里不痛快，对李来说话从来是这个口气，发泄式的口气：来哥，你这个常务副县长，还是管财政的，连财政局长都把你不当回事，你怎么混的！

今天的胡腾娇穿一身贴身的玫瑰红连衣裙，高挑而匀称的体型，白如梨花的皮肤，虽没结过婚，可胸前蒸馍似的乳房，有着少妇的韵味，着实勾人魂魄。

李来的眼神贴到胡腾娇身上了，哪里在意她的乱说。李来淫意上蹿，胡腾娇对李来今天的色眼非常反感，她盼望的财政局长位置越来越渺茫，她渴望的这笔奖励金李来却无能为力。心想，她一个大姑娘，陪你李来睡了十年出头了，得到的太少了，太划算不来了。她越来越对李来能力怀疑，甚至越来越产生反感。

胡腾娇对李来气冲冲地说：别成天色眯眯的，拿出你真本事，把我的事情办好比什么都管用！

李来说：事情复杂，你不能太着急，我心中有数，你当财政局长是迟几天的事！

胡腾娇说：当下要紧事，是把引资奖励抓紧兑现。我已经看出来了，这石书记够自私的，他的引资款没到账，就让别人到账的等着，这是什么德行。如果他今年到不了账，明年也到不了账，那我们就得一直等着，那这钱不就等黄了吗?!

李来说：你放心，就是我的奖励资金暂时领不出来，我也要把你的奖励资金尽快让你拿到手。

胡腾娇笑了。李来把办公室门反锁上，抱住胡腾娇就亲，要把胡腾娇往套间休息室拉。

县领导都有休息室，双人床，有卫生间和淋浴，李来常与胡腾娇在这里"快活"。但胡腾娇在白天绝对不干。好多次，李来中午约她，想在这里"快活"，胡腾娇骂李来："简直是头公驴，居然在这里发情！"胡腾娇猛然推开他：办公室随时来人来电话的，你不要脸，我还要要脸呢！

果然，有人敲门。敲几下，接着敲。胡腾娇不得不去套间躲藏起来。

李来很不高兴地把门打开，敲门的人原来是县长。李来本来要给敲门的人发火，一看县长，便转怒为笑地对县长说，原来是县长！县长说，这都几点了，还闩着门午睡呢!？李来说，喝了点酒，多睡了一会儿。

县长递给李来一个批件，是份告状信。写给省市领导的：《关于请求查处山川县领导干部利用招商引资方式肆无忌惮巨额敛财的情况书》。仅看这题目，仅看省市领导密密麻麻的"迅速调查，严肃查处"等签字，就让李来心惊肉跳了。

县长对李来说，你先看一下，我们商量一下怎么办。

李来为胡腾娇在套间浑身冒了冷汗，盼望县长立马走，他更怕胡腾娇从套间出来。他想，胡腾娇这个容易犯傻的货，千万别出来。要是跑出来，他不就完了。当然，胡腾娇的智商不比李来低，胡腾娇是不会出来的，她的耳朵灵着呢。还有，李来更怕县长上卫生间，更怕"参观"他的套间。实际上，县长是不会上他卫生间的，也绝对不可能"参观"他套间的。但李来还是怕，怕得有些不自然了。

李来对县长殷勤有加地说：县长您回办公室先忙，我仔细看后马上去您办公室。

可县长却坐在了沙发上，说：这就是最忙的事。你看，我等你。你看完我们碰一个意见出来，书记等我们拿出意见呢。

县长不走，李来只有继续冒着冷汗急切地一目十行地看完了告状信，对县长说：这真是胡扯八道，别的地方也有这么做的，怎么到了山川县，就有人告状了呢！

县长说：你没有细致看，省市领导并没有批评山川县的招商引资奖励有啥问题，而问题是奖励的都是领导，没有一个群众和一般干部，这不就成事了吗？还有，省领导批评奖励金设得太高，百分之三已经够高的了，我们的超出十倍奖励金，上面要求纠正……

李来说：纠正？纠正了，那么点奖励金，谁还愿意……

李来正说到这，他套间传来清脆的手机铃声。这是胡腾娇的手机在叫。李来装作没听见，但吓得他心都快跳出来了。

县长说：你的"鸡"在叫，去看看有什么急事？

李来连忙说：先不用理它，先忙这事吧。

李来心里直骂胡腾娇，这个蠢货，关键时候总是给他添乱。

县长不忙离开，李来多么盼望他尽快离开，但县长接着说：牵扯到你的奖励金最多，还有胡腾娇和钱海的也多，你们的款都到账了，其他人的都没有到账，我的意见，给你们到账的按照县里原先规定的百分之三十的奖励金奖励，其他的都改成奖励百分之三算了。

李来不吱声，套间里的胡腾娇听得一清二楚，心里那个喜悦。

县长对李来说：那你马上找胡腾娇，按照省市领导的要求，拿出一个新的招商引资奖励办法，我们去给书记汇报后上报，越快越好。

李来说：我这就给胡腾娇打电话。

县长说：那就给她打电话，让她马上过来一趟，我有话给她说。

李来急了，有点撵县长的口气说：县长你回办公室吧，我找到胡腾娇，让她这就上你办公室。

县长走了。李来提了好半天的心，总算放了下来。定会儿慌乱了的神，他想让胡腾娇马上离开办公室，可又想县长刚离开，万一折回来给他说什么，那就糟了，还是让她再待半小时，让她去县长办公室，时间上得体。他去了套间，不见胡腾娇。"人哪里去了？"李来吓一跳，继而发现卫生间的灯亮着，原来胡腾娇在卫生间。

李来问她：你怎么躲在卫生间了？

胡腾娇说：我怕县长溜达到你套间来。

李来哭笑不得：那县长万一上我的卫生间呢？

胡腾娇说：他进不了卫生间，你会说卫生间锁坏了。

李来说：亏你想得出来。

胡腾娇说：别小看女人的智商，小看准会吃亏！

李来对胡腾娇说：半小时后，你到县长办公室，县长找你修改招商引资奖励办法，由原来的百分之三十，改到百分之三。书记等着听汇报；你今晚得加班，明天一早把修改后的办法报我先看，我看后给县长。

胡腾娇说：我听到县长说了，你、我和钱海的引资款到了的几个人，按照百分之三十奖励，其他没有到账的，以百分之三奖励，县长真是英明。你得给我抓紧办。

李来说：即使我的奖励金不提，也要把你的奖励马上兑现。

李来边说边把胡腾娇一把搂到怀里，要脱她衣服。胡腾娇推开李来，火急地说：马上要去县长办公室，你把我衣服弄脏了，我怎么去见人！

李来下流地又吻又摸胡腾娇，让胡腾娇把连衣裙脱了。

胡腾娇急恼地说：马上要见县长，这点时间哪够，你疯了！

李来急不可耐地说：十分钟足够，十分钟足够。

胡腾娇既拒绝不了李来，也怕得罪李来，嘴里虽骂李来"大色狼，西门庆……"也只好随他疯狂。

……

告状信又把招商引资奖励搞黄了，奖励由原来的百分之三十，调整到百分之三，由奖"一头大肥猪"，变成了"一条老鼠尾巴"。有人高兴，有人骂。没有能力引资的人高兴，有"门道"和有能力的人骂娘。山川县的招商引资，进入了死胡同。

既然县长说了李来、胡腾娇和钱海的引资奖励金，以老办法的百分之三十兑现，胡腾娇在给李来呈送招商引资奖励办法修改稿的同时，也打了请求兑现三个人奖励金的报告。报告送李来前，胡腾娇告诉了钱海，也是为讨好钱海高兴。而钱海却明确说，他的奖励金，一分不要。这让胡腾娇没有想到，也十分不解。

胡腾娇说：钱海你总是脑子进水。这可是几百万呀，不是几百块钱，这是合理合法的几百万，有你这么大公无私的吗！

钱海说：修不修改奖励办法，多少我都不要！

胡腾娇说：你不要，我和李副县长怎么要，你不是把其他人往干滩上晾吗?!

钱海说：不要绑在一起，你们要你们的。

胡腾娇说：这是县里的规定，不是你想要不想要的事，钱你还得拿，你拿上不想要，可以捐给灾区和慈善机构啊，谁也不会拦着你……

钱海尽管坚持不要奖励金，胡腾娇还是在报告上写上了他的名字。可钱海却给县长打了电话，坚持不要引资奖励金。县长让胡腾娇在奖励金呈批件上把钱海的名字去掉，奖励报告上只有李来和胡腾娇了。李来心里极不舒服，但为了得到这笔巨额奖励金，他也顾不得这么多了。

报告送给石书记，书记正要同县长、李来和胡腾娇研究修改后的招商引资奖励办法。石书记对李来和胡腾娇说：我看这个钱海就识大体、顾大局，这笔奖励金不要的好。我看你们向钱海看齐一次，也不要算了。你们一个是常务副县长，一个又是招商局领导，主动放弃奖励金，那就给山川县领导干部长了脸了。当然，那百分之三的奖励金，还是可以要的……

石书记这么一说，李来沉默半天后说：书记既然这样说了，我听书记的。我李来放弃可以，但还是把胡腾娇的奖励金兑现了吧，毕竟是县里奖励文件在先，一个也不兑现，大家会说县里说话不算数。

石书记说：你没有看到告状信上省市领导的批示吗，我县招商引资规定按百分之三十的奖励金，是错误的。是错误的，就得纠正。这笔错误规定的奖励金，能拿吗！

李来压根儿也没想到石书记居然会这么说。李来和胡腾娇望着县长，希望县长出来为他们奖励金的事坚持他的提议，而县长面对书记的否定意见，面对他们盼望的眼神，竟然一句话也不说，反而面对书记的眼神，点了点头。他是给书记表态，他同意书记的决定。"他们怎么会这样呢!?"他心里直骂石书记：这叫什么事啊，出尔反尔，说话像放屁一样既随便又恶心！李来脸色铁青，啥话也不再说了。眼看书记嘴皮一动，就丢了她和李来的巨额奖励金。胡腾娇有些急了，要跟书记说什么，却被李来踩了一下脚，示意不让她说，她欲言又止，心里直蹿火，嘴鼓得老高。

李来和胡腾娇巨额奖励金，缩水十倍，这是他们俩没有料到的，也是没法接受的。胡腾娇的心情坏透了，为安抚胡腾娇，会后，李来约她去山庄别墅吃饭。这顿饭俩人都吃得不轻松，骂了书记骂县长，接着痛骂钱海。他们认为，他俩的奖励金，全是钱海搅了局。要不是钱海这王八蛋充"大尾巴狼"不要奖金，这钱能"飞"走吗！

李来问胡腾娇，让熊书芳和秦柳写的钱海的材料，再不能拖了，赶紧催他们写好交给他，他不会轻饶了这个王八蛋。

……

招商引资奖励金从奖"一头肥猪"，变成了奖一条小"猪尾巴"，虽然引进数目大了，奖金数目也可观，但毕竟与之前十倍的奖励落差太大，本身引资在山川县好比拉板车上山，没几个人有这本事的，引资进入了泥潭。钱海担忧，招商引资没效果，那往后财政收入断定没有起色，山川县今后的日子会更加困难。

在这种困境下，唯一办法只能是从上面要钱了。不从上面源源不断地要来钱，山川县的各种矛盾就会冒出来。用钱解决的事情，关键时候拿不出钱来，后果不堪设想。而现实是，一边要建设，一边要吃饭，一边要保运转，钱海算了一下家底，三个月之内，如没争取来资金，那本来非常困难的财政，就是雪上加霜了。钱海感到，靠更多的人争取资金，不太现实，只有财政局所有人员赤膊上阵了。

钱海对财政局每个人的活动能力和社会资源有信心。信心就是财政局干部认识的省厅、部委过去的科员和处长，大都当处长和司局长了，早已成熟人。熟人好办事。

钱海在财政局成立了"争取资金研究小组"，研究国家政策资金哪项有可能争取到县，对全局每个人在省要害部门和中央部委的社会关系梳理了个清楚，谁有关系能够联系省部门的，谁有关系联系北京中央机关的，发动大家八仙过海、各显神通，通过亲戚、朋友、老乡、同学和县里文化名人、老干部，在省厅、中央一些部委，很快找到了对接"目标"。财政局干部职工都很主动，针对有可能争取到的资金项目，谁的关系谁去"攻关"。

"攻关费"没了，拿什么去攻关？没有多的"攻关费"，少给点也行啊，财政局的人也不是神仙，赤手空拳怎么跑资金啊？财政局除了局领导，大家纷纷找钱海解决这个问题。

钱海说："攻关费"一分没有，而争取资金却不能落空，土特产可以申请，但还必须节省。大家只好靠"土特产"去"攻关"了。山川县没有什么好送礼的，只有食用菌、"露仁"饮料、山楂制品和酒。财政局没有人相信这些又土又笨的东西会有人看得上，觉得拿这些"山货"到北京和省城当礼品送人，求人办事，非常丢人。当然，大家有这种不好的感觉，并不是这些东西不能送人，也是现实情况逼的，一般都是送"红包"加土特产效果好。往往是，"红包"送出去了，人家不要土特产也不会影响关系，如果没有"红包"，人家又不要这土特产，那就拉不近关系，也就说不上话，那攻关怎么"攻"？

钱海说：虽然送"红包"是风气，但上面的情况我也了解，赤手空拳也能办事，也能办大事。我办事几乎不送"红包"，就送一幅字，照样见人……拿出你们的热心和执着，也拿出你们的勇气，更拿出你们的真诚和信心，没有办不成的事……

大家纷纷说：你钱局长是站着说话不腰疼，你是中国书法家协会会员，你的字多少值点钱。谁说你不送钱，你的字就是钱，你那是雅贿。

钱海说：说雅贿抬举我了，我的字出了省，还真不值几个钱。

大家被钱海说得有了勇气和自信，一轮跑下来，还真争取到了资金，也交了不少朋友，争取资金的信心大增。

实际上，钱海老说他以字当礼品，照样办事，也属"吹牛"范畴。连他钱海自己也清楚，他把字当见面礼，人家也会客气地收下，也会赞美一番，毕竟书法也是文化产品，这点客气还是会给的。并不是他说的人家真把他的字当回了事，往往是他刚送人字，他人刚出办公室，有人就把字扔到纸篓了。但更多的人，是收下了，是看在他多年熟悉的友情上收下的。更为关键的是，也有很多人不知道的情况是，钱海每次争取资金，都要请老赵局长出马。老赵局长省里厅局和北京部委熟透了，几十年来建立的人脉关系深厚，即使不去拜访，打个电话求助也很管用。凡是争取大笔资金时，钱海就请老赵局长出面。老赵局长有时去一趟帮钱海先疏通好关系，有时是打个电话把钱海介绍给对方。老赵局长的暗中助力，可帮了钱海的大忙，所以他去找这些部门和人时，办事大多都很顺畅。

当然，有些资金的确是钱海没花一分"攻关费"自己"跑"下来的。这也得益于书法，书法使他结识了国家部委一些文人雅士，在常常交流书艺中，成了没有功利的文友。钱海办事，就找他们，而且财政部的书友最多。这些书友，是各司局不同级别的领导，有什么事找他们，总能帮上大忙。这就是钱海时常吹"牛"的"资本"。

钱海的"吹牛"，财政局的大多人也清楚，就是让他们不花钱、靠人情关系办事。大家对他的"吹牛"一笑了之，该听他的还听他的。有了这一群了解他、支持他的好部下，钱海的这一招还真灵验，不长时间，几千万资金争取到了，有的到账，有的已在路上。

县长与张美玉上市里和省里争取几笔资金，去了半月，东奔西跑，凭着老同学、老熟人和亲戚朋友，资金跑得有了一些头绪，但有些资金，市和省部门做不了主，得上北京跑一些部门才能搞确定。

跑资金，苦在不仅仅是腿上，还累在心上。每天从早到晚出了这个部门，又进了那个部门，出了这个办公室，进了那个办公室，找了具体负责的专管人员，还得找主管处长或副处长、处长，还得拜访主管副局长、副厅长，当然能拜访到局长、厅长那就希望越大。更累在嘴上。要不停地堆出笑脸，不停地陈述县里困难，要不停地挖空心思说讨好和套近乎的话，不停地从早到晚请人吃饭喝酒或吃夜宵，不停地陪人唱歌和洗桑拿，不停地给人送土特产。尤其是要陪人喝酒。

无酒不成宴，有宴必喝酒。不喝酒拉不近感情，不喝酒建立不了深厚友谊。县长有脑血栓病可以不喝，张美玉美丽漂亮，不端杯别人不喝。县长总说，他有重病不能喝，美玉你得陪一下。张美玉哪能不陪喝呢，知道自己干什么来了，争取资金来了，要钱来了，不喝是过不去的。每天总得陪喝，喝多喝少都很难受。张美玉的酒力还不错，但宴席上一般喝酒的都是男士，男士喝酒最乐意遇到端杯的美女，这样的喝酒就成嬉耍闹酒了。即使男士对她耍酒疯和来点过分动作什么的，那也得笑脸相赔。每天中午喝，晚上喝，不是喝得吐一次又一次，就是喝得第二天有气无力。这样的酒，要在其他场合，即使是关系到她自己的事，她也不喝。但她这次为何为了公家的事，把自己喝得死去活来，县长以为她是为了县里，实际她是为了钱海。为山川县，张美玉是绝对不会赔上自己身体的，但为了钱海她却愿意这么做。钱海在等钱，她深知，没钱的钱海今后会非常难堪。张美玉在为钱海着急，着急得顾不得那么多了，只要是不陪人睡觉都行。几天下来，张美玉嘴巴上火起泡。张美玉嘴上起泡，钱海心疼。张美玉几乎每天给钱海打电话交流跑资金的情况，也是让钱海给她出主意，也是借此想与钱海语言亲热一下。

钱海每次在电话里都听她喝得半醉。张美玉对钱海说：她实在受不了了。

钱海说：那我给县长说，你回来吧，我派个男副局长去，喝酒和陪玩也方便些。

张美玉说：眼看争取的几笔资金有成效了，县长也跟几个部委的熟人联系过了，得马上跟进，如果中间换人，恐怕接不上茬。

钱海着急地劝她：你滴酒再不能沾了，一定听我的。

钱海急也没用，张美玉说：不陪睡觉好像过得去，不喝酒过不去。可每天张美玉仍喝得舌头不听话。

县长让张美玉刚订了北京的宾馆，要立马去北京跑几个部委。他们刚要动身，县长秘书却传呼县长，让他马上赶回市里开会。县长安排李来与张美玉接着跑北京部委。张美玉实在不想与李来一同出这趟差，感到又说不出不去的理由，心里正不痛快时，李来打电话对张美玉说，手头有事去不成了，派钱海去。

张美玉当然高兴同钱海一道去北京出这个苦差，再苦也感觉是甜的。而张美玉压根儿也没想到这是李来的一个心计，钱海感到自己这么忙，不应当派他去北京出差，但李来让他立刻放下手里的事赶过去，他只好去。张美玉从省城出发，三小时后，俩人在北京某部委会客室会合。还不到中午下班时候，他们空着手拜访了两个管具体事的领导，办事很顺。很顺，是因为之前张美玉和县长通过省厅给他们沟通过山川县情况，见面时他们已对山川县情况一清二楚，从而当面爽快地答应了尽快解决这笔资金。

这是一笔两千万元的食用菌产业补助资金，这是给山川县农民造"血"的钱，这笔钱将使山川县食用菌种植扩大五倍。五倍是什么概念？五倍是将在全县种植食用菌农民一千户的基础上，可扶持达到六千户。那就会使三万多人脱贫，也会给财政创造丰厚的税收。办成这事谈了不到一小时，没有送礼，没有吃饭，两千万有了眉目。当然这都是县长和张美玉前几天在省厅跑得扎实的结果，也是省厅有关领导实心实意帮忙和做了详细汇报后争取的结果，否则上面部委也不可能轻易表态答应解决这么大一笔资金。钱海兴奋不已，张美玉兴奋得不敢相信这资金争取得这么容易。

张美玉嘴上全是泡，虽然显得疲劳，但仍然美丽动人。见到钱海，一脸的喜悦。钱海说，美玉就是美玉，怎么折腾，还是这么好看，但却瘦了一圈。

钱海心疼的话，使张美玉的脸"唰"地红了。她悄声地对钱海说，这都是为了你，你心里清楚。钱海故意逗她说，我当然清楚，你是在帮山川县，山川县人民感谢你。张美玉说，真是痴心女人负心汉，我为你都快死了，可在你这里不落好，却把我推到了山川县，什么人呢……

资金虽然争取到了，钱海还是执意要请几位相关领导吃个饭。钱海让张美玉邀请他们，晚上订在离领导机关较近的"国宾湘妃竹"酒店一聚，但几位领导都说太忙，事情尽力办，饭就不吃了。请不出来，张美玉就通过省厅一位副厅长替他们请，结果请到了一位领导，却答应明晚上可以挤出时间参加。张美玉又请这位领导，通过他把其他几位也请上，没想到他答应了。其他几位都是他部下，或者是比他职位低的领导，他出面，结果都请到了。吃饭的地方虽然豪华，饭菜吃得不算太高档，钱海点得大多是特色土菜，喝的是自带"山川烧锅特品酒"，虽有小姐反复推荐"红烧野生土乌龟""秘方红血燕窝""活海参小米粥""东海龙虾""红烧大雁""红烧牛鞭"等经典而价值昂贵的菜，搞得钱海心惊肉跳，很是紧张，钱海没点，因为菜谱的标价太离谱，有的几百元，大多上千元。要命的是，要是一人吃一碗燕窝和海参，每碗海参四百八十元，每碗燕窝六百元，每个人就得一千多元，一桌十个人，那这顿饭得一万多元！小姐才不看主宾请客的人，在她们眼里，来这里请客或被请的人，大都是领导和老板，一餐饭花万元，甚至几万元，大多是公款吃喝，只要让客人吃高兴了，花钱不在乎。所以，这种地方的小姐，抓住了请客的人碍于客人面子的"软肋"，也抓住为了请客的人表现诚心诚意的穷大方心理，在笑眯眯的后面以无耻的方式推销天价菜，还有天价饮品，这等于是从客人口袋里抢钱。尽管请客的人非常讨厌这些美丽的服务员狐狸，但又不好发作，也只能咬牙点最贵的菜。钱海看菜谱皱眉而紧张的神情，被领导看在眼里，他坚决不要小姐推荐的菜和饮品。为了使钱海不尴尬，点了两三个既便宜又好吃的小吃。张美玉和钱海执意要点上海参，领导说，你们县还是贫困县，还有那么多人为吃饭发愁呢，就点简单点；这些东西太贵了，没必要吃，还是吃这些特色小土菜舒服……钱海看领导执意拒绝，又那么诚心诚意，就听领导的，贵菜一个也没点，刚才被小姐提起来的心，也就放下了。这顿宴请，花的钱不多，而气氛不错。饭桌上又与领导详细介绍了山川县食用菌产业发展优势，领导非常看好山川县的食用菌产业，告诉钱海，如若这笔扶持资金用得好，探索出好经验，可以考虑选作食用菌产业试点，钱还可以继续投入。

没送"红包"，仅送点土特产，竟有这样意外的收获，张美玉说：这些领导真是好领导。

钱海说：其实省厅也好，中央部委也好，并不像有些人所说的那样，办事、见面都要送钱、送红包。送钱、送礼，其实也是个别人把风气弄坏的。实际上，大机关大都是有着很高学历和丰富文化学识的优秀人才，本来不庸俗，只是办事的人逼着他们庸俗。见面就送礼，办事就给塞钱，不送钱难道真不办事吗？不是这样的。办事的不收钱，收钱的不办事。办事，即使送些不值钱的土特产，人家也会很高兴，事情也照样关照和帮忙。

当然话又说回来，钱海继而说：中国两千多个县，争取资金和项目机会的空间，还是很大的。大多专项资金和项目，都有一定的灵活余地，给谁不是给，适当关照一下偏远地方，总能找到充足理由。中国是个人情社会，情到、熟人，总好办事一些。那些年国家部委专项资金和项目也多，勤跑，总有机会。跑项目、争取资金，多跑多给，会是长期的一种状况，看来我们山川县得把人情的文章做足了，尤其是财政部门，不把人情关系做足了，不可能有大的作为。

钱海通过这么多年的争取资金的实践，早已明白这其中的玄机，张美玉当然深知这其中的玄机，只是与张美玉闲聊，只想给自己一分勇气，也给张美玉一分信心。

张美玉对钱海说：我只是为你而累，为你而付出，其他的我不会想那么多，也不想为谁付出这么多……

张美玉脸上泛着光彩。刚照过镜子的张美玉对钱海说：你不觉得我这几天漂亮了吗？

钱海说：你本身就很漂亮。

张美玉说：我跟你在一起，就会变得漂亮。

钱海说：那我们就在财政局干到退休。

张美玉说：你真忍心让我就这样陪你！

钱海说：我是陪不了你呀。你真得抓紧找个如意郎君陪你。

张美玉说：又来了，这样的话实在不爱听。你不用陪我，我陪你，你也不用担心我晚上没人陪，我不需要谁陪，有你的心陪我就够了。我嫁不嫁人与你没关系，你不用为此紧张！

钱海无言以对，但头上在冒汗。

这几天跑了好几个部委，张美玉心情大爽，也不知道累，给部委领导汇报情况到位，攻关能力精彩，彰显了她诗人的口才与内外在魅力。这次出来一起跑资金，钱海发现张美玉说话与办事，比在县里多有水滴石穿之功，有着动人心怀的深刻。张美玉做事的敬业与细腻、深度，实在让他感动。钱海心里是深爱这个初恋情人的，但他得保持冷静，他得保持不被张美玉的情爱之火点燃。实际上他对张美玉的爱情之火从来没灭，只是他不敢燃烧起来而已。

张美玉是情商极高的女人。她当然知道钱海的尴尬，她尽量不在乎钱海对他的冷淡，她也尽量把握好钱海心理承受的尺度，既要让钱海心里感到她在深爱他，又要让钱海不能有难以接受的心理负担。在她来说，这份不乞求结果的爱，其实很单纯，她只有一个想法，那就是为了山川县财政的未来，也为了钱海的未来，也为了她与钱海长久搭档做财政工作，不能让李来等人换财政局长的混账想法得逞，要以她不惜代价的努力，千方百计支持钱海，帮他坐稳财政局长这个位子，也帮他在财政局长位置上做出一番成就。这次争取资金，虽然她和钱海成果不小，但仍有一笔资金的争取难度很大，几乎不可能有希望，但她想坚持跑到底，她相信自己的能力，相信这笔牵扯到山川县农业科技提速的资金，在她的啃咬下，会落到山川县的。

而就在她和钱海去某部委的路上，县委组织部罗副部长给张美玉打电话，问她什么时候回来，她说还得一周。罗副部长说：你被调到招商局当副局长……不过先忙，不着急赶回来，先跑资金项目，反正这也是你今后的正常工作……

张美玉问罗副部长：调我到招商局，为什么不征求我的意见，如果我不愿意去呢?!

罗副部长说：个人服从组织。不是所有的调动，都要征求个人的意见；事事都要征求个人意见，那要组织干什么?!

……

"怎么会把我调到招商局呢?"张美玉问钱海，你怎么不告诉我呢?

钱海说：我根本不知道。

钱海和张美玉明白，这是李来的"动作"，是针对钱海设计的釜底抽薪之举。趁钱海和张美玉出差，他们操作了张美玉调动的事。

钱海对张美玉说：罗副部长通知你，看来要发文了。

张美玉说：他通知和发文是他们的事，我不去是我的事。他们这样费尽心机挖你的墙角，非常缺德；即使我这个副局长不当，人也坚决不去。你在财政局，我就在财政局！

张美玉紧接着给书记打电话，问为什么调她去招商局，调动为何不征求她个人意见？

石书记说：我没有让下文呢，还是等你回来再下文好些。但调你去招商局的事已经定了；在哪里都是上班，去招商局换个环境有什么不好？这个考虑实际上是对你好。

张美玉问：为什么是对我好？

书记说：你回来再说吧。

书记不回答这个问题，张美玉已明白几分，这是有人在做她与钱海的文章，一篇十分恶心的文章。

也让钱海烦的是，就在他出差的路上，接到吴梦打来的电话，问他出差跟谁在一起？显然离家时吴梦不知道，这次去北京是与张美玉一起的。

他刚出门，为何吴梦就知道了他是跟张美玉在出差，这分明是有人告诉吴梦的。钱海如实告诉吴梦，是县长去不了了，派李来副县长去，而李副县长又去不了，临时派他去的；这是张美玉负责的争取资金项目，他不去不行。

吴梦歇斯底里地嚷着说：你们这是情人相会度蜜月，哪里是去跑项目资金！

钱海把电话挂了，吴梦又把电话打过来，他不接，他不能接，接了后面的话会更难听。吴梦的"你们这是情人相会度蜜月"的话，深深刺到了钱海情感的痛处。他对吴梦产生了从来没有过的厌恶：要不是你吴梦穷追不舍，他当然是与张美玉蜜月度的，而且会相当恩爱。想到这里，钱海心如翻江倒海般难受。

而吴梦和张美玉相同的是，她们俩是相当感性的女人，对待大多事情上感性胜于理性，往往是凭感情做的，这与钱海相反。钱海理性胜于感性，这是钱海天生的特点，也是他长期从事财政工作形成的性格。做经济工作讲究的是相当严谨的理性思维方式，做财政经济工作久了，感性思维会服从理性思维。钱海形成了很好的理性思维习惯，因而在对待张美玉浓烈的情感上，知道自己该怎么做，不该怎么做，所以在与张美玉的相处上，他把握得很有节制。这次一起出差，张美玉充满了浪漫情怀，有几个半天因故得等待，有几个晚上在宾馆无聊，她要钱海陪她逛故宫、上长城，漫步夜晚的长安街，钱海就带着司机和随同的办公室主任一起去，这让张美玉虽高兴，但又不高兴。钱海清楚，张美玉对他的情感很深，也爱他爱得执着，至今不找不嫁，有爱他这个原因，当然也是至今没有让她入眼的男人。张美玉越来越不想结婚这个情结，使得钱海也觉得，把张美玉调离财政局，与他分开，对她未尝不是件好事。

张美玉对钱海入骨的情感，吴梦与他越来越难的交流，让他的烦恼不断升腾。他与张美玉这次出差，应当说喜悦时常心涌，而烦恼也时常翻腾。

当财政局长以来，钱海感觉他与李来的关系在不断恶化，他的烦恼在越发加重。出差前，钱海心里装着件烦事，那是吴梦告诉他的。吴梦说，吴倩告诉她，李来让熊副局长与秦柳，在搜集你的黑材料，也在写你的黑材料。

钱海听了虽很烦，他烦的不单是有人写他黑材料，自知自己在干干净净做人和事，不怕什么，而烦的是把熊书芳和秦柳拉进来搞他黑材料，会搞坏财政局的风气，也会把熊书芳和秦柳毁了。

钱海着实替熊书芳和秦柳犯愁起来。这俩人都是优秀财政干部，人品和业务都很好，他们俩被李来胁迫，他们告他事小，坏了他们名声却事大。怎么帮他们走出这个圈套？他在这一路，在想帮他们解开这个套的办法。

张美玉每天心情灿烂。虽然有人捣蛋要把她从财政局调出去，但她相信，她为自己提拔的事实在不愿找人，但谁要做她的文章，她就陪到底；你调你的，自己要是坚持不走，谁也没办法。她有了自己的主意，把烦心事放下了。她想钱海，虽然在一起还想，她瞅着手腕上初恋时钱海在地摊上买来送她的红玛瑙手链，愣神。这条手链虽然不值多少钱，但张美玉非常喜欢，它红艳艳的让人产生兴奋感。她不是每天都戴，而是戴的时候少，在包里装的时候多。这次与钱海出差，她戴在了手腕。钱海一看到这手链就脸红。这次一起出差，机会太难得了，她想与钱海享受这独处异地的美好时光。每当晚上，忙完请客吃饭的事，她就让钱海陪她去逛商店和北京繁华的地方。钱海就装作喝多了，要回宾馆休息。其实每天他们都要喝两顿酒，每晚都小醉着，钱海哪儿都不去，关门睡觉，张美玉也理解。

张美玉与钱海住在一墙之隔，这宾馆墙不隔音，洗澡能听到对方声音，钱海咳嗽、打呼噜的声音，张美玉听得清清楚楚，如床头晃动撞墙的响声，都让张美玉睡不着觉。这是喜欢这声音和人的缘故才睡不着觉。睡不着，她就为这墙和钱海感慨：隔一墙，把她和心爱的人隔成了两个夜晚，隔成了两个天地，真是不应该，真是没有必要。想到很快就要结束北京出差之行，钱海吃完饭，就进了房间不出来，她就生钱海的气，给钱海打内线电话，对钱海说：你就是个榆木疙瘩，你把我推得远远的……多好的机会啊，你就舍得放弃！这可是李来给的机会，用不好是对不起李副县长的，我俩该享受就享受，该放松就放松，何必浪费时光……再说了，我们俩清清白白又怎么样，人家照样说我们不清不白……我没让你陪我睡觉，你陪我逛逛街都腿软。你真是个既没色心，又没色胆的男人！

钱海何尝不想与张美玉睡在一起，他做梦也想与她抱在一起，可他在克制自己。面对张美玉的数落，钱海什么也不说。他感到他什么也不能说，只能听张美玉尽情埋怨。张美玉埋怨够了，而钱海也装打呼噜了，张美玉挂电话的同时，又心疼起钱海来，更加喜欢起钱海来：钱海太辛苦了，工作累，心里苦，太不容易了；钱海真是个纯真的好男人，在她这里能无动于衷，在别的女人那里更不用说。

钱海何尝不想让张美玉高兴，至少想满足她陪她晚上逛街和玩的要求。但钱海被有个人死死地盯着，那是吴梦。每天晚上，吴梦至少会打两个电话到宾馆座机，或是给他接二连三发短信，虽然借口是想他，或者说女儿的事，或说县里的咸淡事，其实最大动机是盯他在干什么，这让钱海很烦。钱海只好躲着张美玉，关起门，早早入睡。

钱海同张美玉这次跑北京，不到十天，办成了四件大事，资金和项目起码上亿元，这对一个穷县，那是天大的好事，可这好事赞扬的声音很弱，而他与张美玉的是非却已飞满县城了。他在北京天天又忙又累，可家里的消息却让他心情天天难受。吴梦的指责里，带出来的意思是，他每天在与张美玉寻欢作乐，甚至于每天晚上睡在一起。

与张美玉这些天的出差相处，钱海又发现了张美玉的可爱之处，越来越喜欢她，对她爱意更浓了，但他只能把爱全部压到心底。想到吴梦那凶狠的歹话，想到当初就不应该放弃张美玉，想到这，钱海真想辞去财政局长，与张美玉去一个清静的地方，相守到老。这话，张美玉对钱海也说过，钱海很感动，但钱海心里说，从来不敢对张美玉说。钱海感到这趟北京之行，他对张美玉的感情越来越深了。他有点怕，这次出差虽然是无奈的选择，也应当来，也不应当来。别的不说，面对吴梦，钱海感到回家与吴梦的情感远了一些，吴梦与他的矛盾也会加剧，家庭矛盾也会升级，这趟差，他的损失很大。

而钱海的忧虑在加深。他越发感到心很累，那是来自于李来，也来自于他的过于固执。但他与自己的固执，又无法妥协。

让钱海心寒的是，自从当上这财政局长，每天苦得几乎辨不清方向了，却发生了这么多难堪的事，且攻击、陷害他的事，还在继续发生。他觉得财政局长这个位置，真是站在火山口边了，别人看起来耀眼，而实际上后背有火，随时会被烤伤，甚至烤焦。

他感到干这个财政局长的心累得已经承受不住了。财政局长在别人看来金光闪闪，就正好如张美玉写的《红山楂》所概括的：世物拟人，人拟物。有个人、有群人，或者说这个人、这群人，其形与性，酷似这果，红山楂——

> 光鲜鲜，红艳艳。
> 外圆圆，硬邦邦。
> 心实实，核尖尖。
> 味儿酸，透香甜。
> 表面风光，内心彷徨。
> ……

钱海真是心寒了。他决意辞职的念头，已有了一大半。

31

年底和年初，是财政部门最为繁忙的时候。这个忙，是每日白天加晚上，即使搭上双休日，也不一定能把事情干完。到年底，要把明年的预算做完，准备交县人大会议审议通过；要推进加快预算执行速度，把一年预算必须花的钱，督促有关部门花到位；要接受市、省和中央各路检查考核。还要加速国库集中支付、部门预算和政府采购改革，以改革挖掘更多的财力，加上争取上级的资金，到四月份，必须保证完成书记下达的如数筹集好新区建设资金死的任务。

难题太多，压力太大，是非太多。尤其是与张美玉出差北京，吴梦捕风捉影，在县领导那里的信口开河，说他与张美玉有"关系"，使得他和张美玉本来没什么，也被她吵成了真有什么。流言从自己老婆吴梦口里说出来，即使一直认为他与张美玉没什么的人，也怀疑他有什么了。他一时有口难辩，就是有口能辩也辩不清楚。"前面"是"火坑"，"后院"又起火，钱海打定主意不想当这个财政局长了，决定写辞职书。

吴梦在"后院"给钱海放的这一把火，实是李来设计并引吴梦上当而烧的，着实烧到了钱海的痛处。打到钱海痛处的还有张美玉被调离财政局，他在财政局班子里少了一个真心实意帮他的人，实际上他也成了被李来的人和跟着李来走的人包围的孤家寡人。这两件事加起来，让钱海更加认识到李来的可怕。李来的可怕，在钱海这里是气势汹汹的，穷追不舍的，不择手段的，不达到目的不罢休的。他从北京出差回来那天，李来电话通知他，张美玉调招商局的事已定，他通知张美玉抓紧做移交工作准备，调动文件一下，就马上得到招商局报到。李来对张美玉离开财政局而急不可耐的反常催促，让钱海对李来赤裸裸的行径忍无可忍了。

钱海问李来：张美玉调离财政局，还有谁比张美玉更适合顶她这个副局长职位？

李来厌烦地说：这你用不着担心，熊副局长业务不就很好吗！

钱海又问李来：张美玉为什么调离财政局？

李来说：这还用得着问吗，你别装无所谓，调离还不是为了你；不调离，你老婆恐怕也不干！

钱海又问：我和张美玉究竟有什么事?!

李来说：有没有什么事，你俩清楚；你如果不想让张美玉离开财政局，那你可以申请调离。

李来这无耻的话，要换个别人，不被气疯了才怪呢，钱海真要被气疯了，差点把李来的电话扔了，但他还是忍住了。他在将要扔电话的一刹那，忽然闪出一个强烈的念头，提醒自己要冷静、要克制，李来可是巴不得让他失去理智呢，可不能上他的当。

李来的无耻之词，气得钱海血涌大脑，却也把钱海气清醒了。钱海明白，李来的成心造谣和咄咄逼人，是逼他辞职。他冷静片刻，转念一想，又做出了与自己决意辞职截然相反的决定，这职是不能辞的，辞职，不就等于说他跟张美玉真有"事"了。

钱海就张美玉调离财政局的事，去找县长。县长说：会上议了张美玉调离财政局到招商局的事，虽然基本确定，但我提出，还是征求张美玉和钱海的意见后再下文件，石书记同意我的意见。

县长对钱海又说：我压根儿不相信你老婆说的那些话，我压根儿也不相信你和张美玉有什么。张美玉不是那样的人，你也不是那样的人。但也要怪你没管好老婆，也怪你老婆既幼稚又莽撞，很轻易地上了别人的圈套，结果让领导非常被动，不得不同意有人提出调离张美玉的意见。正好你来找我，也征求你的意见，你要同意调离张美玉，那就调离。

钱海说：如果张美玉的调离我不同意，张美玉自己也不愿意走呢，可不可以不调离？我要求把张美玉留在财政局。张美玉的业务精通，她管的事情，很少出差错，特别是对会计核算和预算业务非常熟悉，在局里目前还没有人能替代她。我建议暂时不要调离张美玉，她走了等于是给我"釜底抽薪"，我需要她再工作一段时间。

县长说：谁都知道你们是老情人，但你们是没有实质问题的老情人，这一点我坚信不疑。但人言可畏，你们还是要注意点，既不要让人再做出什么"文章"，也要把你老婆安抚好，不要再闹出乱子。但我还得跟李来和石书记沟通一下，争取让张美玉在财政局留一段时间，调动的事，以后再说。

县长虽然答应暂不调离张美玉，但钱海心里仍然不踏实。因为张美玉已与石书记通过电话，表示不想离开财政局，但石书记说，会上已经决定，必须得去。县长找书记协调把张美玉继续留在财政局工作，石书记会改变决定吗？他感到书记改变决定的可能性很小。果然，县长的协调，没起到作用。

钱海又去找石书记。石书记说，张美玉的业务能力你不用说我也知道，她在财政局虽然无人能比，但不能因为她业务厉害，而在人事调整上搞特殊。再说，你和张美玉的事传到这般难听的份上，你老婆又闹到满城风雨的地步，可以这么说，你们之间有没有事不重要，重要的是别人都把你们俩看成有事的人，你们说不清楚，我给全县人更说不清楚。就凭这一点，也为了你和你的家庭好，调离张美玉，你都不应当反对。再说了，你跟李副县长关系弄得这么僵，他一直不看好你，不认可你，多次要求让你离开财政局，但我都没同意。调离张美玉的事，你也不能全怪李副县长，怪就怪你老婆。所以，张美玉必须要调。倒是要对你说，你要把你老婆弄好了，别让她拿张美玉拆你的台！

钱海听了书记的话，断定张美玉调到招商局的事，看来无望更改。

钱海回到财政局，马上找张美玉，张美玉不在。办公室主任说，张副局长要车去了市里。张美玉有什么急事，去市里，连个招呼也不给他打。

张美玉去市里，是找魏姐去了。昨晚上，她给市委书记夫人魏姐打电话，说了自己不想被调到招商局的事，石书记和李来副县长却偏偏要调她去，她请魏姐帮忙。

魏姐是张美玉的干姐姐，当姑娘时就结交的姐妹，这些年虽然来往少，但友谊不一般。魏姐说，你们山川县尽瞎胡闹，你在财政局干了几十年，业务熟透了，干吗非要把你弄到招商局？我看你不能去，去了就把业务丢了。不过，这事听起来"绕"，你干脆明早去他办公室，给他详细说一说，让他给你协调。你先把电话挂了，我一会儿给你回电话。

过了半小时，魏姐给张美玉打来电话说，老许给石书记打了电话，石书记已经答应让你仍留在财政局。张美玉简直惊喜得快跳起来了，对魏姐说：魏姐，你太神奇了，这么大的事，喝杯茶的工夫就给我搞定了，我真想立刻飞到你身边，请你乐一回。

魏姐说：那你明天来，我想逛街，一起来逛，逛完街中午请你吃"山城八大碗"。

张美玉说：明天我得找石书记，看他对我调的事怎么说，不然心里不踏实。

魏姐说：你找他干吗？你等他找你；老许给石书记打电话说你的事时，我就在跟前，你们石头儿连声说"……按许书记您的意思办，没问题、没问题，让张美玉继续留在财政局工作……"你们石书记那个痛快，你的事还会有啥问题吗?!

……

张美玉清早赶到市里，陪魏姐逛街去了。早上走得早，她没给钱海打电话，也没给钱海手机留言，直到钱海传呼找她，她才找电话告诉他，在市里逛街呢，也不说跟谁在逛街，说话好不喜悦。

钱海纳闷地问：我为你调的事在沮丧呢，你怎么还有心情跑到市里逛荡。跟谁在逛荡，那么高兴，难道你真想去招商局了？

张美玉神秘地说：我在跟一个男人逛，你不是让我尽快嫁出去吗，我跟谁逛你会在意吗？

钱海淡淡地说：你跟谁逛是你的自由，找对象也是你的自由，我有啥资格在意！

张美玉说：你就不吃"醋"，你就不怕失去我？

钱海有点没好气地说：我关心的是你调离财政局的事，不爱听你跟哪个男人闲逛的事！

张美玉听钱海生气了，生气了就是吃醋了，张美玉能听得出来，便不再开玩笑，认真地对钱海说：我哪儿也不会去，还在财政局陪着你干"局副"，谁也把我调不走；我在跟一个女人逛街呢，放心吧。

钱海问她怎么回事，张美玉说，回来说。钱海呵呵笑了，有点动情地对张美玉说：既然去了市里，就好好玩两天吧，玩好了再做事。

张美玉说：有你这句温暖的话，我玩得肯定开心。

导致调离张美玉离开财政局的事因，钱海弄明白了，是李来与组织部罗副部长操纵的，而被陷入圈套并成为"炮弹"的却是他老婆吴梦。吴梦在情绪失控下，找了李来，又找了县长和书记。她的一派胡言乱语，引发了钱海与张美玉的危机，引发了张美玉被调离财政局的事件。钱海实在不能接受和理解不了吴梦的这愚蠢透顶的宣泄。

调离张美玉这件事，虽然被张美玉平息了，可钱海与吴梦的矛盾加深了。钱海无论如何也不能原谅吴梦不顾一切的恶心透顶的行为，这件事让钱海感到，吴梦这个女人，也同太多俗气十足的女人没有什么区别，在真正触痛她的时候，会翻脸，会像狗一样咬人，哪怕是她自认为最爱的人，她也会把你推到沟里。从这一点上看，钱海确定吴梦的所谓爱他，是占有成分的爱，嫉妒张美玉的爱，自私的爱，并不是她口口声声所说的"爱你爱得很深"。如果说爱得很深，即使是他钱海做了对不起她的事，也绝对不至于做出这"鱼死网破"的事来。他判断他的婚姻已经很差劲了，但怎么面对吴梦，怎么让自己平静下来，钱海很困惑。他不愿意见到吴梦，他只好很晚回家，等吴梦睡了再回家。而不论钱海多晚回来，吴梦也不睡，不是在沙发上等他，就是在床上等他。

吴梦做贼心虚，对钱海比平时显得殷勤。钱海压着一股怒火，几乎要对吴梦发作，但看到熟睡的女儿，便极力忍住，到底没发出来。吴梦每晚都等到钱海回来，而钱海不睡床却睡沙发。吴梦拉他上床睡，甚至把他拼命推到床上，而钱海还是睡在了沙发上。这分床而睡的后面，加重的是钱海与吴梦的情感危机。

32

　　钱海在财政局见面最频繁的，是预算股长秦柳，再就是熊书芳。钱海分管预算和人事。预算几乎每天都有重要的事需局长拍板或签字，因而钱海几乎每天得找秦柳，秦柳也得找钱海，否则预算的许多事就得停顿。熊书芳当过办公室主任，主管局办公室，局长的讲话稿和局里上报的文字材料，都出自办公室，大多是由熊书芳最后修改和把关后，再送钱海的。县委、县政府和市财政局，还有县里部门要财政局的材料、信息越来越频繁，熊书芳几乎每天都要处理几个材料和信息，而上报的材料和信息，都要钱海最后签字，不是熊书芳找钱海，就是钱海要找熊书芳。他们俩的情绪变化，钱海最熟悉。钱海感到，这两个人同他见面时的表情和眼神，与过去不一样，在尽量回避他的眼神，有些不自然，况且面色憔悴，精神疲惫，脸挂愁云。钱海知道他们在为完成李来交办的重要任务而犯愁呢，钱海装着什么也不知道。

　　钱海不想回家，正好预算会安排在培训中心，晚上住到了会上。预算会是秦柳唱主角，过去每次会上秦柳都轻车熟路地不出纰漏，这次的会好几个环节都出了差错，显然是做事精力不集中，秦柳显得心事很重。钱海知道是什么缘由，虽然纰漏很严重，但钱海没有批评秦柳。忙完预算会上的事，已到深夜十一点多，钱海刚回到房间正要睡，有人就急迫地敲门。钱海听得出，是秦柳的敲门声。秦柳的敲门声再急也有特点。钱海知道秦柳找他是什么事，是来解释预算上出纰漏的事，也是说李来让她写他"黑材料"的事。

李来逼秦柳写他"黑材料"的事，钱海上班第一眼看到秦柳，秦柳第一眼看钱海时，钱海就看出来她有很重的心事。秦柳看他的眼神和脸上的表情内疚而惊恐，这是秦柳极少有的眼神和表情。这种眼神和表情，只有她迫不得已说谎和做错什么事时才会有。秦柳多年来与钱海共事，钱海对她信任，秦柳对钱海真诚，这在他们工作和生活中已形成习惯和友情。正不出钱海的猜测，秦柳是来说李来让她写他"黑材料"的事。秦柳把李来和胡腾娇叫她吃过几次饭，胡腾娇三番五次催她要"黑材料"的事，如实告诉了钱海。秦柳给钱海说写他"黑材料"的事，她只说了自己，却没说李来也找了熊书芳。这让钱海对秦柳有了一份更为深刻的了解，秦柳与张美玉同样，不仅人品非常好，还是遇事敢于担当的女人。

秦柳不提熊书芳，钱海本想装不知，但感到没有必要。于是钱海说：我略有所闻，听说还让熊书芳也写。

秦柳听钱海已知道实情，顿时紧张起来。

秦柳说：我说的是我的事，我不想牵扯熊副局长，所以我刚才就没给您提熊副局长。钱局长您对我是了解的，您放心，我是绝对不会干这种事的。

钱海说：你秦柳人品是没什么说的，你绝不会与李来和胡腾娇搞到一起说瞎话。不过，这个材料你还一定得写，不写还真不行。

秦柳惊慌地说：为什么一定要写，不写还不行，这话怎么讲？

钱海说：不写，你就得罪了李来。得罪了李来，你这个股长也就当到头了。

秦柳说：得罪李来就得罪了，不升官就把股长当到头，即使股长当到头，我也不说黑白颠倒的话。

钱海说：这材料是我让你写的，与你秦柳有什么关系？况且我不一定愿意接着当这个财政局长，也就没有必要为一份不见得管用的材料担忧什么。

钱海问秦柳：熊副局长是什么想法？他也得写，他不写恐怕也不行。

秦柳说：熊副局长也不愿写，也不知道写什么好，一拖再拖，但李来让胡腾娇三番五次地死催着要，他要我来写初稿。

钱海说：我让你写，那你就写吧。

"你让我写，我写什么呀，编都编不出来。"秦柳吃惊地看着钱海说，急得眼泪都流出来了。

钱海说：胡乱编些无关痛痒的事情恐怕过不了关，李来要的是能够"打死"我的硬材料，一定得编些"严重"问题、"新鲜"事情。比如受贿，比如以权谋私，比如工作重大失误，随便编，编得越离奇越好。

秦柳说：胡编乱造，那不是诬告吗？诬告那可是犯罪，您要让我犯罪呀?!

钱海说：诬告是犯罪，但这材料可以写得模糊一些，也不至于沾上诬告。况且是我让你这么写的，我为你们负责任，我怎么会追究你们呢？

秦柳说：您的好意谢了，但胡编乱造的事，打死我也不干。

钱海劝秦柳：还是要写的，不写，李来不会放过你和熊书芳的。

秦柳说：我肯定不会写的，更是编不出来。就是得罪一个副县长，甚至得罪县委书记、县长和组织部长，我也不怕！

话已到此，话题深重，话也成僵局，时间已不早了，钱海让秦柳赶紧去休息，找时间再说这事。

秦柳说：再耽误你一会儿休息时间，把这事说定了，我也就心里不放这事了。

钱海说：秦柳你不要再固执了，这个材料必须要写。只是怎么写而已。那好，你不愿意胡编乱造也行，那就如实写，我的错误和毛病一定不少，你们找上十条八条写给李来，既交了差，又保全了自己。

秦柳听钱海这么一说，不再坚持她的固执意见。钱海保全她和熊书芳的善良的宽阔胸怀，着实让秦柳感动不已。

秦柳也明白，她若不写，得罪的不仅仅是李来，还得得罪熊书芳。无论如何，熊书芳是会写的，他知道在他的前途命运上是不能得罪李来的，还有老婆的调动，都在李来手心里捏着，不写这材料的结果他很清楚，会非常糟糕。因此写钱海"黑材料"的事，熊书芳不知要比秦柳有多急。但他又不想自己一个人写，必须要把秦柳拉上，也必须让秦柳先写初稿。如果秦柳不写，熊书芳哪能干？也就是钱海还在北京出差的时候，熊书芳陪上面领导下乡调研一回来，就约秦柳谈这件事。秦柳说，她不写。

熊书芳对秦柳说：你不写肯定不行，你老公在政府办，在李来的手心里，你得罪了李来，就说你不顾及什么了，那你老公总不能老是干科员吧？不写，你惹得起他们吗！

秦柳说：我是坚决不写的，反正我老公小孟在县政府办也是"大头兵"一个，今后升职与否，或者我干不干这个预算股长，无所谓。

熊书芳听秦柳这么说，顿时急了。他凶狠地对秦柳说：我们俩已绑在一起了，你不能撤啊，撤了我怎么办?!

秦柳说：这又不是非两个人干的事，一个人干更隐秘。你是全财政局的大笔杆子，写这么个材料不是小菜一碟吗！

熊书芳说：我一个人掌握情况有限，况且你在预算上与钱海接触最多，搜集些事儿容易。你先打个草稿，我来补充加工，你不能推托，更不能应付，否则我可就翻脸不认人了！

秦柳说：我想想再说。

熊书芳对秦柳不参与写钱海"黑材料"有点意外，且使他心里又增加了一份负担。这负担是担忧，他生怕秦柳把这事告诉钱海，但他又觉得秦柳不会把这事告诉钱海。他觉得，秦柳是不敢得罪他的。熊书芳对一些事，常会做出错误的判断。

熊书芳再次找秦柳催写钱海材料的事，秦柳还是那句干脆话，她不写。秦柳的口气那么硬，压根儿不怕他这个副局长。熊书芳还想对秦柳说什么，秦柳却转身走了。熊书芳这才感觉到，这个材料秦柳是坚决不会写了，她把他撂在"干沙滩"上了。

熊书芳嗓子眼堵了个疙瘩，回家想了一夜，对写这"黑材料"的事，越想越害怕。心想，他熊书芳虽然喜欢吃吃喝喝，也喜欢拍有权有势人的马屁，但从没有做过坑人害人的事。做这样的事，瞒不住钱海，也瞒不住财政局的人，一旦暴露在光天化日之下，那他熊书芳今后怎么做人?！想到这里，熊书芳又非常害怕钱海了。

这一点使熊书芳非常害怕。他怕李来，更怕他老婆，也怕钱海。李来和他老婆都不好惹，钱海也不是好得罪的。

一夜翻来覆去地左思右想，熊书芳在怕、非常害怕中，终于做出了选择：写，还得写。写了得罪的是一个钱海，不写得罪的是李来；不写的结果，是他连这个副局长位子恐怕也坐不稳当。

写，那么写什么呢？找钱海的什么问题呢？他有什么问题呢？他苦思冥想，还真找不出使钱海上"台面"的问题。熊书芳想来想去而想出来的，只能胡编乱造他与张美玉的暧昧故事。

让熊书芳最后下决心写钱海"黑材料"的事，是熊书芳在一件事上在记恨钱海，也在记恨张美玉。半年前，局里推荐"全国财政系统先进个人"，也就是财政部与人事部表彰的"全国劳模"，一旦评上，那是要涨工资的。为此，李来给钱海打电话，要财政局上报熊书芳，而钱海执意推荐了张美玉，熊书芳认为这是钱海在搞私情。再就是财政局副局长排名，虽然他的资历比张美玉差一点，他和张美玉当副局长仅是她年初他年底的事，李来让钱海把熊书芳在局领导中的排名放在张美玉的前面，而钱海没理李来的茬，还是按任职先后把张美玉的名字排在了熊书芳的前面。李来近来逼他写黑材料的"高压"气势，加上没得到"劳模"对钱海的怨恨，促使熊书芳"放大"了对钱海的记恨，下决心跟李来走，且打定主意无论如何要把这份"黑材料"写得让李副县长满意。

熊书芳难道忘了曾经钱海在调查他受贿问题上给他打了"马虎眼"的大恩情？也不是熊书芳忘了，熊书芳的记性很好，熊书芳哪能忘记那次面临受贿罪惊险的危机，没有钱海的公道和"手下留情"，他早就不在这个位子上了。而熊书芳为何不记钱海恩情，还要记恨钱海而跟随李来？因为熊书芳此时是活在当下的人，当下的利益，是他最大的选择。

让熊书芳没有想到的是，秦柳坚决不写，也就意味着秦柳不参与写这黑材料的事，也不会给他提供写黑材料的任何素材。

秦柳不提供钱海的任何材料，那么他熊书芳就没有挖掘钱海黑材料的主要渠道。钱海在财政局人缘绝好，他熊书芳如若找任何人搜集钱海的问题，都有可能让钱海知道。可写黑材料的素材，在他脑子里不是鸡零狗碎的，就是空白一片，形成不了有说服力的事情。形成不了有说服力的事情，李来要这样的材料有何屁用，还不扔到他脸上，骂他个狗血喷头。李来这个人是翻脸不认人的。那这份黑材料，写什么呢？

熊书芳苦思冥想了好几天，想来想去，还是想到了钱海与张美玉情爱上，只有在他们俩的情事上才能编出故事，即使编得越离奇越让人新奇，也像是真的，也查不出来假。

熊书芳虽然想到编造离奇桃色故事来劲而也简单，但又感到困惑，钱海与张美玉的暗恋或者桃色故事，已被李来等人编造得很精彩了，他还能编出什么更出彩的事呢？单凭他与张美玉众所周知的老恋人关系上做文章，恐怕编不出什么名堂的故事，即使编造的故事再离奇，又能对钱海怎么样？即使再把钱海跟张美玉曾经有人虚构过的床上的故事编得活灵活现，又能对他怎么样？怎么才能挖到致使钱海一"枪"致命的材料？是李来想要的。他想，要弄，就要弄准弄狠。最准狠的事情，当然是受贿问题。只要挖出钱海受贿事实，哪怕几万块钱，那他也必倒无疑。他不相信钱海屁股干净得一点"屎"也没有。那怎么才能挖出钱海的受贿的问题呢？熊书芳在困惑中，忽然冒出一个奇怪想法，他雇了个私人侦探，让他翻箱倒柜调查钱海的受贿问题，他不信查不到一桩。

熊书芳怎么会想到雇私人侦探调查这一招呢？缘于他老婆的启发。去年他老婆怀疑他在外面有情人，就花高价雇请了私人侦探调查他，还真查到了他与县广播电台一位小姑娘私下约会的蛛丝马迹。他与那小姑娘，虽然没有发展到上床的程度，但他与小姑娘何时何地见面，给姑娘送了什么东西，甚至写了些什么，都被他老婆搞得一清二楚，好像就在现场似的。他老婆把证据扔在他面前，把个熊书芳惊奇得眼睛都直了，更是吓得老老实实地向老婆求情，希望老婆大人原谅这一次，他再不敢了。事后，他才知道是他老婆雇了私人侦探。他觉得他老婆太狠、太绝，这一招真是把他搞得无地自容，从此再不敢对什么美女起色心了。他为学到这一招窃喜，只需破费点钱，就可以把置于钱海死地的材料搞实。

而熊书芳雇的侦探刚开始调查，他却听到了一个天大的小道消息，交通局长马鸣的"事"，还牵扯到常务副县长李来。

这个消息，让熊书芳既惊又喜，他为马鸣的案子会牵扯李来而喜。李来有"事"，如果出"大事"，钱海的黑材料就不用写了。

熊书芳听到这消息的反应还有一桩，就是他老婆的事。他李来不是急着要钱海的材料吗，应当找李来把老婆调教育局的事先办了再写。如若李来"出事"，他老婆调动的事没办成，那他写的材料就成一泡"狗屎"，让人恶心透了。熊书芳推想，李来要出事的消息八成是传闻，即使马鸣出事牵扯到李来，而李来有副省长靠山，也不会有什么事。而事实上，马鸣出事有一段时间了，李来却安然无恙，看来李来没什么事。在这个节骨眼上找李来办他老婆的事合适，如果他把钱海的材料给李来写了，他老婆的调动的事，十有八九就没戏了。

熊书芳去找李来，请求李来办他老婆调教育局的事，把调动申请双手递给了李来。李来一脸的不高兴，对他说：你真好意思找我来办你老婆的事，我让你办的事呢，什么时候交来？

熊书芳当然知道是钱海黑材料的事，急忙说：我在搜集钱海的重要线索，但要找到真正有用的素材，需要挖地三尺地找，太难了。请李县长放心，我会给你份一"枪"会让他倒下的材料。

李来说：你熊书芳是财政局的写手，也是县里的大"笔杆子"，谁不知道你妙笔生花的能力，写这个小材料对你来说是拿手的小把戏。这材料好像你不想写，写了这么长时间也见不到一个字，你是在给我要心眼吧！噢，对了，你找我是啥事？调你老婆的事？调你老婆的事，是迟早的事，有这么急吗?!

李来的刻薄和凶巴巴的话，使得熊书芳大汗淋漓。他急忙说：李县长您多想了，我对您是忠心耿耿的，这您放心。只是，我老婆急她的事，她每天催和闹我，烦死我了。如果早办了，也让我少点烦。

李来在报告上轻轻写了几个字：请教育局酌情解决。

"酌情解决"是什么意思？熊书芳的理解就是"不予解决"的意

思。熊书芳焦急地问李来：李县长您这签字……酌情解决，还能给解决吗？

李来说：那怎么写？总不能写"马上解决"吧。我写"马上解决"，就能解决了？我虽是副县长，也只能推荐，哪能下命令。下命令，人家也未必听！

熊书芳算是彻底明白了，写钱海黑材料的事他一拖再拖，他已经把李来得罪了，李来对他极其不满意。看来，即使李来不出事，即使他把写钱海的黑材料写得再生动，李来对他也不会满意。

33

县"两会"照常召开，财政预算报告仍是人大代表、政协委员意见很大的事情。

有政协委员质疑钱海，这个报告都是数字，谁能看得懂?! 钱海仔细解释。解释，再解释，他们说还是看不懂。

往年的预算报告，也就是老赵当财政局长期间的预算报告，也是一堆数字说话，虽然怨声载道，但还能通过。大家给老赵提意见，说他弄的预算报告像看天文数字，左看右看就是看不懂。老赵倚老卖老，也不做解释，爱看懂看不懂，爱通过不通过，他不急，书记、县长会急。

有代表委员质问老赵：你什么时候能把财政预算报告弄得让我们看得懂? 问你什么，你总是拿数字说事，要不就无话可说，你怎么那么"牛"呢!

老赵说：我从来不认为我"牛"，谁看财政局长谁都觉得他"牛"；给了你钱，肯定会说你好，不给钱就说"牛"，而更多时候给不了钱，那就说"太牛"。而同样，看不懂预算报告，不是预算报告深奥，而是需要读懂预算报告的基本常识，你得努力学点相关知识，你没有有关财经知识，永远也看不懂预算报告!

一些代表委员对老赵的回答，非常生气，说你老赵就是牛，牛逼。你财政局就是牛逼哄哄，不仅没把代表委员放在眼里，还把人大代表和政协委员看作是没文化的无知白痴!

老赵说：说你们是"没文化的无知与白痴"这话，可是你们说的，我老赵从来也是把代表委员高高举起而非常尊重的；看不懂预算报告不是报告本身的毛病，而是你们看报告人需要专业知识……

老赵的回答，当然是准确而生硬的。而老赵对他们生硬的回答，有他自己的情绪。他说，学历高的人大代表和政协委员，还有从事过财务和经济工作的人大代表与政协委员，基本都会看懂预算报告，为什么？还不是个文化知识水平问题。要把一个有财经专业的预算报告，写成小学文化水平的人都能看懂的东西，那就不是预算报告，那得绘成连环画故事书。要做成这样的预算报告，他老赵没这个本事。

事实上，山川县大部分人大代表和政协委员学历较低，且大都没接触过财会业务，更对财经很陌生，看密密麻麻连篇表格和数字的预算报告，当然有相当大的难度。

老赵的话难听，自然得罪了许多代表委员，所以这是老赵升迁不了的其中一个原因。当然其中原因也有连续多年代表委员质问预算报告难懂通不过，老赵被遭误解和遭误解后说真话说气话有关系。

到后来，老赵的提升越来越渺茫，而每年的财政预算报告，举手不同意的代表委员就越来越多，质问经费开支和预算资金缘由的人越来越多，也越来越仔细。而只有部分资金开支财政局能够说得清楚，且大多质问，老赵和财政局的人回答不清楚，就是清楚也不能回答。解决不了误解，老赵只能让误解就误解去吧。

钱花到了哪里，花出了什么效果，应当是用钱单位回答的问题。可往往要财政局长回答，这本身就是个错误，而政府所有部门又不可能对所花的钱做出解释，也没人让他们解释，这个解释就落到了财政局，财政局永远也解答不了。再就是，有些钱花到哪里了，为什么花这笔钱，而这些钱是书记、县长们安排的。而这些领导安排的开支，大多是不能透明的，不能透明的有不能透明的难言之隐。这些钱为什么花，即使财政局长知道，财政局有关部门知道，那也不能说，说了等于出卖领导。那财政局不说，或者说不清，那误解的"黑锅"，就由你财政局长背上。因而每年的决算和预算报告一出现，总是有很多意见，总是有很多说不清或回答不上来的质疑问题，那结果就是财政局长倒霉。因而，每年"两会"都指责财政局，每年"两会"财政局长老赵都要被"火"烤,"烤"多了,老赵也就没感觉了。在他提前离职的前一两年,财政预算报告通不过,他从不着急。老赵不着急,可书记、县长着急。书记、县长就找人大主任和政协主席,人大主任和政协主席就分头找不举手的代表,这样有意见的代表就得举手,结果是预算报告第一次通不过,而第二次表决时都能通过。有意见的代表虽然举了手,但心里对这事憋着气,对老赵很有意见,恨不得把他这个财政局长撤了。也有人多次提出要求把老赵撤换了,可老赵财政业务精通,上面财政部门路通人熟,每年山川县很多额外资金,还得靠他去跑,换个别人县里得受损失。所以,老赵还是老赵,谁对他有意见尽管有意见,老赵还得干财政局长,老赵"牛逼"就"牛逼",谁拿他也没办法。

老赵的"死猪不怕开水烫",使得代表委员对预算报告、对财政局的意见越来越大。这是一团心"火",这是老赵从不理睬的"火",也是团烧不到财政局长老赵的"火",但却被老赵的"牛逼"劲搞得越来越旺。因而,谁当财政局长,谁就得面对这团"火"。钱海当财政局长,这"火"就自然对着钱海烧。

换了新财政局长,可等到出气的"新媳妇"了,钱海自然成了"出气筒"。代表委员对财政预决算报告火气冲天,对长期以来预决算报告的极度不满和遭到不回答的对抗,尤其是对老财政局长代表财政的"牛逼"现象,提了一大堆意见,喷发出一大堆不满。

代表委员严厉,甚至苛刻和无理地提出了一大堆问题。钱海不怕麻烦,也不在意质问的态度蛮横与否,能回答的,细致地回答;无法回答的,得体地给予解释。钱海的忍气吞声,在人们看来是十足的"受气包",可钱海不以为然。他觉得,财政局长面对代表委员,就应当是个"小媳妇"和"小学生"的角色,"牛"不得,更马虎不得,推诿不得,埋怨不得,要虚心和耐心回答代表委员和社会提出的任何问题,哪怕这些问题是误解,那也不能回避。

尽管钱海谦虚得如"小学生",恭敬得像"小媳妇",而预算报告仍然没有被通过。今年也是如此,代表委员好像对预算和财政局,一肚子火还没有发出来。讨论预算报告,又炸了锅,意见很大,火气十足，"烧"得钱海浑身冒汗。虽然这样，预算报告仍然没有通过。理由依然是，预算报告太专业，看不懂。

这预算报告难以摆脱专业性的问题，这人大代表、政协委员自身文化不高的问题是钱海没法解决的问题，也是全国各地无法解决的问题，也是财政局长面对难堪无法回避的现实问题。

面对代表委员对预算报告发不完的"火"，钱海不急不恼，是因为他对代表委员看不懂预算报告，早已看明白，这是个无解的困惑，一时谁也解决不了。对于解决不了的问题，又不是财政局长的问题，有"黑锅"还得背；财政背"黑锅"是常事。要使财政不背"黑锅"，那除非建立起现代的预算支出机制。还有，代表委员看不懂预算报告，那会是常态。代表委员如果不学预算和会计基本常识，预算报告永远也看不懂。

预算报告没通过，钱海不抱怨，他总是从自身找原因，他与张美玉、秦柳等连夜修改，力求在表述上通俗易懂，尽量减少可用可不用的数字。

这一稿，还是没通过，钱海又根据矛盾焦点问题反复改。第三稿，还是没通过。

一次又一次通不过，钱海不恼火，他邀请有意见的代表委员，反复征求意见，当面回答问题。虽然代表委员问的很多问题水平不高，有些甚至没有道理，但钱海回答仍很坦诚，也很认真。这一次次地请他们提问和回答，等于给代表委员普及了如何看懂预算报告的常识，也让他们对财政部门的火，慢慢消了。钱海的这一招真管用，代表委员终于以高票举手通过。通过了，也不是钱海的危机没有了，有人还在死死盯着他呢。

34

　　胡腾娇给熊书芳打电话，这已是第三次催他要写钱海的材料了。熊书芳说，还没有写完，他会抓紧的……胡腾娇一听说没有写完，就知道熊书芳根本没有写，是在耍滑头，是在撒谎，要发火但没发。熊书芳要给胡腾娇做解释，胡腾娇却把电话扔了。胡腾娇扔电话的"咔嚓"声，震得熊书芳的心房颤抖得厉害。熊书芳知道，李来对他已极其不满意了。因而，熊书芳近日最怕见到两个人，一个是李来，一个是胡腾娇。可在每天县里的会上，偏偏就碰到他俩。李来瞅他的表情是特别的，胡腾娇看他的眼神也是有内容的。那是种讨厌和有火要冒出来的眼光。

　　熊书芳一见到李来，心就颤抖。是因为李来的眼里喷射着火苗，这是他去找李来求办他老婆调动事时，那电一样穿在他心里的火苗。这火苗的后面，是烈火，是足以把他烧毁的烈火。还有胡腾娇的眼神，与催要他钱海的材料前露着笑意和友好的神态截然不同，看他时也是冒着火气。

　　熊书芳从听到李来会"有事"的风声那刻起，就已经打好拖着暂不写钱海黑材料的主意，可从这几天李来和胡腾娇依然如故的表情上，看不出李来有"事"的迹象。熊书芳心里有些"毛"了，他非常纳闷：难道传闻李来会"有事"的消息是假的？也许那消息真是假的。李来关系四通八达，胡腾娇的社交也广，要是李来真"有事"，他们俩还能不知道？在山川县有什么重要消息不可能从他们耳朵溜掉。传闻肯定是假的。再说了，李来有副省长这棵大树，真要"有事"，副省长还能不管？从李来和胡腾娇的脸上，其实已经有了答案：自己判断失误。想到这，熊书芳心急如焚，他怪自己仅凭一个小道消息，就作出了不写钱海材料的决定，真是幼稚和愚蠢。

这个黑材料写不写？熊书芳的心里如拉大锯一样来回折腾。来回折腾的，不单是他，还有他老婆。这几晚，他睡不着觉，他老婆也睡不着觉。他们不停地在商量怎么办好这事，商量怎么能不写这个材料。

熊书芳同他老婆的共同特点是，做任何事想法太多，不同特点是他胆小，他老婆自私、霸道。熊书芳对他老婆的自私和霸道非常憎恨，但又不敢怒更不敢言。尤其是他老婆让他先找李来办调动，再写钱海黑材料的主意，让熊书芳领略到李来的狡猾非同一般，是非常可怕的狡猾。这个"馊"主意的结果，是调动没有办成，反而在李来这里落下了他熊书芳"滑头"的看法。李来本身是滑头，滑头也最讨厌滑头。熊书芳感到他这个小滑头在李来老滑头面前耍滑头，简直是班门弄斧，太愚蠢了，感到他老婆更愚蠢。他压根儿也没料到，先调他老婆的这滑头动作，不但被李来一眼看到了底，反而引起李来极大反感。熊书芳埋怨老婆给他出了个愚蠢至极的主意，他老婆却反过来骂他：你就是个笨熊，肯定是笨嘴拙舌不会说话把事情办砸了。我还对你憋着一肚子气呢，你倒反过来怨我，真是脑子笨成狗熊了！他老婆的怨和骂，把熊书芳气得直喘粗气，但又不敢发作。他知道发作的结果，会遭到他老婆更为凶狠的责难和谩骂。他更知道，在有理或没理的事上，从来都是他老婆有理，无论他熊书芳如何抗争，那理一定在他老婆一边，被搞得"遍体鳞伤"的一定是他。他只能放弃抗争，除非他想找更大的不自在。

熊书芳思来想去，想出一个周全的办法，就是尽快把钱海的"黑材料"写出来，以免把李来彻底得罪了。彻底得罪了李来，那他的前程定是死路一条。

越想越睡不着的熊书芳，彻底失眠了。已是凌晨了，不可能再有睡意了。决定了尽快写钱海黑材料的他，好像去掉了压在他心头喘不过气来的大石头，暂时轻松了。熊书芳琢磨写一个什么程度的东西，才能补救李来对他的差劲印象。连续几天，熊书芳应付完工作后，就搜肠刮肚编造钱海的"问题"，但还是找不出什么让人信服的事情。只能硬着头皮写，可写在纸上的东西让他啼笑皆非，明明是搜罗钱海的黑材料，可写出来的却是前言不搭后语的狗屁文字，让人一看就是胡编瞎诌的。稿纸撕了一纸篓子，也没有编出几个故事。他很痛苦，他感到这是他写材料以来，最难写的材料。

也不是熊书芳编不出故事，如果编财政局任何一件工作的故事，那不会这么难，凭他熊书芳写了多年材料的才干，编造一连串的故事，并不难，而编造钱海的故事却很难，难得让他成为一种精神折磨。这折磨，并不单纯是材料不好搜集，而是面对钱海的无可厚非的人品，他熊书芳拿起笔来就像良心被什么拷打着，十分不安。结果是，煎熬了几天，没有写成材料不说，人被折腾得憔悴不堪。

也许上苍让人来到这个世上，是要人干正事的，不干正事的人，就会失眠、就会愧疚，就会心里闹鬼。人在干好事时，似乎再忙，也会兴奋；人在想恶事、干恶事时，似乎再卖力，卖力卖得多么有道理，那也很苦，也会很累。为写钱海的材料，熊书芳的心好累，头好疼，心好痛苦，加上连续几晚失眠，又吐又拉，大病了一场。

这几天钱海在市财政局开会，熊书芳没见到钱海。他不愿意见到钱海，他也怕钱海找他，他就在外面一个接一个开会，不回局里。而钱海却着急找他。钱海请他到办公室来。熊书芳以为要谈工作，可钱海的问话，让他大为吃惊：我看你好长一段时间，心事重重，人也像得了大病瘦了一截，是遇到了什么烦心事吗？

熊书芳有点慌乱地说：没，没有啊，可能是最近太累了。

钱海就直说：是不是李副县长给了你什么压力？

熊书芳的脸"唰"地红了。熊书芳问钱海：是不是秦柳给你说了什么？

钱海说：百分之百不是秦柳给我说的，但我知道李来让你干什么。

熊书芳紧张地不知道说什么好，脸涨得通红，额头上冒出了汗珠。

钱海安慰熊书芳说：我不怨你，你没必要紧张。

熊书芳看钱海对他仍同往常那样，一副友善和慈爱的眼神，少了些紧张和恐慌，拿出一副受害者的表情和腔调，诉说李来强迫他写这份他一千一万个不情愿写的黑材料，而一次次逼他写而他反复拖着不写的痛苦经过。熊书芳这副受到身心迫害的声调与表情，让人不相信、不同情也难。

钱海当然相信熊书芳在备受心灵的煎熬。看他眼袋愁成了熊猫眼，嘴角上也上火起了泡，人也消瘦了一圈，这材料没写出来，却把他折磨得不像样子了。胆小而脆弱的熊书芳，经不起折腾，再要不帮他解了李来系他的这套，还不知把他折腾成什么样子呢。钱海对熊书芳有些同情了。

钱海对熊书芳说：我说书芳，我们共事这么多年，你是了解我的，我对你说话不拐弯抹角，找你，不是拦你不让写我的材料。我知道你为写这个材料非常为难，你压根儿也不想写，但李来逼你写，对你来说这是没办法拒绝的事情，对吧？你不写，在李来看来不仅是拒绝了他的器重和信任这么简单，他还认为你会在我这里出卖他，他一定会这么认为。当然你会对李副县长信誓旦旦地说绝不会背叛他，但他会相信吗？李来会想，你知道写钱海的材料有风险，连这点风险都不愿担，那就是跟钱海关系不一般吗？那你熊书芳出卖他李来，是迟早的事，说不定已经把他李来给出卖了……

钱海的这番话，简直说到了熊书芳的心坎上，特别是钱海对李来分析的确切与深刻，佩服得他脑袋若鸡啄米，不停地点头。

钱海接着说：要说，有人写我钱海的黑材料，我恨还恨不过来，怎么会帮他出主意怎么写，那是脑子进水了；我帮你熊书芳和秦柳，是因为我钱海坦荡，不怕别人写我的黑材料，真的假不了，假的真不了，黑材料毕竟是见不得阳光的，所以即使谁写了这样的材料，除了给组织添些调查的麻烦，我自己没有什么害怕的。再说了，你熊书芳和秦柳是我的同事，我既是你们的兄长，也是你们的领导，理所当然应该保护你们。而李来在山川县强势霸道，报复心极强，盯上谁，谁就没有好果子吃。所以，我不愿意看到你和秦柳为我在李来那里吃亏，而以较为策略的方式保全自己，实在是没有办法的办法。因而，这个材料写还是要写的，而且还要写得让李来满意才行。知道这个材料难写，我帮你们出主意写。

钱海的话，让熊书芳不知道说什么好。钱海为保全熊书芳和秦柳的设身处地的慈爱心肠，感动得熊书芳一把鼻涕一把泪，哭了，哭得像个孩子收也收不住。

这个黑材料怎么写，写什么，钱海给熊书芳出了主意，劝他尽快写出来，给李来写了送去，把这事了了，集中精力干工作。

熊书芳找秦柳，说了钱海找他，钱海给他出了材料写什么、怎么写的主意，劝他们还是给李来把他要的材料尽快写了。

熊书芳对秦柳说：还是你打草稿，我来加工。

秦柳说：即使钱局长不介意我们写他的材料，即使他给出了写材料的奇妙主意，我也不写，不参与这事。

熊书芳问秦柳：钱海没找我之前，你因为钱海不参与，也倒是理由，现在他不在乎我们写材料，你为什么还退出？

秦柳接着说：这不是他宽宏大量不计较我们，我们就可以做的事情，即便他想在李来那里保全我们，那我也不能写，写了就是人品有问题；我宁可得罪李大县长，我也绝不写这样的肮脏东西！

秦柳的这番话，让熊书芳有种把他丑恶灵魂亮到了光天化日之下的感觉，面对秦柳无地自容了。没等熊书芳回应什么，秦柳说她手头有急活，转身走了。

秦柳的一次次拒绝和撂下的同样的话，在熊书芳心里掀起了巨浪，着实让他想了一阵子。

熊书芳感到钱海和秦柳，都给他上了一课。熊书芳怨自己真不如这个做他下属的女人，自己的灵魂丑陋之极。他终于下了一个决心，写一份对钱海让人"看得见""摸得着"的材料。

熊书芳写得很快，花了两个晚上就写成了，自认为是这么多年写得最顺畅、最满意的材料。材料写了二十多页，厚厚的一沓，他没有直接送李来，而是交给了李来的秘书，也给书记和县长秘书各送了一份。

李来看了材料，大为恼火。李来大为恼火，是熊书芳料想到的。他已经不怕他恼火，尽管他仍不相信李来会"有事"，不怀疑李来继续当县领导。

原来熊书芳写的不是钱海的黑材料，而是钱海的先进事迹材料。他把钱海写成了先进典型。

熊书芳从李来逼他写黑材料，转为写钱海事迹，这个转变虽然太大，但钱海并不惊异。在钱海看来，熊书芳这个人，本质上还是好的。

熊书芳写先进人物材料，善于从具体生动事例表述，这样的材料没一句空话，全篇都用鲜活的事实说话。他写的这份钱海典型事迹材料，把钱海上任财政局长以来如何破冰并在艰难中推行财政改革，如何顶着风险查"小金库"，如何建立争取上级项目和资金新渠道，如何千方百计落实书记新区建设的构想筹措资金等，描述了个活灵活现。

这份真情实感和言之有物的材料太生动了。据一位正到门口给李来送文件的干部说，李来当时在办公室看完这份材料，把正在喝的一杯茶，气急败坏地扔了出去，砸到了书柜上，把个书柜的玻璃打了个"稀巴烂"。滚烫的茶水还淋到了李来的手和胳膊上，烫得李来直甩手。真是烫得不轻，李来的手和胳膊上，起了好大一片水泡，好几天才下去。熊书芳看到李来胳膊上的水泡，想象得出李来暴跳如雷的样子。他把滚烫的茶杯大扔出手，那必定是气疯了，不疯能不顾烫水咬人吗。李来恨死熊书芳了，有了把熊书芳千刀万剐般的憎恨。

李来被材料激火而扔茶杯烫伤的动作，被熊书芳想象并刻在脑海成为惊心动魄的画面，从早到晚在他脑子里一遍遍回放。这场景回放，李来那杀气腾腾的样子，刺激与折磨着熊书芳那脆弱的神经，造成了他一次又一次一晚又一晚的失眠。但这次的失眠，只是对未来的害怕，却没了写材料前导致深度失眠的良心问题的折磨。他虽然害怕李来对他报复，但他想到自己做了件堂堂正正的事情，一件"冒天下之大不韪"的事情，他感到他从一个猥琐的人，变成了一个堂堂正正的人。熊书芳虽然感到心涌透彻的痛快，但心里又在打"鼓"，自己是不是又把这事做愚蠢了呢？

35

　　山川县的财政局长与教育局长，早已成冤家。这个冤，是结在两头的。一头是教育局长在不停地向财政局要钱，即使不停地给钱，且每年给不断地增加教育投入，而山川县的教学质量并没有提高，考生高考录取率不高，考入名牌大学的很少。

　　每年投入教育那么多钱，而学校办得却很差，民众对教育质量怨声载道，也骂财政局把钱给教育局养了帮"白痴"。财政局对增加教育投入越来越压力大，就对有些如提高待遇和盖楼堂馆所的钱不愿给，教育局长为此跟财政局长没少吵架。在老赵当家县财政的数十年里，财政局长跟教育局长结下了很深的怨恨，见面互相都烦。而另一头的冤却结在财政局求教育局花钱上。财政局虽然在有些方面控制教育局经费，可办学上用钱却很少会不给，可以说投入教育的经费有增无减。教育局长一面不停地向财政要钱，一面投入教育的钱又花不掉。教育局长不停地要的钱，是花起来自由度高的钱，花不掉的钱是专款专用不能乱花的钱。专款专用的钱是要做很多事才能花出去的，不做事或少做事就花不出去。按照国家预算规定，对于当年花不出去的有关经费，不能留下年使用，年底上缴国家。每年进入下半年，财政局长都要不停地敦促教育局长抓紧花钱，甚至催着花钱，就成了求教育局长花钱了。而山川县教育投入经费年年催着花，年年求着花，但每年都有结余，每年都会被上缴，这让财政局长非常恼火。这两头结下的冤很深，到了钱海当财政局长，这冤看来还要继续往深里结。

　　也就是年中时，钱海查看教育投入专项经费使用进度，才花了三分之一，花的速度太慢了。钱海催裴文光加快花钱速度，可裴文光说，你把我要的那笔盖楼的钱给我，其他钱我就给你花快点。裴文光这耍流氓的话，把个钱海气得半天说不出话来。快到年底，支出进度快到最后期限，教育专项经费使用还是很缓慢，钱海又催裴文光抓紧花。教育局长说，你不给我那笔钱，我做事就没积极性；你想让加快经费使用进度，还是那句话，你把我要的那五百万给我，把一中的那三百万也给了，我保证不让你为花钱再催我……

钱海当然明白裴文光是在说屁话，即使给了那笔钱，今年的教育专项经费，不加大劲儿做事，看来也花不出去。因为钱海让财政局教科文股一直在跟踪了解教育投入的使用情况，可做事的速度如蜗牛爬行，异常缓慢。快到年底了，教育经费花出去了才一大半，钱海着实急了，他给教育局长打电话催花钱，教育局长大爷似的说，知道了，谁不想把钱花掉，就你急！说完，"啪"地把电话挂了。此时的裴文光已经把财政局长当成了孙子。也不是裴文光一定要耍无赖，要把钱花出去也很容易，随便怎么花都能花出去。而投入教育的经费，是严格规定打"酱油"的钱，绝对不能买"醋"的，每分钱都要受到上级审计。花错了，乱花了，浪费了，由审计结果说话，问题严重的是要受处理的。花钱就要做事，不做事钱是花不出去的，花出去还得讲究效益。而要把这样的经费花出效益，又有很多条件制约，加上山川县教育长期以来人满为患、人际关系复杂等积累的陈疴，导致做事效率很低，要把这钱花了，花出效益，非常难。所以，谁当教育局长都很无奈。而钱海又遇上了这一任只知道讨好上级、能力低下的教育局长，那做事效率就更慢了，加上不想做事，钱就更是花不出去。

即便裴文光把钱海当成了孙子，钱海也得求裴文光。求他把钱按时花掉，花不完的钱被收回，这对一个贫困县的财政局长来说，好似割心头肉，钱海不愿意面对这样的事情。钱海想不出什么推动裴文光的招数，只好当孙子当到底，请裴文光喝酒。裴文光喜欢喝酒。那就用酒来改善一下关系吧。

钱海让熊书芳约教育局长吃饭，教育局长说：你们财政局长就是"牛逼"，局长请我吃饭，却让副局长通知我，这个饭我吃不下，也不愿意吃!

裴文光对熊书芳说话"牛"气十足。熊书芳被裴文光的"牛逼"话气得就要忍不住了。他的火,是有他十足的理由的。在他看来,哪有财政局长求教育局长的,也哪有财政局长请教育局长吃饭的,只有教育局长求财政局长,也只有教育局长请财政局长吃饭,才是正常现象。我财政局副局长替局长约请你教育局长吃饭,应当是抬举你了。通常情况是,财政局的股长约你,你也得跑得快点。这也是谁"求"谁而决定的。你教育局是要钱的,我财政局是管钱的,是谁"求"谁,别搞错了。这每年快到年底,反而成了财政"求"教育局了,这在熊书芳看来,这是财政局放着爷不做在做孙子,何必呢,花不掉那就上缴呗,这跟财政局啥关系,钱海请他这个混蛋吃饭真是多此一举。但熊书芳考虑到钱海让他请这混蛋吃饭的任务,不能被他办砸了,便压住火说:当然你是局长,我这个副局长约你是不够格,那我让钱局长亲自约你吧。

钱海打电话给裴文光,问他哪天晚上有空,请他吃饭。裴文光说,没时间。钱海又问,那你什么时候有时间。裴文光说,什么时候也没时间。裴文光压根儿不想吃钱海的饭。钱海还要说什么,裴文光把电话挂了。山川县的教育局长比财政局长"牛逼",有他"牛逼"的资本,因为他后面站着常务副县长。常务副县长管着财政局长,他裴文光是李副县长的"哥们",那他有必要"尿"你财政局长吗?!裴文光对钱海说,我要的那笔钱你什么时候给我,我什么时候请你吃饭,我们俩和财政局的事一切好说。

那笔钱,钱海打定主意是不会给教育局的,虽然李来批了,也几次软硬兼施地催促他拨付,但钱海认定绝对不能给,给了就是"打水漂"。这样一来,教育局的事情财政局就很难推动,求裴文光年底前花完那笔投入的事,钱海无可奈何,也就没有花完,没花完的二千多万元,只好如数上缴了。教育局的钱年年花不完,年年被上缴,书记、县长让李来追查原因,处理有关人员,而李来和裴文光总能找到钱花不出去的十足理由。找的理由很滑稽,说上面给山川县的教育经费太多了,没地方用;燕河县也是年年花不完上缴,山川县比燕河县小，花不完是自然的事。没想到这个理由，竟然就把裴文光的无能和失职遮掩过去了。

这毕竟是二千多万的损失，且年年如此，山川县的损失该有多大！

钱海不相信这个哄小孩的搪塞之词，他找县长询问其中原因，而县长对这个话题却有些不耐烦。不耐烦的后面，必定有难以言表的真相。真相是什么呢？钱海认为并不复杂，就是有人在极力袒护教育局长罢了。这倒让钱海看出了一个现象，大凡是李来插过手的事情，总会让简单问题复杂化。

转眼到了春节，钱海在急切打理节后两件大事，一件是新区建设资金，必须足额准备好，这是石书记给他下的死命令。款已经准备的差不多，再加把劲，也会跟上开工初期的需要。第二件事是一揽子部门预算、政府采购的财政改革，需要解决的障碍还很多。部门预算改革方案，虽然做得很细，也广泛征求了政府和社会各界人士意见，大多人大体满意，但在执行中发现，预算编制是做细了，而资金该何时拨，拨多少，怎么把钱花得规范、有效益，钱海对此心里仍然无"底"，资金风险仍然存在。让钱海困惑的是，没给部门编制预算前，钱花不好有部的责任，而编制了预算后钱花不好，资金使用再出问题，财政责任更大。这问题怎么解决？那就只有加快改革，把改革改到位了，财政部门面临的困惑也就解决了。在钱海看来，迟改，不如早改。早改，早受益；早改，钱浪费越少。

山川县财政改革总像难啃的骨头，不是改革难啃，而是人难"啃"。

钱海与他顶头上司李来关系水火不相容，准确地说是李来对钱海水火不相容。他们的关系僵到了钱海要做什么，李来绝对反对他做什么的地步。钱海计划要在年初推开的部门预算和政府采购改革方案，送到李来那里，压了两个多月就是不签字。他让张美玉催过好几次，李来说，这改革方案漏洞百出，改什么改！张美玉说，有什么问题请李县长指示，我们修改完善。李来说，先放着，别着急！张美玉当然知道李来的心思，不是改革方案有问题，而是他压根儿不让搞。后来再催李来，李来还是那句话"先放着！"放到什么时候，看来没有时间。钱海着急，就找县长，县长说，李副县长对你们提出的财政改革方案有新的想法，等他的意见吧。钱海说，都等了两个多月了，再等半年过去了，耽误事情。县长说，你急于做事是好，但李来是你的主管领导，你要与他搞好关系才是，否则，你这个财政局长还真难干下去。

钱海本来是找县长推进这事的，县长为何说出这样的话，好像他钱海与李来之间越来越深的矛盾，是他钱海不主动与领导改善关系造成的。县长这是怎么了？改革本来是他极力支持的事，为何变了口气呢？钱海一时搞不明白县长的心思。

县长究竟是啥心思？早在两个多月前，何止是两个多月前，在半年前钱海就与他商议过一揽子财政改革的事，他是极力赞同和支持的，为何李来不支持，他也消极了呢？张美玉给了钱海答案，似乎靠谱：市委有意选县长到外县当书记，又到了有可能升迁的节骨眼上，县长肯定考虑到李来与市委书记有关系的因素，在掂量工作与李来方面，暂时选择了维护与李来的关系，放弃了你钱海和你所急的财政改革……

张美玉的观察与分析，还真是那么回事。这些日子来，县长见到李来就笑容可掬，而在几次研究事情的会上，一改过去时而否定李来意见的"习惯"，而是李来提出的意见不管是对还是错，县长不是说"好"，就是"按李县长意见办"。县长对他的高度尊重，使得李来脸放光彩，感觉好不舒服。

然而很快传出消息，市委选拔县委书记人选里，最终名单里没了县长。

县长的升迁又一次成泡影，升官受阻，那会怎么样？钱海的判断是，县长会无所顾忌地放开手脚干事，他还要像支持他清理"小金库"和国库集中支付改革一样，支持他工作，他会催钱海拼命做事，他要创造新的政绩给上面看。

果不其然，不久，县长给钱海交代，财政改革由他亲自来抓，有事直接向他报告；改革方案不是李副县长压着不签意见吗，你们准备好，直接上县办公会研究通过，然后报县委通过后马上动手干。县长的口气里，透着大刀阔斧改革的决心，钱海压在心里的这块石头，又落下来了，想来部门预算和政府采购这两项财政改革，今年有望搞成了。

县办公会研究推开部门预算和政府采购改革方案，县长传达了财政部、省财政厅要求加快推行此项改革的通知，让财政局介绍了改革路径，提出尽快实施的要求。县长话一落，李来说他坚决反对，理由一个：改革的条件不成熟。紧跟着，县里有几个领导反对，还有列席会议的一半以上部门局长反对，认为这样的改革，对一个缺钱的贫困县来说，不宜搞得太急。有的人甚至还指责钱海说，你钱海就只顾出风头，根本不考虑山川县的实情，你的改革就是在不停地搅乱山川县……去年的清理"小金库"和搞国库集中支付改革，搞得各部委鸡鸣狗跳，搞得山川县的招商引资和争取项目资金鸡飞蛋打，搞得山川县经济发展环境异常恶劣，更让山川县多方面损失很大，难道你还嫌山川县不乱……你钱海就是山川县的害群之马！

……

县办公会成了声讨钱海的会，把钱海说成了破坏山川县安定团结、扰乱山川县经济发展的"害群之马"。大家看钱海，生怕钱海被气疯了。可钱海一脸的平静，一句话也没有，反而在笑。这么多人在损他，面对难听责骂，钱海为何不急不恼，反倒在笑？因为钱海觉得这些人幼稚，幼稚得像一群没脑子的顽皮蛋，在玩一场闹剧；更像是村里一群抱团的狗，凡是遇到外人，不管是好人还是坏人，一阵疯咬——乱发威风。所以，钱海在看他们出洋相，看他们出洋相的热闹。他只有尽量控制自己不笑出声来，哪能生气呢。

"啪——"县长一个巴掌拍到了桌子上，很响，震得人耳膜生疼。县长在一片责骂声中发火了：有些人说话太过分了，可以说是对钱海的无端指责。钱海有什么错，钱海所做的任何改革，都是中央要求的，是财政部和省里要求的，也是县委县政府同意的，他在尽他一个财政局长的职责。清理"小金库"是中央要求的，省里抓的试点；国库集中支付改革等财政改革是迟早要搞的事情，部门预算和政府采购等财政改革也如此，也是今天不搞明天必须要搞的改革，也不是别人搞你可以不搞的改革，这是工作，也是任务，谁当财政局长都得干，这与钱海个人有什么关系……再说了，改革哪有不触及问题的，不动谁利益的，改革引出的问题与钱海有什么关系?! 财政改革即使钱海不搞，谁当财政局长都得搞，你敢不搞? 这不是财政局的改革，这是县里的改革，是省市的改革，是国家的改革，今天不搞明天也得搞，别以为这是财政局要出风头。还有，查"小金库"抖搂出了犯罪案件与钱海有啥关系，况且这些问题本身就存在，今天不查，明天问题会更大，终会有暴露出来的一天。谁要怪罪钱海，怪罪工作搞错了，那是别有用心，黑白颠倒!

县长接着说：今天请大家来研究这些财政改革方案，是研究怎么搞，怎么尽快搞，而不是来让你们举手同意不同意的，这是财政部的部署，我们必须和中央保持一致，只有执行的份儿，绝没有否定的权力。牢骚不必发，责骂也没有必要，更没必要反感和敌对，这是县里今年的重点工作，年底前必须完成；对于你们来说，要紧的是摆正看法，抓紧配合财政局推开改革，让这些改革造福山川县……

县长声如洪钟的讲话，让钱海心中多年的郁积一下子疏解开来了，他多么感动，他甚至感到了幸福，那是一种被理解的幸福。在今天的会上，县长还有一番话，使钱海着实感动。这也是钱海一直想说而没地方说的话：谁不愿意当一个光批钱的财政局长? 当批钱的财政局长多让人喜欢，给谁钱谁高兴；谁愿意当堵别人财路的财政局长? 谁也不愿意当。可要当个称职的财政局长，大多时候是在做堵别人财路的事。财政改革，就是堵一些人财路的改革。而财政改革的使命，必须落在一任或几任财政局长头上，那山川县财政改革的使命，是落在钱海头上的。他不搞改革，他就是个不称职的财政局长，他就别当财政局长，山川县也不需要会计、出纳式的光会算账数钱的"账房先生"……既然这些改革要让财政局长入"油锅"和下"地狱"，那他钱海也只能入"油锅"和下"地狱"了，谁让他是财政局长……

县长的这番话，感动得钱海心潮荡漾，在李来等人肆无忌惮地指责钱海的声浪之际，县长力排众议，无所顾忌地对改革和钱海加以袒护和支持，让李来和参加会议的人十分吃惊，县长拍桌子的砰砰声，像是抽到他李来脸上的耳光，也封住了那些慷慨激昂之人的嘴。会场立时鸦雀无声，与会人员神情专注地听完了县长布置的财政改革工作。直到散会，再也没有人对这些改革说三道四了。

坐在那里的李来感到脸上火辣辣的难受，他如坐针毡。李来知道，县长轻易是不发火的，发起火来他谁都不怕。所以，县长发了火，即使他李来坚决反对，那他也不能说话了，说话就是引火烧身。李来的特点是欺软怕硬，这也是今天县长不理睬李来的坚决反对，而要以发大火来否定他意见的缘由。

在李来看来，县长的发火是冲他的，是压制他李来而发的。县长对他的态度，与数天前竞争书记时截然有别。那段时间的孙县长，对他李来可说是笑容可掬。那孙县长今天为啥发这么大的火？也许这火里还包含着他没当上书记的"有些因素"？这"有些因素"，难道孙县长知道了？李来想到这里，心头顿时像压了块铅，沉得难受。

就在选拔孙县长当书记的节骨眼上，李来给市委书记家里送山货，书记问他，你们孙县长是留在山川县当书记好，还是到其他地方任职好呢？李来当然不愿意看到孙县长继续当山川县县长，自己也等了好久县长这个位置了，希望他走得越快越好。于是就回答当然还是到其他地方任职的好。书记问为什么？李来本不想说孙县长的坏话，但书记好像要把孙县长就地提拔在山川县做书记，这是他最不情愿看到的。他有点急了，给书记说了一点孙县长的坏话。当然这些坏话，大都是夸大其词的捏造。书记听了对他有点反感，批评他"揣着偏见看人"，把个李来吓了一身汗。而后来的结果是，县长既没当上山川县的书记，也没被选用到其他县当书记。李来搞不清楚，他的坏话起没起到作用，会不会传到了县长的耳朵里，而从县长对他一反常态的脸色看，好像是他听到了什么，是市委书记把他的话"漏"了出去？他想很有可能，书记有可能把他的话传给了孙县长。领导往往肯定或否定一个人时，会拿别人的口说话。那市委书记定是拿他的话，否定了有人对县长的提拔意见？那这样的话，他是彻底把县长得罪了。想到这里，一向气盛的李来，后背抽了一把凉气。

今天县长的发火，让李来憋了一肚子气。李来的气，是要找地方出的，让他最容易出气的人，他最想找的出气的人，不是孙县长，是钱海。孙县长的火，让他更恨钱海。此时，他找不到出气的机会，只能心里骂钱海。他骂钱海不是个东西，是个不安分的孙子。心里在骂，更在生钱海的气：接二连三折腾查"小金库"和折腾财政改革，把他嫡系的"小金库"全消灭了，连"打点"上面的钱都没地方拿了。这孙子如要再这么查和改下去，他这个常务副县长的大部分实权，就要被他"查"和"改"掉了。

这并不是李来讨厌钱海的根本原因，也不是李来要把钱海踢下财政局长位子上的主要原因。真正的原因，是来自李来对权力的欲望和贪婪，也来自于他对财政工作的陌生。李来是吃喝玩乐、拉关系型干部，脑子里装的是人际关系，看重的是自己利益，不愿意让人动他的利益。因而对清理"小金库"和财政改革，总认为这是钱海冲着弱化他权力来的，总是情不自禁地反感和抵触。这也不是他不喜欢钱海的缘故，老赵局长搞改革他也反对，他也不喜欢老赵，也就是说，谁搞财政改革，他就不喜欢谁。更深层次的原因，除了李来贪恋私利，还有他对财政工作不了解而形成的糟糕心态。虽然李来主管了多年财政工作，但他却不了解财政，或者说曲解了财政。在他看来，财政局就是书记、县长的会计、出纳，管好钱、算好账、听领导话，就已经很好了，搞什么改革，是吃力不落好的事，没必要干。而财政部门的职能，却不是这么简单定位的，它是政府宏观调控部门，会计、出纳的工作是他们的基础业务，他们的大部分精力要放在钱怎么花，花哪里，如何花得省钱，如何以政策调控宏观经济，如何让一分钱花出最大的效益。李来反感的工作，恰恰是财政部门要做的。没有在财政部门工作过的李来，也从来没想把财政工作的这些理念装在脑子里的李来，脑子里只装着自己花钱的权力有多大，从不考虑和不去理解财政职能，只考虑自己的利益。所以，李来管财政而对财政不理解，对于勇于改革的财政局长必然反感。

正像李来不理解财政有政府宏观调控职能一样，山川县的大多领导干部也不认为财政除了干好会计、出纳的事外，还要把手伸得更长，对财政改革是反感的。而反感，证明问题就出在这里，这就是必须要改的地方。而要所有人都拥护一项改革，这改革本身就得质疑。山川县这么多领导干部反感财政改革，正是说明这个预算体制、财务管理运行落后不堪。事实上，中国的财政管理，比起西方发达国家来，预算的透明、花钱的阳光、管钱的规范，差距很遥远。难怪财政部在不停地逼自己和地方改革、改革，不改革财政没出路，不改革有多少钱也不够花。这一点，李来等人才不管，在他们眼里只有自己花钱需要无阻碍的权力。

在他人看来，财政这个部门的人很奇怪，平时不爱声张，还有点神秘，又不停地在琢磨事儿，甚至在折腾事儿。琢磨和折腾的事儿，就是想不停地改革，好像不折腾改革，他们就要下岗没饭吃似的。这群人真是怪，一直在通过改革弱化自己管钱的权力，也在通过改革改掉花钱的不合理弊端。这些财政改革，无不改变的是所有花政府钱的单位和领导的权力，也牵扯一些人的利益。山川县的国库集中支付改革搞完了，解决了花钱怎么花和花钱谁说了算的问题，而接下来的部门预算改革，要解决政府部门花钱应该花多少的问题，接下来的综合预算改革，部门买东西哪些该买，哪些不该买，且在哪里买、价格多少合适的问题。这些改革环环相扣，像在财政管理的机器上拧螺丝一般，要把一部有机协调的财务管理机器装好，要把缝隙挤掉，要让它高速运转，要让国家的钱滴水不漏，要让每分钱花出效果。这些改革，是约束一些人手脚的改革。李来从这些改革中，看到的不是把政府的钱花好了，对政府有多少益处，他看到的却是自己的权力受到了多少制约。他从这些改革中，看到了他的权力被钱海一刀一刀地割掉了。

有一次，李来竟然这样戏言钱海：你折腾这些改革的事，除了得罪人，就是个扯鸡巴蛋的折腾事儿；你不折腾事儿，难道还没事干吗？没事干，去泡妞啊，泡妞多开心！

李来的观点对山川县财政是灾难，任何一个财政局长要搞改革，首先反对的就是他，这真是财政的不幸。他这个主管财政的常务副县长有这样的观点，有这样坏透了的观点，自然会影响一批人，会带起一批人对财政改革的抵制。李来和一批人，看透了财政改革结果的实质，是彻底改变花钱的方式，让他们说了不算，让他们没有多少便宜可占。这捆绑他人手脚的改革，断别人的财路，削掉了花钱肆意妄为的权力，使得吃惯了肥肉的人再吃不着了，有人要狗急跳墙了。

改革刚推开，有些人就受不了了，感到照这样改下去，财务权要被"改"没有了，花钱多了道"铁门槛"，花钱会彻底被捆住了手脚。

李来是打定主意，要让钱海的清查和改革泡汤。

李来精心策划，给财政局调来一个叫范小尔的副局长，安排在了"二把手"位置上。

范副局长，是县政府副秘书长，做过驻京办副主任，北京关系"四通八达"，是李来的"铁杆"。范副局长，是按照李来的意图上任的。他要做李来的替身。

李来交代给他的意图很明确，且反复叮嘱：想方设法扼制钱海，但首要的是扼制住钱海推行的那些狗屁改革。还交代给令范副局长激动不已的任务，无论采取什么办法，要往财政局长位子上走，想办法尽快把钱海搞下去，由他来接任财政局长。范副局长尤其对李来后面的期望，激动得不知道说什么好。他做梦也想当这个财政局长，他做梦也想当副县长、县长，还有书记什么的。李来对他说，只要你干上财政局长，以后就有希望接上他常务副县长的班，我保证让你今后仕途心想事成。这等于李副县长给他许愿了。他坚信，李副县长许愿的分量很重。李副县长在山川县是很有分量的人，他小范只有紧紧跟着他，那他后面的事情，准错不了。

范副局长有李来这棵大树，有李来交给他的明确任务，他上任后的工作思路很清楚：只要是钱海想做的大事，他必须反对；只要是李副县长反对的事，他必须阻挠。

范副局长参加局里第一个会，是研究工作，他的发言单刀直入，反对财政改革。他说，他的理由很简单也很充分：搞财政改革的大都是发达地区的市县，发达地区有钱，有钱的财政搞改革才有意义；山川县是贫困县，每年就那么仨瓜俩枣的几个钱，搞什么财政改革；财政要搞是抓紧搞钱，怎么能够多多地搞来钱，而不是自己手里抠钱，这是最主要的，而不是什么"清查"和改革。再说了，财政都把各单位领导的财权"革"没了，各单位领导花不上钱，谁会有积极性，谁来干事情？财政要卡钱，财政"牛逼"，那就把所有事情交给我们财政干，累死你也干不完?!

范副局长还说：穷财政做事不能太出头，出头的椽子先烂，改革就是强出头，出风头。另外，我们财政的手，也不能伸得太长，给谁的钱，由人家去管去花，没有理由不放心别人；财政总想把钱管到自己手心里，这是职业病；做财政的人要纠正一个毛病，不要总是把钱看成是自己的。钱是谁的，是国家的，是大家的，钱不是你财政的，你处处担心且处处去管，是不是管得太宽了……财政改革要停下来，等时机成熟再搞。什么时候时机成熟？是等全国其他地方改革铺开了，再搞也不迟！

范小尔副局长把财政改革说成了财政揽权，狗拿耗子多管闲事。范副局长的话很冲，几乎没有商量的口气，要求改革即刻停下来。

财政改革由熊书芳和张美玉配合钱海主抓。范小尔以几乎命令的口气对他们说，你们两个人，不要再为改革到处挨骂了，省点心吧！

范副局长的发言，俨然是上级领导来做指示的，也是来纠正财政局偏差的，更是给局长钱海下命令的。

熊书芳实在听不下去范副局长这凌驾于钱局长之上的训话式的发言，几次打断范副局长的话，问范副局长，你这是对谁训话呢，别忘了你是财政局副局长！甚至直截了当地指责范副局长，你是小人物说大话！

范小尔不理熊书芳的指责和贬损，脸皮厚如城墙地想说什么仍说什么。钱海知道他是李来的化身，不吭声，让他尽情胡扯。除了熊书芳横眉冷对，其他人只是边听边发笑。别人嘲笑他，他也不在乎。他的脸皮，真是厚得让人不可想象。

任由范副局长把自己放在局长位置之上也好，任由他小人物说大话也罢，甚至对财政改革横加指责和蛮横阻挠也可，钱海任他表演，也任他撒野，既不回答他提出的问题，也不理睬他说出的蠢话，更不回击对他的指责与攻击，该干什么还干什么，该形成什么决议照样形成什么决议。在范副局长看来，钱海眼里根本没有他，在其他局领导眼里也根本没有他。孤家寡人的范副局长，这也反对，那也阻挠，在财政局班子里却只是一票，对钱海和班子决定要做的事，起不到任何左右作用。范副局长做梦也没想到，钱海在财政局的威望比他想象得高，局领导没有一个不反感他的，这使他到局里反对钱海的所作所为，似乎成了一只上蹿下跳的猴子。钱海和其他班子成员，还有局里的干部，成了看耍猴的人，这让他感到非常羞辱，非常苦闷。他给李来诉苦，李来骂他"窝囊废一个"，并扔给他一句话：不叫的狗才咬人呢。你在财政局大吼大叫，横冲直撞的，简直就是个大"傻逼"，既丢了你的人，也丢了我的人……

本来憋了一肚子馊气的范副局长，又挨了李来的骂，都有头撞墙的念头了。

但范副局长毕竟是见过世面的，加上脸皮厚，很快调整了过来。他感到虽然出师不利，虽然低估了钱海的心理承受力，虽然钱海的群众基础不错，但他坚信钱海还是会有漏洞的，也坚信局领导不会全对钱海心服口服，钱海肯定有软肋，那得需要时间和耐心，需要足够的耐心才行。范副局长有了自己的新攻略。

范副局长对财政改革仍然强烈阻挠，钱海对改革决心既不动摇，也有自己的攻略。钱海早就打定主意，无论李来如何横加干涉，无论他派来的范副局长如何闹腾和阻挠，他不与他们论战，更不与他们打嘴架。他有个十分自信、也是近乎单纯的想法，他要让范副局长渐渐地把嘴闭上，不仅要让他嘴闭上，还要让他支持改革。所以，钱海对范副局长的无理和蛮横，从不做出反应。

范副局长当然明白钱海的策略，但他是绝对不会服气钱海的，也绝对不会被钱海的慈悲情怀所感动，他是带着李来的使命来财政局的，当然更是要把钱海搞下去，是抢他财政局长座椅而来的，他怎么可能被钱海感化呢。

范副局长在又一次局班子会上对于钱海执意要推行财政改革，提出反对意见。他对钱海说，他是组织派来的常务副局长，作为局长的钱海，不能踢开他干事情，财政改革他坚持反对。如果钱海一意要干，他会不停地向上级领导反映问题的。

"范副局长要向上级反映什么问题，你狗嘴里能吐出什么象牙?!"张美玉说。

范副局长说：我自有反映的问题……你想知道我要反映什么问题，我可以告诉你，你在我这狗嘴上亲一下，我就告诉你!

张美玉骂道：流氓!

范副局长说：你才知道我是个流氓，我早就是个流氓!

范副局长在对待财政改革上，具体说对待钱海上，早已拉下耍流氓的架势。钱海说"散会"。这会，财政改革的一些关键问题，研究了一半，只好放下了。

36

　　钱海压根儿没有想到，范小尔竟然把他的苦口婆心和慈悲情怀全不当回事，拉出一副不搅乱改革的局，誓不罢休的架势。钱海可以忍让，但在改革上绝不会妥协，更不会放慢改革的脚步。在此情景下，他也只能绕开范小尔搞改革了。凡是有关财政改革的事，自己能拍板的就拍板，能做主的就做主，县长也给了钱海"尚方宝剑"，凡是有关改革上报给李来副县长不作答复或打回财政局的呈批件，财政局可直接呈送他。

　　有了县长的话，钱海就按照县长的意思办。呈送给李来的有关财政改革文件，凡是石沉大海的、"缓办"的、"不同意"的，钱海就直接呈送县长。在几个呈送的方案上，县长批示总要写上"大刀阔斧地往深里搞"。这些批件返回财政局，就被范副局长复印送给了李来，李来就兴师问罪钱海：你一个局长，胆子不小，我坚持不同意的事情，你有什么权限越过主管副县长直接给县长送件？还要斗胆去操作?!

　　钱海对李来说：这不是我钱海愿意这么做。为何这么做，我解答不了，你可以找县长。

　　李来为此找县长，问县长越级送件是怎么回事，县长给了李来十足的面子说：这些改革既累人又得罪人，我就直接抓，你享点清福多好……

　　李来并不买县长的账，便对县长说：这几项改革，在山川县没有必要搞。即使你支持，我也不同意搞！

　　县长说：你不同意搞，也得搞。不搞，我给市领导交代不过去，搞不好更是交代不过去……这是造福山川县的改革，它能最大程度解决山川县财政资金粗放式管理和漏洞百出的花钱机制，我希望你不仅应支持，还应当参与推动才是……

李来虽然明白县长的话没错，但李来却不接县长的话。因为他的所思所想与县长不在一个频道上。李来仍是憋着一肚子气来，又憋着一肚子气离开县长办公室。

主管财政的常务副县长极力反对财政改革，真让钱海难以理解。县长的助推，副县长的阻挠，钱海只有选择干和不干。李来不干，钱海当然不会选择李来。不选择李来，他还是想争取李来，争取他理解和支持改革。钱海又硬着头皮给李来打电话，要给他汇报工作。李来问，要说什么事。钱海说，是财政改革的几件事。李来说，这事他不听。这已是李来无数次明确表态，财政改革的事，不要给他说，他不听，他没时间听。

钱海放弃了与李来缓和关系的一丝幻想，这倒反而没有了压抑和顾虑，趁县长对财政改革热乎劲十足，夜以继日地工作，迅速推开了部门预算改革。钱海设计的部门预算改革，透着一招到位的准和狠。

建立财政预算评审机制，把预算做真做实，让部门花国家每一分钱，有根据，有理由。他把对部门预算项目资金，全部交给财政投资评审中心进行评审。凡是预算部门申请财政支出的项目资金和财政部门下拨的所有部门预算资金，一律先由投资评审中心做项目投资评审，没经投资评审的项目，资金不准拨付。

这真是个好招，它把长久以来容易做虚的部门预算，给做实了。这一招，随之被财政部投资评审中心归结为做实部门预算的"倒逼机制"。这做实部门预算的创举，体现在哪里？过去由于先拨款花钱后评审，每个项目该花多少，财政部门拨多少合适，财政部门拿不出具体根据，加之事后审核，财政部门很难有"发言权"。这部门预算"倒逼机制"，把财政部门预算纳入了投资评审，实行不评审不拨款，拨款一律依据评审报告进行，如此一来就增强了项目预算管理精细化管理程度，也对花钱单位实现了有效监督，堵塞了花钱暗流和漏洞，提高了钱的使用效益，从而节省了大量资金。

还有，这"倒逼机制"逼着施工主管部门做实预算的办法很厉害。通过资金评审和绩效评价，倒逼施工主管部门做实预算，增强了预算编制的科学性，也提高了资金使用效益。"倒逼机制"加大了全过程跟踪评审的力度不说，还形成了财政"逼"主管部门，施工主管部门"逼"自己建立起了资金管理机制，使得财政的监督审核，渗透到了资金使用的事前、事中、事后，把钱管到了一条可以掌控的、不漏水的管道里。

还有，钱海的政府采购改革，不是走走形式，而是把政府部门所有所需的办公用品、所有的政府购买的开支，都归入了政府采购。采购大的有汽车，办公楼电梯空调，上千万元的工程材料，小的到一盒大头针，一把椅子，马路边的一棵树苗，都货比三家，选最优的且价格最低的，由政府统一采购配置。钱海的统一采购，更不是写在纸上的，那是要落在大大小小政府部门五花八门、纷繁复杂的采购上的。这货比三家，选择价廉物美的，那由谁来比，谁来选？钱海不怕劳累，也不怕讨人厌恶，他让财政局政府采购中心人员对各单位申请采购的材料、货物、物品等，一律招投标，一律跟踪监督，不让质量上出偏差，不让价格上出偏差，不让采购数量和使用地方上出偏差。

这样的深度，有人说钱海是"绝""奇""损"。

"绝"在哪？钱海的绝，有几绝。他绝在把政府要购买的大小物品，都列入了政府采购，还绝在把采购的目录公布社会，任何供货商都可以参加采购招投标，还绝在他让财政局人员参与采购的询价、砍价、集中供应商公开竞标。这所有的"绝"，归为一"绝"，那就是政府所有花钱买东西的环节，都被他推行的政府采购的这些"绝招"，一"网"打尽了。这样一来，各单位的采购员失业了，不能自行采购了，利用购买东西捞公家油水的缝隙被堵住了。过去机关买的东西净是贵的，但大多不是质量好的，因为吃了回扣，油水滚滚，谁买东西谁会发财，而且领导和财务人员一起发财。过去负责工程项目的人与开发商、供货商一起骗国家钱，以形形色色的骗技，把国家的钱骗到个人口袋里。过去机关里领导想给自己买什么东西，大到家里电器用品，小到女人的化妆品和卫生巾，都可以开成办公用品发票报销，漏掉公家钱的洞口，可说无处不在，千奇百怪，防不胜防。而钱海的"绝"，是把人家捞好处的财路给断了。

"奇"在哪？有例为证。县机关采购安装中央空调，领导推荐厂家纷至沓来，他让采购部门一一热情接洽，而选择谁家产品不是采购部门人员说了算，而是由专家组专家对厂家产品打分说了算。专家组成员不是固定的，是随时从专家库提取的。依据专家打分选择厂家产品还不算完事，他还派采购部门人员暗访被选定采购的厂家产品，是否货真价实，是否售后质量好。他在专家组打分选了厂家产品后，派人暗访调查发现，这家的产品质量没问题，价格低于其他产品，而售后服务不好，而且在安装时还出现过偷梁换柱以次充优的问题。很多厂家在安装大型设备时，都会使出将隐蔽部位的部件以次充好的伎俩。他还是放弃了这个厂家，选择了专家打分略低于这个厂家的产品。他让人暗访质量和售后服务都不错的厂家，放弃专家打分第一，而选择打分第二厂家。被放弃的厂家老板找钱海要"说法"，不然要告到底。钱海亮出了财政局采购中心人员暗访的调查证据，老板哑口无言，还反过来求钱海，千万不要公开他们的暗访结果，他们退出采购竞争。还有，选择了专家打分排名第二的厂家，虽然暗访的情况没发现问题，可安装后却被钱海的采购部门人员发现了问题，还是不小的问题。原来，中央空调通到每个房间的空调管，是一项大采购，且都在暗处，材料很容易以次充优。采购部门选订的是一级品，也就是铜质材料。而这厂家安装的是铝材料，铜与铝的材料差价很大，全部材料差价总在二十万元。这个"手脚"，被钱海的人是怎样揪出来的呢？厂家挺有意思。安装前，他们叫财政局采购部门的人现场验货，当场验的货都是优质铜材料，应当说没问题了，厂家一晚上全安装完了，可被钱海发现了做假。钱海在办公楼垃圾堆发现了铝管材料边角，它与采购的铜管材料不一致，他怀疑空调暗管材料安装时铜管被换成铝管。他让有关人员打开空调管道部位，查了个清楚，竟然采购的所有空调铜管都被装成了铝管。在现场铁证如山面前，厂家无话可说，立马更换成了铜管。

说钱海的招损，"损"在哪？暴雨成灾的季节，燕河水会把河堤冲垮，淹没村庄和良田，早已成为山川县夏季一患。县政府决定要在一段河段上扔石头固河堤。县水利局招标了施工队，施工的费用合理，而要采购多少石头，需要扔到河里多少方石头，河里水流湍急，河堤七扭八拐，无法确定采购数量。无法确定采购石方数量，就意味着工程队要多少钱，政府如没理由砍价就得给钱。而钱海有办法，他让财政局采购部门的人员称石头。这个办法麻烦却也简单。简单是，一方石头多少公斤，每车石头由财政局有关人员监督过秤，过大型板秤。一车石头，车皮的分量是固定的，一过秤，多少公斤是几方，清清楚楚，谁也蒙不了谁。麻烦的是，过完秤，再由财政局人员跟车到河堤，监督施工方如实把一车又一车石头如数扔到河道该扔的地方。用板秤称石头，再由人监督扔石头，没有人不说钱海不"损"。说他"损"到家了，别人连一块石头的便宜也占不着！

还有人骂他"坏损"。钱海在政府采购上"坏损"的事情，还有很多。如环保局绿化县城种树，选种什么树由你环保局定，而一棵树种花多少钱，该花多少钱，那得由财政局参与经过政府采购程序购买。树种五花八门，品种稀奇古怪，怎么竞价，又怎么定价？树的品种不同，价位就不同；树种质量不同，价位也会不同，这样政府采购，太麻烦。要弄清楚各类树的品种，要弄清楚它们的品质，要弄清楚它们的不同价位，那得当树的专家、市场的行家，否则财政局在这采购上不会有主动权和发言权。作为财政局机关干部谁愿意细到学树种知识的地步，更不情愿了解树的市场行情。有关人员为难，钱海就带他们走访林业专家，走遍了树种市场。这一访一走，弄清楚了所采购各类树的不同品种和品质，也弄清楚了不同品种和品质的树，在市场上的价位。林业局的树种采购清单到财政局后，树种、价格财政局有关人员便"门清"，一千万的报价，有理有据地被砍掉了四百多万。这购树款虽被压缩掉近一半，财政局问环保局和种树公司"还干不干"，对方回答说"干吧"。而这购树的钱，也不是一次付给，又被钱海设了活一棵树付一棵款、三年分期付清的门槛。对方急了，为何要分三年才付清？钱海的理由是，有些贵重树没有三年种养，往往会死掉。财政局问对方"干不干"，对方犹豫一番后还是说"干吧"。于是栽了树，钱海一棵不漏地与采购目录核对树的品种和树的大小，对不上号的，不付款；每次付树款前，钱海的人就到现场看树是活还是死，死了的不付款。这"坏损"招，使城市绿化款比过去少花一半多，种的树没有了偷梁换柱和春天种夏天死，第二年又接着花钱栽，花钱多、树不见多的栽树怪象。钱海的"坏"和"损"，当然断掉的是层层相配的"利益链"。

政府采购让部门花钱花多少，谁说了也不算，事情说了算。需花多少不是人说了算，而是事情说了算。更是解决了政府买东西哪些该买，哪些不该买，且在哪里买、花钱买价廉物美的问题。

部门预算和政府采购的一招又一招，堵住了漏汤锅的洞。乱花钱管住了，不该花的钱管住了，花多少钱有底了，浪费的洞堵住了。

堵住的是钱，可转变的是花钱的思维习惯，转变的是政府机关干部花钱的行为习惯，改掉的是花钱大手大脚的毛病。

大量经费节省了，沉淀在部门的钱派上了用场，解决了花钱贫富不均的状态。

改革是堵住了漏钱的"锅"，可刺痛的是李来等一批既得利益的人。那几个不停地给钱海挖陷阱的人，一刻也没有停，设计好了更大的陷阱在等待钱海呢。

37

　　按照书记规定的时间，钱海筹集到了建设新区的资金。虽然筹集够了书记牵肠挂肚的这笔钱，而钱海并没有马上给书记报喜。钱海对这项耗费巨资的工程，从心底里抵触，他不想马上拿出来，他要等到书记逼得他非拿不可时，再拿也不迟。钱在国库里多待一天，就踏实一天。"不想拿钱"，既是钱海的"职业病"，更是钱海的忧虑：这么个穷县，要拿出这么多的钱搞这"杀鸡取卵"的政绩工程，究竟能不能给石书记这哥们助力升迁？以他看，很难说。他希望书记马上得到升迁，"高升"走了，让工程计划流产，那么这笔钱就不用花了，那该多好。

　　前段时间，吵嚷着孙县长要被选拔，好像已板上钉钉了，可不久便没了消息。这一阵，又听说石书记有可能提拔到市里，也可能调整到其他地方任职。钱海听了这消息，不知有多高兴，他希望这消息尽快成为现实。如果是这样，新区建设的事有可能搁置，那几亿元资金，可以投入到县里非常需要的地方了。于是，钱海就有了"缓兵之计"的心思，虽然新区建设的资金准备好了，但他对石书记说，钱还差得远，还在想一切办法筹措。石书记听了一脸的不高兴，便扔给钱海一句话：开工前还筹不够钱，你就真的别干了！

　　自从确定新区建设项目来，石书记就没停过向钱海催钱，甚至几次以撤钱海财政局长职逼他筹钱。钱海对石书记的以撤职"威胁"相逼，已不以为然，反觉得好笑，他是一个压根儿不愿干财政局长的人，还怕你撤职吗？

眼看到了项目原定上马的时间，可石书记对工程上马却没了前段时间那么着急。书记不急，钱海也用不着追问。钱海琢磨，也许石书记真是要走了？石书记真要走了，对节省这笔建设资金来说，那可是件大好事。钱海盘算了一下，这几个亿，会解决县里下岗失业人员再就业费用，城乡居民大病统筹医疗补助费，还可以解决教师和事业单位人员拖欠已久的工资。解决这些大麻烦，究竟需要几个亿，那得看对这些麻烦问题是大解决还是小解决，大解决那就是一笔大开支。如果不搞新区建设，这些大麻烦事，按照钱海的打算，今年必须解决一大半。如果能解决这些大麻烦事的一大半资金，那山川县就暂时稳定了。

钱海上任一年多，挖财、生财、聚财，尤其是他推行的一系列的财政改革，仅一年就给国家节省下好几亿元资金，这无疑给山川县聚财带来了巨大成效。虽然财政改革在谩骂和较量中进行，也取得了历史性成效，但还有九个"小金库"被清理掉又有了。有了，也不奇怪，"小金库"本来就如同"牛皮癣"，治一下，不见了，"药"一停，随后就出现了。钱海派人暗地里把情况摸得很清楚，他们是招商局、教育局、水利局、建设局、县医院、国土局、环保局、税务局、政府接待办。这些单位的"小金库"之所以死灰复燃，是因为有死灰复燃的胆量。胆量，当然是有人撑腰，撑腰的当然是李来副县长大人。既然有人撑腰，既然敢顶着上面三令五申继续设"小金库"，那一定是想好了对付清查的招数。钱海明白，下面再要啃这些硬骨头，可不是好啃的。这死灰复燃的"小金库"来势很猛，张美玉带人暗中测算了情况，却让钱海既吃惊又喜悦，这些"小金库"大约有两个多亿！两个多亿，这让钱海如同狼看到了血淋淋的肉，一时来了劲头。

钱海虽然不想当财政局长，可干到如今，干了这么多事，而且看到了成功的希望，他是决意要一门心思干出点事情来的。要当好财政局长的前提，是要有钱，有更多的钱才能当好财政局长。钱海多年养成了对钱非常敏感的习惯，那就是总也不甘心放弃任何一丝找钱的机会，就像狼不会放弃任何一块肉的机会一样。眼下死灰复燃的"小金库"，他是绝不会放弃这块肥肉的。当然，这死灰复燃的"小金库"，那可是一头头谁碰咬谁的野兽。但有了前面改革探索积累的经验，他对现在去冒这个险，着实有些兴奋。他觉得激怒李来这些人很刺激，就像斗牛士那样，把牛斗急了，斗疯了，再把它一鼓作气斗死，在惊险中获胜，多有意思。当然，这斗牛过程中，虽然会有被"疯牛"顶伤，甚至顶死的危险，但优秀的斗牛士直到把疯牛斗死也不会伤及自己的。钱海想到接下来要把李来这头"牛"斗急了，斗恼了，是很刺激的事。

张美玉为钱海冒这个险担忧上了，且越想越担忧。钱海上任财政局长这一年多来，为查"小金库"，为取消"攻关费"，为财政改革，差一点把财政局长位子丢了，况且现在还有人在找机会要把他搞下去。这些单位又私搞"小金库"，是有备而来的，而且对付清查的招数更多了，好像压根儿也没有把清查当回事，压根儿也没把钱海当回事。这些"小金库"，在张美玉看来，个个是一盆火，谁碰烧谁。钱海这次真要同上次那样动真格的，那会被必烧无疑，且也不会那么一次又一次幸运，化凶为吉，那么多被他得罪了的人，不会放过他的。这个险，该不该冒？张美玉判断，钱海要继续清理取消这些"小金库"，不仅会引发新一轮的巨大矛盾和斗争，肯定会把他推到更加危险的境地。

当张美玉把她的担忧告诉钱海时，钱海说他也想到了。钱海说："小金库"是笔大钱，要清回来，不但能解决好多大事情，也好让有些人看看，我钱海不是做事半途而废的货色，要盯上猎物，我是死咬住不放的。

张美玉说：你的狼胆谁都领略过了，还是见好就收吧。"小金库"在全国如韭菜，割了一茬又长出一茬，只要"根"在领导那里，谁割也割不完，你何必找了难受又要献身自己呢。

钱海说：要置之不理，那不就是对他钱海前面清理成果的否定吗，那不就让人认为前面的清理是多此一举吗，那不就会有人认为钱海被吓成"缩头乌龟"了吗？这几头"牛"，我是要斗一斗的，我倒要看看，斗"疯"了，能"疯"到什么地步。

张美玉说：你的逞强好胜，也不是没有道理。但这次的"石头"

太大，要清理这些"石头"，得换一种方式了，过去由财政局冲锋陷阵的清理方式，肯定是不行的。

张美玉接着说：清理"小金库"最有力的牵头部门是纪委，不应当是财政局。我要想办法让纪委牵头，财政局随同，这样会避免各部门与财政局的撞击，也会避免了你的危机。

钱海赞同张美玉的策略，他给县长汇报了这个想法，县长说理应纪委牵头，便去找石书记协调。石书记说，县纪委领导没有一个不在忙案子，哪有人挂帅干这事！

县长一了解，县纪委确实太忙，没有一个领导不在忙上面指派查办的案件，也没有一个领导不在忙县里大小案件的查办，人手又少，确实找不出一个领导来牵头查"小金库"的事。县长还是请纪委书记派个副书记挂帅"小金库"清查。纪委书记说，清查"小金库"是业务事，又不是案子，他们纪委办案还忙得人拉不开栓呢，哪有人参与这事呢，这都是你们财政方面的业务工作，财政局牵头名副其实，他们也只能"配合"一下而已。

纪委的"配合"，最终是派不出领导参加，要参与也是派一个一般干部参与，但也可能只是挂个名，因为纪委实在是一个人当好几个人用，一个人干着好几个人的活。实质是，纪委不是挤不出一个领导牵头，也不是领导不能挂名参与，而是另有隐情。纪委书记是李来的中学同学，大的事情上能不能顾及李来的面子不好说，至少说这些李来讨厌的具体工作，他是要给李来面子的。纪委不牵头，领导也不挂名，派的一般干部也只是挂个名，这无疑又把财政局推到了风口浪尖上。没有纪委的牵头，所有的"火"都会烧在财政局，"烧"在钱海头上。

张美玉劝钱海：这是明摆着的"地雷阵"，你现在停下不干，没人逼你干。听我的，算了吧……

钱海说：这就被吓回来了？不至于那么可怕吧。我一个不怕丢了财政局长帽子的人，也不在乎升不升官的人，还有什么可怕的？我是什么也不怕，我要把这群"牛"斗到底！

张美玉骂钱海：真是个"一根筋"的"土山楂"！

钱海说：我就"一根筋"到底了，也会像"土山楂"要"酸"倒有些人牙的。"酸"倒了别人的牙，无非就是被从财政局位子上踢下去。踢下去也倒好，我早就不想当这个财政局长。与其不干事让人踢下去，还不如干着事让人踢下去的好。

张美玉深知钱海的倔强，那是九头牛也拉不回来的。但她预知这次清查"小金库"会给钱海带来的麻烦有多大。她不愿意看到这个局面，这个局面会非常糟糕，那会是钱海的倒霉，也是山川县财政的不幸。不管怎么说，她还是想帮钱海，她终于想出了帮钱海的办法。张美玉悄悄跑了趟省城，去找省纪委当领导的一位朋友。

省纪委张美玉的朋友以为她是为什么案子而来，听了张美玉要让他们出面帮县里查"小金库"的事，虽然查"小金库"是省纪委名正言顺的事，可又很为难。她说，"小金库"是普遍现象，又没有违法线索，纪委也可以不参与；虽然省纪委可以管违纪的事，但哪有精力管这样年年都做的事。但张美玉还是说服了她朋友，答应她想办法帮忙。但怎么帮，她想了个主意，只能借中央和省正在布置清理"小金库"的东风，把他们县列为试点，这样就可以省纪委派人名正言顺地去调查清理了。这个办法真是太绝妙了，让张美玉兴奋不已。

张美玉从她省纪委朋友办公室出来，就给钱海打电话告诉了她在省城，她在省纪委办成了这件事情。钱海听到这意外消息，既高兴，又感动。

不久，省纪委试点清理"小金库"的文件来了，有山川县。不久，省里人来了，纪委一位处长和一位科长与市纪委的一位处长和两名科长，还有省市财政厅局的处长和科长，近十人工作组驻到了县里。一时，清理"小金库"成了县最大的事情。山川县成了省里清理"小金库"试点，书记、县长和纪委领导是必然要参加的，清理小组领导人员一下子从仅有钱海，增加到了省市县三级的十二个领导。这样一来，这次的清查"小金库"就成了省纪委干部蹲点指导、由纪委牵头、财政局配合的事情。

试点，是肯定要出经验的，而且要出全省和全国一流的做法经验。所以每个程序都很认真，动员、谈话、查账，每个程序一展开都要朝着出经验去做。这么高规格的试点工作组进驻山川县，把有"小金库"的单位领导吓得够呛。动员会开过一周，有"小金库"的单位，纷纷把"私房钱"转到了财政局账户上。财政局账户上竟有了两亿多元的资金！不出半个月，那些在银行设立的"小金库"账号，全部销户了。工作组逐个单位进行清查，大小"小金库"都灭绝了。

清理"小金库"试点共二十天，取得了彻底铲除的结果，或者说根治"小金库"顽症的效果。紧接着，经验材料形成，工作组撤离。不久，山川县彻底解决"小金库"做法的典型经验，被中央"清理小金库领导小组办公室"转发，中央和省市报刊纷纷刊登先进经验，山川县成了全省清理"小金库"的先进典型。

山川县一时成为清理"小金库"试点经验县，书记、县长脸上很光彩，也很高兴，但它给县有些人带来的却不是喜悦，而是心中的愤怒和憎恨。李来和被清理掉"小金库"单位的人，丢了钱又成了反面典型案例被宣传，脸和肚子都在痛。他们当然不是傻子，更不是聋子，他们早已打听到了省纪委原来试点县没有山川县，后来为何又有了的缘由，原来是钱海和张美玉搞的鬼把戏。那对钱海和张美玉恨得咬牙切齿，是理所当然的。

"工作组是钱海和张美玉请来的"，"是他们请来有意给县里丢丑的"，"没了'小金库'，等于彻底砍断了县里争取上面支持的'腿'，这是显耀自己，是给县里经济发展'挖坑'"……看看这两个狗男女做的啥好事，把山川县的"小金库"给全斩草除根了。可其他县"小金库"却好好的，人家不停地给上面送红包和买礼品那个出手大方，给县里"跑要"回来的真多……钱海和张美玉是山川县的害群之马。

撤换钱海财政局长的提议，又对着书记、县长来了。

这真是山川县财政历史上的奇事，有人三番五次、五次三番要撤换财政局长，不但使旁观者很烦，连钱海也非常厌烦了。钱海真希望把他撤换了，立刻把他撤换了。

还有让钱海听了十分意外的消息是，石书记要被提拔或调动的传闻又成了假的，石书记又不走了。石书记不走了，那新区建设的上马，说快就会很快，钱海要足额筹备好建设资金的事，是拖不得，也更是躲不过去了。

筹集新区建设资金的事，钱海虽然做了最大努力，听说书记还要增加两亿多。如果是这样，那缺口又大了去了。果然，石书记急叫钱海到办公室，问他新区建设资金筹措情况，石书记要的钱又加码了。钱海筹措的资金数额已经超过起初石书记要的额度，没想到石书记的"胃口"又增大了，又增加了两亿多。现在的数额，与他要的数还有大的差距，况且也不大可能在短时间筹措到。石书记让钱海马上从银行借钱筹集。

钱海说：山川县已债台高筑了，从教育、城建、交通多渠道已经借钱，债务已高达近十个亿了，每年偿还的银行利息已经成为财政巨大支出，作为贫困县，我们县再不能借债了，不然县里的负担将会无法承受……

钱海说的是大实话。说大实话的人往往会倒霉。尤其石书记在这件事情上，十分不愿意听钱海说这样讨厌的话，何止是讨厌，简直到了反感至极的程度。

"啪——"石书记一巴掌拍在桌子上，他拍得很响，估计手掌拍得非常痛，一副极其讨厌钱海的样子，实则是非常讨厌钱海刚才一番话的反常情绪。山川县的县长急了拍桌子，书记也常常拍桌子，不怕把自己的手掌拍肿了，总是拍得那么小猜力和粗鲁。这拍桌子的恶习，好像是他们"一把手"互相学习来的，也是他们的"专利"。

自从钱海上任财政局长以来，虽然石书记对他好几次说话很严厉，但很少有像今天这样瞬间火冒三丈的时候。石书记有点情绪失控地说，也是吼：你说的这些，难道就你知道吗，你把我这个当书记的看成了呆子……哪个县不在一个劲借钱，哪个县不是债台高筑？债台高筑也得借，要发展能不债台高筑吗？！我看啊，你钱海就是个不懂大局而自以为是的"账房先生"，难怪有人接二连三提出撤换你，看来人家也不是没有道理……

石书记拍在桌子上响亮的一巴掌，使钱海顿时感到，他的财政局长此刻已结束了，撤换他已在他这巴掌下成了定局。

他回到局里抓紧做没有做完的财政改革事情，准备离职。离职前，他想把财政改革的半拉子工程，加速推进一把，如果还来得及的话。

钱海离开石书记办公室，石书记立刻找县长交换意见。

石书记对县长说，不撤换钱海看来已经不行了，大家要求撤换他的呼声强烈倒不是主要的，主要的是他在新区建设上一直持抵触情绪，筹资消极，这样下去会坏大事，撤换钱海的事不能等待了。

虽然石书记对孙县长显得非常尊重地征求他意见，实际是想请孙县长同意他的决定。石书记没料到，孙县长坚决不同意撤换钱海。

石书记对孙县长冷冷地说，那只好上县常委会，集体表决吧。县长当然清楚，县常委会研究，看石书记眼色的人是多数，尽管会是多数，他也坚决不同意撤换钱海，在他看来，钱海是个难得的财政局长。尽管撤换钱海会以少数服从多数，但他会坚持他的意见：坚决不同意撤换钱海。

石书记当然明白，只要他老石一定要提拔或撤换的人，副书记和副县长等县委常委，都会看书记的脸色行事。县常委会上，以少数服从多数，撤换钱海的决定形成了。财政局长由副局长范小尔接替，钱海被任职县城市投资公司总经理，平级调动。

刚散会，李来就给组织部长打电话，要他马上行文，下午就宣布钱海的任免决定，下周一就让钱海交接工作。

组织部长请示石书记，石书记说：县长极力反对调换钱海财政局长，宣布财政局长任免的事，先放几天再办吧。

组织部长又问：下周什么时候宣布？

石书记说：到下周再定。

38

撤换钱海的决定，会后就传到钱海耳朵里了。消息是吴梦电话里告诉他的。钱海正在与财政投资评审中心的领导研究基础设施建设资金纳入投资评审的事，要把凡是投资领域的资金，一律先评审，再拨款，同时全过程跟踪监督。这是为即将开工的新区建设做准备的。新区建设投资数亿元，如若不做评审，投入不仅没底数，还会造成巨大漏洞。这是钱海极为心焦的事。评审的方案已完善，钱海正要去给县长汇报此项工作，却接到了吴梦的电话。吴梦说：你的财政局长总算干到头了，县常委会刚开完，撤换你已定，赶紧准备撂"挑子"吧……

钱海脑子里"嗡"的一声作响。要说撤换他的消息，他是不应当奇怪的，从书记拍桌子那刻起，他就知道自己很快就会离开财政局长这位子，可他还是感到惊奇。钱海说，你从哪里听到的消息？

吴梦说：你别管我从哪里听到的消息，消息肯定没错。

钱海说：其实也料想到了，只是想干的几件事，还没干完。

吴梦说：你快别自作多情了，干这个破财政局长，老婆孩子沾不了光还跟着受罪。撤了好……

……

放下吴梦的电话，也放下手里修改了半截的改革方案，钱海陷入了沉思。尽管他对当不当这个财政局长不在乎，而真正要立马离开财政局长岗位，离开工作了几十年的财政局，却有种一刀被捅进心窝的剧烈疼痛感。还有吴梦，别看平时老说"不当这个财政局长才好呢"，可真要不当了，吴梦的话又变了。尤其是吴梦"你被人这么踢下来，以后在山川县怎么混啊"的话，使钱海伤口处撒盐般疼痛。疼痛的地方大多来自面子。在被任职短短一年多时间撤换，有种被人推入沟壑的失落感，也有种对未来担忧的恐慌感。将要离开，钱海还真有点舍不得。

回到家，钱海急切地问吴梦：你是从哪里听到这个消息的？

吴梦说：是吴倩告诉我的。

吴倩的消息渠道应当是李副县长。钱海明白了消息有相当大的真实性。为了证实这消息的确切，钱海给县长打了个电话。县长说，确有其事，不过他在说服书记，争取不形成决议和下文。

县长的努力能推翻县常委会议决定吗？能改变书记的决意吗？钱海想这是绝不可能的。任免决定已经形成，连石书记想推翻会议决定，也不是一句话的事。况且李来一心要把他换掉，几位副县长、副书记都听李来和书记的，县长想要推翻县常委会的决定，几乎不可能。

钱海并不是舍不得离开这个位子，而舍不得的是他正在推进的财政改革，没有在他任期内完成，这才是他最大的遗憾。眼下财政改革正在往深里走，也往细里走，推进改革的许多事情，一环扣一环，放不得，松不得，这让他心焦。他清楚，他一调离，新局长范小尔是绝对不会接着进行财政改革的，前面的半截改革必是前功尽弃。这些改革如果停下了，意味着山川县财政管理又回到过去无序的状态里了，那山川县的财政人又回到大半个会计出纳角色上了。这是山川县财政的倒退，也是他不愿意看到的。他心里顿时沉得像压了一块铅似的难受。

在这极其难受中，钱海很快又感到了当财政局长以来没有过的轻松感，轻松感那是无官一身轻的舒畅。不当财政局长，不正是自己的初衷吗？既然不让当了，也是个解脱。难受归难受，轻松归轻松，而令钱海当下要决定的事是，下午的财政改革会，还要不要继续开下去，下面的财政改革要不要继续推？他想他是无力再布置什么工作了。布置什么工作，下周自己一离职，不就全成废话了吗！本来下午他要布置下周的工作任务，他当即取消了，并告诉大家，再找时间布置工作吧。

下班前，钱海接到了县委组织部马部长的电话，要钱海到他办公室来一下。钱海当即去了马部长办公室。马部长开门见山地说：我受石书记委托，给你谈个话。组织上考虑到你方方面面的情况，调换你到另外岗位工作，你有没有意见？

钱海说：没有意见。

马部长说：既然没有意见，我就走组织程序；下周下发文件并宣布调任命令。这几天你抓紧准备，宣布任免书的一周后，工作交接完备。

钱海说：没问题。

这谈话很节省时间，就几分钟。在马部长看来，没有必要对钱海太多客气，也没必要给这个令很多人讨厌的人太多废话。这人上任财政局长以来，县里好像就没有消停过，成天搞取消"小金库"和财政改革的事，搞得县里鸡犬不宁，搞得机关单位负面影响很大，这样的人不降职使用，已经很给他面子了。

钱海从马部长的盛气凌人的神态里，已知他是怎么看自己的了。钱海多一句话都不想对马部长说，转身回了。

钱海从马部长办公室出来，觉得没了财政局长这个天天压在身上的担子，或者确切地说是锅上蒸、火上烤，身心反而有了从来没有过的轻松。

下午财政部预算司来人调研，本应他汇报，他让张美玉和熊副局长去了，估计部里的人会觉得他不重视。晚上有两个会和一个宴请。一个会是预算的事，一个会是拆迁的事。钱海都参加了。他很晚才回家。吴梦在等他。吴梦一脸的惆怅，而钱海却一脸的兴奋。吴梦问他：你的财政局长终于被李来拿掉了，还高兴！

钱海说：为拿掉它而高兴，再也不会成天受罪了。

钱海真能被撤换掉吗？

39

　　第二天是周日，财政局照例加班。钱海来得很早，开始整理办公室物品。钱海把即将离职的消息告诉了张美玉，张美玉大为吃惊。她说她要去找省市几位关系不错的领导"说说"，要再一次扭转调离钱海的奇怪事情。钱海劝她不要费劲了，不干财政局长，实在是解脱。

　　张美玉急了：你解脱了，你舒服了，你快活了，我怎么办?! 范小尔的人品不好，又是李来的"奴才"，今后我在财政局没法干下去……

　　张美玉接着说：你去哪，我去哪!

　　钱海想劝张美玉不要这样，吴梦是"醋坛子"，也是"火罐子"，有人也在找他新茬，挖他的深坑呢，不要与他靠得太近，否则还不知道掀起多大风浪。这些话，张美玉早听烦了，也反感钱海把她当小孩来吓唬。

　　张美玉对钱海说：我就是喜欢你，又不嫁给你，只是爱你，你怕什么。再说了，你要不当财政局长，还怕个屁?!

　　张美玉的义气和真诚，是钱海无法劝说她的心理障碍。每到这种情形下，他只有感动的份儿，没有说服的力。

　　到了周一上班，财政局大多人都知道了钱海被调走的消息，大多人也知道了钱海马上就会走，范小尔接班上任。于是，局里上下，给范副局长笑脸的人顿时多起来了。一些股室领导本来没有什么向范副局长请示汇报的事，也找范副局长去请示汇报，平时远离范副局长的人，也到范副局长办公室和他家"坐一会"。

　　局长任命还没有宣布，范副局长好像已是局长了，局里的事已点头做主了。更为有意思的是，过去由钱海分管的工作，范副局长主动参与了。范小尔的家里和办公室，一群又一群人上门祝贺和送上笑脸。范小尔进入了一种美好状态中，男人的那种"洞房花烛夜，金榜题名时"的狂喜，已溢上了他那张长条脸。即将上任山川县财政局长的范副局长，已抖出当一把手的口气和派头，且已神气十足。

范副局长度日如年地在等待上任，已经等到周四，有点等不住了，急忙问李来怎么回事，李来说，已铁板钉钉，耐心等待。范副局长在焦急的等待中，周五上午，却接到了组织部马部长的电话，通知他上午宣布任免决定，你要提前到会，任命后接受钱海工作移交。

也在着急等待移交财政局长工作的钱海，在等待组织部长与县领导来财政局宣布免职命令。钱海已收拾完办公室所有物品，抽屉、柜子全部清理干净并插上了钥匙，把公家的物品和私人的东西，归放得一清二楚，做好了会后移交，移交后当即走人的准备。通知任免会是上午九点开，全财政局人员不到九点全到会了。可等到十点，组织部长和县领导也没来。

范副局长打电话问马部长，你们领导为啥还不来，马部长说再等等。全局人在会议室等到十一点多，马部长给钱海打来电话，告诉钱海：任免暂缓，让他继续履行财政局长职务。钱海问马部长，"缓"到什么时候？马部长回答说，没有时间。

范副局长随后也接到了马部长暂缓任职的电话。接完马部长电话的范副局长，本来喜从心涌的脸上，顿时挂上了冰霜。

钱海对大家说，任免暂缓，他的工作不变，大家该做什么还继续做好什么。散会后，大家不解其缘故，纷纷猜测缘由，而财政局绝大多数人不愿意钱海走。对于这样的情况突变，大家都很高兴，却又纳闷，这是为什么呢？

为什么钱海的调动暂缓呢？原来组织部和县领导就在去财政局宣布任免文件的路上，马部长接到了石书记的电话，取消今天的任免宣布！马部长感到莫名其妙，问书记怎么回事，石书记强调说，不能宣布，别问为什么！

紧接着，马部长接到了市委组织部的电话，是主管任免的副部长打给他的：从今天起你们县停止干部任命调动，已行文而没有宣布的，一律暂缓宣布；何时启动干部任免工作，等待市里通知。

等到下午，钱海和县里大多数干部，都知道了暂缓任免干部的缘由：县里出了大事情，天大的案子，失踪的金小妹到省纪委投案自首了！她交代了自己的贪污罪行，也揭发了李来等人的贪赃枉法的事。省纪委已经"双规"了李来。

这案子惊动了省领导。停止山川县的干部调动任免的通知，是早上八点多省委组织部通知市委组织部，市委组织部通知县委石书记后，又通知组织部马部长的。

几天后，招商局副局长胡腾娇、财政局副局长范小尔、国土局局长王开来、医院院长王喜贵也被"双规"。教育局长裴文光和水利局长龙四水，也被纪委的人叫去接受调查。

据传，李来被"双规"的第一天就交代了个"底朝天"，贪污一千多万。贪污数额巨大，李来完蛋了。

李来被抓了，钱海的财政局长还调整吗？有人猜测，有人打听，猜测说，八成不调整了。张美玉对钱海说，你走不了了，接着干吧。果不其然，石书记找钱海谈话。

石书记谈话不谈职位调整的事，直问钱海：新区建设下月就全面启动了，马上要做的是征地拆迁，还差两个多亿建设资金，什么时候筹到位？

山川县出了大案子，书记对钱海说话也客气了三分。提到筹钱，钱海还是说不愿借债。钱海递给石书记县里历年多方面举债数字，让石书记抽了口凉气：山川县的银行债务已经高达七亿八千万，每年还银行的利息就成了天文数字。如要再举二亿元债务，那就快十个亿了，那可真是债台高筑，山川县财政苦不堪言了。

谁都清楚，石书记搞的新区建设是他从政以来的最大一张政绩牌。这牌他是一定要打的，哪怕给山川县再增加多么大的债务，他也要打，不打出这个政绩牌，他的仕途就没戏了。因而，即使背上累累债务的风险，石书记也要做成这件事。他也清楚，他的提拔好机会已经错过一两次了，而错过的主因，是他在山川县没干出什么闪亮的政绩。没有闪亮的政绩，没有过硬的关系，想升官那简直就是白日做梦。这一点，石书记比谁都明白。

在钱海看来，新区建设不是不能上马，而是不到上马的时候。这个时候最需要钱的地方是解决拖欠职工工资和下岗工人生活保障问题。这些问题解决了，山川县才能稳定，否则以负债累累搞城市建设，那会是烧"老火"又点"新火"，会给山川县乱上加乱，且这个乱子会出得很大。这些问题和面临的隐患，石书记不会想不到，即使他想到了后果有多么严重，那他也会继续干他的。在升官和这些隐患面前，石书记当然会选择有利于升官的事做。钱海想，这些利害问题，只有增加石书记的讨厌，而当下作为他财政局长要做的事情，不是再阻挡新区建设上马，却是如何不借债。不借债，缺的钱从哪里来？而工程一旦上马，需要多少钱，这是由不得你财政说"不"的。有话，也只能说在开工之前，这也是他这个财政局长尽的最后责任了。

犹豫再三，钱海还是对石书记说了自己的担忧。他也提出了建议，新区建设能不能分阶段、缓步搞，先小步再大步，少借点钱，有些项目待财力缓解了，再上马？

这话，钱海给书记说了好多次了。

以前，钱海每说一次，书记反感一次：其他县债务哪个比咱们县少？！要发展，就得借鸡下蛋，不能做"小脚女人"。

而这次，石书记听完钱海建议，虽然眉头一皱，气往上涌，但没打断钱海的话。他让钱海详细介绍了山川县目前的财政状况，也耐着性子听了钱海"挖掘现有财力，用活用好现有财力，适当举债"的想法。

显然，石书记这次是听进去了钱海的一些意见。

石书记说：新区建设规模可以调整，可以考虑你挖掘潜力少举债的想法。

钱海以为书记会说调整他的事，但石书记没有提的一点意思。

钱海便问：那我调整到新岗位的任命，什么时候宣布？

石书记说：已取消，无期限。

石书记又对钱海说：调整你的事，你也知道，一直是李来三番五次在操作，前面几次我都压下了。这次决定调整，是出于无奈，因你在新区建设资金的筹集上消极，同时清查"小金库"和财政改革搞得鸡犬不宁，影响了县里大局稳定，促使县里作出了调整你的决定。你是个好财政局长，人品业务都硬邦，但你的工作还是有缺陷的。反正调整任免文件没宣布，文也没下发，就当没这回事，好好干吧。

钱海：石书记您对我的肯定我感动，但我还是要请求您，请求您还是把我调整了吧，我能力有限，工作方法不灵活，这个财政局长干下去，实在有点力不从心。

石书记：我在山川县当书记一天，你就不要想离开财政局长这把椅子，也不要想离开财政局的事！

书记的话，使钱海急了，他接着请求书记考虑调整他的事，或者接受他辞去财政局长的请求，石书记不耐烦地说：你的请求统统无效，什么也不要说了，再说也没用，抓紧忙你的活儿去吧！

40

金小妹的出现，使李来等人的贪污犯罪大白于天下，也把山川县的天，捅破了大半个。

金小妹转走"小金库"的五百万元并失踪，原来与李来和马鸣有关。

金小妹是李来和马鸣的姘妇，他们相互勾结，大肆贪污公款。几年前，李来带金小妹去加拿大，给金小妹买了别墅。这次清理"小金库"，没想到钱海挖地三尺，发现了金小妹在财务上的漏洞。李来让金小妹带上"小金库"所有的钱，去了加拿大，并千叮咛万嘱咐别回来了。去年十二月的一天，金小妹卷走了"小金库"所有的钱，用化名的护照去了加拿大。李来告诉金小妹，永远消失，不要回来，也不能跟国内任何亲朋好友联系。金小妹在加拿大孤身一人，寂寞难耐，偷偷给李来打电话，哭闹着让李来过来陪她。而李来越来越烦她。

后来，李来每次接到金小妹的电话，金小妹又哭又闹的，简直让李来烦透了。李来哪次都要呵斥她，哪次都说要她等着，哪次都说一定找机会去看她。而金小妹等了一月又一月，苦等了快一年，总听李来说过段时间来，过段时间一定来，却总是不见李来动身。金小妹只要说她孤独难忍，李来就说如果等不住他的话，就找个人嫁了。后来再给李来打电话，李来便发火，就威胁她说，她再要给他打电话，他就让人把她弄死。

李来的变心，金小妹非常难过，也非常害怕。她断定李来是不会来到她身边的，她才明白过去她是他的玩物，不会是今后的伴侣。李来是个官迷，他怎么会轻易把他的官位扔了呢！再说了，他身边有好几个陪他睡觉的女人，怎么会一直迷恋一个金小妹呢。但金小妹又是那么痴迷他，怎么想放都放不下他。她想起他们在一起的美妙时光，她又似乎相信李来是爱她的，他的那些气话、狠话，一定不是他的真话，李来是不会扔下她不管的。

金小妹孤独生活的残酷无奈，那是长日难熬，长夜煎熬的日子。不能找工作，不敢与人接触，不敢到公共场所，不敢给家人和朋友打电话，白天在家，晚上购物，没人跟她说话，没人陪她吃饭，更没有人陪她睡觉，过着人不人鬼不鬼的生活。金小妹感觉自己就是个孤魂野鬼，别人跟她没关系，她跟别人没关系，她每时每刻都想远方的亲戚朋友，每时每刻在想李来，每时每刻都想给李来打电话。

金小妹又忍受了快一年极其难熬的日子，实在忍不住了，她给李来打电话，当然她在电话里少不了又哭又闹和撒泼。李来最讨厌女人哭闹，女人的哭闹声，就是给他发火的"导火索"，金小妹的哭闹声，李来越发听得刺耳和厌恶。他总是不顾金小妹如何伤心难过，每当他听到她的哭闹声，就忍不住火冒三丈。这次，金小妹在电话里几乎是歇斯底里的疯哭，尤其那扯着嗓门的鬼哭狼嚎和尖叫，好似刀捅他的心。金小妹不仅没有得到李来的半句安慰话，甚至连前面骗她"很快过来陪你"的话也没有了半句，不仅对她大发雷霆，还抛出狠话，如再要纠缠他，他就雇杀手把她做掉。说完，还没等她回过神来，李来就把电话挂了。

金小妹简直不相信自己的耳朵，李来竟然对她说出这样的话来。金小妹对李来彻底绝望了，她憎恨李来。想想自己从一个妙龄姑娘，让李来，当然还有对她还算不错的马鸣，玩成了老姑娘，几乎是李来随叫随到，随到随玩，办公室、酒店、她家里、野地里、茶几上、小车里，什么地方没有玩过她？你李来给她金小妹许下多少愿！许得最多的愿是娶她，娶她，一定娶她。马鸣也许愿娶她，她怎么会看上马鸣这个猪八戒东西呢。她嫁就想嫁给李来，至少他是副县长，还会当县长的，李来有能力上去。嫁给李来不算亏。每次交媾，她都催李来离婚，尽快娶她，李来都许过一万次娶她的愿了，哄得她到三十多岁了还没找对象，一直痴心地等着他。如今等到了国外，等到了望眼欲穿的地步，越等越没有了影子，直到等到现在的绝望。

"如再要纠缠，我就雇杀手把你做掉！"李来的这话，难道是她听错了？金小妹确认她一个字没听错。他要把她杀了？这是李来的真心话吗？金小妹接着又把电话打过去，她问李来：刚才你说要雇人杀了我，你是说的气话，还是真会这样?!

李来还是放出狠话：你要再纠缠我，我饶不了你！

李来说完把电话挂了。

确认了李来真实的凶狠念头，金小妹要崩溃了，她真想找个高楼跳下去，一了百了算了。她压根儿也没想到，李来的心变了，不是变了，原来压根儿就没爱过她，原来一直是把她当作玩物玩玩而已。金小妹感到留给她的只有一死了之。

在她一心想轻生的念头下，也想到了一个可怕的场面，这个异国的城市，她没有一个熟人，她死了，连个给自己父母送骨灰的人都没有。这让金小妹在此念头下，转变了轻生的念头，她得活着。

愤怒之后是清醒。金小妹终于回过神来，李来从来没有爱过她，没有爱过她的李来，玩她玩到这个地步的李来，她金小妹也得玩玩你李来，也不能让你活得舒服自在。

她给李来打电话，要一千万元了结她与他的关系。李来只说了："你做梦！"就把电话挂了。不久，金小妹的住所，出现一陌生男子，他上来就扇她一个嘴巴。他告诉她，这嘴巴是有人让打的，如果再与李来联系，或者再威胁李来，你会死在这屋里。他拔出刀子在她脖子上晃荡几下，又狠狠地抽了她一个嘴巴，转眼不见了。

这一幕，着实把金小妹吓坏了。她的脸被打肿，魂魄被吓丢，肿的脸半月才消下去，丢掉的魂魄不知去了哪里，使她神智恍惚。金小妹恐慌，她外逃一年多了，虽然带来了几百万，但要在这里生活一辈子，这点钱哪能够！

她实在不愿过这样隐姓埋名、阴阳颠倒、担惊受怕的日子，她要回国自首，要退回全部赃款，要争取从轻处理，要重新做人。于是，金小妹毫不犹豫地回了国。金小妹出了机场，直接去了省纪委。

金小妹把李来等人的贪污公款行为，倒了个底朝天。

省纪委根据金小妹的检举揭发，也根据李来的交代和检举，揪出了李来身后一伙子人，当然也揭发了马鸣的乌七八糟的事情，马鸣的罪行，又多了重要内容。这是山川县自新中国成立以来出现的最大、牵扯人数最多的案件。山川县官场顿时震荡起来。

山川县的人议论说，这是钱海的功劳。问，怎么又成了他钱海的功劳了呢？说，不是钱海揪住查"小金库"的事不放，哪能抖出金小妹的事，没有金小妹检举揭发，也就抛不出李来等人的事来。

有很多人恨钱海，恨得咬牙切齿，说，要不是钱海这个"王八蛋"，哪能抖出金小妹挪用公款的事，没抖出金小妹，哪能抖出李来等这么多人，哪会捅开县里这么个大窟窿。

一时间，山川县有人骂钱海，有人恨钱海，有人恨不得把他剁碎了喂狗。

41

因出了李来等人的案子，新区建设进度受了影响，待国土、交通等部门的领导选拔任命完，已到年底。虽然出了李来等人的重大案子，但石书记新区建设的勃勃雄心仍不减，投入只增不减。石书记不再逼钱海借债，也不拿撤职来吓唬他，知道这些硬办法既是老生常谈又都对他不起作用，唯一的只是设法让钱海为工程足额掏钱才是。于是，石书记给钱海挂了个"山川县新区建设工程指挥部副总指挥"行使副县级职权的头衔，主管财务。这是石书记给钱海的不加级不增工资的虚头衔，也是把工程资金投入责任全部落在钱海身上的一招。

这确定的新区建设工程上马之日，也是钱海近来心急火燎之时。山川县需要钱的地方都在喊叫，不是喊叫，而是在号叫了。因为到财政局要钱的领导，在他办公室门口几乎排队要见他：要钱，要钱。

真是没那么多钱，真是没钱。钱海对来人说不出更多的解释。这说没钱的后面，是一堆又一堆要急办的大事。眼下全县财政收入，需要上级转移支付十多亿元，尽管上级转移支付量很大，但钱的缺口每年至少八亿多元。县里修渠和农业科技投入需要两亿多元，教育要增加投入需要一亿多元，还有"村村通公路"需要两亿元，还有其他急需办的事需要三亿多元。当下需要这么多钱，可是县财政穷得补了东墙缺西墙，哪里去找这么多钱！没钱的财政局长矮半截，没钱的财政局长反成了求人，得求人理解和宽容。因而钱海每天说的最多的话是"没钱""真没钱"；最多的动作是摇头。没钱的财政局长何止是求人，简直是处处让人讨厌：每天来要钱的人，大多是堆着笑脸进他的门，垂头丧气地出门。

新区建设走的是大量拆迁、补偿、买地的路子，也是几乎所有穷县热衷于走的投入找不到收益的路子。这兴建、盖楼，是让领导看得见、"摸"得着的政绩，也是穷县领导不搞大工程，显示不出大决策和大手笔的热衷选择。还有，人人心照不宣的事是，不拆迁、不盖楼，领导的腰包哪能鼓得起来。而大多数拆迁，又都是政府的一厢情愿，紧跟的拆迁与老百姓矛盾、政府举债不断攀高等隐患也纷至沓来。这些巨大矛盾，在把政绩摆到第一位的书记那里而言，似乎不太重要了。

新区建设开始动员拆迁，牵扯到近千户居民和农民。而拆迁户提出的补偿费，比政府的标准翻了几倍。即使是补偿费高出一倍，那又得多几个亿。再从银行举债几个亿，财政不堪重负。

拆迁会在县政府会议室里进行，气氛紧张。气氛紧张，是因为拆不动。居民和农民成立了"抗掠夺式拆迁维护百姓合法权益"组织，对抗拆迁。县公安、法院干警出动配合拆迁。出动警察，更加激化了政府与老百姓的冲突，拆迁户围堵政府，警察阻挠，双方发生推搡，警察毫不让步，抓了抗拆迁领头的十多个人。这一抓，矛盾闹大了，没想到另一些人直奔省城和北京上访。国家信访局通知省里速到北京把人领回去。随后，上访受到了国家信访局通报批评。中央强调，稳定是压倒一切的大事，居民到北京上访，就是县里给上面稳定添了乱。书记、县长挨了市委书记市长的狠批。于是，书记召集有关部门，在摁住上访苗头的同时，研究如何迅速拆迁。国土、建设、公安等部门的人一致提议，提高拆迁补偿费，拆迁矛盾就会迎刃而解。会上大多数人同意这个意见。

大多数人同意这个意见，并不奇怪，因拆迁户里有这些人，有这些人的亲戚。当然也有钱海的亲戚，有张美玉父母，还有财政局许多职工自己的房子和亲戚的房子。

拆迁费提高多少？拆迁户提出，在政府确定的基础上最少提高两倍，或者提高一倍，也许能达成妥协。

书记、县长问钱海意见。钱海说：现在的补偿是有关部门根据现实情况综合测算的，而且还提高了许多，再不能提高了。

大家矛头对向了钱海。大家指责钱海，纷纷说，为了稳定，为了化解眼前矛盾，拿些钱算什么！

钱海把县财政穷到什么地步，一五一十地给大家做了介绍，也对大规模拆迁，谈了自己的看法。

钱海说：大量拆迁，土地改变用途和规划，走的是政府统一向农民征地和在城市收储工业企业土地，然后用土地质押贷款并推出商住用地拍卖，获取资金用以城市建设和补贴工业用地，推动招商引资的路子。这种卖地经济模式在长期以来被认为是低成本推进工业化城镇化的有效途径，因而成为城镇化用地的主导形式，但征地摩擦的冲突，成了导致不断提高征地补偿标准的恶性膨胀。这样，越来越大的建设摊子和攀升的土地补偿成本，会使县财政陷入严重的债务危机。同时，依靠卖地和土地抵押的发展模式，也使地方政府不断加深了对高地价从而高房价的依赖，房地产市场在一定程度上绑架了经济，对政府来说藏匿着风险。还有，对这种"卖地模式"只看到了一面，其实还有另一面：招商引资零地价，政府倒贴。政府卖地增收的财政模式是不可持续的。当下经济改革中的任何"火"都是危险的，都有它扭曲的东西，且都是在它局部的时间里。卖地经济也是一样，这种火热，有它危险的一面，就是地方政府为追求政绩，把当地经济发展建立在了对农民土地的掠夺上。从而带来那么多扭曲的东西，那就是：人的不和谐，环境的不和谐，经济发展的不和谐。

大家听了钱海对拆迁的发言，无不嗤之以鼻，说他幼稚。

石书记火了，大声批评钱海：你钱海，想问题仅是账房先生的脑子，做事情又是头倔驴；我看，你还是别倔了，你能扛住这气势汹汹的拆迁户吗？不要说你扛不住，我们县领导恐怕也扛不住。为了尽快解决拆迁矛盾，可以考虑拆迁费提高一倍的提议。

钱海急了，就地撂出了让书记无法接受的话：要花这么多钱，财政是实在拿不出。如果非要提高拆迁费，我一点办法都没有，那我这个财政局长就不干了！

钱海的话，等于顶撞了书记。石书记的脸顿时拉了下来，怒气上涌，就要发作。但石书记还是忍住了火，欲言又止。县长面对书记下不了台的尴尬局面，宣布散会。

42

从市审计局调任常务副县长的高鹤，是个凡事求平稳，不愿出头冒进的人，由他主管财政工作，钱海心涌凉气。高鹤还没上任，耳朵里早已灌满谩骂、憎恨钱海的话，那是对钱海铺天盖地的谩骂和刻骨铭心的憎恨。

高鹤找钱海谈话，也是上任第一次工作见面的谈话，气氛有点严肃和紧张。

高鹤对钱海说：财政改革牵扯各部门利益，搞那么急干什么！搞得太急就像小推车转弯太快，会弄得鸡飞蛋打，引火烧身的。你就是太急，已经搞得鸡犬不宁了，也已经搞得引火烧身了，更为糟糕的是给县里经济和稳定造成很不好的影响。为什么会出现这种情况？有人说，是你钱海个人主义、本位主义在作怪。我看也是。你应当接受教训，稳妥地做事情，而不能什么也不顾，只顾"改"呀"改"的，搞得鸡飞狗跳、骂声连天。当然，财政改革是财政部要求搞的，也不是你钱海的独创，省里市里其他县虽都在尝试，却并没有像你这样搞这么猛。我看你搞的部门预算、政府采购什么的，先停下来，等别的地方搞成熟了，我们县再借鉴推广也不迟……

钱海不同意高副县长的意见。

钱海说：现在县里出现的腐败案件，与财政改革管理推进有关系，但没有直接关系，与他个人压根儿也没有任何关系，他只是履行一个财政局长的职能；即使不是通过清理"小金库"发现金小妹等人的问题，而腐败问题已存在，今天不发案，明天会发案，这怎么能跟清理"小金库"和财政改革有关系呢?!

……

钱海与第一天上任的顶头上司的谈话，俩人都出现了"火药味"，要不是吴梦此时打他的手机，俩人谈话会不会变成争执，会不会变成难以收场的炸锅局面，极有可能。因为钱海也不喜欢这个明哲保身的高县长。吴梦打了他手机好几遍，钱海一看有急事。正要与高鹤争执的钱海，以急事回电话为由，离开了高副县长办公室。

钱海回到办公室赶紧给吴梦回电话，吴梦在电话里边哭边急赤白脸地说：你害了别人，也害了自家人，吴倩出事了，你赶紧回家，商量怎么办吧！

钱海问：吴倩出啥事了?

吴梦说：回家再说！

吴梦的这个电话，钱海猜出了几分内容，定是吴倩因与李来案有关系，被纪委"双规"了。

吴倩与李来关系不一般，不知道吴倩有没有经济问题，也许有经济问题。钱海感到一盆凉水浇到了心里。他得立马回家，先稳定一下吴梦再说。

钱海赶回家，吴梦在哭。吴梦遇到事，必哭无疑，这让钱海顿时堵心。

吴梦说，都是你清理什么狗屁"小金库"弄出来的事，李来的案子牵扯到了吴倩，吴倩刚被纪委"双规"了，你赶紧想办法吧！

钱海对吴梦说，看看有什么办法可想，他先去上班。吴梦又反复叮嘱钱海，你一定要救吴倩，不然，吴倩就完了。钱海说，只能尽全力。

怎么救吴倩?吴倩的问题究竟有多严重，钱海思来想去找不到合适人帮忙，也不便打听情况，就找张美玉想办法。不一会，张美玉不知从什么渠道打听到的消息，确切的情况是，吴倩不是被"双规"，是纪委找她谈话，询问有关李来的几个情况。看来吴倩的问题不大，钱海的心放了下来。

吴梦还在家等着钱海消息呢，这事电话不方便说，钱海要回家一趟，把这消息告诉在家急疯了的吴梦。刚要走，却被国土资源局、建设局来人拦在办公楼门口。钱海找张美玉，请她马上去他家，告诉一声吴梦关于吴倩的情况。张美玉悻悻地说：我一辈子不想见那个女人，要去你自己去！

钱海感到让张美玉去他家找吴梦，实为不妥，后悔对她提出这个要求。而张美玉怕钱海牵肠挂肚吴梦在家着急等待消息，便硬着头皮，给吴梦打了个电话，告诉吴梦说，妹子没事，放心。吴梦抛却情敌的仇恨，竟然在电话里对张美玉千恩万谢的。

国土资源局副局长、建设局副局长找钱海，是商量新区拆迁的事，牵扯到几百户居民拆迁的事。居民提出的拆迁费比政府的高出几倍，啃不动，动不了工，他们的压力很大。拆迁费不提高，拆迁就无时限地被停滞。虽然轮番动用了公安、法院干警出面下了拆迁最后通牒书，也强行把一些居民的家具从家里搬出来，强行把房子拆了，但大部分居民强硬如铁，拿出拼命的架势抗争，还与拆迁执法的干警发生了动手，干警又拘捕了好几个人。拆迁矛盾越来越大，拆迁矛盾很快转移到了财政局，认为是钱海太抠，给的拆迁费太少，如若给居民补偿高一点，也不至于拆迁这么难。国土资源局副局长和建设局副局长，就是来找钱海要求增加拆迁费的。

钱海明确了自己的坚持：拆迁费相比其他市县，相比全国补偿标准，已经到了上限，再不能增加。如要依了居民的拆迁标准，政府得增加拿出三个亿，政府拿不出这么多钱。

这又是一场拉锯战。两位局长埋怨钱海不会做人，死板；钱又不是你家的，多出一点，他们的工作好做，居民满意，建设不再拖延时间，县领导高兴，大家高兴，何必捂着钱袋子！

钱海坚持拆迁费标准不增加。

两位副局长二话不说，摔门而去。

晚上加班，张美玉找钱海聊拆迁难的事，他与张美玉聊过拆迁好几次了，拆迁补偿费的核算，也是张美玉参与钱海请专家学者和各方专业人士测算最后确定的，他们都认为已经很高了，再提高没有道理。他给书记、县长也多次汇报过，他们也支持这个补偿标准。可钱海没料到今天上午县解决拆迁问题会上，面对极大的拆迁矛盾，包括书记在内大多数人都提出提高两倍补偿标准，拿大笔钱来化解矛盾，况且化解的是无理取闹的矛盾，这是没有道理的。

钱海没想到张美玉找他聊的是拆迁补偿的事。张美玉也改变了拆迁补偿费已经很高的主张，要钱海在此基础上提高至少一倍补偿标准妥协矛盾算了。张美玉父母也是拆迁户，张美玉主张提高拆迁补偿费标准，看来张美玉是动了私心。要提高一倍拆迁补偿费，她父母会多补偿三十多万。这是个多大的数字，谁不动心。

张美玉说：钱又不是你家的，你何必死守坚持呢，得罪了领导和老百姓何苦；你也要替领导着想，拆迁居民和村民上访的越来越多，不用提高拆迁费来解决，让他们怎么解决！

钱海望着张美玉，半天无语，心里不是个滋味。

想想这些天遭到的责骂，而且有人竟然把不提高拆迁费，拆迁出现的风波，全归到了钱海不拿钱上，大有把他扔到愤怒的众人堆里让人踩死的势头。钱海想，难道是他坚持不增拆迁费的主张错了？

晚上回家，岳父岳母在家等他，吴梦也在等他，都是为拆迁费的事。当然都是劝他别犯众怒，把拆迁费提高了，满足了拆迁户要求，没了上访的，县领导不烦了，你这个财政局长也不挨骂了，两全其美。

钱海面对老人的指责和游说，什么也没表态。老人扔下句"别做倔驴！"走了。

老人的责骂，使钱海心如刀绞，但不知道说什么好，他只好啥也不说。

要不要提高拆迁补偿费？他感到，要满足拆迁户的要求，多出那好几个亿的钱，实在是犯罪。

已是连续好些天了，他晚上越来越睡不着觉。

43

上次县里召开拆迁补偿费会，大多数人都提出提高拆迁补偿费，但提高多少合适，有人提出提高一倍，有人提出提高两倍或三倍，有人说提高四倍也未尝不可。究竟提高多少，最后折中的办法是：在原来基础上提高两倍。这样一来，拆迁补偿费就成了惊人的数字，县长不同意，而石书记竟然同意了。书记同意了，县长随之也保持了沉默。钱海寡不敌众，扭转不了局面，只好沉默。沉默是钱海的无奈，他想他只能辞职，还是尽快辞职。县长问钱海，提高拆迁费多少合适？钱海说，提高多少都不合适，各地都是这个标准，再提高找不到根据；谁提高谁来当这个财政局长。钱海当即在会上再次提出辞职，书记一时下不了台，县长宣布散会。

钱海在大会上提出辞职，当然使书记很难堪。但书记毕竟是书记，书记有书记的肚量，书记有书记的策略。

今天的解决拆迁难题会，又在县政府会议室召开，参加的人员还是县各部门负责人。

石书记先讲话，他说，先说一下钱海的事，钱海提出辞职的事。

他朝钱海说：不接受你的辞职，我也不会这么轻而易举地让你走了，你还得接着干，把新区建设搞好了再辞职；你死坚持不提高拆迁补偿标准，那么多人上访，那么多人闹事，上面又三番五次批评，是你在受罪，还是我们县领导在受罪？你舍不得花钱买安稳，我们何不想省钱，我们这样的穷县，到处都在等着要钱，我一千个心思都在想怎么少花钱，可这钱怎么才能省下来，你钱海说怎么办，你的办法好我们按你的办法办，谁的办法好我们按谁的办法办。你说吧！

石书记的烦躁里，透着一分强打精神的无奈。

大家无语。大家的眼睛都盯着钱海，等着钱海回答这个火烧火燎的问题。

钱海正要说话，会议室门口出现争吵声，一群人推开保安，闯进了会议室，是拆迁户。进门就冲着书记、县长嚷：书记、县长，我们不是来闹事的，是来解决拆迁费问题的。如果拆迁费达不到我们的要求，你们再强行拆迁，我们还要上告，告到省里、告到中央去！

继而，几个拆迁户指着钱海说：拆迁费是国家出钱，又不是你钱海的，就是你从中作梗，才使提高拆迁费的事一拖再拖……

指责钱海的几个人情绪越来越激动，要不是在县政府会议室，有可能要动手了。县政府秘书长立即叫来六七个保安，正要把这些人推走，书记却让保安出去，对拆迁户说：既然你们来闯会，那就请你们坐下来，一起开这个会，看政府出的拆迁补偿费标准，究竟合理不合理。

石书记让国土资源局副局长介绍国家拆迁补偿标准的规定。国土局副局长在此场合不敢有偏向，只好如实说，县里给拆迁户的补偿费，是略高于实际情况标准的……

接着让钱海介绍县里困难。钱海给大家亮了家底，家底的实情是实在没钱。如若按提高拆迁补偿标准一倍计算，财政要付出几个亿，那县里债务会高得惊人不说，也就没有开发这个新区的价值了……

国土和财政的介绍，使拆迁户知道了政府不提高拆迁费的原因，一时没有话说。但他们却说，政府的困难，跟我们拆迁户没关系；学雷锋还是政府学，这拆迁事上百姓学不了……

拆迁户们感觉再坐在会议室，还会听到对他们不利的话，几个人互相使个眼色，离开会场走了。

书记和县长知道，这几个拆迁户准确知道县局以上领导研究拆迁会在哪里开，是有人透露的消息的，或者是有人支使的。没想到，闯会议的拆迁户们，接受了一次县情教育。

会接着开。书记让钱海接着说。

钱海说：拆迁难以推开的阻力，不在于补偿费低，而是来源于我们干部们的抵触。我估摸了一下，拆迁的有一些是县里公职人员的房子，或者是他们的亲戚朋友，带头上访和带头抵抗的大多数人，都在县以上各级政府部门工作，或者与领导有这样那样的关系，这自然不排除有些干部在后面给打气撑腰的缘故。他们抓住了县领导怕上访，怕集体闹事的软肋，所以向政府提出离谱的拆迁补偿费，这是无理取闹，就是再提高一倍拆迁补偿费，也未必能顺利解决拆迁问题……

"这简直是胡说八道""这是凭空想象出来的瞎话"，钱海话音刚落，会议室里就炸了锅。有人几乎要指着钱海的鼻子骂钱海的八辈子祖宗了。

书记、县长赶忙制止粗鲁的谩骂。他们对钱海说，你说的问题我们已经关注到了，他们说的是解决拆迁难的办法，你说即使提高了拆迁费也不行，那怎么解决难题？你有什么好法子？

钱海犹豫再三不愿讲，书记让他讲，让他一口气讲完。

钱海说：这是得罪人的建议。而得罪人，我还要说，它只要能给我们县节省下一大笔钱，我挨骂也值。这个建议是：全县干部都来做拆迁户的工作。单位包拆迁干部，干部包自己亲朋好友，只要干部们把自己利益的拆迁和亲戚朋友的解决好了，其他拆迁户的问题，也就随之解决了。

石书记听完钱海的话，脸上表情舒展了很多，他显然赞同钱海的建议。

石书记对大家说：钱海说的现象，是拆迁难后面的最大问题，我看这个办法很好。大家还有什么更好的办法？如果没有比这更好的办法，钱海的办法就是最好的办法；立即成立解决拆迁问题领导小组，我和县长任组长，副书记、副县长任副组长，各单位一把手任组员，采取领导包单位，单位包个人，个人包拆迁户的办法，迅速分头做拆迁户工作。能省钱就是造福全县百姓的大事，希望大家当作一场硬仗来打。

这样一来，意味着拆迁补偿费，每户少了一倍。一户会少多少？有些拆迁户少了几十万，有的会少上百万。这就让将要到手的大笔补偿费，在钱海的"搅局"下，眼看泡汤了。一些人心里对钱海的主意有气，甚至憎恨，憎恨到咬牙切齿的程度。

44

让干部做亲戚朋友拆迁工作，还把拆迁包干工作定成了全县各单位的硬任务，钱海的这个主意除了书记、县长认可，没有人乐意。不仅不乐意，还成了憎恨，憎恨钱海。憎恨他钱海的人里，偏偏有他的岳父岳母和老婆吴梦，也还有热爱他的人张美玉。

钱海在拆迁会上的主意，张美玉越听越反感，一散会，张美玉就怪怨钱海：你这个人真倔强，人家叫你"土山楂"，你还真是个"土山楂"！会议室开会的部门领导，我数了数，有一半多的人，他们不是拆迁户，他们的七大姑八大姨就是拆迁户，还有财政局很多干部自己和亲戚也是拆迁户，我的父母是拆迁户，你的岳父岳母是拆迁户，拆迁户牵扯干部层面这么大，也牵扯到我们自己家人的切身利益，提高补偿费对你我都有利，也是妥协矛盾。当然，提高拆迁费虽然是无理取闹的行径，但众怒难平。这众怒谁敢犯，本来上次书记都同意了，可你顺水推舟做好人多好，你今天又阻挡不说，还出了这样恶心的主意，让单位包干部、干部包自家和亲朋好友，这是什么强盗办法！你能做通你家吴梦的工作吗？你能做通你岳父大人的工作吗？我能做通我父母的工作吗？你我能做通财政局那些干部的工作吗？！我们做不通！

钱海了解张美玉，她是个有文学情怀的才女，对钱不是很在意，也从来不自私，可这次一反常态极力反对他的做法，他不知道是自己真错了，还是张美玉真爱上钱了。

钱海与张美玉吵架了。这是她与他少有的争吵。而吵的结果，谁也没妥协谁。

家里也在等他回来吵架。钱海下班回家，很累，血压高，血糖也高，想吃点东西早些休息。女儿钱梦吴正做作业，吴梦打发正在做作业的女儿出去玩一会儿再回来。女儿说，作业多，要做作业。

吃完饭的钱海被吴梦拉到卧室并关上门后说：爹妈为拆迁费问题，已好几天不吃不喝了。

钱海说：提高补偿费标准，要从财政出好多个亿，况且这补偿费提得太离谱。我是财政局长，这个关不把住，那是犯罪！

吴梦说：听说县里会上就要同意提高补偿意见，书记都同意了，是你以辞职来逼迫书记改变决定的吧？

钱海说：有这回事。

吴梦说：你真是"土山楂"，你知道你得罪了多少人吗？你知道拆迁户骂你什么吗？都把你八辈子祖宗骂遍了！

钱海说：大家都在骂我，我感觉到了，也听到了。但提出的补偿标准，太高了，开了这个坏头，下面的拆迁意味着还要高下去，那国家的钱不就打"水漂"了吗，这样的财政局长的下场，比人骂和恨还要恶心。

吴梦说：我两个弟弟全指望拿这次拆迁费买结婚房子呢，爹妈说了，你要是坚持不提高补偿标准，他们跟你没完！

钱海说：没完，能把我吃了不成！

吴梦说：爹妈说了，如果拆迁补偿费提高哪怕一倍，这多一倍的钱给我们，支持钱梦吴出国上学。那可是六十多万，女儿转学没成，孩子学习一直很差，在国内考不上大学，只有送她出国上学。有这几十万块钱，孩子出国上学的学费就不愁了。

吴梦瞒着钱海受贿二十万元，是为了女儿攒出国学费，但也是王开来设局迫使她收下的。自从李来和国土资源局局长王开来出事，她每天提心吊胆，很想把这二十万元主动交出去。可她又舍不得，女儿学习不好，要送出国，光靠积存的那点钱和可怜的工资，难以给女儿提供在国外几十万元的高昂学费。如果这次拆迁费多要点，那女儿出国上学的忧愁会就地解决了，那样她把那烫手的钱也交了，不就高枕无忧了嘛。

吴梦打着这样的如意算盘，可她无法说服钱海，便说出狠话：你要执意这么做，我们就离婚算了！

吴梦这话，惹怒了积着一肚子火的钱海。正在此时，吴梦的父亲来电话，钱海把电话机顺手拿起来，扔到了吴梦面前。电话机摔成了碎片。

吴梦哭了。女儿推门看爹妈打架了，也哭了。

钱海赶紧去哄女儿。女儿作业不做了，关起门睡觉去了。

45

常务副县长高鹤叫钱海去趟他的办公室。还是拆迁费补偿提高标准的事。

常务副县长没好气地对钱海说，你脑子是不是进水了，为了省拆迁补偿费，竟然出了单位包拆迁干部、干部包自家的馊主意，你知道得罪了多少人吗，你把人全得罪了。里外得罪这么多人，加上你前面得罪很多人，你以后不要说财政局长当不下去，连你自己也寸步难行了！

常务副县长劝他改变主意：你是省了国家的钱，但引火烧身，吃亏的是自己，还是赶紧收住，省得遭来众怒，引火烧身。

在拆迁费补偿提高这个事上，钱海怎么也想不通，从来不计较得失的张美玉，一反常态，跟他吵架；平时吵架从来不提离婚的吴梦，竟然为了得到一份拆迁补偿费，要提出跟她离婚，还有周围这么多人恨不得让他死。钱海陷入苦海。是坚守认真，还是随波逐流？他意识到，这样坚守认真，有可能四面楚歌，亲人远离，妻离子散，下场可悲。

高副县长的话，虽然很冲，但在钱海看来对他是善意的。高副县长的话，确使钱海害怕了，自己是真的身临"四面楚歌"的境地了。

"是啊，钱是国家的，又不是你钱海的，何必为了省钱而树敌呢！"钱海的心里，有另一个钱海在反复责怪他。钱海把这话，听进去了。钱海后悔一再反复坚持不提高拆迁补偿的主张，是多么的愚蠢。他责怪自己这是不成熟和不明智的固执，遭来众怒，引火烧身。钱海决意不再在拆迁补偿费上坚持自己的意见，爱提高多少就提高多少去吧，不再为公家省钱而去得罪人了。

而由各单位包干部，干部包亲属做拆迁户工作的文件已经下发。文件发下去，当然是一片骂声，抵触、对抗。石书记料此事难推，为难了。石书记为难，实是怕得罪太多的人。得罪人多，那是对他政治前途不利的。而让书记进退两难的，"包干"已布置，讲出去的话，泼出去的水，难以收回，怎么办？书记思来想去，只好硬着头皮，只好又开大会又开小会，使劲推进钱海提出的"包单位""包干部"做拆迁户工作的办法。

　　财政局的包干拆迁工作，也指定了专人负责，钱海交给熊副局长一包到底。熊副局长看着钱海沉默，迟迟没交他岳父拆迁包户书，局里其他人也不交，他的包干落实工作基本上就成了"干打雷不下雨"。

　　包干拆迁户的工作，在一浪又一浪谩骂与对抗中展开，有收效，但很慢。有人恶毒地骂钱海会"断子绝孙"，也骂石书记是"官迷""政客"。钱海和石书记，被烤在了热锅上，难受，但又不能退回来。

　　拆迁补偿费的后面，当然是巨大的利益，在这巨大利益面前，有些人的亲情、爱情、友情、婚姻等，会显得很脆弱，会变异。吴梦与钱海在拆迁补偿费上的矛盾持续升级，吴梦劝不了钱海，钱海也不会听吴梦的。吴梦作出了让钱海做梦也想不到的决定，提出离婚。

　　忙了一天的钱海，拖着身心疲惫的躯体，刚躺在床上，吴梦递给他一张纸，钱海问是什么东西，吴梦说你看就知道了。钱海说太困了，明早上再看。钱海倒头片刻就打呼了。吴梦把钱海扒拉醒，说，你必须现在就看。吴梦发急，钱海以为是急事，只好看。钱海没想到是"离婚协议书"。惊奇得盯着吴梦不知说什么好。

　　吴梦说：别吃惊，我考虑了好些天，也考虑好了，提出跟你离婚。家里财产我一分不要，不给你提任何要求，你签字吧。

　　钱海以为吴梦在跟他闹着玩，没理吴梦的茬。

　　吴梦说：别以为我是跟你在开玩笑。

　　钱海问吴梦：就为了得到你爹妈那份拆迁费？

　　吴梦说：也是，也不是。

　　钱海问：那"是"什么，"不是"什么？

吴梦情绪激动地说：自从你当上这个狗屁财政局长，看起来光鲜，但日子越过越糟糕。没收一点好处，有好处还往外推，啥事你也办不了，还得罪了很多人，我和孩子出门到处挨骂不说，还有危险。这样的日子，跟你过下去，没有任何意思！

钱海说：你先别激动，也别拿离婚来撒气。提高拆迁补偿费的事，我不能睁着眼睛说瞎话，我在职一天，要我让步是不可能的。你要是非常讨厌我当这个破局长，我会很快辞掉的。我不正在辞吗，不是书记不同意吗？那我明天就接着催辞职的事……

吴梦说：辞职的事，你说了不算，是书记、县长说了算，这我知道。我也不逼你辞职，你也别辞什么职，你该当你的局长，还当你的局长……拆迁费也不是我父母一家的事，爱提高不提高！

钱海说：你既不逼我辞职，又不为拆迁费，那你为啥提出离婚?!

吴梦说：我也说不清楚，但我肯定是要跟你离婚的。

钱海不知道吴梦提出离婚的真正原因。无论钱海怎么问她，吴梦也说不出离婚的十足理由，但她还是执意要离婚，没有商量的余地。钱海劝阻了大半个晚上，也没有任何效果，吴梦离婚的心已铁，看来是拉不回来了。

钱海只能对吴梦说：容我再想想。

吴梦说：给你一周时间调节心理，你想通想不通，一周后都得离。

钱海去了岳父岳母家好几次，让岳父岳母做吴梦的工作，也找小姨子吴倩做她姐工作，还找了吴梦好朋友做她工作，但吴梦坚持要离。

一周后，万般无奈的钱海，在吴梦的逼迫下，在离婚协议书上签了字，到街道民政办事室，不到十分钟办完了离婚手续。

吴梦对钱海说：离婚的事不能告诉孩子，你可以暂时住在家里，等女儿高中上完，送国外读书了，你再搬出去。

钱海的眼泪忍也忍不住，豆大的泪珠，从眼眶里不停地往下掉。

46

晚上，钱海去了吴梦爹妈家。他是为吴梦提出离婚的事而来的。二老是两天前知道的，他们坚决不容许吴梦离婚，可吴梦的离婚决意，九头牛也拉不回来。两位老人为吴梦死活要离婚，想不通，但又做不通吴梦的工作，正在家唉声叹气呢。钱海对二老说，吴梦执意要离，谁也拉不住，也只能依她了，不知道她是怎么想的，也许她是一时情绪冲动，过几天就会后悔的，她肯定会后悔的。钱海让二老不要太心焦，他会再做吴梦工作，他们尽快复婚。二老听了钱海的想法，脸上少了一丝愁苦。

拆迁遭众怒，改革遭拦截，又出现离婚，倒霉的事接二连三找钱海，二老为钱海现在的难着急，就想帮钱海。钱海老岳父递给他一张纸，是《拆迁费补偿同意表》。岳父在表上写了"同意按政府补偿标准补偿"，签上了名。

钱海今天来二老家，除了请二老说服吴梦尽快与他复婚的事外，还想做两位老人的工作，接受政府拆迁补偿标准上，带头签了拆迁同意书。拆迁书的事，他还没开口，没想到二老就从前些天跟政府对抗到底的态度，转变到自愿接受政府拆迁补偿现有标准，让钱海出乎意外。

钱海岳父说：你的复婚心切，正是我们老两口的盼望……我们会劝她的，你受苦了，我们不知道对你说啥好……

钱海岳父接着说：知道你这个财政局长当得太难，听说你在会上向书记提出要辞职，不要辞，接着好好干，干到财政局长这位置多不容易啊，可不要说不干就不干了……

岳父的话，虽让钱海心里暖融融的，但不想干这个财政局长的想法，他早已意决。这其中的苦衷，他是无法给岳父三言两语说得清楚的，也只能不说。

有了岳父岳母拆迁补偿费同意书，钱海心里的酸痛减轻了很多，心里也有了底气。

拆迁包干攻略出自财政局，首先财政局干部就有很大抵触情绪，一时很难推动。为何推不动？是由于牵扯到钱海的岳父，钱海的岳父还没签字，钱海的"包干"任务没有动静，大家料想钱海是完不成"包干"任务的，大家在等钱海。他们要等钱海交了再说。这项工作由熊书芳抓落实，他得先抓钱海的"落实"。熊副局长找钱海，又送上一份《财政局干部拆迁户包干表》，催钱海填"包干表"。钱海把岳父签字的《拆迁补偿费同意书》给了熊书芳，熊书芳松了一口气：有钱局长你的这份"完成任务书"，财政局包干拆迁的事，应当会快一些。

果然，不出一个月，全财政局干部及相关亲属都分别签了同意接受政府拆迁费书，很快完成了"包干拆迁"的任务。

新区拆迁工作，在"包干"工作方式的推动下，落实看好。

而就在推进"包干"落实拆迁户当中，一家很大的刊物登有一篇题目叫《我的土地我的家》的文章，写县里强行征农民土地，农民吃亏受委屈的事。这文章被省领导批转下来了，上写"这样的征地，是对农民的掠夺"，并派人调查文章内容是否属实。

这篇散文写得很生动，把拆迁的事、拆迁的痛苦叙述得声情并茂：

我的土地我的家

黎 明

我爸妈是仓促间决定要回家去跟政府谈判的。他们急急忙忙收拾了两袋子行李，从黄牛那里搞了两张火车票，第二天就赶去了火车站。

候车室里挤满坐着、站着或躺着的人，我爸爸拣一块人缝里的空地把行李放下，在周遭的嘈杂声里扯着嗓门表达了他的"雄心"："这次回去，如果顺利，过几天我们就可以带着四五十万块钱回来。"而我妈妈却站在一旁忧心忡忡。

在北京住了不到一年，他们这次回去，是要将两个人辛苦一辈子积攒下的财产——一幢二十二年的老房子——卖一个价。"买主"是政府。拆迁，这个有关摧毁与重生、剥夺与给予、公平与财富的故事在到处轮番上演之后，回到了我的家乡，山川县一个只有二十多户的小村庄。

原本他们还不急着回去。"能拖就拖呗，拖得越晚补得会越多的。"我妈妈说。这是她听来的经验。拖着不肯签字，几乎是农民们唯一可以跟政府谈判的筹码。"反正不先签，要签也要等村里其他人家签得差不多再回去。"这是老两口商议过多少回之后的对策，"我们不急，他们（指政府）才急"。

可随着村里的消息一天天通过电话传到北京，他的神情日益变得沉重起来。一天吃饭的时候，他闷闷地说："看来情况不乐观。"直到有一天一大早，老两口神色惊惶地出现在我面前。原来前一天夜里，一帮"打手"闯进我一个堂叔的家里，逼问："签不签字？"堂叔逃到楼上打电话求救。就在这次事件之后没两天，我爸妈决定回去谈判。

我的一位记者同行曾经说："我亲眼目睹了拆迁新闻门槛的提高，现在只有自焚才能引起媒体报道的兴趣。"可是对于我家乡的人们来说，拆迁，不是是非对错的新闻，不是那些写在纸上的别人的故事，而是他们的现实生活和遭遇。

我家的小楼建于1988年，是村里建得早的。记得那时房子盖起来，爸妈再没有余钱做装修和粉饰，却买了三只彩灯回来。每有同学或亲戚来我家，我就无比骄傲地一遍遍打开这些彩灯展示给他们。在我心里，这就是最美好的房子。虽然后来那彩灯上慢慢织起了蛛网，原来刷白的墙壁也渐渐变成了烟灰色。再之后，房子开始渗水，以至近几年每次暴雨来袭，我爸爸就提心吊胆。如今房子终于要拆了，他大大松了一口气，说："好了！再也不用担心雨下大了房子会坍掉一块啦。"

当然，我爸妈也跟着房子一起老了。在房子刚建好那阵儿，他们俩曾经盘算过未来。我妈妈一项一项列算了各项开支和收入，然后心满意足地说："咱们再攒个两百块，就能防一防荒年，养养老。"

"嗯。"我爸爸也志得意满地说，"明年还会有进账呢。"

这是一天早上我从睡梦中醒来时，听到他俩躺在被窝里的对话，那时我心中莫名地充溢起一股安定富足生活散发出的甜香。

然而未来早就远远超出了他们的预算。他们集三万元"豪资"（当年算得上）建起的小楼在一天天老旧折损，涨幅小的是收入，飚升的却是花销。渐渐地，我爸爸在土地以外先后找的活计，比如做生意、用三轮摩托搞运输等，只够一年到头的家用，以及供我勤俭拮据地读完大学。如今他们揣着这些年攒下的少得可怜的积蓄，面对的却是即将到来的老年和可能的灾病。

所以，想想那个我爸妈认定手头存个两百块就能养老防荒年的年头，再想想之前辛苦一天只能挣上几个工分的年代，以及稍后两毛钱可以吃上一顿红烧肉和再稍后一毛钱可以享受一支红豆冰棍的年份，你就知道，当我爸爸听说拆迁要来，我们的旧房子可以"变卖"几十万时，他是多么兴奋，两眼放光。

"我一辈子加起来都没挣这么多钱！"他说。如果仅从数额上看，确实如此。

他又说："一辈子的辛苦总算没有白费。"那么，他和我妈妈这次要回去变卖的，不仅仅是他们最重要的财产，也是他们一辈子的价值。

政府看中的其实并不是我家和我们村里那些半旧不新的房子。后来拆迁工人开进村子，第一个扒掉的就是这些抹着灰色水泥的房屋。他们要的是下面的土地，但补偿却明明白白都是开给"地上附着物"的。

村民们似乎从未想过这一点，比如我爸妈。直到有一天我在餐桌上顺嘴说起："其实房子不值钱，值钱的是地。"我爸妈愣了一下。然后我爸爸开始点头，而我妈妈却反驳说："那有什么办法，土地本来就是国家的。"

要说我的家族在这个村庄的土地拥有史，最早可以上溯到我的曾曾祖父。爸爸对他的曾祖父没有什么印象，只听说他人高马大，在当地无人敢欺。我的曾曾祖父当年带着他的兄弟从别的村迁来，置下三十二亩土地，然后像棵树一样生根结枝。他一定想象着，土地会像过去几千年一样在他一代一代子嗣中分配、流传。

如今我爸爸已经说不清楚当年曾曾祖父置下的全部田产。他1953年出生，土地收归集体的时候，还不怎么懂事。不过，那些年里生产队长每天清早吹响上工哨的时候就扯起嗓门喊："今天大家去某某家的二亩三分地里拔草！"或者"今天去某某家的一亩八分地里割稻！"尽管田地已不属于某某家，但人们还用这种方式区分田地。而我爸爸也就是靠着这种方式，在脑海中对他家的祖产建立起一个模糊的轮廓。

现在他能告诉我的是：后来将集体土地承包到户时，曾曾祖父的哪一块田地分到了邻村甲，哪一块划给了邻村乙，又有哪一块分给邻居某某家。而我家三口人，则分到了不知原来属于谁家的三亩地。

我爸爸至今还藏着一张土地承包证，上面写着承包年限五十年。"五十年啊！"我爸爸一边强调着，一边伸出五个手指。

"可现在政府要收回了，有什么办法，田本来也不是自家的。"我妈妈又一次在一旁提醒他。

这篇文章，在拆迁户中引起很大共鸣。等于是给拆迁户"申怨"加了热，使拆迁户与政府对抗情绪骤然升温。致使新区拆迁处于尴尬的地步。调查组了解了新区拆迁补偿房屋、方式、标准，通知县里拆迁暂停，等省里作出结论后，再组织是继续拆迁，还是调整拆迁补偿标准，总之不能让农民吃亏。

石书记看了这文章气坏了，让人查这篇文章是谁写的。

县里写文章的人不少，而有这样文采的人少见，这文笔情景交融，与张美玉的散文风格一脉相承，有人断定是张美玉写的。这个县里文学水平最高的，要数张美玉了，因为她出版了一本诗集，一本散文集，别人没这样的文字水平。

钱海问张美玉：这文章是不是你写的，大家都在怀疑是你写的。

张美玉说：你们说这篇文章是我写的，就是我写的；我要说不是我写的，你们信吗？

钱海也怀疑这篇文章是张美玉写的。石书记断定文章是张美玉写的。

张美玉有麻烦了。

47

因这篇《我的土地我的家》文章，"炒"热了拆迁群众与政府对立的矛盾，激起了搬迁户补偿费告状风波。有人去了北京，有人去了省城，结果是县里连天被省里通知到北京和省信访部门领人。这已是第三次因拆迁补偿费问题群体到北京和省城上访了，人多势众，影响很大，引起了上面领导高度重视，省调查组迅速来山川县了解拆迁补偿费的事后，提出了责成山川县迅速整改意见。怎么整改，整改什么？意见很明确，既要不增加政府在拆迁费上的投入，又不能损害拆迁群众的利益。这意见怎么落实？县领导想不出两全其美的办法来。

因拆迁而出现上访的事，上面领导最为恼火。石书记和县长，被市委书记叫去，又挨了省市领导的严厉批评，责成他们做深刻检查，让做出保证，不再有因拆迁问题而上访的事发生。县领导又再三做了保证。这也是因拆迁上访第三次做检查和做保证了。虽然又写了保证，书记、县长清楚，怎么能保证不再发生拆迁问题上访呢？不增加拆迁补偿费，谁又能保证上访的事不再发生？石书记和县长从市领导那里挨训回来当即决定，还是适当增加拆迁费，以平息众人大闹拆迁费风波。

石书记找来钱海，有两件事告诉他，要他测算拆迁费适当增加投入数额，适当增加多少合适，这样下来会增加多少钱。再就是要把张美玉调到县文联当副主席。

测算增加拆迁补偿费，需要回去测算。让钱海感到意外的是，为何要把张美玉调到县文联去，难道是那篇《我的土地我的家》文章惹的祸?

钱海问书记:张美玉是财政部门工作了几十年业务熟练的骨干,也是我的左膀右臂,眼下新区建设和财政改革都离不开她,这节骨眼上把她调离财政局,等于给我的工作釜底抽薪……

石书记说:她喜欢创作,不也出版了几本作品吗,可说著作等身,县里要打造文化强县,需要她这样的人才,正好县文联缺个副主席,也没有找到人选,让她去最合适。

钱海问书记:为什么要调离张美玉?

书记说:不是给你说得很清楚了吗,你怎么还要问为什么?!

钱海向石书记求情:张美玉的手头有好几项重要工作,如果要现在交给别人,也得好几个月才能熟悉。请书记暂时不要调动为好,让她干到明年上半年……

无论钱海说出多少理由,石书记就是不接他的话,低头看文件了。钱海只好告退。

其实,在石书记找钱海说张美玉调动的前一小时,石书记让副书记和组织部长,已经找张美玉谈过话。他们没想到,张美玉不仅对这个调动没意见,反而很乐意。副书记和组织部长奇怪,在他们看来,让张美玉从有权有势的财政部门调到文联"清水衙门",她肯定不去。可谈话刚开头,两位领导的"文联工作很重要""一定要服从组织上决定"的话音刚落,张美玉就有点急不可耐地问:什么时候报到?

找她谈话的领导很惊讶,这调动后面本来藏匿的是书记等领导对她为那篇糟糕透顶文章做出的惩罚性的意图,可面对贬损,她却很快活,这使副书记和组织部长心里顿时极不舒服。他们看出了张美玉乐意去文联的缘故,那里自由轻松,会有时间一本接一本地写她的散文诗歌,比起财政局成天加班加点来说,那是神仙待的地方。

沉默片刻的副书记,却给了张美玉这样一个回答:这只是征求一下你的意见,还没有最后定呢。

张美玉说:既然征求我的意见,我坚决要求去文联工作!

副书记说:去不去,得由组织来定!

张美玉说:那我回去等通知办手续……

副书记说：先安心干好本职工作！

张美玉心里怪怨副书记：简直就是玩人！

钱海找张美玉，张美玉知道钱海要说什么。她到钱海办公室，她随即把门关了。钱海告诉她，书记决定调整她到县文联去工作。

张美玉说：副书记和组织部长刚刚找她谈过话了，说只是征求意见，还没决定。

钱海问她：你同意去了？

张美玉显得一脸的轻松说：去文联很好啊，可以有充足时间写散文诗歌了，我坚决服从领导安排去文联工作。

钱海说：你不能去，财政局几大项工作离不开你；我要与石书记抗争到底，一定不让你离开财政局。

张美玉说：是你离不开我吧？你离婚了，我更不能待在财政局，不然更会有人造谣说你我"怎么样"。当然我也不怕，别人泼脏水，就是有点冤枉，真要是有"怎么样"，那也倒好了。

钱海惊讶地问张美玉：我离婚是私下偷偷办的，你怎么知道我离婚了？

张美玉：就巴掌大点县城，何况"关注"你钱海的人"海"了去了，连蚂蚁都在盯着你，你能包得住这事吗？告诉你，你前脚办完离婚手续，后脚就有人来告诉我。我一直爱着你，你什么时候娶我呀？

钱海离婚几个月了，他压根儿也没敢向张美玉流露，没想到张美玉早知道了。张美玉问他什么时候娶她，钱海的脸红到了脖子根，他面对张美玉不知道说什么好。

张美玉大胆地问钱海：你爱我吗？

钱海说：你是知道的。

张美玉说：你是不爱我，要爱我，你早就吻我了。你从来都是半热不冷的。

钱海不说话，也学着某些领导的拒答动作，低头看文件了。

张美玉把钱海办公室门反锁了，像一只白鸽，轻轻地走到了钱海身边，抱住钱海，从额头吻到了嘴巴。钱海被张美玉的炽热情感融化了，无力拒绝她的拥抱与亲吻。压抑了多年情感的钱海，也深深爱了很多年张美玉的钱海，再也抑制不住情感，他深吻起张美玉来，俩人把身体贴得快喘不过气来了。张美玉搂着钱海脖子手腕上的玛瑙手链，红得闪亮。他们紧紧拥抱着，并正在想拥抱后的下一步怎么办时，电话铃响了。

电话是组织部长打来的，他告诉钱海，石书记说，既然财政局离不开张美玉，既然你坚持不同意调离她，那张美玉就仍然在财政局工作吧，待合适时候再调整。

钱海以为石书记真的听了他不同意意见，才改变了决定，其实不是这样。张美玉却猜出了领导改变调动的原因是什么。这个原因，在张美玉看来，是副书记看出了她喜欢这个轻闲岗位的原因。聪明的副书记看出了张美玉的心思，如果把她放到这么悠闲自在的岗位上，让她得到的不是失落，而是快乐，那不是干了一件蠢事吗。

与张美玉谈完话的副书记，把与张美玉谈话情况告诉了石书记。石书记说：那既然张美玉也愿意去，那就走个程序，下调动文吧。

副书记却对石书记说：张美玉调整文联虽然合适，但文联是个闲职，没什么事干，她在财政局业务熟，钱海又极力不愿意放，建议暂时还是留在财政局工作，以后再调整。

石书记说：财政局的大项改革工作，钱海一直在靠她，她也的确很能干，那就把她写那狗屁文章的账先挂着，暂留在财政局，以后再算她的账吧。

张美玉知道，石书记是单纯因那篇文章引起的一气之下对她的调整，而不知道副书记是什么心态。

张美玉与钱海燃烧的情感，虽被刚才电话打断，但那情欲的烈火，仍在心里蹿跳。显然再不能在办公室亲近了，这里很紧张也很危险。张美玉对钱海说：我还有事给你聊，晚上下班，你到我家来，我们边吃边聊。

钱海犹豫片刻说：就不去你家了，让人看到，又是艳闻。

张美玉说：你现在是单身，与单身女人来往，有传闻也没有什么了不起。

钱海意识到晚上要是到张美玉家，两人必然燃烧起情感的烈火，必然会发生自然而然的事情。要是发生那样的事情，然后怎么办？与她结婚，当然很好，但女儿会接受不了，而且夫妻俩不能在一个局工作，张美玉会被立即调离财政局，这对孩子，对财政改革，对他自己会有许多的非常不利。于是，钱海断然对张美玉说，家留着以后去，好饭也不怕晚，我心里乱七八糟的，想静一静。

　　钱海的拒绝，让张美玉生气，而又感到温情。她深情地望钱海一眼，轻轻地出去了。

48

因那篇《我的土地我的家》文章激起的拆迁费风波，大有持续升级的势头，拆迁户要政府增加补偿费的呼声越来越高，群众上访不断，事情闹得动静越来越大，看来不增加拆迁费不行了。

石书记提出"稳定压倒一切"，要钱海重新提出提高拆迁费标准意见，以安抚拆迁户，把高涨的闹事势头压下去。钱海也感到，要把这次拆迁补偿费的事态平息下去，不提高拆迁费，看来真的不行了。与其让领导逼着提增加补偿费方案，还不如主动拿出意见。他提出了略提高拆迁补偿费标准，与领导意图折中的方案。可就这项方案，也要多出上亿元。平白又要出去这么多钱，钱海又心疼了，可又一时想不出什么好办法能把这笔钱给省了。

钱海在向书记、县长汇报提高拆迁费时，留了提高一倍拆迁补偿费的方案，只介绍了略提高补偿费的方案。即使这个标准，也得掏上亿元。书记、县长嫌拿出的钱还是太少，补偿过低，拆迁户不干，要钱海再提高一点，最大程度地满足拆迁户算了，以免拆迁工作难做不说，还拖延时间，再闹出乱子。钱海坚持略提高拆迁补偿费标准的意见。石书记、县长让上会研究，县常委会上先是有好几个人，提出补偿费太低，怕不好平息拆迁闹事风波，最后还是书记、县长坚持以"略提高拆迁补偿费方案"得以通过。

提高了拆迁补偿费，书记、县长还是强调推行"包干到户"的办法，规定了考核落实"包干"的细则，仍由每个单位包职工，职工包自家和亲戚的拆迁工作，做到不漏一户。在"包干"的有力推动下，再加上补偿费的略有提高，虽有一些人不接受新补偿费方案，但大部分拆迁户接受了新的补偿标准。新区拆迁风波，渐渐平息，拆迁总算推开了。石书记心头这件愁肠百结的事，稍稍放下了。

石书记对钱海说：不管怎么说，你钱海是个好财政局长。

书记的表扬，钱海当然欣慰，而比书记表扬更让钱海高兴的是，没有搞第二套拆迁补偿方案，这样，也算节省了好几亿元的钱。尽管确定的方案使财政的压力增加很大，但还可以承受。

晚上，钱海还是去了张美玉家。钱海刚回家吃完饭，张美玉打电话给钱海，要他即刻到她家来，她有重要且很急的事给他说。钱海回复问她，是什么急事，能电话说吗？她说绝对不可以在电话说。钱海了解张美玉，绝对不是为了续那天在办公室的亲吻之情，她一定是有非常重要的事情。

钱海去了张美玉家。张美玉一脸的紧张。钱海急问张美玉，是什么事，让你这么紧张。张美玉告诉钱海，吴梦要出事。吴梦受贿二十万，被国土资源局局长王开来检举了，纪委也许会很快找她谈话。

这消息，如同晴天霹雳，钱海血涌头顶。

钱海不信，张美玉说，千真万确。钱海问张美玉是怎么知道的。张美玉说：别问我是从哪里知道的，首要的是怎么救吴梦。

钱海头涨欲裂，急切地问张美玉：怎么解救吴梦？

张美玉说：省市县纪委书记是要找的，但首要的是，赶紧把那二十万元钱，交到县纪委，争取个"自首"，以免受法律追究。

张美玉问钱海：你知不知道吴梦受贿的事。

钱海说：她从来没给我说过，要是知道，我无论如何也要让她把钱交给纪委。

张美玉催钱海：赶紧回去做吴梦工作，以最快速度，把钱交给纪委。还有，找市县纪委的人了解一下情况，你出面是不是妥当？你我想一下，回头再商量。

钱海是蹬自行车来的，要再蹬自行车回去，腿软，也慢，他打了出租车，让司机加大油门快开，十分钟后就到了家。

吴梦在家洗衣服，是在洗女儿和钱海的衣服。女儿在做作业。虽然离婚了，但她不想让女儿看出来什么，还同往常一样做家务，侍候女儿和钱海。

受贿出事的消息，会把吴梦吓瘫的。钱海不知道怎么对吴梦说这件事。

钱海把吴梦叫到卧室，随手关上门。离婚后，为了女儿，他们还睡在一起，只是吴梦不与他做"那事"了，平时不再关门。吴梦看钱海急切地把门关住，以为要"做什么"，警惕地说，关门干什么。钱海放松神情地问吴梦：是不是有人送过你二十万元钱？

吴梦大惊失色地问钱海：你是怎么知道的?!

钱海追问：有没有这回事?!

吴梦说：有没有，我们也离婚了，有什么事也与你没有关系，那是我的事！

钱海急了：已出事了，还不如实说！

吴梦说：自从李来和王开来出事，就意识到这笔钱会连累我。

钱海说：你收了这笔黑钱，怎么不告诉我；你明明知道要出事，那你还装作没事似的?!

吴梦说：还不是为了给女儿准备点出国学费，况且当时不收不行，他们逼着我收；给你说了，你会让交公，交公那不就等于把王开来他们检举出来了吗；至于离婚，当然也与这笔钱有关；不离婚，这钱出了事，还不连累你……

钱海总算知道了吴梦死也要与他离婚的缘由。这让钱海既紧张，又感慨。

吴梦问钱海：二十万元会判几年刑，会判十五年吧？

钱海说：事到如今，先别想这个，要紧的是，马上把这钱交给纪委，争取个宽大处理。

吴梦紧张得浑身颤抖，钱海紧紧地抱住了吴梦。

吴梦感到已有好多年没有被钱海这样紧紧地拥抱过。钱海宽大厚实的胸脯和强劲的心脏跳动，使吴梦心涌结婚时钱海拥抱她的那种火热的感觉。吴梦泪如泉涌，钱海感到胸前像淋着热雨。

钱海着急吴梦的事，轻轻推开吴梦，对吴梦说：这事一刻也不能耽搁，还是把钱越快交给纪委越好。

　　吴梦说：明天一上班，我就去县纪委，把这钱上交了，也把情况给组织交代清楚。

　　钱海说：不要等到明天，现在就去吧。

　　吴梦说：这都十点了，纪委的人也得休息，这么晚了打扰人家，不合适吧。

　　钱海说：纪委的人办案常常不分昼夜，刘书记也许还没睡觉，你给他打电话，现在去找他，今晚就把钱交了。李来他们已经检举了你，纪委找你谈话，是早一天晚一天的事，万一明天早上纪委找你谈话呢，那性质就不一样了。

　　吴梦认为钱海说得对，得马上把这钱交给纪委，不能凭侥幸心理对待这件事了。

　　吴梦给县纪委刘书记打电话，刘书记电话没人接。

　　吴梦对钱海说：刘书记休息了吧？要不然明天一早找他吧。

　　钱海说：过几分钟再打。

　　过了几分钟，吴梦正要拨刘书记电话，刘书记把电话拨了过来。刘书记显然没存吴梦电话，问是谁打他电话。吴梦紧张地回答，她是吴梦。刘书记问吴梦，你有什么事吗。吴梦说，有急事找你当面谈。刘书记说，那就到纪委他的办公室吧。

　　吴梦拿上那二十万银行卡，提上包出了门。

　　钱海说：我陪你去，我在纪委大门对面的麦当劳等你。

　　吴梦说：有你陪，我心里坦然些。

　　到县纪委不远，但钱海还是打了辆出租车，把吴梦送到了县纪委大门。

　　吴梦进去半小时就出来了。

　　钱海仍打了车，招手吴梦上车回家。吴梦刚要张口说话，被钱海示意制止了，因为钱海听出出租车司机口音是本县人。

　　回家，吴梦给钱海说了去纪委见刘书记的经过。吴梦说明来意后，刘书记叫值班纪委干部做笔录，吴梦把二十万元钱的银行卡交给纪委，纪委工作人员让她在刷卡器上划到了纪委的一个账户上。

吴梦说：县纪委刘书记好像知道似乎又不知道李来检举我这笔款的事，他问钱海知道这二十万元钱的事吗，我说是瞒着钱海收的。他又问，为什么不在收了钱的当时来交，是不是最近听到什么风声，你才来交的？我说我知道错了，就来交了。

钱海听了吴梦说的交钱过程，分析说：刘书记一定是听说李来检举了这二十万元的事，只是这件事的调查还没有走程序，但找你谈话是迟早的事；也许这几天上面纪委就会把要求调查你的有关线索转过来，幸亏在调查你之前交了钱，不然会很被动。

吴梦问钱海：即使明天县纪委接到了上面转来的我受贿的情况，我今天自首，还追究吗。

钱海安慰吴梦说：刘书记是个办事公正的厚道人，他很坚持原则，但也很讲人情。这二十万元受贿的情节简单，也是所迫无奈，一定会得到从宽处理的。

紧张而无眠的吴梦，感激钱海为挽救她所做的一切。自从离婚，他们各睡各的被窝。此时的吴梦，对钱海浓浓的爱涌上来，她钻进了钱海的被窝，抱紧了钱海，钱海也紧抱她。吴梦克制不住欲望，钱海也克制不住，他们交欢在一起，似乎找到了新婚时的激动。

一场激情纵横，燃起了吴梦对钱海眷恋的爱火，对失去钱海产生了后怕。这后怕，当然是离婚，更是因受贿将失去自由，会彻底失去钱海。此时的吴梦，涌起从来没有过的恐惧感，在钱海怀里缩成了一团。钱海安慰吴梦，既然事已至此，劝她不要太紧张，相信他的判断，一定会从轻处理的。而钱海却明白，二十万元的受贿，不管是什么情况下接受的贿赂，只要自首，有可能从轻处理，免予刑事处分，也有可能从轻刑事处理。钱海的心，提在嗓子眼上。但他只能安慰吴梦。吴梦为女儿，要付出残酷的代价，也为了不牵扯钱海，放弃了婚姻。吴梦是个好女人，张美玉更是个好女人，他恨不得马上去找张美玉，请她帮忙解救吴梦。

49

钱海一眼就看到了张美玉。

钱海和张美玉都在一个会上，虽然开的是同一个会，但都没有时间，或者没有合适机会说昨晚吴梦去纪委自首的事。会很重要，是由全县主管财务的单位副职和财务负责人参加的，是布置钱海推行的又一轮绩效评价和政府采购改革的方案。这方案，也同国库集中支付、部门预算等财政改革，是"革"财政的命，也是"革"花钱部门的命。尤其是政府采购革命"革"得更具体，要把所有政府的购买"革"到统一和管理的"阳光下的采购"里，大到大型设备，小到纸张和大头针，都要集中管理，统一招标和竞价采购，该不该花，该花多少，而不是自己想花多少就花多少；政府买任何办公用品，要经过财政局招标和询价，货比三家统一购买，挤掉了自行购买中吃回扣、虚开发票贪污等肮脏事。这个会除财政局的人要迫切开，参会的其他人没几个人不反感。所以，这会提反对意见的人多，原本布置改革的会，开成了提意见的会。结果会开了一天，做了许多开导工作，而一些单位领导仍不接受改革方案。这个会，还得择日接着开，必须把大家对改革认识提高上来，才好推开。钱海是个极其有耐心的人，也是不达到效果不罢休的人。这几项财政改革的完成，每年会给山川县节约好几亿资金。就凭这一点，谁反对，谁骂娘，钱海打定主意不妥协，他还要把它精彩地推开。

钱海身在会上，心在吴梦的事上，分分秒秒都在焦急，但这会就是散不了。散会后的钱海，火急般地把张美玉叫到他办公室商量吴梦的事。

张美玉对钱海说，上她家去说吧，在办公室总觉紧张。钱海还是坚持在办公室说，张美玉深知钱海去她家会紧张，只好作罢。她多想给钱海做几个他喜欢吃的菜，开瓶美酒，边吃边聊。这是她渴望和盼望的事情，而钱海从来都是拒绝去她家的。她已习惯了他的拒绝，也在默默等待，等待钱海自愿上她家的那一天的到来。她相信，那一天很快会到来的。

张美玉心地善良，内心充满热情，她深爱钱海，愿意为他做任何事情，即使是情敌吴梦的事，为了钱海，她也愿意去做。在吴梦面临险境的此时，她要尽全力去帮吴梦，等于是帮钱海。她不愿看到钱海为吴梦着急的心焦样子，她不愿让钱海女儿失去妈。

钱海给张美玉说了昨晚吴梦到县纪委交了受贿款的经过。张美玉思考一会说，要帮吴梦，钱海你要出面找两个人，那是市和县纪委的书记。这两个人你都熟悉，而且对你评价也好，你去找他们一下，求求情，请他们给吴梦宽大处理。她去省纪委找找人。钱海说，他出面实在不合适，这样会把问题弄复杂了。

张美玉感到钱海说得有道理，钱海此时不宜出面。于是，她对钱海说，这事她来办吧。

张美玉找了省纪委的朋友，求他根据吴梦主动上交受贿款的自首表现，在处理上给予关照。

省纪委的朋友很吃惊地说：对吴梦"双规"的通知，本来就在近日下发，没想到她抢在前面了，是不是她听到了什么风声，才自首的？

张美玉说：也许这是巧合。

纪委朋友说，在不违反规定的情况下，尽力帮她。

两月后，吴梦被批捕。吴梦仅此二十万元受贿，没有其他问题。检察院向法庭建议，鉴于吴梦有自首悔错的表现，请法庭从轻考虑量刑。法庭根据吴梦的犯罪情节和自首因素，判处两年有期徒刑，缓期三年执行。

吴梦平静地接受了这个残酷而又让她感激的现实。

钱梦吴即将高考，吴梦从此全力服侍女儿。

吴梦盼望女儿所考的学校，女儿期望报考的学校，都落空了。考分太低，报二类较为理想的学校，也很难。吴梦不断怪责钱海，女儿没有考上好大学，是他没把女儿转到县一中耽误的。钱海每次听到这样的怪罪话，面对女儿高考的失败，心如刀绞般疼。

　　吴梦在家有的是时间，她与钱海商量，让孩子复读，第二年接着考。第二年考上了省师范大学。

　　女儿到省城读书，吴梦做了个决定，到省城陪女儿读书。吴梦是为了离开钱海，既然离婚了，就给钱海一个空间。钱海明白吴梦的用意，但钱海不同意她离家。

　　钱海对吴梦说：我们复婚吧。你为女儿和我付出太多了。

　　吴梦哭了，哭得很伤心。

　　吴梦不同意与钱海复婚。钱海问吴梦为什么，吴梦坦诚地告诉钱海，当初她把他从张美玉手里抢过来，实在对不起美玉，美玉离婚后，直到现在也没嫁人，还在爱着你钱海；凡是她吴梦有事，美玉不但不记恨她，反而每次都诚心实意地帮她，美玉是一个让她敬仰的同学，她吴梦应当把钱海"还"给美玉。

　　钱海坚决不同意吴梦的想法。吴梦坚持她的主张。

　　很少流泪的钱海，那晚流着泪求吴梦说：美玉是朋友，以后也是好朋友。你是我所爱的人，我们生活了这么久，怎么能离开呢？虽然我与美玉相爱过，但自从和她分手，我们相爱后，我的感情全部给了你。你为了孩子，也为了我，做了太多牺牲，在婚姻上决不能接受你的牺牲，这样的想法绝对不可有。

　　吴梦说：女儿体质弱，我决定陪女儿在省城读书，租房子住，给她做饭照顾她。还有，我想离开县城在陌生环境里生活一段时间，这样对我对女儿都好。

　　钱海说：那复了婚再去吧。

　　吴梦说：既然离了，就让我自由吧。

　　对于复婚，无论钱海怎么做吴梦工作，吴梦就是不同意。

　　吴梦在女儿开学前，让同学帮忙租了一套两居室楼房，同入学报到的女儿一道住进了省城新家。

　　家里走空了人，晚上回来的钱海感慨万千，想女儿，也想吴梦。

50

　　吴梦和女儿走了的家和夜，空空荡荡的屋子和床，让钱海寂寞难耐，备感清冷，每次从梦里醒来，想起今后的生活，浑身都会涌起阵阵寒意。他产生了一个迫切的想法，如何尽快辞去财政局长之职呢？

　　心情沮丧的钱海，想了好些天，把口袋里辞职书，看了一遍又一遍，辞职书上落满了新旧泪痕。他几次在县长和书记办公室，手摸到了辞职书，但都被他放弃了。他没有勇气拿出辞职书，而每次见县长、书记，他们的话语里，眼神里，都透着对他的表扬和赞赏。面对这样的认可和欣赏，钱海实在没有勇气提出辞职，没有勇气掏出辞职书。

　　县里又提拔了一批干部，其中也有财政局一批干部，却没有钱海。钱海推荐的预算股长秦柳提拔为财政局副局长，推荐的冷琴任县发改委副主任，还推荐七位干部到其他局任职。可冷琴宁愿干局长助理，也不愿离开财政局，其他七位也只有两位愿意到外局任职。组织部问他们为什么不愿意走，是不是财政局"油水"多，舍不得离开？他们说，跟着钱海干工作虽很累，但心不累，不愿意离开钱海。这样一来，只要钱海还在财政局，县里提拔干部时对财政局干部考虑的就渐渐少了。这样财政局班子由钱海、张美玉、熊书芳、秦柳、冷琴组成，倒形成了业务能力很强的组合。

　　这个强有力的组合，来自钱海财政局长的"原地踏步"。而面对的现实是，钱海提拔无望。尽管好几次选拔副县长和县政协副主席、人大副主任，都提拔了比他资历浅的人，虽然他有想法，有人劝他找找"人"，但他仍然没找任何人。他在财政局长位置上七年多，很多时候都想离开，但终究还是没有提出离开，不是财政局长这个岗位光耀，而是他感到自己的所有努力，将影响这县的今后历史，也会改变更多人的命运，也会让更多人笑起来。

51

　　两个女人同时约钱海见面。一个是张美玉，一个是吴倩。钱海哪个也不好回绝，但哪个也得应约。

　　吴梦陪女儿到省城读书，转眼一年了，寒假也没有带女儿回来。钱海去省城好几次，每次都看望女儿，也约吴梦出来吃过饭。钱海不断提出复婚，而吴梦坚决不愿意。后来见面，钱海就不再提复婚的话，免得惹吴梦不愉快。

　　离婚后，钱海每周都会去看望吴梦的父母，说说话，一起吃饭，也帮他们干体力活，老人伤痛的心得到了安慰，身体也渐渐好了。老人情感上离不开钱海，盼望吴梦与钱海尽快复婚。家里二老打电话给吴梦，劝吴梦回来尽快复婚。吴梦对二老说，离就离了，复什么婚，一个人轻松。二老劝了几次，吴梦都不让再提复婚的事，二老就不敢再提。

　　吴梦走了这一年，张美玉不知多少次约钱海去她家，或约什么地方相会，都被钱海拒绝了。张美玉也理解钱海的拒绝，自从他离婚后，自从吴梦走了以后，社会上有关她和钱海的绯闻，如同肮脏的洗脚水一样，一盆又一盆泼来，使她和钱海招架不住了，俩人在外面不敢单独开会、不敢单独行走，有话就在电话和办公室说。张美玉今天约钱海见面，有重要的事要谈，牵扯到她和他的未来。钱海不知道张美玉有啥急事，让她在电话里说，她说见面说吧。钱海听张美玉的口气有点不同寻常，有点着急。

　　吴倩也约钱海见面，钱海问她能不能电话里说，吴倩说，还是见面聊吧。

今天是星期六，钱海把与张美玉的见面吃饭推到周日，张美玉说不行，周日她有重要安排。钱海把吴倩的见面推到周日，吴倩说周日她要出差。那就把与张美玉见面推迟到晚上九点以后，不能在一起吃饭，张美玉有点不高兴。

吴倩选了个吃饭的地方，还订了个包间，他们几乎同时到了。这是钱海自从做吴倩姐夫以来，第一次与她单独吃饭，有点不自然。

吴倩泼辣，对钱海开玩笑地说，你见了小姨子怎么像见了狼似的紧张；小姨子是姐夫的半个老婆，你怕什么……

吴倩的活泼调皮，让钱海神情更紧张了。

钱海让吴倩点喜欢吃的菜，吴倩也点了钱海喜欢吃的菜。吴倩知道钱海喜欢什么。吴倩边吃边说，但说的都是些县里与他们无关要紧的闲事。钱海着急地问吴倩，有什么事，怎么还不说。吴倩说，等你吃好了再说也不迟。钱海说，他吃好了，你说吧。吴倩不说，钱海不吃。

吴倩沉静片刻便说：听说你跟张美玉睡到一起了，连"驾驶证"也没办，就明目张胆"开车"了？办喜事，别忘了通知我，我也来讨杯喜酒喝啊。

钱海不生气，问吴倩：你在哪里听到的这些流言蜚语？张美玉与我睡在了一起，我怎么不知道？

吴倩说：姐夫你就别装吧，男人都会装。你跟张美玉睡一起的事，满城的人都知道了，你还装正经！

钱海说：全是没影的谣言。我至今连张美玉的家一次也没去过，我的家自从你姐走了以后，她一次也没来过，我在县城又没有其他房子，跟张美玉的床在哪里？跟张美玉要领结婚证的事，我跟张美玉怎么不知道?!

吴倩说：姐夫一向老实，在这事上却不老实。

钱海说：你就诈吧。真的假不了，假的真不了，你们的嘴长在你们的身上，爱怎么说就怎么说，况且自从当上财政局长，给我造谣的人多了，谣言一拨又一拨，听惯了也无所谓。

吴倩转而又对钱海说：其实我对这些传闻也不相信。我姐夫哪是这样的人，不可能前脚离婚，后脚跟老相好迫不及待睡在一起。只是张美玉还爱着你，也痴情地等着你，却是不争的事实。即使现在你们真要结婚，也是合情合理的。张美玉等了你二十多年，你现在是单身汉，你还要让人家等吗？

钱海知道吴倩的话中话，就对吴倩认真地说：张美玉不结婚，与我钱海没关系，她如果有如意的，早嫁了。她不嫁，也不是在等我。我已经给你姐劝过多少次了，希望尽快与她复婚，但她不肯，那你劝劝她回来住，把婚复了。我等她。

吴倩问钱海：你会等我姐回心转意？

钱海说：我等她。

吴倩眼里涌出两行眼泪。是感动的泪水。

吴倩说：姐夫你真是个少见的好男人。既然这样，我去劝我姐，让她尽快与你复婚……

与吴倩吃完饭，钱海约张美玉到他办公室见面。张美玉不愿意去他办公室聊私人事情。张美玉约钱海咖啡屋见面。钱海说，满街都是熟人，对我们俩谣言又这么多，还是回避一下吧。张美玉说，就这一次，下次，没下次了，再不会约你了。钱海听张美玉口气，也是话中有话，只好去咖啡屋见面。

张美玉要了两杯咖啡，钱海不敢喝，说喝了晚上睡不着觉。腕上的红玛瑙手链像抛了光，闪亮鲜艳。张美玉说，她这些天每晚都睡不着，反正睡不着，喝与不喝一样睡不着，干脆喝了来个彻底睡不着也倒好。

钱海发现近来张美玉神情有点怪异，急问她：你要给我说什么急事。

张美玉问钱海：你与吴梦离婚一年多了，这一年知道你心里极不适应，也不平静，也在等吴梦复婚，因而我没提出过与你的事。听说吴梦根本不想复婚，我与你可以把未来的事定下来了吧？

钱海说：吴梦仍在刑期，还有两年才刑满，我和你的事，我要等她刑满解除再说。

张美玉生气地说：还得等两年，你我都快五十岁了，难道要等到真成老太婆了再说？

张美玉接着说：有人可对我穷追不舍呢，求我嫁给他，我该怎么办？

钱海说：我与你的事，也只能两年后吴梦解除刑期后，如若吴梦真不愿复婚，才能决定，现在无论如何决定不下来。

钱海接着说：我知道你爱我，但我不能耽误你的终身大事，如果这个人很好，你又中意，嫁给他也是好事。

张美玉听了钱海的话，伤心透顶的泪水，像扯断线的珠子，从脸上滚下来，掉在咖啡杯里。

张美玉擦了泪，起身走了，又回来，把红玛瑙手链递给钱海。钱海不接，张美玉就顺手塞到了钱海的手提包里，抽泣着转身走了。

钱海追出去，但张美玉已上了出租车。钱海打她手机，始终没有回复，又打了一夜她家里的座机电话，先是没人接，后来接起随即就挂了。

钱海一夜没睡着，这与咖啡关系不大，他本身很累，但心里有事，没有睡意。他想等，但又担忧，倘若等到两年后，吴梦仍然不愿复婚，他又失去了张美玉，这个现实无法面对。张美玉一夜也没睡着，这与咖啡有关系，但主要是从来少有的苦闷。她也面临等与不等钱海的两难选择。她想等，但又担忧，等两年后倘若是无望的结局，这个现实她无法接受。怎么办？这让她不知如何是好。

52

    钱海的改革，仍在继续，这是项叫作财政资金投资评审的探索，是探索设立守住"钱袋子"的"门神"之举。也就是一笔钱该不该花，应该花多少，评审说了算。

    钱海摸索出的经验是很实，而他的经验却着实让人反感透顶。如，公安局要修建办公楼，钱海要对面积组织专家论证，以公安局编制和工作需要，该不该建这么大面积的楼，考虑到未来发展需要的因素，对过度建造的部分缩减；对建筑材料、民工开支等，派财政局的人到市场询价，去掉预算中虚报或有水分的部分。这样，一座楼，在他推行的绩效评价下，原来设计面积和预算的钱，最多的一个项目被他砍掉或少花了一半多，而且还要在建筑过程中对建筑面积、材料使用、施工质量等，全过程跟踪评审，达到质量标准付款，不达标不付款。这招数，真是厉害。无人不知，工程建设造价虚高和"油水"太大，而砍掉或挤掉了不合理的建筑部分和施工虚报费，无疑挤掉了别人的"油水"。这没有太多"好处"的工程，全过程由财政局人员跟踪评审的工程，一下子改变了施工单位长期花钱自己说了算的习惯。这一改，对方极其不适应。仅仅是不适应也罢了，那简直是憎恨，恨不得让钱海立刻死掉，恨不得让钱海断子绝孙。如，环保局申请五千万元购栽松柏绿化县城，这是批准的预算，而即便是批准的预算，也不会把这五千万元一次打到环保局账上，钱海在通过绩效评价和政府采购后，需要花多少，才给环保局打多少。钱海派人是这样做的，公开招标绿化公司、树苗经营企业，请专家评审选择优秀的绿化公司和质优价低的树种，由绿化公司与环保局、财政局签订种植合同，按政府采购招标时确定的树苗质量标准、每棵树的成活后的价格、长成树的价格，分数十年分期付款。财政局由专门部门对树数量、品种建档案，付款前，到现场看树，活多少结多少。倘若树品种不符、树死了、被砍了、损坏了，不付款。这样一来，环保局要的五千万绿化县城预算款，结果花了一半，就把绿化搞好了，而且棵棵树生长得健壮茂盛。如，为防汛期河水把河堤冲坏，冲走农田，有几年水利局要给几个河堤扔石头。石头是财政局招标公司政府采购后，选择最低价，以一车为价钱购买的。订购多少，由水利专家说了算，而扔石头现场却有财政局与水利局的人，一道登记车数。登记车数还不够，装石头的车可以造假，会出现少装现象。财政局和水利局人员，以一车石头有多少块为基本标准，对每辆车扔河的石头要数数，石头小且数量太少的车，扣除一定付款。这真是绝招，这绝招也只有钱海能想出来，只有钱海这样心细如丝的人才能做出来。如，公路建设招标规定地基多厚，石子铺多厚，路边排水沟多深多宽，过去都是工程完成时验收，而现在财政局投资评审要事前、事中、事后监督和问质量，拿着尺子一段一丈量。工程款，也不是一次付给，而是分工程阶段付款，哪个地方不够尺度数量，开出单子，限期修补，否则不给结款。比如，政府机关买车、电器、办公用品，过去自己购，发票自己报，现在统一实行政府采购。这样，又挤掉了办公用品和大件物品贪污黑洞。

钱海还有很多这样的绝招，大到大笔资金，小到几分钱的开支，在他眼里都不放过。这是财政从来没有对钱管到如此细的程度，也是财政从来没有把钱管到这么具体入微的程度，也是财政的手伸得越来越长的开始，也是财政被人恨被人骂越发深和多的时候。这每件对钱的设关和围追堵截，轻者是被人恨和骂，重者那是一团团引来烧身的"火"。

这烧身的火，加上钱海多年前持续挖各单位"小金库"，挖出了金小妹，金小妹带出了常务副县长李来、交通局长、国土资源局局长、招商局副局长、县医院院长和教育局长等一批人贪污受贿案件，还有拆迁中千方百计压低拆迁补偿费，和在他这里很难要到钱的等事情。在许多人眼里钱海就是个彻头彻尾的"王八蛋""狗娘生的""扫把星""铁公鸡""认钱不认人的孙子"……

当面有人骂他，背后骂他的人有增无减，而钱海该干什么还干什么。他给山川县每年节省下来的钱，从搞改革初的一年节省出一两亿元，到十年后的现在一年节省六亿多元。县财政收入从上任财政局长时的一年几亿元，以后每年以一亿甚至几亿元飞跃，到十年后的现在财政收入达到二十多亿元。

……

一路走来，钱海紧抓财政改革不放手，因为他知道财政是做什么的和应该怎么去做，不甘心做只干会计、出纳的事，而是要回归财政应当做的事上，那就是把钱管好，管得滴水不漏才行。因而，在他看来，财政不改革，就管不好钱；财政不改革，就没有作为。这是中国财政管理落后于发达国家需要补的课。补这课，是巨大的工程，它冲击的是方方面面的部门，甚至是许多既得利益的掌权人。钱海认准财政工作的出路，在于改革，他如蚂蚁啃骨头般的，一年啃一点，一年走一段，无论有多大艰难险阻，个人有多大委屈，有多大风险，也要把改革搞下去。只有在不断的改革中破冰立新，才能体现财政人的价值，体现一个财政局长的价值。

钱海继续推行的财政改革，把财政拨款一律搞透明了，把所有的花钱，全部纳入了绩效评价……财政只要一天在运转，改革一天也不会停。这就是中国财政的国情，也是财政管理走向精细化管理的重任。钱海明白，这些改革，不是他这任财政局长能够完成的，需要今后若干任财政局长才能完成。他的财政改革，只是计划经济转入市场经济阶段财政的基本改革，而财政改革的路还很远。但他感到他的这一段，对今后是多么重要。

财政改革，堵了多少人的财路，断了多少人的财路，多少人在恨他。

53

　　有人仍然死死惦记着钱海，要把仇恨化成伤害，钱海躲不过去。

　　恨他的人，这次出手非常凶狠，一辆车直向钱海扑来，妄图置他于死地。

　　接到钱海被撞伤电话的是张美玉。那是一小时前，熊书芳、冷琴与财政局投资评审的人员，去检查一段山路的地基厚度。这是政府投资五千多万的公路项目，公路地基的土层、石子多厚，路面沥青多厚，是有严格要求的，厚度如何，用料如何，直接影响公路质量。按规定财政局投资评审对公路建设的前期、中期、后期等全过程进行跟踪评审监督。

　　几天前，财政局投资评审人员去检查评审这段工程，被施工人员拒绝了，态度蛮横。评审人员进不了现场，冷琴负责财政投资评审中心工作，把这情况告诉了熊书芳副局长。熊副局长认为对方拒绝评审的态度很恶劣，打电话给交通局长岳明，岳明说他问一下承包方怎么回事，竟然几天也没有下文。熊副局长再问岳明，岳明说，没有联系上公司老板，你们评审别的项目吧，公路的评审先放一放再说。熊副局长说，评审是按照工程进度进行的，过了工程的进度，错过了首期评审是不行的。岳明没好气地说，我看你们财政局，是没事找事，吃饱了撑的；最后会有工程验收专家验收呢，你们财政评审个屁。岳明的态度与施工人员的态度如出一辙，这让熊书芳气不打一处来。他带上冷琴等投资评审人员，到现场强行检查评审，结果又被拒绝。熊书芳给钱海打电话，把公路评审前后遇到的情况讲了，请示钱海是否放弃评审。当然，工程评审不下去，或者评审不合格，可以不付款，财政是有这个权力的。但一旦公路建完，木已成舟，找人来说情，找领导施加压力，那时候会非常被动。钱海想了想说，你们在现场等他一会，他来看看。钱海到公路工地，正要去现场，忽然一辆无牌照小车奔驰而来，直撞路边的钱海和冷琴等评审人员。钱海被撞飞到很远的地方，浑身是血。撞人的车在卷起的浓尘中逃逸，没有牌照，也看不清司机，车转眼不见了踪影。

张美玉带着财政局办公室主任几乎与送钱海的车同时到达医院，院长带医护人员已经在门口等候。钱海被紧急送往急诊室抢救，随即做检查，在确诊生命没有危险，仅为腰骨撞击错位伤，做了复位手术，也就没什么大碍了。下面的，是接受康复治疗。

熊书芳向公安局报了案，也向书记、县长作了汇报。书记、县长十分重视，要求公安局派得力骨干侦查破案。可一个月过去了，两个月过去了，撞钱海的凶手仍无下落。公安局确实很下功夫，但撞人车无牌照，又在尘土飞扬的路上，没留下痕迹，查不到这辆车是哪里的，更查不到车是什么人开的。公安局也调查了交通局和施工工程公司，都说与他们没关系。都说钱海多年来得罪人多，撞他的人肯定与公路工程没关系。这个案件，成了无头案。公路投资评审，一时没人敢去碰。

钱海受伤的腰很重，最挂心的还是张美玉。尽管钱海伤了张美玉的心，张美玉决意不再等候钱海，可张美玉还是放不下钱海。自从钱海受伤住院，张美玉几乎每天早晚都要去看钱海。给钱海送吃的用的，洗衣服，送书读诗。有一天，张美玉向钱海要那串红玛瑙手链，钱海竟然找不到。张美玉轻而易举地从钱海包里找到了手链。张美玉掉下了眼泪，说你钱海如果不愿意还给她，她就永远不要了。钱海说，本来就是送给你的，当然应该物归原主……张美玉骂钱海"一根筋"。钱海只是笑，笑得很憨厚。张美玉不再计较钱海是否心里还牢牢装着吴梦，她想来思去还是舍不得放弃钱海，即使等到两年后竹篮打水——一场空，她还想等。无奈和希望中的张美玉，吻了吻钱海，红着脸走了。

住了三个月院的钱海，身心康复了，又有了许多信心。他上班第一件事，不是急着找撞他的凶手，而是组织人员去公路工地。他要把这项目看个究竟，千方百计阻挡评审，究竟有什么名堂。

公路工程已经结束，沥青刚刚铺上，路边排水沟已封水泥，难以查看材料、厚度和质量。

钱海让人从不同路段挖开茬口，发现路基铺的石子，比标准薄了一半，沥青也薄了三分之一。这偷工减料的工程，招标承建赚了大笔黑心钱。测量、拍照、记录。

公路完工验收，财政局提出评审质量不合格评审意见和专业技术报告，要求招标承包公司返工。工程公司不返工，只是拖。公司老板到处找人，找钱海说情的人，从此不消停。

说情，钱海谁的账也不买。

恐吓，接连出现了。

而钱海，还是钱海。钱海的秉性，正如山楂核，两头尖，中间圆，又坚又硬。这秉性，让别人讨厌，却也让人畏惧；让人酸涩，让人喜欢。这也成了他做成事的优点，真做成了老赵局长梦想做的一揽子财政改革。改革，让更多人感受到了甜香。

山川县扔掉了贫困的帽子，政府终于不穷了。钱海政绩是出色的，财政局长当的是出色的。出色的钱海应当提拔，但年年提拔干部，却都与他擦肩而过。

钱海为啥又与老赵局长一样，总是提拔无望？因为在提拔时，不是有人竭力反对，就是很少有人给他投票。这样的状况每年都重复着，重复着职务上的"原地踏步"。

一晃，钱海在财政局长位置上十年过去了，书记、县长换了，他还是财政局长。书记是外县调任的，县长都是本县产生的。县长是过去从各局局长位置上成长起来的，也难免为要钱大多不给和清理"小金库"及财政改革发生过"摩擦"，甚至争吵过。县长对钱海了如指掌，虽不在会上批评钱海，但也常说"钱海的优点是太认真，缺点是太死板"。县长这两句话的"味道"在后一句，其实就是对钱海的批评和否定。人们以为县长对钱海"感冒"，书记刚来不久不了解钱海，钱海的提职，会连影子都没有。可有一天，县委提拔副县长和副县级干部名单里，却出现了钱海，且还排在最前。据说为了给钱海提职，老局长老赵让钱海"再别死心眼"，劝他去找"人"，钱海死活不去，老赵便为钱海找了书记，找了县长，也找了"上面"的领导。张美玉东奔西跑，也找了"上面"的人，暗推钱海，"上面"领导真给县里书记、县长打了"招呼"，书记、县长也有意提拔钱海了。虽然提拔在即，但提拔得走程序，须在领导干部中搞民主测评，投票必须得过半数，才有希望提拔。而投票的结果大出财政局人员的意料，仅仅差了两票，没过半数。按规定，民主测评投票不过半数，就不能提拔。钱海的提拔，又放下了。

这次民主测评投票没过，钱海提职的事，从此再没人提起了。没人提起，也就等于被官场"边缘"化了。一个人被官场"边缘"化，那他的弱点、缺点、毛病，甚至一些正直的优点，老黄牛的特点，不计得失的忍耐，甚至过去的许多成绩，会被放大，会被看异，会被人怀疑、否定。官场上的人不"进"如退，不"进"受辱，是现实的残酷，也是残酷的现实。所以，一个人一旦入了官场，提不了职的难受，比得重病还难受，比想到死还难受。尽管钱海想得开，没这么难受，但一个老局长，面对一层层比自己资历浅的上司，面对一层层曾是他下级和同级的上司给他发号施令，难受是必然的。

燕河县老齐在为钱海提拔渺茫鸣不平，但也奉劝钱海：要想提职，你得改变自己。改变什么？凡事别太认真，较真准倒霉。你吃亏就吃在较真上。别人要钱，反正又不是你家的，有钱尽快给，没钱想办法给。你要改不了往常那"一根筋"的较真和"死心眼"的毛病，或者你压根儿也改不了这些毛病，你就别干财政局长了，干脆学老赵局长，提前离岗吧，到燕河县来种山楂，还是几年前给你说过的，我给你最优惠的条件，也给你最优惠的财政政策资金扶持，种上几百亩山楂，每年收入百八十万，几年就成富翁了，到那时给你县委书记你也不当。

钱海对老齐说：我还要做点事，我退休了一定去。

老齐说：你真是个"死心眼"。

老齐说：难道你还对提拔抱有幻想？

钱海说：我没抱一丝希望。

老齐说：是你的心上人张美玉不让你离职，还有没有别的梦想？

钱海说：我此时离开，就同老赵局长一样了，想干的事情没干成，就成了当财政局长一场的遗憾。我得把后面的几项财政改革搞完，给自己画上个满意的"句号"再说，即使局长干到退休，还有我的书法，它会让我过得非常充实，也不会缺钱花。

老齐说：你总是死认自己的理，你还会为你的"死心眼"后悔的。

……

钱海的"死心眼"也好，一次又一次提出辞职也好，与老赵局长的做事和为官的观念好像同出一辙，只是钱海把当官看得更淡，把做事看得更重罢了。

老赵和钱海之所以把当官看得很淡，把做事看得很重，是受到了一个人的刻骨铭心的影响。这个人就是财政部老部长吴波。吴波这老头是第五任财政部长，是个让人不可理解的人。年轻时在国民党的陕西省公路局当局长，却渴望做共产党员，便冒险给共产党暗中做事，后来就干脆投奔了延安革命队伍。到延安受到误解被关押审查三年之久，在遭受到严重身心伤害的状况下，不仅没有对共产党怨恨，反而确立了"做一个彻底的无产者"的凤愿。这可不是句虚话，他是要放弃自我，做彻底的无私利的人。他当财政部长权力很大，却支持三个儿子到边远地区安家落户，且不容许找他的关系给他们谋好处。他"文革"受到打击被劳改，却从没怨恨过任何人，更没动摇对共产党的热爱。他主动辞去职务，把财政部长位置让给了他的年轻助手。他住在破旧平房里，他把自己薪水的一半帮助了有困难的人，放弃部长的许多待遇，过着"苦行僧"般的生活。他晚年两次立遗嘱，要实现他年轻投身延安时立下"一生无产"的凤愿，把分给他的北京黄金地段的两套住房，立下遗嘱，在他和老伴去世后交给国家。两份遗嘱在《中国财经报》上登过，催人泪下。一份遗嘱说："……我参加革命成为一个无产者，从没有想过购置私产留给后代。因此，我决定不购买财政部分配给我的万寿路西街甲11号院4号楼1101、1103两单元住房。在我和我的老伴邸力过世后，这两单元住房立即归还财政部。我的子女他们均已由自己所属的工作单位购得住房，不得以任何借口继续占用或承租这两单元住房，更不能以我的名义向财政部谋取任何利益……"一份遗嘱说："……我的后事请按我的遗嘱办理，一切从简。我在遗嘱中要求我的子女不要向财政部伸手，也请部里不要因为我再给他们任何照顾。在我老伴邸力过世后，我的住房必须立即交还财政部。财政部也不要另外给他们安排、借用或租赁财政部的其他房屋。他们有什么困难，由他们找自己所在的工作单位解决。我指定我的三子吴威立做我的遗嘱执行人，由他负责和财政部联系。我去世后后事从简，不发讣告，不开追悼会，不搞遗体告别，火化后骨灰就地处理不予保留……"他的儿孙在他去世后遵照遗嘱之愿，立即把两套房交给了财政部。他离世后的存款，除了丧葬费，仅给儿孙留下了三万元。他真正实现了"一生无产"的愿望。吴老不同寻常的故事，多得讲不完。而最感动钱海心灵的，是吴老把官位看得很淡。在钱海看来，财政部长是个大官儿，谁也没让他不当，可他主动地让给了别人，这种对官位和欲望的舍弃，需要非凡的勇气，体现了吴老宽广的胸怀和至高无上的精神境界。吴波的情怀，着实给财政人营造了高大深远的思想文化，也让许多人走出了自我。钱海真正体会到了吴老那灵魂深处的纯粹，所以在升官与否上渐渐地看开了，看淡了。

钱海也看淡了，看开了，但别人并不理解他的看淡看开，觉得他不跑不要不闹，是傻帽，是无能的表现。

钱海晋升有没有丝毫希望？财政局的人常问老赵，老赵说还是有希望的。其实，老赵和钱海心里都明白，他钱海提职无望，已成定局。为何无望？是提副县级的年龄过了吗？钱海年龄还没到不能提拔的"杠杠"。况且，年龄过了与否并不很重要，有人过了年龄也能提拔，重要的是，有人，有不少人，在讨厌他，讨厌他这个顽固不化的"土山楂"。

二零一四年二月初稿

二零一六年七月完稿于北京阳光花园

后记：落笔后的文字

这部小说写得很辛苦，是这个题材的难度带来的。写完修改了多遍，直到再也改不动了，便请杜卫东、王世尧二位先生审阅指点，也请财政局长和财政专家审阅把关。

杜卫东是著名作家、《小说选刊》原主编，检阅长短篇小说无数，鉴赏眼光可谓火眼金睛；王世尧是著名作家，对小说与古典诗词有独特的研究，欣赏眼光可谓敏锐深邃。肖书胜是财政部财会行当的专家型领导，政策和业务既熟又精；刘宇辉数十年做财政局长，最知道财政局长的滋味；李轩红在财政部人事司工作，经济学博士后，曾在山东财政部门工作多年，熟悉基层和机关财政业务；蒋露霞、周燕是市县财政局的骨干，最熟悉财政局长和财政人情怀，她们的意见最接"地气"。请他们从文学和财政专业上给小说号脉并把关，非常必要。

杜卫东先生也是一字一句看完的，他发给我一段读后感：《财政局长》这部作品，是我看到的你最棒的文字，洁净、内敛，富有韵律；人物也鲜活生动，充满正能量；探索了长篇小说的另一种叙述方式。

王世尧先生也是一字一句看完的，他也发给我一条读后感：《财政局长》于喧嚣中悄然问世。作者身为财政人的作家，不辱使命，勤于坚守，笔耕不辍。翻开新著，清雅的墨香中更觉作者剑气归尘，而几年磨砺，终成正果。小说令人过目难忘的刻画出钱海、张美玉、吴梦、秦柳等一系列感人形象，成为当代文坛的拓荒之作，是中国财政领域的真实写照，是专业化的描写。

杜卫东和王世尧二位先生的读后感，是中肯的评价，还是过誉了？我反复问二位先生的真实感受，他们说这就是客观的看法。既然是客观评价，我便有了踏实感。

　　一定有修改意见，我想听修改意见。二位兄说"有"，面谈吧。在一个夜色深蓝的傍晚，杜卫东和王世尧先生把我约到了北京市朝阳区新源街的"京味斋"。我说今晚聚餐您们为我操劳看小说必须我来买单，卫东说他请客，付费一定不要与他争。卫东豪爽大方，朋友聚会总是抢着买单。卫东和世尧早已在包间等我了。世尧拿的美酒放在餐桌上，朋友请他吃饭他习惯提着酒赴宴。美酒旁放一厚本打印的《财政局长》，这是卫东花钱打印的。他们正聊这部小说呢。我有些紧张，但我渴望提出修改意见。卫东、世尧梳理了近十条修改意见，我逐条记在了本子上。卫东和世尧告诉我修改的方法，我一句不漏地记住了。我依照他们的意见，修改无遗，交稿了。

　　几位财政专家逐字逐句审读了这部作品，从术语、表述、数字、财政业务、政策法规等方面审核，提了细致而珍贵的意见。当然，他们也对《财政局长》给予了真心实意的评价：

　　肖书胜：看到《财政局长》，喜不自胜，一口气读完，心情久久难以平静。我所熟识的许多基层财政干部，他们的一笑一颦都能在这本小说中看到。小说中细节很真实，犹如身临其境；小说人物是那么的熟悉鲜活，成功地塑造了一位财政局长，描绘出了财政人的真实形象。感谢作者为我们展现财政人的内心世界。

　　刘宇辉：《财政局长》是财政局长的真实写照。我这个曾经的财政局长被新路的文采、新路的智慧、新路的文化底蕴和新路的文学才华所折服。一直以来，大家似乎忽视了政府系统内部隔行如隔山的现实，觉得官员综合素质的重要性远高于专业能力。实际上官员的专业能力非常重要。这部作品另辟蹊径，用最朴实的语言，带领读者跟随一个基层的财政局长，用专业的眼光和定力，破解重重压力迷雾，找准路径方法，稳扎稳打，竭尽全力在基层推行财政改革，执着地实现了自己为民管好"钱袋子"这个最朴素的理想。《财政局长》由表及里，细致入微，深入浅出的描写，让读者在跌宕起伏的情节里及心潮澎湃的同时，不知不觉明白了什么是"小金库"治理、国库集中支付改革、政府采购等财政专业知识，明白了国家一直以来坚持不断进行财政改革的脉络和用心，实为当代不可多得的既有宏观又直入微观的小说佳作。

李轩红：《财政局长》贴近生活、贴近现实，情节环环相扣，人物形象性格鲜明，心理活动描写细腻，读来仿佛置身其中。小说以现实的笔触，以生活中的琐碎小事、以感情上的真诚纯美、以工作及各种人和事的交互因素为穿插，把财政局长在推进财税体制改革中的困难、困惑、问题和矛盾，从各个侧面、各个角度加以体现和烘托得十分的丰富和生动，令人深思和回味。

周燕：《财政局长》是对财政工作的一个艺术化的展现，中国财政没有这样的小说，这部作品是开天辟地第一部，意义非凡。这部小说真实而深刻地再现了财政人的风貌与情怀，是财政人的心灵史。

蒋露霞：很多人看财政工作是隔雾看花、水中望月，小说拉开了这道屏障，看到了财政人的苦衷，其实是红在外面，苦在里面，这部小说的创作意义重大；在小说中，看到了许许多多的人，他们或阳光或阴暗的心理，就在我身边。小说准确而深入地刻画了财政人的形象，是部让外界熟悉财政业务的大书。

……

当然还有作家出版社资深出版人王宝生主任的认可，是最为重要的。宝生先生从事文学编辑工作几十年，阅稿无数，编辑过中国诸多大家如周汝昌、陈忠实、贾平凹、莫言等的厚重作品，还引进过《苏菲的世界》等世界大畅销书，文学的鉴赏也可谓火眼金睛。况且作家出版社出版"门槛"极高，一般化作品进不了这个殿堂。这部小说能否过宝生先生的"法眼"呢？宝生先生在审读我的小说，我的心悬在空中。令人感叹的是，宝生先生看稿和做事很快，不仅很快看完了书稿，提出了一些地方的修改意见，且很快走完了书稿三审。当我得知他决意出版的意向时，我悬着的心落地了。继而他又说，两月后出版，这么快。我与宝生先生因这部作品而结识，他能够如此重视而快地编辑出版这部作品，原来这是他做人做事一向少言而重行的风格。

他凡是认准的作品，编辑出版从不拖泥带水。出版社领导也对这部作品一路绿灯。宝生先生虽然话不多说，而做事做得满满当当，实是对这部作品的最好肯定。

我知道，尽管文学家和财政专家、财政干部对这部作品给予了较高的评价，王宝生先生认可并迅速编辑出版，而我把它看作厚重的鼓励，并没有沾沾自喜。

我为以上朋友，还有没在文中细述的著名作家王宗仁，《人民日报》文艺部副主任、著名作家李舫，财政部人事教育司司长孙国府，陕西省铜川市财政局局长杨磊，贵州省遵义市播州区财政局副局长刘迅，中国财政经济出版社编审樊清玉等朋友，为这本书所做的一切而感动。没有他们的真诚帮助，也就没有这部作品的很快面世。因而这些文字，最想表达的话语，是感动与感谢。感谢帮助过这部作品问世的朋友和作家出版社对这部作品的垂青。

宁新路

二零一六年八月十七日　北京阳光花园

图书在版编目（CIP）数据

财政局长 / 宁新路著． —— 北京：作家出版社，2017.1
（2025.1重印）
　ISBN 978-7-5063-9249-5

　Ⅰ．①财… Ⅱ．①宁… Ⅲ．①长篇小说 – 中国 – 当代
Ⅳ．①I247.5

中国版本图书馆CIP数据核字（2016）第277503号

财政局长

作　　　者：宁新路
责任编辑：韩　星
装帧设计：鲁　冰
出版发行：作家出版社有限公司
社　　　址：北京农展馆南里10号　　　邮　编：100125
电话传真：86-10-65067186（发行中心及邮购部）
　　　　　　86-10-65004079（总编室）
E-mail:zuojia@zuojia.net.cn
http://www.zuojiachubanshe.com
印　　　刷：中煤（北京）印务有限公司
成品尺寸：170×240
字　　　数：304千
印　　　张：21
版　　　次：2017年1月第1版
印　　　次：2025年1月第5次印刷
ISBN 978-7-5063-9249-5
定　　　价：48.00元